龔鵬程 著

文學散步

（增訂本）

臺灣學生書局印行

一本真正的「文學理論導論」

蔡英俊

龔鵬程《文學散步》一書就要出版了。雖然他有所待、不願意輕易的把這一系列討論文學觀念的論文標上「文學概論」的題稱，但捧讀這厚厚的一疊文稿，我終究覺得他已經踏出年少理想的第一步。

年少的理想？多遙遠的事了，也許我應該先從這一段因緣談起。

民國六十七年春末，懷著年少的豪情，幾位朋友常常在德惠街黃崇憲家聚會，研讀由張亨先生推介的幾本美學著作。這樣，各人的興趣雖有不同，仍然在一起生澀的啃著蟹形文字、放言高論；而更多的時候是彼此問難——祇是，大家都在摸索，誰也不知道確切的答案是什麼——也就在這種情況下，我認識到鵬程那敏銳的思辨與犀利的談鋒。

那時候，顏元叔先生正大力引介「新批評」的批評方法與表述形式，並且已經用來分析古典詩歌與現代文學，因而帶給學術界與文壇莫大的衝擊、甚至引生幾場對立的論爭。這種衝擊未嘗沒有正面的意義，畢竟，引介西方文論確實有助於本土的文學研究在方法與表述形式上的反省，並且促成文學研究的熱潮；不過，就現實而言，負面的效應可能是比較困擾人的，它導致一種不平衡與矛盾：外文系往往捨棄了本身應具的研究方向以及應負的傳送世界文學訊息的學術功能，取代了中文系在古典文學研究上的發言權；中文系則逐漸形成兩條路線，不是保守、缺乏廣包的世界觀而忽視當代學術研究的發展，就是急於尋取能就近得到的西洋文論的觀念與方法。當然，這種現象從五四以來就已經存在，祇是透過顏先生大力引介之餘，情況顯得更尖銳罷了。平心而論，一代有一代的學術課題，由於對應著各異的時代環境與學術訊息，每一代的學術研究必然有它獨特的視觀與表現形態，進而形成一種新的詮釋方向、產生一種新的學術性格。我們始終相信，近代的學術研究應該是多元的、開放的，唯有拓展更寬廣的知識來源、唯有汲取更多的知識材料，才能夠賦予傳統的文化更深刻的意義，轉而帶給現代的中國人更鮮活的啟示。因此，我們反對深植於心的「中學為體、西學為用」的無聊口號，我們也棄絕知識溝通上最自私的「秘本、孤本」的心態。但吾生也晚，面對就近的矛盾與不平衡，我們祇能靜觀，無力抗辯；我們當然迷惘，當然困惑，也激切的想要突破這種困境。鵬程順著他「飛揚跋扈的氣勢以及凌轢朋輩的才情」（見《歷史中的一盞燈》李正治序），猛厲的投注在文學批評的撰述，有所破也有所立；而正治的誠摯溫厚，使他願專力於西洋文論的譯介，提供我輩更多的知識的來源與材料——至於美學討論會，則是朋友之間相聚問學的會合處。這些，都是可貴的紀念。儘管爾後聚合的日子時斷時續，聚合的地點也多所更迭，那一段共同走過的路程卻成為問學的起點，值得憶取。

追敘這樣一段過往的因緣，有違鵬程要我寫序的原意；他原希望我能寫一篇足以與本書內容「對觀」的理論文字，也就是從我自己論學的立場討論他在本書中提出的論點。這當然別具意義，而當初所以答應他那樣寫，也是因為我了解到問學辯難原是鵬程與朋友交的方式：學問在焉，性情在焉

——魯鈍如我，又豈不識？可是，仔細讀完他的文稿，我只有懾服於他的博聞彊記與無礙的辯才，他在每一個論題底下所展開的分析與說明，可以說是旁徵博引、面面俱到。我雖也偶有不同的意見，但是，表出這些枝節零碎的議論，並不足以彰顯鵬程這本書的意義與價值；我又能說些什麼呢？讀著他的文稿，想到現有的各種「文學概論」的版本，內心浮現的是：鵬程終於踏出第一步了，他的《文學散步》，將是第一本由中文系的學者在現階段的學術環境中，真正經過思考而設計出來的文學理論方面的「導論」之作——「導論」一語，我用的是康德《未來形上學導論》（一七八三年出版）一書的含義：

> 本「導論」不是為學生用的，而是為未來的教師用的；即使未來的教師，也不應該用它來系統的闡述一門現成的科爭（形上學），而應該首先用來發掘這門科學。……本「導論」的善於獨立思考的讀者，將不僅懷疑他們至今所擁有的這門學科，而且繼而會完全相信：除非具備了這裏所提出的形上學的可能性所根據的條件，否則形上學就不能存在。（康德《未來形上學導論．導言》）

借用康德的文字，我想是合宜的；如果我們再把其中的「形上學」改成「文學理論」，更可以彰明鵬程所以有所待而不願意把他的著作標上「文學概論」一名的真正命意。我只能這樣說、這樣寫，而把原先那些片段不足觀的意見保留下來，等待下次見面時，做為彼此談話的題材以及另一個論學的起點。

最近幾年，我輩各為前景奔忙，而現實生活的桎梏與磨難，又不是年少心情所得掛懷、所能臆知。那段日子裏意氣風發、歡呼笑樂、爭相先後的光景就這樣逐漸遠去，日益模糊。有時燈下尋思，過往的情境已不復歷歷可指，但是那段日子裏留下的許多想望與計劃，仍長住心頭，隱然成為彼此間激勵的一股力量。現在，鵬程的第三本論著就要出版了，而正治在譯介西洋文論方面也頗有可觀；反觀自己，疏懶如此，唯有在熒熒燈下做一個盡分的讀者，讀著朋友已成鉛字的文稿，也讀著一份遙遠的記憶。我真的很高興為鵬程這本文學論集撰寫這樣一篇他或許不合意的書序。

七十四年七月

文學理論·文學概論·文學散步

——代序

龔鵬程

梁遇春曾嘲笑寫文學概論的人說：「這種人的最大目的，在於平妥無疵，所以他的話老是不生不死、似是而非的。唸他書的人，也半信半疑，考試一過，早把這些套話，丟到九霄雲外去了。因此這般作者居然能夠無損於人、有益於己地寫他那不冷不熱的文章……。」（文學與人生）。

他說得不錯，一般寫文學概論的人，不是昏瞶糊塗，腦中長滿了繭；就是艱澀困苦，舌頭打上了結；再不則彷彿跟讀者有仇，故意散播不實的情報，好讓讀者誤入歧途，或增加文學論戰時的熱鬧。所以至今想找幾本理路清楚、文筆可觀的文學概論，仍不是一件很容易的事。

這樣說，可能會惹起某些人的不快，但事實上我亦無意唐突時賢，我只想問一問：何謂文學概論？

目前，文學雖已式微、有出息的好男兒雖然已不屑報考文學系。但是，在學府、在街頭、在報章、在社會，文學的論爭依然喋喋不休。在課堂裏，教師們寶相莊嚴，陳述文學的起源、流變與功能，大概地談論一番，就稱為文學概論；而課本中，作者倚在繆司女神的矮凳上，口裏傾吐令人如癡如醉的言語，彷彿水池上的筧嘴，不必推敲、不必咀嚼，噴出粒粒分明，但乍連又斷的五彩水珠，……。諸如此類，掌故之談、意氣之爭，瀰漫在我們整個文學研究裏。到底文學是什麼、文學研究是什麼、為什麼需要文學與文學研究、文學研究又何以可能，一般是不太過問的。否則，像「文學是反映民生疾苦的」、「要以科學方法來研究文學」這一類荒謬絕倫的話，又怎麼能變成一時流行的口號呢？

不幸的是，口號即使再流行也不可能幻化為真理。一門學科的建立，必有其方法學上的步驟和知識論上的規律，如果我們不能對這些步驟和規律做有意識的檢討，以達到自覺，並在自覺中發展，學科的自律性（disciplinary autonomy）就永遠無法達成。

目前我們的文壇和學術界，表面上甚為熱鬧，但距離學科的自律性仍然很遠，因此所謂文學研究，其基礎其實相當脆弱；至於學科的建立與發展，更是奢談。以哲學來說，哲學的研究對象、問題、方法學的特性，構成該學科的內在規律；哲學家在思索並企圖創造一新哲學時，一定得從這個哲學內在的知識論規律及方法學基礎的問題出發，笛卡兒、康德、黑格爾、胡賽爾……等等，莫不皆然。他們一定要追問哲學是什麼、哲學用的方法如何、怎樣獲得和判斷真理、意識與客體的關係、什麼是意識、價值、存有與信仰又是什麼……等一連串環環相扣的問題，最後才導出知識論規律和方法學基礎的革新，形成哲學的大地震大突破，綻開錦簇耀眼的哲學之花。

文學也是如此，所謂文學研究或文學理論，不是要傳授一套賞析文學作品的技術、寫作的方法，更不是帶人去瀏覽文苑的繁花，而是要像植物學一樣，對花形成一門知識。這門知識並不在保證你能創造出一朵美麗的花朵，但是它可以讓你更了解什麼是花、花應如何才能成長……等等。唯有真正建立發展了文學理論，文學創作才能液滋露潤，得以成長，理由亦在於此（既是創作，當然仰賴天才與靈感，但天才與靈感是無法控制掌握的；除此之外，一切自覺層面的努力，都要通過對文學理論的了解來）。

這樣形成的文學理論，顯然在討論對象、範疇與方法上不同於文學批評與文學史。它只說明文學批評的原理和文學史的法則，而不處理文學之發展與流變、介紹批評觀念之遞衍等問題。

明白了這些，我們就比較可能了解什麼是文學概論了。文學概論一如哲學概論或史學導讀，它要問的，依然是文學內在知識論規律以及方法學基礎的問題，譬如文學是什麼、文學用的方法如何、怎樣獲得文學知識、文學知識的性質是什麼、其功能與目的又是什麼……。

換言之，文學概論基本上應是以一套有系統的文學理論，來陳述有關文學理論之整體內容的。寫文學概論的人，當然會因他自己對文學理論中各種問題的理解與特殊處理方式，而對文學理論有不同的陳述或解說，但他的基本目的並不在於宣揚某一家的文學理論；反之，他毋寧是以他本人所代表的一套文學理論為基底，向讀者簡單鋪陳並解說有關文學內在知識論規律及方法學基礎的所有問題。只要讀者熟悉，並初步了解了這些問題，則他也可以以他自己的思索，重新處理這些問題，而構成一種新的文學理論，或培養出新品種的文學之花。

在這種情況下，文學概論顯然不必也不能討論形式、類別、風格和技巧等文學現象的問題，因為現象之衍變無窮，文學概論只能從類型與風格之理論上來談，無法追躡縷述其派別、流變、八美廿四品五十格、詩、小說、戲劇的發展等。這些材料，應該交給文學史去處理才是。那些自然主義、寫實主義、象徵主義之流派興衰云云，更不該混入其中。

坊間的文學概論，除了喜歡大談這些不在文學概論範疇之內的東西以外，還擅長討論一些假問題。什麼叫做假問題呢？常見的假問題有兩種，一種是盲人摸象式的，例如兩人爭辯到底吃牛肉好還是吃豬肉好，一人說牛肉有營養，一人說豬肉鮮嫩可口，爭得面紅耳赤，但走入市場，卻分不出什麼是牛肉豬肉。民國以來，關於中國究竟該擁抱傳統抑或迎接西方的爭論，即是如此，到底中西文化是個什麼東西，大家都不太清楚。寫文學概論的人，也經常高談文學的本質特質性質，然其所謂文學，實亦同於盲人之摸象。以致扣槃捫燭，令人不知所以。

第二種則是指鹿為馬式的，例如許多文學概論大談什麼文學的起源，其言夸夸，或曰源於遊戲、或曰起於宗教、或曰始於勞動、或曰本乎戀愛、或曰來自戰爭、源於模仿、本能、裝飾、吸引……各家說法莫不洋洋灑灑。但究竟文學興起的原因、條件或型態，卻是誰也說不準。為什麼呢？文學的起源既如生命的起源一樣，難以究詰，又無法完全仰賴考古資料以供印證，最多只能運用心理學的方法去推測上古人類藝術創作的需要和活動。這樣的揣測，固不能說是全無意義，但是，請問：研究文學者，何以要追探這綿渺難稽的起源問題呢？難道不是想藉以確定文學的功能是什麼嗎？對於文學起源的說辭，其實就是他對文學功能的辯護和自造的佐證！所以主張文學功能在其本身的人，便宣稱文學起於遊戲，並無實用的目的；認為「藝術是朝功利的目的前進的」，便擁護文學起於勞動。換句話說，關於文學之起源，真正的問題，其實是文學的功能；只不過一般人經常在討論文學的功能時，滑失了問題的重心，跑去高談文學的起源；而未注意到文學的起源，實質上根本是個假問題。以致指鹿為馬，眩人耳目。

像這樣的假問題太多了：原要討論文學作品的優劣，而竟成為對作者是否有社會正義、道德良心的批判；本來是想確定文學的功能與價值，卻溜去爭辯作家是否出身窮苦大眾、是否曾遭政治迫害。他們所談，當然也頗為有趣，但那豈不就像在天文學裏談嫦娥和玉兔，文不對題嗎？

當然，如果只是文不對題，倒也罷了。更嚴重的，是他們慣常表現出一副隔靴搔癢的姿態，譬如談文學的定義，就從盤古開天講起，某人說文學是天上之星、某人說文學是精神之癌、某人說文學是心靈的淤血、某人說文學是苦悶的象徵……，徵引浩繁，把讀者折騰得如墮萬里玄霧；然後再折衷拼湊一番，如和稀泥、如攪麵糊。材料或許是好材料，但經過這麼一搞，倒成了一鍋膚淺囫圇而且錯謬百出的大雜燴。

這就是目前文學概論的通病，因此它們大抵也是陳陳相因的，請看這兩份目錄：

甲、

文學的定義
文學的特質
美底情緒及想像
文學與個性
文學與形式
文學的起源
文學與時代

乙、

文學的定義與價值
文學的起源
文學的特質
文學與感覺
文學與想像
意念
象徵

文學與國民性	語言與文學
文學與道德	創作與欣賞
詩	文學與道德
戲曲	詩
小說	散文
文學批評	小說
	戲劇
	文學批評

甲是本間久雄寫於大正十五年的《新文學概論》，乙是張健先生七十二年出版的書，時間相隔雖遠，卻顯然仍沿襲前者的規模與困難，並增加了許多錯誤。這樣的文學概論，難道不教人喪氣嗎？

據我所知，現在教授文學概論時，比較理想的，是採用韋勒克與華倫（Wellek & Warrem）的《文學理論》（*Theory of Literature*），或王夢鷗先生《文學概論》。但韋氏華氏之書本為「新批評」一家之言，引例與術語，亦純屬西方；這對研究者來說，固然是極好的參考資料，作教本卻很不適宜。王先生書初版於民國五十二年，目前仍是最符合文學概論的著作。可惜文字蹇澀，其語言學立場的文學理論亦為一家之言，且不易為讀者所理解。

依我想，文學概論不能不是以某一派文學理論為基底的對文學問題之處理，但它與一個理論系統畢竟不同，它必須是個開放的系統。因此它應該在每章之後開列若干進階書目，或設計一些問題與討論。進階書目儘量挑選精要、易購、易讀的書，一方面等於是每一章的附注，使讀者可以按圖索驥，深入查考；一方面這些書又常與作者所談，意見不盡脗合，可以提供讀者繼續思索的空間和資料，培養他們逐漸建立自己的文學觀念的興趣和能力。「問題與討論」的設計，也是如此。

唯有如此、唯有弄好文學概論，我們的文學教育才有希望。

我懷此希望甚久，一直在盼望有天縱英才，來替我們擎燈開路。但，我真是失望極了。雖然有時也想：河清難俟，說不得只好自己勉力一試了。可是畢竟才疏學淺，不敢造次。

恰巧這時友人李瑞騰介紹我替《文藝月刊》撰稿，承俞主編允平好意，命我寫一文學理論專欄；瑞騰遂建議我仿宗白華《美學的散步》，來一趟文學的散步。因為散步雖有起訖，卻無規矩；雖有章法，卻不期於嚴謹精密；偶然適志，更不須如舞蹈之必博人欣賞贊嘆。這倒很符合我的脾性，因此閑閑著筆，緩緩為之，散步至今，二十閱月矣。歲月可念，人事堪驚，而且也走得有點倦了，想回家睡個覺，所以就此打住，聊做個人世的紀念。

當然這次散步，也很想走出個文學概論的格局，但此書之所以不敢逕稱為文學概論，正是想用以期待我們能儘快有一本真正的文學概論出來。

七十四年端陽　寫於臺北龍坡里

增訂本自序

龔鵬程

我於民國六十八年起即在淡江大學執教，授課內容甚雜，而教起來最感困難的，就是文學概論。我自己唸書時，修讀這一科目，便深覺頭疼；待自己要講這門課，更是煩惱不已。講來講去，條理棼如，學生也如墜五里霧中，在課座上放聲痛哭的，居然還不止一二人。為了擺脫這種困境，我乃想寫一本能把文學基本問題講清楚的書，以供教者與學者參考。因為那時候，文學界確實還缺少一本這樣的書，已有的一些文學概論，大抵均不適用。

但寫書的事，一時不得機緣，就拖延下來了。直到七十二年俞允平先生主編《文藝月刊》，邀我寫專欄，才能把我一些文學觀念用較平淺的方式寫出。共寫了十九篇，後來輯為《文學散步》一書。書出版後，被我批評的某些文學概論作者大為光火，但該書旋即獲得教育部改進教材甲等獎，不少學校採為教材，據說尚裨實用，令我私心甚感安慰，自以為做成了一樁好事。

如今，二十年歲月飄忽，人事如流。俞先生早歸道山，此書則於書海中浮沈，迄今殆已十數版，看來也到了該增訂的時候了。增訂，主要是補入相關專論，釐為上下兩卷，擴大深入研討的空間，希望能對讀者有點用處。

民國九十二年八月謹誌於雲起樓

文學散步

目次

卷下

卷上

卷上

一、欣賞文學「作品」

何謂作品？

欣賞，是一件最簡單不過的事，我們每天都在欣賞花、朝陽、月光、電影和美女；拿起一篇文學作品，作品封面上印著封面設計家精心繪製的圖案，封裏扉頁上鑲有作家玉照及他的大名；作品裏一行行排列整齊的文字，又浮動著智慧和熱情的光芒，於是，我們陶醉了，「我在欣賞文學作品」，我們這樣說。

然而，知識和理解力，總喜歡替人帶來麻煩。一位漂亮的姑娘，如果知道每次微笑要牽動若干根肌肉，她的笑靨就要凍結了；假若我們曉得「欣賞」是種多麼複雜的活動，我們的沉醉，可能也要稍微保留一下了。例如：你說，你在欣賞文學作品；可是，你想過，真的有「作品」(text)這回事嗎？一支曲子，不同的樂師各有各的演奏法；一本書，不同的人也各有各的欣賞結果。作品，只因為它裝訂印刷得如此精美，扉頁上又題著作者的芳名，你就認定了它是真實的存在嗎？……？？？

像這樣一類問題，假如，我們頭腦還不太笨，就應該知道：「欣賞文學作品」這一活動，顯示的是作品與讀者之間複雜的關係。這個關係，有兩個關係項，一是作品、一是讀者。而這層關係若要存在，兩個關係項，都得具備若干條件才行。什麼條件呢？作品必須是可以被欣賞的、讀者則是有能力能欣賞的。只有這兩個關係項和兩個條件同時成立時，作品之欣賞才有可能，否則，便都不免讓人跌跤。

首先，我們來談「作品」。

作品，簡單的說，就是一個作者，透過意念之活動，而寫下的一組文字。這組文字，因為是作者意念的構造物，所以，它不是散漫如兒童畫壁的塗鴉，而是有組織、有意旨的文字系列。

作者的意念，是作品不可或缺的成素，但是，作品的意旨是否等於作者的意念呢？不知道！何以不能知道？我們留著以後再談。現在我們要說的，是剛才曾經提到過有關作品是否存在的問題。

作品是否存在？

就像剛剛我們說的，作品有其意旨，近年來新興起的「讀者反應論」（Reader-Response Criticism）就從這裏發展出一套觀念，認為讀者在「欣賞」時，感知者與感知的對象，其實是主客不分的（採取現象學的理論立場），所以，作品不可能有獨立的機能與意義，作品之存在，決定於讀者的創造和參與。換言之，閱讀不是被動地發覺意義，而是積極地創造意義。因此，讀者坐下來閱讀或欣賞時，他的工作不是讀作品，而是在寫他自己的書。在這種情況下，作品只不過是「烘乾了的紙漿上炭漬的整合構形」（Configuration of specks of carbon on dried wood pulp），若無讀者之參與，它的性質和意義都不存在。這種理論，看來實在太離奇了，令人難以相信。譬如我們看見一位美麗的女孩，並且，欣賞她的風姿與談吐時，忽然有人跑到你面前，告訴你這個美女其實並不存在，你相信嗎？

你當然不信，但也不能完全不信，因為此中實有部份真理在。——從知識論（Epistemology）的傳統上看認識活動，譬如認識一篇作品或美女，主要的依據建立在感官經驗和理性推論中，透過感官經驗和理性思辨等能力，我們認識了物的存在。然而，這種存在，並不一定是真實的存在，因為人類的感官經驗和理性思辨能力是否必然準確，已經是個絕大的疑問；每個人的感覺能力、經驗層次和範圍、思辨方向等等也是各個不同，誰能保證認識必然等於實在呢？《莊子・齊物論》曾經舉了一些例子，說明認識活動的差別性和虛妄性，很值得我們警惕。其次，我們必須知道，我們之所謂認識，其實往往超越了認識的範疇，因為見一美女時，認識活動其實只提供了「一個脊椎哺乳類直立雌性動物」的認識結果，見一作品時，認識活動確實也僅止於認識到「烘乾了的紙漿上炭漬的整合構形」而已。作品的意旨和美，則屬於意義與價值的層面，非認識所能及，而在於讀者所給予的意義和價值判斷。美女之是否為女，可以很少爭議，但其是否為美，就人各異辭了；作品是一堆文字，沒有問題，但其是否為文學作品，跟美女之所以為美女一樣，都不是她們本身所能決定得了的事，而必須仰賴讀者的判斷。

有些主張「實在論」的學者，不了解這個道理，把「認識」跟「實在」等同起來，認為只要讀者不太快加入主觀的判斷，而把作品整個文字格式當作一個認識的對象來客觀觀察，就能夠發掘作品的意義和美的成分。這派文學觀念，主要當然是五〇年代興起的「新批評」（New Criticism）。所謂新，是指他們反對傳統的傳記式批評和印象批評，主張作品就是那個存在在那裏的一組文字，分析這組文字形構的美學特質，才是真正的、科學的、客觀的文學批評觀念。這派文學理論，正如上文所說，無法觸及意義及價值的層面，只能理解到文字的組織形式；就像看一女孩，它無法討論這女孩是否美，也無法探索她的氣質品德思想社會角色家庭背景人際關係，而只能分析，分析她的鼻子距離眼睛若干公分、頭髮長多少、有多少根、腦袋直徑多少、手跟腳的比例如何、肌肉纖維組織怎樣……，並堅稱這種分析就是在發掘她「美的元素」。但因為美的元素並不等於美、認識也不等於實在，所以，「新批評」便逐漸沒落了。

意識批評，繼新批評而興起，反對我們把作品當作對象，研究其形式、意義的各種解釋及修辭特色的分析方式；而認為作品應該是「活動」或「經驗」，不是對象（a work is not an object but an "act" or "experience"）。作品是作者意識的經驗；經驗具現為文學，靠著作者在心靈中努力地進行以語言建構經驗、並尋求了解經驗的持續鍛鍊，而這種融合「生活的經驗」和「意識的活動」的創造，即是融合人對主客之感知的創造。為了透入這一意識活動，讀者也必須發展出一套主客合一、系統地同情了解的方法，嘗試去再創造具現存在作品本文中的經驗；把自己投處在與作者相同的界域和經驗裏，觀看存在的經驗和認知的活動（act of cognition）。根據這套理論，自然很容易發展成「讀者反應批評」（reader-response criticism），認為感知者與感知客體不可分，作品原初的創作經驗，就是讀者的詮釋。

這種看法，與新批評不同處，在於他們把作品視為活動或經驗，而非對象。談對象，就是「認識論」的進路，其觀察與研究也只能採取「認識論」的方法；談活動或經驗，其了解卻須訴諸想像力和設身處地的「同一之感」（empathy）等讀者的關懷。例如我們看到別人悲戚的面容時，我們立刻就能憑藉我們自己切身的經驗，了解他內心的悲哀，而不一定要「知道」構成他複雜感情狀態的原因或現象是什麼。因此，這種處理文學的態度顯然比新批評合理。

然而，這也不表示它們沒有問題。問題在哪兒呢？

正如上文所說，這種看法，可能導致否定作品存在的危機。因為作品原初的創作經驗，仰賴讀者的了解；而其了解，又侷限於存在於作品本身的經驗。在理論上遂變成一種循環，那個具現經驗的作品，可以是作品，也可以是讀者。其次，讀者只經驗作品內的意識，而不管任何美學的、形式的，或價值判斷的、傳記的等「外在的方法」，使得作者只是一個文學的或創造的存在、僅可見諸作品本身的作者；在事實上也取消了「作者」，只剩下作品；但作品之意識內容，又來自讀者的創造具現，於是，又只剩了讀者。換言之，他們若要承認「作者——作品——讀者」這樣的架構還有點意義，便得像白朗素（Maorice Blanchot, 1907～）那樣，切斷作品和讀者作者雙方的關聯，認為作品僅為作者或讀者一方暫時存在；否則，就得像費希（Stanley Fish），否定作品的存在。

由此看來，讀者反應批評和新批評的哲學基礎雖不相同，但都把作品視為一個「獨立自足的世界」（self-contained world）；可是，他們雖然都視作品為獨立自足的世界，結果卻又完全不一樣，真是詭譎極了。

似乎人們在面對詭譎和偏見時，總喜歡「取兩用中」，選擇一個折衷的辦法來處理；我們也不例外。但是，談問題究竟不是買鞋，選擇一個不鬆不窄的鞋和中庸的價格就可以了，我們必須了解我們自己的立場和選擇的觀念。

作品與作者的關聯

依我們的看法，新批評式、讀者反應批評式的困局，其實都發生在把作品視為獨立自足的世界，而切斷了作品與作者的關聯。假如讀者在閱讀時不只是像一個水桶那樣，坐在那兒等著把水灌進去；作者在創作時當然也不會是木乃伊。作者必有意圖，讀者才能感應。從這個意圖和感應的關係上，才能談到上面所說「傳達」的問題。

新批評之甩離「意義」，僅針對作品之形構立言；讀者反應批評之強調意義由讀者投射、創造。事實上都忽略了「傳達」（就是指作品能否被欣賞）的問題。一件作品，若在傳達上發生困難，它與讀者溝通的道路就隔斷了；這個時候，再談什麼形構或意義創造，都只是徒耗力氣而已。

換言之，作品之可欣賞性，建立在它本身可以傳達的條件上。傳達之範圍固然可大可小、傳達之程度固然可高可低，但基本上必是可以理解的，而不僅是一堆混亂散漫的文句。此話怎講？

所謂傳達之範圍，是指可傳達的人數；傳達之程度，是指欣賞者理解的程度。一位創作者在進行創作之前或創作時，往往預設了「觀眾」，他會構想我這篇東西是準備寫給誰看的、大約有多少人會看得到、他們的理解能力如何、可能會有什麼樣的反應或效果……等問題，並調整創作的計劃、安排意旨的敘說方式、選擇適用的文類。像白居易之「老嫗都解」，就是著名的故事。這種對傳達的考慮，嚴重影響到作品的性質與風格，如黃山谷，講求「萬人叢中一人曉」，他的讀者訴求範圍就極小；如陳后山，堅持「寧僻勿俗，寧生勿熟」，他對傳達程度的要求就極高。近數十年來，我國現代詩的發展，也有一度趨向超現實主義，不理會讀者之理解能力，雖屬走火入魔，不值效法，但也適足以說明：作者在創作時，對傳達範圍和程度的考慮，是形成作品性質與風格的一大動力。同一位作者，可能寫出風格和性質截然互異的作品，也是因為他對傳達力的要求不同所致。近來寫童詩的現代詩人很多，試比較他們的童詩與非童詩，就可明瞭這個道理。

即使我們不談作者，純就作品來看，傳達的問題一樣存在。著名的〈宋玉對楚王問〉不就說過嗎？「客有歌於郢中者，其始曰：下里巴人，國中屬而和者數千人；其為陽阿薤露，國中屬而和者數百人；其為陽春白雪，國中屬而和者不過數十人；引商刻羽，雜以流徵，國中屬而和者，不過數人而已：是其曲彌高而和彌寡。」所謂曲高和寡，就是綜合傳達之區域與程度而說的。宋玉在此，當然有價值判斷之意味在，但我們必須注意，這種判斷並不是絕對的；曲高固然和寡，卻不代表和寡者必然曲高，更不能說群眾欣賞的作品一定是劣作（有關欣賞與判斷能力的批判，以後我們再談）。而且，宋玉這個譬喻，還告訴了我們：不管傳達的範圍和程度大小，這些歌曲都具有可以欣賞的條件，所以才有人屬和；如果這些歌曲，只是些雜亂的音符，在空氣中顫抖，則郢中的居民恐怕要喊警衛來取締了。

有意作曲者，當然不致於故意去製造噪音，可是，事實上有些音樂聽起來卻要比開路機的噪音還讓人難受，為什麼會這樣呢？文學作品中，因為傳達不良，造成「短路」的情形，大抵有以下幾種原因：

一是作者整個意識、觀念、情緒，都不夠明晰，作者本身處在混亂焦灼的狀態中，作品當然也就是他內心混亂的浮現了。也許有人要辯稱人內在混亂的浮現，才是最真最深刻的「自我」。這固然也有些道理，但我們不要忘了：在作品中處理這個「自我」時，作者不能跟著它一齊糊塗，只有深刻清瑩的觀察和透視，才能將自我底層各種意識的面相，刨掘出來。瘋子可能很像演說家，但演說家絕不會是瘋子。

二是作者文字表達能力不夠，心手不能相應，眼中有神而腕底有鬼，深情美意，寫來便味同嚼蠟，甚至弄得晦澀不堪，什麼「蛙翻橫出闊，蚓死紫之長」之類，每個有創作經驗的人，大概都有這樣一個階段；不同的是，有些人超越了這個階段，有些人則一輩子困死在這裏，還自以為是在天堂哩！

三是作者有意以艱深文其淺陋。從前蘇東坡就曾這樣指責過揚雄，但這種毛病其實不只揚雄有。有些成名的大作家，為了表示高明，故意艱澀其辭，英雄欺人；有些小作家，急於博取聲名、安慰自己，也常故示怪異，引人側目。這種情形發展到後來，甚至建立各種「理論」來為自己的行為辯護，宣稱那是「創意」；並在創意的掩飾下，放縱自己的情緒、經驗和想像，而加深了前文所述第一項混亂。

假如一件作品，不涉足以上三項，那麼，不論它如何深刻、如何含蓄、如何曖昧，傳達的範圍與程度如何狹窄，它都是可欣賞的。——而且，只有可欣賞的作品，才被稱為「作品」；至於那些混亂與憤怒、晦澀、凌雜的文字，如果也要有個稱謂，只好稱為「文字」了。就好像貝多芬的曲子喚做音樂，而豬叫只好算是豬叫了。

至此，我們可以作個簡單的結論。——作品之所以存在，是因為作者與讀者雙方的需要，需要藉它來進行溝通；而要完成這種溝通，作品就必須具備可傳達性。

進階書目：

- 《藝術的奧秘》（姚一葦，開明書店）第一章：〈論鑑賞〉。
- 〈讀者・作品・作者〉（蔡源煌，《中外文學》月刊，八卷二期）。
- 〈意識批評家・導論〉（拉瓦爾 Sarah N. Lawall 著、李正治譯，《文藝月刊》一七一期）。
- 《思想與人物》（林毓生，聯經出版公司）頁三一—三六、二七一。
- 《思齋說詩》（張夢機，華正書局）頁一—二二〇：〈悟境、詩境、心境與欣賞詩的關聯性〉。

二、欣賞「文學」作品

何謂文學？

有組織、有意旨，而又具有傳達性的文字系列，便可稱做作品。但這些作品，能否稱為文學作品呢？譬如：賣鮮大王醬油的廣告辭說：「家有鮮大王，清水變雞湯」，意旨明確、辭語動人，競選宣傳和一切廣告，都具有這種特色。它們可能很有文學意味，尤其是女性化粧品和服飾，更善於運用迷離朦朧、膩美優雅及潤澤挑逗的文字系列，刺激讀者的腦神經，讓她們在半催眠的狀態下，掏盡腰包，達成創作者所預期的行動和效果。

然而，這些充滿詩情畫意文學性意味的辭語，本身是否可稱為文學作品呢？

這個問題，其實就是在問：什麼是文學？——要回答這個問題，可真是太困難了。困難得就像回答什麼是人一樣。什麼是人呢？柏拉圖曾述其師蘇格拉底之名言曰：「人就是兩足無毛動物。」結果他一位朋友把一隻雞的毛拔光，拿給他看，說：「哪！這就是人！」

許多哲學家鑒於這次吃癟的經驗，紛紛另闢蹊徑，尋找「人」的定義。例如：亞里斯多德說：「人是粘液和膽汁的混合物」、富蘭克林說：「人是會製造工具的動物」、叔本華說：「人是鬬毆的動物」、尼采說：「人是有權胡說的動物」、謝勒說：「人是上下兩端開口的管子」……。面對這些光怪陸離的說法，我想尼采是對的，人果然是有權胡說的動物！

為什麼在哲學領域裏，會有這麼多奇怪的定義呢？難道哲學家的任務就是胡說嗎？那又不然。哲學上界定「人」是什麼，實際上蘊涵了人類對其生命本質及命運之焦灼地思考。文學亦然。對於文學創作活動之本質、文學的社會功能、文學欣賞活動及其群眾基礎……等問題，產生焦灼的疑慮和思省時，追究「何謂文學」，便成為當務之急；借著重新界定或討論文學的定義與功能的機會，發展出有關文學的策略。形成新的文學觀念、思潮、或運動，產生新的文學史觀與文學作品。我們試讀席德尼爵士（Sir Philip Sidney）的〈為詩辯護〉（“An Apology for Poetry” C. 1583）、或楊牧的〈文學的辯護〉，就可知道這種焦灼的思慮是如何嚙咬著文學研究者的心靈了。我國歷史上對文學的各種討論，我們都應該從這裏去理解。

關於「文學是什麼」的思考

文學，本來只稱為文，《國語・楚語》：「文詠物以行之」註：「文，文辭也。」但是文，並不專指文辭，因為文的本義就是文彩的紋；引申到人文活動裏，便可概括禮樂制度文字等一切意義建構的系統。這些系統就像虎豹皮質上的紋采，不但是繪事後素的，也是虎豹之異於犬羊的地方、文明與野蠻的分野。然而，在人類所有的意義建構中，最重要的又無過於文字語言了；所以，「文」逐漸從道藝禮樂、經典制度轉向文字語言本身，乃是極為自然的事。像《論語》所載孔門四科，文學有子游子夏，文學，指文章博學。漢代州郡及王國所置文學，也是負責以經學教授諸生的官吏。換言之，在周秦漢之間，所謂文學，都還偏重於整個文化內容的掌握，雖很重視語文系統，卻並不純粹集中在語文系統本身的處理。到了魏晉南北朝期間，這種傾向才開始有了轉變：范曄的《後漢書》首先把經藝專門的學者列入〈儒林傳〉，把文章辭采著名的文士列入〈文苑傳〉。前者側重語文系統所建構的文化內容，後者則偏重語文系統本身的探索。蕭統的〈昭明文選序〉，最能表現這種區分，他認為孔孟老莊等人的著作，「以立意為宗，不以能文為本」，所以，不應視為文學，只有綜輯辭采、錯比文華，雖事出於沉思，而義歸乎翰藻的，才是文學。

這種區分，固然精確可喜，但它至少含藏有兩個問題：

一、是所謂立意和能文的分別，終究不是絕對的，中國文字，每個字也都各有其指意，脫離意義內容的語文系統根本不可能存在。所以，所謂義歸乎翰藻者，其始也本應是事出於沉思的。因此，在語文上探索精究，其實也就是在思想上推敲琢磨，《三國志．蜀志．秦宓傳》記載有人問宓說：「足下欲自比於巢許，何故揚文藻、見瓌穎乎？」宓同答道：「僕文不能盡言，言不能盡意，何文藻之有揚乎？」若文辭與思想無法配合，那裏談得上翰藻呢？其次，從語文的藝術活動來看，語文是其本質、藝術是其效用，效用加在本質上面的活動事實，一是內在的構思、二是外在的構辭，精采的文學作品，表面上看起來固然是構辭不同於凡響，而實際上也是構思已經與眾不同了。克羅齊（Croce）所說大作家之異於常人，非由技巧熟練（technical ability）、能達人所不能達，而是想像高妙、能想人所不能想。就是這個意思。——根據這些原理，講求文辭的文學理論家便又指出：文學之所以有存在的價值，在於它能蘊含特殊的真實的意義。這種意義，通稱為道；於是，又有了「文以載道」或「因文明道」、「言而蘊道」等主張。認為必須具足某些文化內涵才可稱為文學，否則便是亂扯或彫繢彩藻，並非真實。這種看法，似乎與專力於文辭的型態相反，但卻是從專事文辭探究中自然發展出來的，例如：魏晉南北朝時，蕭統屬於前者，裴子野劉勰便屬於後者，到了隋唐兩宋更是如此。

二、綜輯辭采、錯比文華，最極至的表現，就是端嚴凝整而又流動燦麗的對偶和韻律了。尼采曾說韻律（rhythm）介入講辭中，會使講辭將所有片段的句子重作排列，並且斟酌字句，使之曖昧迷人、疏宕有致，造成人類內在的情緒淨化力量、便於記憶。尼采說得也許不假，但韻律介入講辭中，那比得上全篇講辭都洋溢著詩的韻律呢？在西方固然無此可能，我國文字特殊的音節和形體構造，卻充極盡至地完成了這種企圖，那就是駢文。六朝期間，因為對「義歸乎翰藻」的要求，遂發展出一套觀念，認為只有有韻的是文、無韻的便是筆，只有偶儷綺曼的是文、質直不複的就是筆。這種觀念，演變到後來就成為駢散之爭。像韓愈的古文雖然被散文家推崇為文起八代之衰，唐人卻仍視之為筆；直到清朝末年的阮元、劉師培，依然堅持「非偶詞儷語，弗足言文」。

從以上有關文學涵義演變的敘述中，我們可以知道：不管文學是語言的藝術、是載道的媒介、是偶儷的韻律、還是直敘的語辭，對「文學」定義的差異，必然代表著實際文學行動和對文學整體觀念上的不同，而這些不同，都曾在歷史上起過實際的作用、造成實際的文學事實；所謂文學作品，也就是在這些涵義的擴大、緊縮、起伏變化中，慢慢積累下來的。我們今天對「文學」的看法，不論是否異於前人，也都是承繼著這個發展路線而來，隱含了這個時代對於文學的要求與策略，希望未來能因著這種對文學的看法而產生「文學作品」。

細心的讀者，看到這兒一定馬上就會發現，我們正在規避「文學的定義是什麼」的問題，而致力於解釋：文學的定義如何並不重要，重要的是這種替文學定義的活動，以及由此活動而帶來的實際影響，因為這些影響產生了每個時代的文學作品。這種情形，就好像我們一直不談人究竟是不是一條兩端開口的皮管，而光是解釋哲學家為什麼要說人是一條皮管、並說明哲學家這樣說時形成了什麼樣的「人的哲學」，簡直就是文不對題嘛！

定義文學之困難

其實，我們並不想逃避問題，我的意思毋寧是否決問題：文學的定義如何不僅不重要，文學又怎麼能夠定義呢？

為什麼替文學下個定義是不可能的？這必須對「定義」這種活動的性質和功能稍做理解才行。——所謂定義，是想藉著簡要而完整的語言，把一事或一字所包含的意思說個清楚。但是，事物是如此紛紜複雜，如何能片言抉要、說個清楚呢？於是，定義者便嘗試從各個角度，例如：根據事物的起源及其方式去確定並解釋它，成為起源的定義（Genetic Definition）；或者從事物的功能上去說明它，成為功能的定義（例如說人是會撒謊的動物）；或者將事物加入已知的部份事物中去了解，成為隱含的定義（Implicit Definition。譬如說父親是母親的丈夫）；或者以同義詞來詮釋，例如：仁者人也，是詞釋的定義；或者在共類上附加許多特性的限定，以使它能與其他事物區別開來，成為描述的定義（Descriptive Definition）……。諸如此類，都是常見的定義方式，像〈詩大序〉說：「詩者志之所之也」，是起源的定義；鄭玄〈毛詩註序〉說：「詩者弦歌諷喻之聲也」，是功能的定義。這些定義，也許能顯示出文學的起源、功能，但對文學是什麼依然缺乏說明。換句話說，真正的定義方式，應該是本質定義，對於物之所以如此的本質予以限定（Essential Determination）。可是，因為真正的本質，難以覓獲，許多事物在定義時便不免教人束手無策。比方說人、文學、或者桌子，都是無從定義的，即使勉強定義，亦必糾紛不斷。

不只此也。如人、如桌子，不管定義如何紛歧，人和桌子那個東西是不變的。文學就不，從上面的敘述裏我們會發現，每個時代被稱為文學的東西可能並不一樣，某些人把韻文稱為文、某個時代把經藝知識稱為文，有時是名實未虧而喜怒為用、有時是名實相貿而彼此不同、有時是稱名互異而實則一也、有時卻又是名同質殊而啟人疑竇。在這樣的情況下，要循名責實，替文學下個精確的定義，真是戛戛乎其難哉！

認識到這種困難，對我們來說，未嘗不是一種福份。至少我們可以從時代的審美趣味和文學愛憎中跳出來，了解文學作品及文學這個語辭，含義豐饒、面目繁多的歷史事實，開拓萬古之心胸。而也唯有如此，才能使我們對文學的本質，較有深刻的領會。

文學的本質

這裏所謂的「本質」，不等於上文所說「某甲之所以為某甲」的本質，而只指一種物性的存在（即 Physical Essence）。例如人，形軀之兩足無毛便是人的物性本質。對何謂文學，大家可能意見不同，但文學不能不是語言的構組，相信無人能予否認。現在，我們就是要看文學的語言構組，有何特殊之處，能讓我們區分什麼是文學、什麼不是文學？

從語言的性質上看，文學作品的語言（這裏所謂文學作品，就是上文所述各時代認定的文學作品），比起日常用語或科學性的用法，似乎大不相同。科學報告的語言，是透過語言去指涉某事某物某理由，語言本身是透明的，除指出意義之外，別無作用。除了認知意義之外，也力戒情緒的干擾。文學性語言，恰好相反，它可能有所指涉，但也可能毫無指涉，只表現一種情緒感受、只為了音調文字之美感而存在。例如：「山在虛無縹緲間」，有山、山在，又怎麼能是虛無呢？虛無又如何能蘊含有呢？所以，在科學性用法中此語不能存在；在文學裏，這虛無縹緲卻正是縱容讀者想像的大好空間，兩者之不同，豈不是非常明顯嗎？另外，在文學作品中，我們又看得到作者經營語言本身的苦心，體製、格律、用韻，敷采選聲、著手生春，與科學報告也是大相逕庭的。

一篇作品，凡愈傾向於脫離純粹認知作用、愈注重文字本身的捏塑，就愈可能是文學作品。所以，文學作品與宣傳或廣告的不同，不在於文字的組織，而在於使用文字的方式。宣傳家和廣告商要求的是實際行動的功能，藉著一首詩或一篇精美的廣告辭，讓讀者掏錢或投票；文學家則知道文學只能喚起讀者的想像與美感，這些想像與美感最多只能達到抽象行動的功能，使人淨化或沉思。一位創作者，愈能保住這種文學職份的堅持，就愈能保證他的作品是文學作品，而不致成為傳單。文學可以使宣傳達到效果，而其本身卻不因宣傳而存在，歷史上許多著名的檄文也替我們證明了這一點。

清人葉燮說得很對：「作詩者實寫理、事、情，可以言言、可以解解，即為俗儒之作。惟不可名言之理、不可施見之事、不可徑達之情，則幽眇以為理、想像以為事、惝恍以為情，方為理至、事至、情至之語」（《原詩》）。文學作品，就是這些理至事至情至的幽眇荒唐之言！

進階書目：

● 《文學概論》（王夢鷗，藝文印書館）第一、二、三章。

● 《文學理論》（Wellek and Warren 著、梁伯傑譯，大林出版社）頁一—二四。

● 《中國中古文學史》（劉師培，鼎文書局）頁一—三、一〇〇—一〇六。

● 《歡悅的智慧》（尼采 F.W. Nietzcshe 著、余鴻榮譯，志文出版社）頁一二二—一二四。

● 《談藝錄》（錢鍾書，開明書店）頁二四七—二五一。

● 《論理古例》（商務印書館，人人文庫）。

三、欣賞「文學作品」

滿紙荒唐言，一把辛酸淚。《紅樓夢》的作者，似乎又一次證明了：文學，只是一些理至情至的荒唐幽眇之言。否則，紅學大猜謎的情況也不會發生了。在紅學大猜謎之中，蜀山論劍，各派爭鋒，雖然莫衷一是，迄無定論，但每個猜謎者卻都滿心歡喜，合掌贊嘆。這種現象，對於理解「文學作品」之性質與意義，實在是深具啟發性的。

文學與科學

原來，文學作品依其語言特質，所構築的世界，本來就常是些「不可名言之理、不可施見之事、不可徑達之情」，與認知意義的指涉功能，無多大關係；因此，歧義與模稜、聯想與想像、感情與夸飾，都是文學作品中必要的成素。這些成素，無一不與科學所祈嚮的世界——那個準確、嚴謹、價值中立、無感情干擾、重視認知程度、嚮往客觀真實、倚賴數據和儀器的世界——相悖反。故而，早自柏拉圖，就開始詆毀藝術家只是玩弄幻象的人，詩人強化感情而戕傷理性，更不可寬恕；推廣進化論思想的赫胥黎（Thomas Huxley），提倡實用科學、建議放棄研讀古典作品；史諾（C.P. Snow）的《兩種文化與科學革命》，更是推波助瀾，強調科學文化的重要，批評文學與文人之腐敗無能。影響所及，遂有「詩已死亡」、「文學暴卒」之說。在科學意識蔓延的今日，文學若不能證明它具有科學性，其存在的意義，差不多就要被否定了。

然而，文學果真需要科學來撐腰嗎？一位尊貴美麗的女孩，站在天光下，風姿綽約，就是她存在最好的證明；強拉一位毛髮森然的彪形大漢來，說她必須具有彪形大漢的性質，才有存在的價值，這種人若非愚蠢，定是瘋癲。至於問那文學的創造者（作家）是否愚昧或行為不檢，也像討論上帝是否犯過強姦罪一樣，與其作品無甚關聯。

我們必須了解：文學與科學所傳達的是兩種不同性質的內容。科學知識所處理的，是可以脫離我們主觀態度（Subjective attitude）、不繫屬於主體（Subjectivity）、而可以客觀地肯斷（objectivety asserted）的真理，這種真理，稱為外延的真理（extensional truth）。反之，便是文學所處理的「內容真理」（intensional truth）。邏輯實證論者，習慣於把前者視為有認知意義的知識，把後者視為沒有意義（meaning）的知識。這樣，文學當然要被否定了。

可是，沒有認知意義就是無意義嗎？《紅樓夢》這個小說，我們初讀它時，未必能了解或理會歷史事實，即使歷史上根本沒有這個賈府，我們讀來還是要痛哭嘆息的，還是有真實的意義感覺的，所以，才有人會因讀《西廂記》而悟道。這個真實的意義感受，就是科學知識裏所不講的人生具體的真實。從前亞里士多德就已經覷破了這層奧秘，指出：詩比歷史更真實、更具哲學性，因為詩所處理的不是已經發生的實際事件，而是可能或應該發生的人生；認知的歷史對象，永遠是個別的外延的，文學則揭示普遍而具體的（類似黑格爾所說的具體通性 Concrete Universal）。文學家若拋棄了原有的職事，而竟去追求外延的歷史的認知意義的事件，就會像周汝昌《紅樓夢新證》那樣，硬把紅樓鑲進曹雪芹的生平裏，把一個生機盎然的文學世界，塑造成一冊按事編列的賬簿。戕害文學生命，莫此為甚了。

文學的意義與價值

這並不是說文學必然不理會歷史、必然悖逆認知意義，否則什麼「詩史」的尊稱、「議論文」的類型，都要摒諸文學門外了。我們只是認為上述兩種知識區分，並不是平列對立，而應該是由文學來綜攝整個外延知識，且轉化為內容真理。

所以，一首詩歌裏面，可能有本事、有指涉，但其意義永遠不限於這個本事、不止於這層指涉。文學不但描述歷史、反映時代，也整理經驗、發現意義、創造價值、賦予批評。鍾嶸〈詩品〉宣稱詩歌能夠「照燭三才、煇麗萬有；靈祇待之以致饗、幽微藉之以昭告」，就是指文學這種綜攝提昇並賦宇宙人生以意義的能力而說的。現實的世界、科學報告所指涉所陳述的事實，是碳；經過文學語言的運作，卻凝聚轉化成金剛鑽。鑽石仍然保留了碳的成份，但其質地與意義已不再是素樸的科學指述所能比擬的了。

就人生而言，文學這種特質，異常重要。它在現實的表象世界之上，提供了一個可以提昇的場域。在這個場域裏，文學彰顯了人生具體普遍的真實意義，啟引人們以更寬廣的眼界、更誠懇敏銳的心態，去認識古今人世變遷的面貌、去品味歷史創造的意義與價值、去發掘生命存在的感受。「非陳詩何以展其義？非長歌何以騁其情？」是的，若沒有文學，科學認知的意義又是什麼意義？人生又如何拓展它意義的存在與追求呢？

依循感官經驗和理性推論而來的外延知識，其實並不觸及意義與價值，因為它只說明「是什麼」，而對「何以是什麼」、「是什麼又如何」等問題不予解答。故認知意義中，見一人只是一人、一哺乳類脊椎直立動物；文學作品中人的存在卻因意義的關聯而顯示出社會存在的意願、並進而要求精神意識的溝通、強調生命並非孤立的存在，而是諸生命實體間相互激蕩、投射、觀照，以完成生命交通合一的快慰，《論語》說：「詩，可以興、可以觀、可以群、可以怨。邇之以事父、遠之以事君，多識於鳥獸草木之名。」（〈陽貨篇〉），真是千古不磨之理。它顯示多識鳥獸草木之名的認知活動，也包含綜攝在文學的使命中。但文學總是要超越這個層面，才能圓滿具足地達成它特質的要求。在文化興發、人際感通中展現它的意義。

文學語言的特質

為了達成這個目標，文學在語言的構成方式上，便須有特殊的一套——從語言學的立場看，語言是紀錄人類思想情意的符號，所謂：「在心為志，發言為詩。」從志到言，中間有一道傳譯的過程；這一道過程，並不如一般人所想，那麼理所當然；要心手相應，中間毫不走失意思，實在是非常困難的事。譬如翻譯，要銖兩悉稱，往往得旬日躊躇。然而，只是翻譯，也有直譯和意譯之不同。有譯書經驗的人都知道：直譯在理論上較符合原著，但有時較深微精奧處，直譯卻會大大妨害原意，意譯才能淋漓盡致，若有神助。這也就是說人內在的志，往往須靠一種較迂曲不直的語言，來貼合、來揭示、來「曲」盡其妙。

這一曲，便脫離了清晰的邏輯文體，成為文學的語言。這種語言，往往不是徵實的，而是象徵的，憑虛構象，象乃生生不窮；篇終混茫，意乃盪漾無盡。所謂：「文徵實而難巧，意翻空而易奇。」它與認知語言的差別，在於認知語言準確直接，袪除歧義之蔓衍和延伸的聯想，文學語言偏要。所以，它本質上即具有「言外之意」。根據這種語言特質而形成的文學境界和美感性質，便常能超以象外、氣韻流瀉於筆墨不到之處。這個筆墨不到之處，往往最虛靈，但也最真實，因為那是作者最深沉的心靈姿式和生命律動，與讀者產生主客互動的所在，所以，能讓人低迴不已，含咀無窮。古人讚美〈古詩十九首〉是：鑿空亂道，歸趣難窮，讀之者四顧躊躇，百端交集，正是就此境界而說的。邏輯式的語言，那能如此？

在這樣的語言構造裏，文學作品必然是「幽眇以為理、想像以為事、惝恍以為情」。整個語言建構，來自想像的運作，而非知識理性的堆垛。像英國詩人布雷克（William Blake 1757-1827）為了強調想像的重要，宣稱：「只有一種能力可造就一位詩人：想像、神性的視力。」我們倒不敢如此神秘其說，我們所謂的想像，只是意象的召回或經驗的再現，但在其中加上了作者本人複雜而深邃的心靈作用（意識與潛意識），化腐朽為神奇，創造一個全新的秩序。所以，不同於經驗之複製，也不是純理性的綜合與演繹；胸有成竹，目無全牛；是整個文學語言構造的主要運作力量。

此一力量，古人稱為神思，因為它變化無方，不可把搦。陸機、劉勰、蕭子顯等人，對於神思，都有精妙的詮說。只有想像力憑心構象或感物造端時，刻鏤聲律、萌芽比興，才能成為文學作品。否則，聲律與比興的運用，在梵唄唱誦或廟宇籤條上也是有的。

想像力運作下，比興和聲律，都是文學語言所重視的質素。科學或邏輯語言，概屬直述語句，文學則在直述（賦）之外，還重視比興的運用。「賦比興」不僅是文學的構詞方法，其實也是文學作品構思的形式。比興的含義，歷來有許多不同的解釋，但綜括來說，則不外乎譬喻、暗示和象徵。文學之必須借重這些構詞構思的方法，原因是它本身傳達的就是一種象徵的知識。

文學知識的性質

所謂象徵，是指使用具體的意象和符號，來表達抽象的觀念與情感。文學的性質正不外乎是。因此，它傳達的不是實際的知識，而只是符號地徵示一種曖昧的抽象觀念與情感，作品中象徵的結構、人物、事物，就是配合這一性質而做的設計。

許多人誤會了文學知識的性質、不了解文學作品的特徵，要求文學提供一些倫理或社會的實際知識，表現一些實用的功能。這樣的理解，必然導致三個結果：

一、無法領會文學作品只是個象徵的世界，裏面男歡女愛、哀樂情仇，所要表達的都只是些抽象的意念（即在心為志的志），與真實的實體事物並不相等。以致於把文學看成政治、倫理、宗教的婢女，要求輔助或賠合那些實際的知識。

二、文學事實上不可能符合上述要求，因為文學在本質上是非命題性的，它並不做任何邏輯性的肯定，詩人的任務也不在做直敘述。於是，他們失望了，開始指斥文學是「虛偽、淫蕩而荒謬」了，他們問：「文學能告訴我們什麼？」、「文學能證明什麼？」甚至於譏諷而困惑地喃喃自語：「文學有什麼用？」從道德家、倫理家、宗教家、政治家、到一切實用主義傾向的人士，他們都在問這些愚蠢的問題。

三、愚蠢的問題，一如白晝見鬼，當然沒有答案。於是，可憐的人們開始產生文學的無力感了。文學的無力感，主要來自兩方面：一是文學語言本身因為言不盡意，使得講求實際與確定的實證取向者，覺得把握不住，對語言喪失了信心，感到「語言界限」在創作或認知時都無法突破，而萌生無力之感；二是覺得語言文字所組構的文學，在現實上乏力，作者對社會的責任、作品對時代的使命，事實上並不能釀生實際行動的知識與力量，希望通過文學來改造社會的期盼逐漸幻滅，對文學便再也無法保有熱情了。這真是悲劇性的結局。結局幕落時，文學無力感的人們，已經遠離了文學，走向群眾，希望以宣傳或實際的行動，來改造社會。然而，因為文學永遠不可能是宣傳（柏爾金 Belgion 就曾說藝術家是不負責的宣傳家），這一行動當然也不太可能會成功。

這三種結果，在歷史上真是屢見不鮮。站在人道的立場上，我們對它寄予無限地同情，也能深刻地理解他們的心情和理由。可是，這並不能鬆解我們對它在知識上的批判，因為他們誤解了文學作品的性質與意義，也誤解了生命本身。以致於生命因喪失了文學，而滑落到貧瘠、燥烈、偏激、枯澀的荒原上去了。

然而，一切都不必嘆息，愚昧總是要付出代價的。

進階書目：

- 《困學集．西洋文學散論》（傅孝先，時報出版公司）頁一－四〇。
- 《藝術的奧秘》（姚一葦，開明書店）頁二〇－四七。
- 《六朝文論》（廖蔚卿，聯經出版公司）頁六三－七〇、頁一〇一－一一六。
- 《修辭學》（黃慶萱，三民書局）頁三三七－三六四。
- 《美學的散步》（宗白華，洪範書店）頁一〇一－一〇四。
- 《文學概論》（王夢鷗，藝文印書館）第四章。
- 《中國哲學之簡述及其函蘊之問題》（牟宗三，學生書局）第二講：〈兩種真理以及其普遍性之不同〉。

四、「欣賞」文學作品

除非真是羞於見人，否則，沒有一個女人是化粧給自己看的。從來不易發現自己的缺點的作家們，更是紛紛以作品邀徠讀者。不論他們的動機是自我吹嘘、感時傷逝、發洩積鬱，或嘲弄社會、憂國憂民，他們藉著作品來傳達情感和意念的企圖，大抵上並無太多差異。

欣賞的困難

但是，作者拋出了心靈的繡球，企圖在這莽莽人世，獲得一些感通和共鳴時，讀者能不能接得住他傳達的訊息，能不能從那些悠渺荒唐的言語中，讀出性情和血淚呢？面對不同傳達範圍與程度的作品，讀者的欣賞能力，能不能予以甄別、判斷和感知呢？

唉！「美人有幽恨，含情知者誰？」古往今來，作者與讀者之間的悲劇，就發生在這裏。我們不要以為文章如美色，誰不懂得欣賞；事實上，瞎子是看不見美女的；藝術上又何嘗沒有色盲呢？你說：「春江水暖鴨先知」，他便懷疑：為什麼鵝就不能知道呢？你說：「欲放扁舟歸去，主人云是丹青」，他就批評：主人不告訴你，你難道就不曉得那只是一幅畫裏的扁舟嗎？從前張潮曾在《幽夢影》中說：「劍不幸而遇莽夫、鏡不幸而遇嫫母，此皆人間無可奈何之事。」像上面所舉的這些例子，不也是人間無可奈何的事嗎？

不過，有些學者對此一問題卻有不同的看法，他們不認為讀者在欣賞能力方面會有困難，也不相信作者與讀者之間會發生類似上文所說的悲慘局面。比方克羅齊（Croce 1866-1952）就認為讀者一定能夠欣賞文學作品，因為「批評和認識某某為美的那個判斷，與創造那美的活動相同（都是直覺）；唯一的差別，只在情境上：一是審美的創造，一是審美的再造。」「在觀照和判斷的那一剎那之間，我們的心靈和那位詩人是相同的，是二而一的。」（《美學原理》．頁一二四）。

簡單地說，克羅齊認為創造美和鑑賞美，都是直覺的活動，而且，審美即是一種再創造，性質和作者創作作品並無不同。因此，不僅沒有「傳達」是否會發生困難的問題，也沒有欣賞能力差異的問題；每一位在做審美判斷的讀者，其實都是作者的化身，觀賞著他自己所創造出來的傑作。

理論上這種講法當然可以成立，但在實際欣賞的審美過程中，我們卻發現不是那麼一同事。這就好像在統計學裏，我們可以說一個人左腳放在八十度的熱水中、右腳放在零度的冰塊中，平均起來就是人感覺最舒服的溫度，實際上這個可憐的人不難受得屁滾尿流才怪哩！在歷史上，欣賞能力不均勻的差異，乃是非常明穎的事實，像班固和司馬遷對屈原的評價就不一樣，清朝譚獻說汪中的〈釋三九〉、〈哀鹽船文〉、〈自序〉、〈漢上琴台銘〉是振古奇作，包世臣卻認為〈廣陵對〉和〈琴台銘〉是下乘，〈哀鹽船文〉也只是稍具哀怨之致而已。文學作品，之所以會有許多不同的評價，基本原因就是讀者的欣賞能力和審美能力判斷並不一致。所以，像杜甫，才會有人尊稱他是詩聖、有人卻嘲笑他是鄉巴佬。

據說，近代名畫家齊白石，有天拿他一幅畫，想跟賣菜的小販換一車白菜，小販不肯，笑他說：「你這糟老頭，竟想用假白菜來換我的真白菜。」這位小販，就是藝術上的色盲，只看得見實用的價值，而看不清審美的價值。像這一類色盲的例子，跟上面所說審美能力不同的情形一樣，在歷史上也是非常普遍的。

何謂欣賞？

由此看來，欣賞並不是一件非常容易的事，要做一個優良的讀者，也不簡單。既然如此，那麼，為什麼「欣賞」會有程度和能力上的差異呢？它究竟是種什麼樣的活動？這種活動的性質與意義又如何呢？

所謂欣賞，指的是一種特殊的心理活動，例如〈蘭亭集序〉說：「當其欣於所遇，暫得於己，快然自足。」謝靈運〈晚出西射堂〉詩說：「含情尚勞愛，如何離賞心？」〈遊南亭〉詩說：「我志誰與亮，賞心惟良知。」〈從斤竹澗越嶺溪行〉詩說：「情用賞為美，事昧竟誰辨」（李注：情之所賞，即以為美，故有以自得也），他們說的欣與賞，都是指人面對他所遇到的物，因情感的投注，而快悅地掌握住，並使自我生命得到充實的一種狀態。所以，他們不約而同地用自得或自足來形容這一活動的結果。

換言之，這整個活動，有三個地方值得注意：一是情感必須投注，牽涉到感情移入的問題；二是因感情移入而獲得了美，所以，又牽涉到美存在何處的問題；三是整個欣賞活動的結果，有什麼意義的問題。

其實，這三個問題是互相關聯的，不過為了敘述的方便，我們先從第二個問題開始討論。

美在何處？

文學作品，經由作者寫出來以後，即成為欣賞的對象。但歷來對於讀者欣賞這個作品而產生美感的來源，卻有兩種極端的看法，一種認為我們看見一個好的作品，所謂美，自然就是作品本身的性質，美就存在於作品本身；猶如我們看見西施，覺得她很美，這個美，當然是指西施本身而說的。這個道理很淺顯，所以，它的起源也很早，《抱朴子》說：「姸媸有定」（〈塞難〉）、「不暗瓊琨之熠爍，則不覺瓦礫之可賤」（〈廣譬〉），即蘊涵了這種看法。在西方，最早興起的美學觀念，也以為美存在於物體的形式，物體本身各部份如果組織配合得非常和諧，就顯出了美，我們只要利用感官直接感受它就行了；假若我們無法感受到它的美，則可能是因為我們還不夠了解它，它的美卻不因讀者能不能欣賞而有所改變。

乍看之下，此說非常合理。然而，它卻有極大的漏洞，因為：一、美醜縱使存在於作品本身，美與醜的判斷，仍然需要讀者主觀的辨識，所以，美的存在與否，實際上無法離開主觀意識而獨立。二、假如說凡是能夠理解的人，都應該能感受到它的美，那麼。世界上就沒有什麼東西本質上是屬於醜的了。三、如果美者恆美，不因讀者能不能欣賞而改變，則一切文學批評豈非庸人自擾，徒然多事嗎？

美的客觀論，因為有這些毛病，所以，又有了第二種看法，認為西施之美，並不是西施本身美，而是情人眼裏出西施。例如劉子說：「美醜無定形，愛憎無正分。」（〈殊好〉）、黃庭堅說：「文章大概亦如女色，好惡只繫於人。」（〈書林和靖詩〉），即代表了這一類看法。他們主張美或醜不存在於事物本身，而在於欣賞者的審美判斷；並且這種審美判斷，也是受到判斷者主觀的知識和情緒背景所限制的。

這種說法，也有些地方值得商榷。——我們當然承認若無讀者主觀的審美判斷加入其中，討論作品美不美就喪失了意義；同時，價值判斷必然受主觀條件的影響，也是顯而易見的事實，否則也不會有像我們在前面所談及的那些評價差異了。但是，縱使我們說凡主觀認為美的，雖醜亦美；仍然在客觀意義上，肯定了美與醜的存在，並不完全受主觀態度所決定。譬如「海邊有逐臭之夫」，逐臭者當然可以認為這個臭是美不可言的滋味，但「臭」本身卻具有客觀的意義。換句話說，主觀的審美判斷，仍然要受到客觀現實對象的約制；文學之批評與欣賞雖然是見仁見智的活動，卻還是有點規矩可循，不能全憑讀者一時的喜怒愛憎而亂說，原因也就在這裏。

感情的投注

以上這兩類說法，前者稱為美的形式論（客觀論），後者稱為美的主觀論（經驗論）。剖析他們的論點之後，我們發現美既不存在於作品本身，也不純粹是讀者主觀意念的產物；美的客體和讀者的經驗，是分不開的。因此，所謂欣賞的美感，實際上即是作品之結構、和自我之認知，兩者互相作用而形成的經驗，「情用賞為美」，構成一整體之美。在這個美之中，有我、也有作品，是一種主客交融的狀態。

美學中，把讀者這種自我意識之加入的情形，稱作感情移入（feeling into）。審美態度和一般做科學實驗分析或驗屍報告不同的地方，就在這裏。讀者在實際上參與了作品中所敘述或描繪的經驗，隨著書裏面的人物哀傷、感嘆、流淚、活動。我們在我們內心重演著他們的種種感情，無論它是甜蜜還是酸楚。我們把自己投入到作品的形式結構裏去，從裏面發掘經由我們感受到生命內容，不管它是愴痛還是歡欣。

正因為如此，所以，我們從作品裏面，獲得的並不是一般的知識，不是與主體隔絕的外延真理，而是與人認知情意主體有密切關係的內容真理，關聯著人對他自己生命本身的體認。通過了欣賞文學作品的美感活動，我們既與作品共同創造了一個「美」，也豐富充實了我們自己的生命內容，使我們藉著文學作品擴大、提昇、清洗了我們的生命體驗。王羲之所謂：「快然自足」、謝靈運所謂：「有以自得」，指的都是這個意思。記得蘇東坡有句詩說：「名尋道人實自娛」（〈臘日遊小孤山訪惠勤惠思〉），欣賞文學作品，當然也是一種拜訪作家的活動，但它何嘗不也是一種自娛自適的行為呢？像陶淵明讀《山海經》那樣，「泛覽周王傳，流觀山海圖；俯仰終宇宙，不樂復何如？」才真是一位懂得欣賞之真味的讀者啊！

為什麼要欣賞文學作品？

由此，我們便可知道：文學作品的意涵、價值，都不是一定不可改變的。它會隨讀者的美感能力而滑動。一位生命力豐盈而且感受敏銳的讀者，跟一位對生命毫無感覺、遲鈍而機械的讀者，作品對他們而言，便會呈現出不同的意義。有些人看《紅樓夢》覺得纖細乏味，而看到魯智深、武松，卻眼睛陡然發亮；同樣地，又有些人喜歡薛寶釵、有些人擁護林黛玉。也是因為每個讀者本身的生命型態並不相同的緣故。

古往今來，許多作者，利用作品來詮釋他對生命的感受，展示他個人的生命型態，並期待「解人」或「知音」。賈島甚至有首詩說：「兩句三年得，一吟雙淚流；知音若不賞，歸臥故山丘。」知音的確是太難得了。試想我們一生中，能夠真正遇到幾個以肝膽生命照耀的朋友呢？文學家透過作品，事實上就是希望在歷史中尋找這種意氣相投、生命相契的光輝：「千古之下，若有解人，猶旦暮之遇也。」

他們的期望，是如此殷切。所以做為一個欣賞者，實在是件非常尊貴的事。他不但可以充實豐富自己的生命和作品的內涵，更可以賦予歷史一點溫暖，顯示人性最珍貴的一面，那就是：「同情」。各位，您希望自己成為一位「合格的讀者」呢？還是想成為藝術之宮笨拙的盲叟？

進階書目：

● 《西洋美學史資料選輯》（朱光潛，仰哲出版社）頁六、廿五、四三、五六、五九、六九、八九、九七、九九、一〇四、一一八、一二六、一三七、一四八、一五二、一六五、一九六、二四八、三〇二、三〇七、三一〇、三一六、三一八。以上均屬討論審美活動之性質與意義者，可補本文所未備。

●《現代美學》（劉文潭，商務印書館）第九章：〈感情的移入與抽離〉。

●《西方美學史》（朱光潛，漢京公司）下卷，頁三〇四－三二四。

●《藝術的意義》（Sir Herbert Read 著，杜若洲譯，巨流公司）頁二、一二－一四。

●〈詩歌鑑賞中的評價問題〉（龔鵬程，《中外文學》月刊十卷七期，見本書卷下）。

●《文藝美學》（王夢鷗，新風出版社）下編，頁一三五－一四〇、二一九－二二三。

五、如何欣賞文學作品（上）

——培養美感

在文學欣賞過程中讀者的地位和他所扮演的角色，不但必須，而且非常重要。但是，在欣賞的整體活動裏，讀者實在是最難以掌握的變數，作者和作品可能碰到一位知音，也可能遇到一位蠢笨如驢的讀者。

為了儘量減少作品與讀者之間的悲劇、也為了讀者自己好，每位讀者都應該想辦法使自己成為「合格的讀者」。然而，一位合格的讀者，應具備那些條件呢？

條件當然很多，但基本上大概可以分成三個方面：一是培養美感；二是充實知識；三是他還必須了解一些方法和步驟。

美感能力

美感能力，是所有讀者應該具備能力中最重要的。所謂美感，是指他對事物有一種審美的態度和能力。而這種態度和能力，與一般的態度或能力頗有不同。例如：魯迅在〈病後雜談〉中說他有兩位朋友，其中有一位希望天下人都死光，只剩下他自己和一位漂亮的姑娘，還有一個賣大餅的；另一位則願秋天薄暮，吐半口血，兩個侍兒扶著，懨懨地到階前去看秋海棠。這兩位先生的願望當然都很好，但是，態度顯然有所不同，後者是審美的，前者卻是實用的，包括漂亮的姑娘，在他看來也只是增加實用的興趣而已。同理，陶淵明看見一畦蘿蔔，可能會充溢著天地生機的美感，菜販則只會煩惱菜價的昂賤。文學家讚嘆樹木的姿態、科學家觀察樹木的種別質料、商人考慮樹木的價錢與功用、道德家呼籲樹木對社會的重要性。諸如此類，審美態度顯然有別於其他各種（功利實用的、科學的、社會的、道德倫理的）態度。假如一位讀者，目光如豆，只能察覺實用、科學、道德等價值，而對美感價值缺乏感覺，他在審美能力方面便有了缺憾；這種缺憾，自然也代表了他心靈上的殘缺，他的人生當然更是偏枯的了。

一個殘缺偏枯的心靈，要欣賞文學作品之美，真是戛戛乎難哉！再美好的作品，放在他面前，也是如水潑石、對牛彈琴，絲毫起不了作用。所以，我們若要欣賞文學作品，就必須先培養自己的美感能力，讓自己成為一位能欣賞文學藝術的讀者。

既然如此，美感能力應如何培養呢？

如何培養美感能力？

首先，我們應該知道：美感活動，也是一種人文意識的活動。美的感知與判斷，跟個人意識的發展息息相關。一個人的知識、經驗、生命情調，無一不是美感的主要憑藉。許多美學家或文學家，強調審美態度的建立，在於「為觀賞而觀賞」、「詩只做詩讀」，意思是說我們欣賞一件審美對象時，不應該夾雜有其他的目的，而只應對它本身賞玩一番，發掘它的美。譬如：有些人聆聽音樂，僅把音樂當作達到他其他各種幻想或目的的跳板，而不去欣賞音樂本身，那就不是正確的審美態度了。這個講法，固然很對，然而，同樣以審美態度來面對一件作品時，不但兩位讀者會有兩種欣賞結果，即使同一位讀者在不同時間裏的審美感受，也不盡相同，為什麼會這樣呢？

主要原因就是審美活動的性質，並不是孤立的，它雖不同於道德的、社會的、實用的等各種活動，可是，各種人文意識的發展和活動，卻深深影響了美感活動的內涵。宋代范溫說：「少年愛風花，老而厭之。」（《潛溪詩眼》），就是指一個人對於美的掌握，實際上是與生命成長的歷程、個人意識的發展相配合的。所以，青年人喜歡鮮豔濃麗、情綺語新的作品，老年人卻欣賞枯淡深沉的風格。蔣捷〈虞美人〉說：「少年聽雨歌樓上，紅燭昏羅帳。壯年聽雨客舟中，江闊雲低斷雁叫西風。 而今聽雨僧廬下，鬢已星星也！悲歡離合總無情，一任階前滴到明。」無論就生命情調或對外存美感境界的體會來看，蔣氏這闋詞都點出了美感內涵與生命共同成長的道理。

這個道理，表現在文學欣賞過程中，自然就會像梁啟超讀龔定庵詩時，少年時讀到「落紅不是無情物，化作春泥更護花」，簡直著迷極了，覺得它哀感頑豔，無以復加；可是，年歲漸增、感慨漸深、閱歷漸長以後，卻覺得它太淺了。類似這樣的例子，實在非常普遍。黃仲則綺懷詩：「記得酒闌人散後，共搴珠箔數春星。」張叔眉先生有批語說：「老去看花意轉慵，一讀一回情味減。」

講得很深刻。假如我們能了解這個道理，那麼，我們同樣也可以想到：不同的思想意識內容，即能發展出不同的美感價值觀。所以，不同的文學思想，就會有不同的美感價值觀；不同的思想家，也會有不同的文學美感觀念。歷史上，關於文學美的看法，異常繁雜；而表現在文學批評史裏的爭論，也極紛紜，基本原因在此。

有了這兩層理解以後，讀者一切培養美感的活動，實際上便是與整個生命和思想意識內涵相牽連的。他應博觀各種美的型式、思考各種美的價值觀、擴大審美口味、提昇審美層次，建立美感價值，以豐盈自我的生命。——以上這幾點，請讓我稍微做些說明。

㈠擴大審美口味

《文心雕龍．知音篇》說一般讀者在欣賞文學作品時，毛病總是：「會己則嗟諷，異我則沮棄。各持一隅之解，欲擬萬端之變，所謂東向而望，不見西牆也。」文學美的類型和樣式很多，可是讀者由於個人性向偏好和所受教育的侷限，往往不能對所有美的樣式都有了解、都能欣賞，所以，他在欣賞時便不免只以個人的審美口味，做為判斷的依據。合乎我胃口就是好作品，看不順眼則為濫貨。

這種欣賞文學作品的方式，當然是狹隘偏頗的。一位負責的讀者，如果真的對生命不苟且，他就應嘗試著去欣賞各種不同類型的作品，讓自己到新的美感型式中去探險，開拓自我美感經驗的領域，盡量了解文學作品所可能具有的各種不同美的要求和設計，豐富自我美感經驗的內容。無論是杜甫的沉鬱頓挫、李商隱的哀感頑豔、李白的清新飄逸、李賀的譎怪瑰奇，或公安派的輕佻、常州派的隱晦，都要懂得去品嚐。荷葉排骨固然是一道佳餚，但酒席上僅此一味，豈不是太單調了嗎？

㈡提昇審美層次

人生不能只有一種色彩，文學也不能只有一種美的類型。所以，在文學的領域裏，必然是千巖競秀，風格互殊。但是，我們雖然要求讀者擴大審美口味，卻並不意味著每一種美都具有相同的價值。有些美，是一見之下即能感覺愉悅的。這種愉悅，是普通感性的愉悅，產生直接的、純淨的快感，不須思索，人人可以立即獲得，像「采采流水、蓬蓬遠春」、像「巧笑倩兮、美目盼兮」，都屬於這一種美。文學作品中，色彩較潔淨溫潤、情感較恬適、音節較柔和、蘊涵的事實較易引起人們愉快的聯想或想像、文字與形式較順暢澤麗而勻稱的，也屬於這種美感類型。通常我們形容某些景象或氣氛，具有「詩情畫意」，即指此種美感而言，所以它是文學美或藝術美一般（或者是基本）的美感類型。

不過，另外有些美的類型並不如此，它們的美，其中包含有嚴肅、痛苦、荒謬、醜怪、奇異等條件，不是可以立即、以感官來把握，而必須要有較多的美感洞察力，必須要通過思考、理解和某些訓練，才能獲致。例如：悲壯、滑稽、怪誕、抽象等美的範疇，均屬此類。

在美學上，我們認為前者是「簡單的美」，後者是「艱難的美」或「卓越的美」。藝術創作，經常超越前者，而追求後者。比方書法，館閣體、院體是最墨潤光鮮的了，可是，沈括《夢溪筆談》卻說三館楷書，到死無一筆。詩歌，膾炙人口的作品，也被視為俗調，東坡曾告訴陳師道說：「凡詩須做到眾人不愛處、可惡處方為工。」（《石林燕語》卷八），王昶答李憲吉人書也說：「查初白學誠齋圓熟精切，於應世諧俗為宜，苦無端人正士高冠正笏氣象，特便於世之不學者，以是為人所愛」。所謂諧俗人愛，正如陸放翁所說的：「詩到令人不愛時，俗人猶愛未為詩」。真正的大詩人，像杜甫的拙、韓愈的醜，也都不是一般人所能喜愛或欣賞的。韓愈與馮宿論文章時，就說他愈感到慚愧的作品，愈能得到一般人的喜愛，「小慚小好，大慚大好」。可見，無論詩、文、書、畫，皆有此一傾向。蔣超伯《通齋詩話》說得好：「英石之妙，在『皺』『瘦』『透』。此三字可借以論詩」。

一個女孩，如果既瘦又皺，那真是醜態可掬了。但藝術創作，卻經常是以醜為美；作者之追求，在於避俗求新、避熟就生；讀者若不能提昇自我美感的層次，徒然沉溺在甜美的範疇中，如何欣賞「美之卓越」的作品？我們有許多人讀詩，只能喜愛唐人空滑的腔調，沉迷於漁洋三昧、空靈飄渺，而對杜韓手段、黃陳門徑，憚於問津；讀文章，又只能喜歡公安小品或張潮《幽夢影》，而對其他魚龍百變、萬怪惶惑的作品，缺乏理會，這都不是良好的欣賞態度。

㈢建立美感價值的觀念

這一點，跟前述兩項，性質有點不同。缺乏前述兩項，讀者就無法感受；欠缺本項，則讀者便無法判斷。因為提昇美感層次和擴大審美口味，重在提昇拓展自我的美感經驗，使讀者能涵蘊包容各種美的趣味。但是，既然美有不同的型式、有不同的層級，而文學欣賞本身又牽涉到審美主體的活動，那麼，這些美，在讀者本人的生命中，佔著什麼樣的地位，理應有一種價值的區分。我們在上文所談到的「美的層次」之類問題，其本身其實也即含有價值判斷的觀念在。通過價值的判斷，讀者不僅可以知道不同美感類型的作品，應如何劃分，也能適當地給予評價。

這種美感價值觀，乃是通過讀者本人生命與意識的發展而獲得的。所以，可以人人不同。但個人意識的發展，卻也不是全然孤立主觀，或毫無倚傍的，它恆與個人生存的歷史、社會及文化息息相關。因此，美感價值觀雖或人人互異，同一歷史文化團體中，倒可以有大致相似的趨向、大體相符的特質、大抵相同的美感價值觀。

這個道理很容易明白，非洲黑人所認為的美女、他們夢中的安琪兒，必然是鬈髮、塌鼻、厚唇、細眼、面如鍋底的。我們固然可以訕笑他們長得難看，但莫忘了他們看我們可能也不順眼哩！《聊齋志異》不是紀錄了一則羅剎海市的故事嗎？它說：「馬龍媒被風吹入羅剎，居民率相驚異。馬問其相駭之故，答曰：嘗聞祖父言，西去二萬六千里，有中國，其人民形象率詭異。但耳聞之，今始信。」維柯（G.B. Vico）也嘗著一文，論希臘民族在不同的歷史時代中讚美不同性格的英雄（《新科學》卷三），休姆（D. Hume）則認為審美趣味的差異，來自個人氣質以及時代和國度的習俗；其他類似的看法很多，因為它是如此地明顯。所以，雖然它極易限制個人的審美判斷，還是有不少學者清楚地了解它存在的事實和意義。

由此，我們便可知道，在文學欣賞活動中，讀者不但要建立自我的美感價值觀，也要設法去覺察作者透過作品所顯示的美感觀念、所呈現的藝術意志，探索每一歷史文化群體的美感價值模式，並藉著比較的研究，來豐富、來反省自己的美感觀念。

這幾點都非常重要，都是審美欣賞時，不可缺少的自我努力。譬如：在藝術意志方面，宗白華曾舉了一個例子，沈括譏評畫家李成採用透視立場，「仰畫飛簷」，並主張繪畫應該以大觀小。換言之，畫家並非站在一個固定凝結的角度上觀察事物，而是俯仰宇宙，遊心太虛，籠罩全體以觀部份。故他批評透視法，「似此如何成畫？」十八世紀的畫家鄒一桂也對西洋透視法不表同情：「學者能參一二，亦是醒法；但筆法全無，雖工亦匠，故不入畫品」。可見他們的空間意識，與西洋傳統藝術美感觀念，並不相同；西方畫家進入中國，像郎世寧等人，也放棄了陰影透視等方法。我們欣賞這些繪畫時，就應該了解這些作品所呈現的美感意識，以及該歷史文化所秉持的美學模式，欣賞與批評時，才不會走岔了路。像金庸小說《神鵰俠侶》中，有一奇俠，名喚獨孤求敗，曾使一口玄鐵重劍，曰：「重劍無鋒，大巧不工。」這種不求鋒利輕捷的武學觀念，其實也就是我國獨具的美學態度之一。所謂大巧不工，遠則可以上溯到老莊和《樂記》，近則正如上文所舉「詩到無人愛處工」之類批評語言。強調簡潔厚重，不過份表現。可是，這樣並非極至，因為它還有意以醜為美、有意追求不工之巧，所以，獨孤求敗最後的境界是超越此層，進入萬物皆可為劍、無劍勝有劍的階段。這也就是不執著於「劍」，不執著於「創作」，達到杜甫和陶潛那種「無意於文」的領域了。所謂「無言相對最銷魂」。一切掙扎與矛盾衝擊，西方悲劇式的吶喊同震動，在此皆當一齊放下。倘或我們不了解這個道理，面對這些無言易簡的作品和境界，豈不要茫然自失了嚒？

唯有一面通過讀者本人的生命與意識，建立美感價值觀；一面又能了然作家及文化群體的美感，讀者才能打破個體有限生命的侷限，出入古今，通達人我，在靈魂深處燦溢湧動各種生機和喜悅。

進階書目：

- 《西洋美學史資料選輯》（朱光潛，仰哲出版社）頁九二、一二〇、一二六、一三七、一四八。
- 《現代美學》（劉文潭，商務印書館）頁二四六－二五四。
- 《美學新探》（丁履譔，成文出版社）頁一一－二二。
- 《美學的散步》（宗白華，洪範書店）頁二五－五二：〈中國詩畫中所表現的空間意識〉。

●《美的範疇論》（姚一葦，開明書店）第一章：〈美的基準與非美的基準〉。
●〈文學的美學思考〉（龔鵬程，《文藝月刊》一六五期，收入本書卷下）。
●《哲學講話》（Bochenski 著，王弘五譯，鵝湖出版社）頁七三—七四。

六、如何欣賞文學作品（中）
——充實知識

文學與知識

阿拉伯格言說，人只有四種：一是不自知其無知的傻子，二是自知其無知的蠢子，三是有知而不自知的瞌睡蟲，四是有知且能自知的聰明人。但一個人要具有清明瑩澈的知識，實在並不容易，世上蠢子本來就已經夠多了，聒噪的傻瓜卻比蠢子又多得多。

雖然如此，我們卻沒有任何理由，可以自安於無知。因為，「有知識之樹的地方就有天堂，最古代和最現代的蛇都這麼說」（尼采）。除非立志做白痴，否則，每個人都應該充實知識。文學欣賞，乃是人類心靈最高的活動之一，當然更無法捨離知識了。

這樣說，可能立刻會有人起來抗議，譬如，袁枚就認為多識於鳥獸草木之名，與詩無甚關係（文集卷十七〈答沈大宗伯論詩書〉〉；又譏笑以經學談詩的，是迂儒曲士（《隨園詩話》補遺卷一））。他的態度，簡直跟雨果說：「我不太相信有知識動物（Savants bêtes）的科學」相似。但這樣的意見，並不通透，同樣講究性靈的理論家，像袁宗道，也可能倒過來說：「從學生理，從理生文。」或「有一派學問，則釀出一種意見；有一種意見，則創出一種語言。」（〈論文〉下）。

為什麼會有這樣的差異或矛盾呢？嚴羽說得好：「詩有別材，非關書也；詩有別趣，非關理也。然非多讀書多窮理，則不能極其至。」（《滄浪詩話》），對於知識在文學欣賞活動中的性質和功能，嚴羽這段話確實能為我們帶來一線解答問題的曙光。

文學知識的性質

基本上，嚴羽這段話討論了兩個問題：第一是文學知識的性質是什麼？第二是文學知識與其他知識及知識活動之間的關聯如何？——無論是文學欣賞或創作，我們都必須追問這兩個問題。

因為像袁枚這一類反對以知識學問論詩的人，其實並不是反對知識涉入文學活動，而只是反對與文學無關的知識滲雜其中。所謂詩有別材別趣，就是說文學知識具有特殊的性質，與一般性的知識並不相同，所以，是非關書也非關理的。倘若以這些不相關的知識，來要求文學作品，那就是摸錯了門，當然應該攻擊、應該譴責。

那麼，文學知識的性質究竟如何呢？什麼樣的知識，可以稱為別材別趣？克羅齊《美學原理》一書，開宗明義，也就在探索這個問題；他認為知識有兩種形式，一種是邏輯的知識，一種是直覺的知識。前者通過理智與概念的運作，形成普遍的或有關事物之關係的知識內容。後者通過想像與意象的運作，產生個別的或直接的知識內容。前者類似佛家所說的「比量」，後者則類似「現量」。前者開啟了哲學思辨或科學的領域，後者卻通往藝術之宮。他的分析，恰好與另一位美學家閔斯特堡相似，閔氏（Hugo Miiunsiterberg）認為科學類的知識，是探求對象之間的關聯，而藝術的知識卻是把握住真實獨立的對象，呈現具體的普遍性。

譬如說，一群人在火災現場觀看，他們的視覺、聽覺等感官的經驗，大抵相似。而這群人裏面，如果有人邏輯地去思考火災的起因、或以目前的知識去推測一般燃燒的原因，他們所獲得的知識經驗，無疑也會相似。但是，這批人裏，某甲也許因為看到火勢炎炎，而感到唯美的喜悅，某乙感到恐懼、某丙感到同情、某丁則幸災樂禍、某戊卻有種性的刺激。這些經驗和個別真實的人物，就是文學所關切的對象。所以，文學的知識，不在於系統化普遍化的抽象法則或規律，不在於理智和概念的推索，不在於經驗事實的真偽，也不在於名理的知解。歷史上許多著名的批評案例，都是混淆了這兩種知識之性質而產生的。

例如：大家都知道賈島沉吟「鳥宿池邊樹，僧敲月下門」的故事，據說賈島因此衝撞了韓愈的車乘。其實，這是個附會的假事件。捏造典故的人，顯然也不太了解文學知識的性質。所以，王船山曾批評：「僧敲月下門，只是妄想揣摩，如說他人夢，縱令酷似，何嘗毫髮關心？知然者，以其沉吟推敲二字，就他作想也。若即景會心，則或推或敲，必居其一，因景因情，自然靈妙，何勞擬議哉？」換言之，思考夜間敲門會不會太吵、寺門深夜會不會上鎖，就跟研究白髮何以竟有三千丈一樣無聊。而它居然又成為一段佳話，更顯示了一般人對這兩類知識，向來是喜歡混淆的。

混淆，除了可以表示自己頭腦不清之外，還可以藉此批評文學家或文學作品差勁，而這一點正是所有頭腦不清的人所最樂意的事，連大學者也不例外。像毛西河批評東坡詩「春江水暖鴨先知」，說：「鵝難道就不知道嗎？」歐陽修指責張繼「姑蘇城外寒山寺，夜半鐘聲到客船」是：「詩人貪求好句，而理有不通。」等而下之，甚至有人說柳永的「今宵酒醒何處，楊柳岸、曉風殘月」，乃是船夫夜裏吃多了，上岸拉肚子的景象。賀裳《載酒園詩話》稱這種批評者為無聊男子（輕薄兒），確實很有見地；但如果像王漁洋那樣，直接說這是「癡人面前不得說夢」，道理就更醒豁了。

原來，文學作品所提供的，本來就是一些「醉中言，夢時語」，從思辨邏輯的觀點來看，它迷離恍惚，它透徹玲瓏，如空中音、如鏡中象，真是羚羊掛角，無迹可求，不可捉摸，難以言詮。所以，以一般邏輯性知識來面對文學，只有兩個結果，一是不懂，如涉大海，完全落入另一個他所茫然陌生的世界，感覺苦惱不已；一是扭曲，用他所熟悉的各種邏輯性知識，來支解或誣衊文學作品。上面我們舉的幾個例子，就是這兩種結果的綜合現形。近代科學意識膨脹後的文學批評，當然更有這類毛病。

一個人可能很有學問，但無礙於他不懂文學。我曾見過一位聲韻學名家，用研究《廣韻》的方式去研讀東坡詩，先正襟危坐，以毛筆圈點蘇詩及注本，然後，歸納整理其用韻，分題分韻，用毛筆抄繕一遍，日日諷誦。所以，他認為他對蘇詩極熟，偶爾詩興大發，又自詡做詩甚有蘇味。但一位長輩卻問我說：「天下什麼事不好做，他為什麼偏要去做詩呢？」——如果一個人，真是天生的「鈍根」，那我們無話可說；然而，大多的情形，卻來自不了解文學知識之性質。誤以為擁有了其他的知識，也就當然能夠了解文學，忽略了要跨越異質的知識領域所需要付出的努力。

他們必須確實地知道：藝術上的意義與真理，並不來自命題或推論，也不來自事實或經驗，而只在於我們心中喚起的某種「生命的價值」（life-value）。所謂文學的知識，就是為了成就這種藝術表現的意義或價值而建構的。因此，在文學的知識裏，我們首先要關注的，不是作者的人品如何、屬於何派何黨、是否反映社會、是否指控現實、是否為真人實事……，而是作品文字、意象、觀點、人物、氣氛、風格等問題。以詩來說，一位合格的讀者，自應熟諳各種「詩法」，明白各種風格類型，了解各種詩、詩歌作品、詩史的知識，才不致於把「寒燈思舊事」的寒燈當作主詞，而還要洋洋得意，自詡新解。

近代許多所謂的文學批評，在我們看來，有許多實在是欠缺文學細胞的僵屍，在非文學知識的大量填塞與凌遲、姦污之下，似乎它想保持人的身份和價值都很困難，更別提什麼凌波仙子的綽約風貌了。故而，所謂充實知識，第一要務就是沉潛到文學裏，汲取文學的知識，並藉此體驗文學作品所提供的生命的價值。我知道這是個艱鉅的工作，但不能不以此來勸勉行步在文學道路上的旅人。

文學知識與其他知識的關係

雖然如此，我們卻又必須趕快做一點聲明：文學知識固然以別趣別材為其特質，迥異於一般的邏輯性或經驗性知識，但是，文學知識卻不曾孤立存在於人的意識之中。因為一個人意識的成長和發展，實包含著一切他所曾和所能體驗、思慮、判斷的各種內涵。無論是外延的真理還是內容真理，就一個人的存在或成長而言，實在是駢存並生於他意識域中的。非但不能是疆界分隔的兩極，抑且二者必然互相作用。

這種微妙的關係，往往是一個人生命深處最獨特的所在，它造成了這個人特殊的生命情調，也形成了他對待知識的態度。因為所謂互相作用，可能會發生下列各種情況，第一當然是互相依存的關係，例如：一個人可以既有邏輯的知識與素養，又有文學的知識和陶冶，但是，在運用邏輯性知識時，他並不會想起有關文學的知識；運用文學知識時。他也暫時讓有關邏輯的知識冬眠。二者互不相干，而又在這個人的生命中形成依存互補，以相調劑的作用。許多上班打卡、在實驗室進行研究分析的人，回家脫掉西裝，享受音樂或閱讀小說。也有許多熟讀文學作品或創作過許多作品的人，到了菜市場，與菜販爭論菜價時，就忘記了什麼美感或詩歌。這乃是一般人通常的狀況，除非他完全缺乏另一種知識的涵養，只能以匱乏殘缺的生命徘徊偈躋在陰暗的牆角喘氣。

可是，有些人的生命形態，並不以這種天平式的均衡為滿足，他們不能是研究科學六天，而在星期日上教堂做禮拜的人。所以，理智邏輯與美感直覺，糾結纏繫於心，釀成另一類表現。例如：互相排斥、或互相融通。所謂排斥，其實在心靈中產生的衝擊力和激盪，往往非常強烈。有些作家同批評家甚至因此而有「反智」的傾向，認為創作與欣賞，皆無待於知識和學問，多讀書窮理，只會日漸戕傷純粹的心靈，使得敏銳豐饒的感應能力，被理障所蒙翳。這種態度，誠屬偏激，但在他們生命中卻可能是真實而深刻的感受。我們之所以反對它，在於此種生命內在的割裂，以及對知識的偏宕，必然要在文學創作和欣賞中嚐到惡果。為什麼呢？

就知識論的角度來看，一個人的意識，有明顯自知的集中意識（focal awareness）、和無法表面說明，只能在與具體事例時常接觸後經由潛移默化而得到的「支援意識」（subsidiary awareness）。

人的創造活動，即是這兩種意識相互激盪的過程。我們在閱讀或創作文學作品時，集中意識當然麕集於此；但是，我們長期漬潤的教育文化環境、時常碰觸到的典籍知識內容，卻形成了支援意識，潛移默化地發揮了更為深刻重要的基本導引功能。所以，越是多讀書、多窮理、多在事上閱歷的人，他的支援意識就越豐富而靈活；在這種支援意識支持下的創作或欣賞活動，自然也越容易深入。在這種情況之下，創作與欣賞當然又形成一種對等的關係，因為文學作品所面對的是全幅歷史、社會與人生，所以，創作者對於這些的知識愈豐厚、支援意識愈靈活，作品就愈精彩；而讀者循跡躡影，若缺乏此等涵養，又如何奢望能欣賞其奧妙呢？我們必須明瞭一個事實：文學作品確實具有文學的特質，但其內容卻不純是感性的，其中可能融經鑄史，可能涵藏世事，也可能與作者獨特的哲學見解有關，讀者學殖不富、見識不深、閱歷不廣，畢竟是難以理會的。歐陽修所謂：「不識黃雲出塞路，豈知此聲能斷腸」（〈明妃曲〉），真是值得我們深思啊！

這條路子既不可行，顯然應該尋求融通的方式。這種融通，事實上早已構成了文學知識的內容。其中最明顯的，即是希臘以來的文學或藝術美之觀念。這些觀念，認為美即是和諧，而和諧起於比例之律則，於是，類似黃金分割（The Golden Section）那樣的幾何學考慮，便常被視為藝術奧秘之所在。但幾何學的點、線、面、體，乃是一種純形式的程態概念（modal concept）或邏輯構造品，在幾何的考慮下討論藝術，正是在邏輯知識的系統中發展文學知識。這種方式，當然也不很理想。

我們所謂理想的融通方式，應是緊扣文學的特質，並同時發展與此特質相呼應的一般性知識和邏輯性知識，而以此類知識切入生命存在的感受中，去作思慮的體會、和涵泳的辨析。達到嚴羽所說「多讀書多窮理以極其至」的境界。如此，則充實知識在文學欣賞活動中，就不只是一句浮泛的言談了。

進階書目：

- 《美學原理》（克羅齊著、朱光潛譯，正中書局）第一章。
- 《思想與人物》（林毓生，聯經公司）頁三八、六七、三〇二。
- 《藝術的意義》（Herbert Read 著、杜若洲譯，巨流公司）頁六—八。
- 《美學與語言》（趙天儀，三民書局）頁九八—一一〇。
- 《王漁洋詩論之研究》（黃景進，文史哲出版社）頁一二六—一二九。
- 《薑齋詩話箋註》（戴鴻森，木鐸出版社）頁五二。
- 《兩個文化及其再評價》（張振玉等譯，驚聲公司）第三部：〈文學與科學〉。

七、如何欣賞文學作品（下）
——運用方法

文學與非文學知識，在劃分時，其實都隱含了知性與感性的兩重劃分，無論是嚴羽還是克羅齊，都是如此。但，為什麼要以知性和感性來分析知識的性質呢？

知性與感性的辯證

勉強地解釋，我們只能說：所有人類的知識，必然與生命有關，而生命的主要趨向有二，一是知性、一是感性。我們每個人由於接受教育的影響，所以，多少都擁有了一些歷史文化內容，作為知性與感性的基礎；而每天遭遇到的經驗，也必將成為知性與感性運作的場域和材料。因此，知性與感性是在我們每天生活中起作用的。

但是，知性與感性雖每日運作於生命之中，我們卻很少自覺地對它們思考或感受。這真是非常可惜的事。做為一個人——而不只是一個混沌的有機生物——我們應該對自己知性與感性的運作和內容，作一番知覺的分析、作一些概念分際的辨明，如此，我們的知性能力就可以不斷成長，對（古、今）世界認識得更清楚，而其認識之層次，也能逐步推高。

經過這種努力，我們對外在世界的感覺和情感性的體會，就有了一些更堅實的基礎，不再是處在灰暗濛昧的無知狀態之中。而正因為我們的心靈有了內容，所以，對於外在世界也愈能有所體會，體會的層次，更是能夠愈炙愈深、愈求愈高。同時，我們還可以細膩地體會自我感性經驗的內容，了解自己情感的走向和歷程，並透過這樣的體會，增加感性能力與內容的細膩度。

這樣子，經過不斷的反省，生命不斷進展之後，我們更可以把眼光放得寬廣些，對自己以外其他人的情感做一些概念的辨析，以概念的層次架構，說明各種感性經驗。於是，我們的知性能力也增加了。而就在這種辨析或增加中，其實也就隱含了對於概念架構中方法的運作。例如：愛，是一種感性經驗，尤其是文學作品中極端重要的內容，但愛這一經驗，實有極多殊異的面相，我們可以嘗試著去辨析各種愛不同的性質與內涵。譬如：愛最初可能是根於生理衝動所帶來的情緒反應，可以稱為肉體愛；但是，這種愛太飄浮了，太接近獸類春情發動期的交配行為了，人類的愛通常並不僅限於這個層面及性質，還要求男女雙方必須有一點生命內在的感通，承認彼此有能夠互相接納的態度。這種愛，可以稱為浪漫愛。至於這種感通，是否需要理性的估量、或道德的肯定，則又是另一種有關愛的探討了。

語言與心靈內容的辯證

類似這樣，我們給予每一層次一些概念的辨析，並安裝一個術語，在感性經驗的型態與意義中，挖掘其內涵，必然也將使我們的生命提高一個層次，由肉體愛而浪漫愛而層次上升。但是，生命每提高一個層次，可能又會遭遇到新的感性經驗；人，就在這一連串過程中，不斷辯證發展地把生命推高，不斷發展，而達到「極其至」的階段。

在此一辯證發展的歷程中，知性與感性顯然不是拒絕往來戶。然而，一切心靈內容，毫無疑問的，均須以語言予以落實。因為完整而混沌的心靈內容，只有以語言的邏輯性來布勒、疏通、整理，才能使之精確。

語言的敘述只能是單向性的，只能處理一條線索，步步分析、步步展開。可是，運用這樣的展開和分析，卻可以讓我們把握，並思考到心靈內容的貧乏、稀薄與不周到之處，而予以填補；運用重新經驗與思考的分析，去填補，使之趨於充實和完美。

如此，當然也一定會使心靈層次及內容，不斷擴充提昇。而我們即在不斷提昇時，不斷嘗試以語言去表達。可是，心靈提昇或豐富到某個程度之後，固有的語言可能就不太容易表達這一豐富而獨特的經驗內容了；到了這個時候，便不得不考慮著去創造新的語言。歷史上，任何一位偉大的哲學家或文學家，必然都是「獨鑄偉詞」的語言工程師，理由不難索解。因為只有那些創新的語言，才能構成獨特的文學表現及哲學系統；而獨特的辭采，也正顯示著獨特的生命情調和心靈狀態。——這樣明顯的事實，我想不用舉例，大家都應該能了解才是。

以上這個事實，同時也揭示了知性與感性辯證發展之外的另一種辯證關係，那就是語言與心靈內容，也是辯證地發展。但我們面對這種語言與心靈內容的辯證發展時，似乎還須另有些作為，才能掌握控制這一發展過程，使它形成知識。這些作為，簡單地概括，我們可以總稱之為「方法」。

對象與方法的辯證

所謂方法，即是尋找認知及感性對象中的線索，試圖通過某一線索，以「出言有章」的方式，展開有關於對象的思考和解釋、剖析，去透視其內部的關聯與外現的意義。這是人類建構知識所必須要使用的一套程序，否則，就好像下棋，小孩子下棋，不懂得什麼棋法規則，也沒有打譜的知識背景和訓練，他隨手亂下，看棋的人必然是覺得這個小孩下得很有趣，而哈哈大笑，不予計較；可是，假如已經是個大人了，也來亂下一通，就會讓人感到幼稚可厭了。同理，無方法的素樸型態，只能是發生在知識成長的幼童期，一旦知識建構已有自覺地展開了，方法即不可免。

㈠無限開展的方法

然而，所謂方法，就像下棋一樣，絕不能是封閉而固定的。不但千變萬化，法無常規，即使同一方法，在運用時，也儘多差異。頭腦簡單的人，或許要覺得這樣子太麻煩、太複雜了，如果有而且只有一種方法，不是簡捷便利得多嗎？但即使是如此愚蠢的人，在自覺地自殺時，仍然會考慮到好幾種不同的方法；而他選擇其中之一來結束自己的生命時，也還能清楚地知道除了這一方法外，另有死法；每一死法，亦各有其優劣。

為什麼方法是可以無限開展的呢？

在文學欣賞中，方法本是一條條通路，通往文學作品之路。這條路，其實就是上文所說的線索，通過一條線索，可以讓我們有秩序地觀察對象。一篇有方法架構的文學評論文章，通常總是分章分節，一二三四地討論下來，為什麼要這樣呢？豈不正因為唯有如此才能更具體地顯示「線索」與「秩序」嗎？但是，線索固然以貫串整體內部關聯為職事，卻也不可避免地不能完全等於全體內涵，通過任何一條線索，都必將有所遺漏。甚至於，為了配合線索貫串時的方便，我們會稍做一些扭曲。此所以任何劍法，都有破綻；任何棋路，都不能保證不敗。方法本身，既有此特質，自然也就容許，並且，需要多樣化，才能充分而完整（或者說接近完整）地發掘認知與感性對象的全貌。

㈡方法與工具的不同

其次，我們必須了解，方法不同於工具。工具譬如木棒鋤頭，人人可用，其功能也不會有什麼差異。方法便不然了，它雖然也可以有工具的用途，但其基本性質並不相同。工具，所能完成的，至多只是工具理性（instrumental rationality），用它能最有效地達成我們的目的。而方法，則關聯著價值的問題，依我們認為合理的價值與方法，去達致合理而有價值的活動，乃是「價值理性」（value rationality）之事。但也正因為如此，所以方法不可能是螺絲起子，任何人都可以用它來旋起任何釘子；方法必然牽連著研究者本人特殊的價值信念與思想內容，更關係著認知及感性對象的性質。所以，它不能硬套、也不能任意移易。每種方法，均有其信念及哲學立場，其中當然有可以融通之處，可是，方法之運作，畢竟還是百花齊放的。每一個人都使用同一種方法，實在是不可思議的奇觀，雖然它已經是我們社會中流行的現象。

㈢非客觀普遍的方法

第三、緊扣住文學欣賞來說，文學欣賞乃是讀者與作品「相與融洽，便覺欣然感發」（《歐陽修詩話》）的歷程。因此，我們從文學作品中獲得的知識，不是與主體隔絕的客觀外延真理；故而，建構此一知識的方法，也不可能是客觀普遍的方法。一位文學理論家，應該有雄心發展一套最具統攝力及解釋力的方法，也可以宣稱他的方法是「客觀普遍」的，但實際上有什麼方法是「最終的方法」呢？也許有人會因此而沮喪，可是，文學欣賞的迷人處就在這裏。請問：倘若棋只有一種下法，誰還有與趣去玩呢？

既然如此，在方法的運作及其開展上，每個人都可以或必須「各持一隅之解，欲擬萬端之變」，你有你的方法，我有我的方法。那麼，豈不是混亂成一團了嗎？不然！方法誠然可以多樣化，但是，它必須基於兩個條件。

四方法的自覺與檢證

一是方法的自覺。方法是如何建立的？是不是我忽然間有了一個想頭，就有了一種方法？待會兒換了一個幻想，又有了另一種方法？方法不是這樣，它必須是在方法的自覺意識中逐步發展出來的。我們自覺地意識到我們是怎樣地去思考感性及認知對象、思考它那一部份、如此思考有何意義及目的、而我們這樣的思考是否真的可靠……等等。只有經過了這樣的自覺意識過程，才能真正地建立一種方法。所以，方法的建立，其實極為艱辛，理論上方法可以無窮盡地發展，但歷史上真正建立了的方法，卻不是很多。有些哲學，基本上只是一套方法，例如：黑格爾的辯證法、胡賽爾的現象學，以及本世紀聲勢龐大的數理邏輯……等，均是如此。許多人不明瞭方法必須建立在這種自覺的意識上，便不免把方法看淺了，以為方法就是「程序」，譬如：我們做個實驗，應先安置某些儀器，然後用甲種藥液，接著用乙種物質，再放入丙種藥劑……，做實驗時應把手洗乾淨，要仔細紀錄其變化……，諸如此類，都是程序，不是方法。坊間許多文學研究法、史學方法的書籍，所談亦屬此類，例如說：如何搜集材料、如何安排大綱、如何修繕潤飾、如何校勘、如何辨偽、研究態度應該如何、證據是否足以支持論證……，這些，假如不關聯著以上我們所說那些方法自覺的思考，則都只能是程序或步驟，離方法還遙遠得很呢！

然而，經由自覺意識而發展出來的方法，是否保證合理而有效呢？那倒也未必。原因在於每個人的感性及思考能力都有所侷限。而方法本身又只是一隅之解，所以，無法保證能夠完整而充分地詮釋對象。既然這樣，那麼，方法的檢證，自然就變得異常重要了。

所謂方法的檢證，是說方法雖然必需關聯著研究者個人特殊的價值信念與思想內容，但是，它卻不可能僅代表個人特殊信念。這是什麼緣故呢？首先，從「價值理性」的觀點來看，它是根據我們認為合理的價值與方法，去達成合理且有價值的活動。因此，方法固然基本上都只是「我們認為合理的」，然而，它所持有的價值（如道德、宗教、美等價值）既然是理性的，對方法的自覺也是理性的活動，則方法之運作，就應該可以承擔理性的審察，看看它本身的效力、目的、運用是否合理而有效。這就是檢證的工作。另外，檢證之所以必要，在於方法本是控制語言與心靈內容辯證過程的行為；而語言又牽涉到表達的問題，希望我們這一套處理方法能為人所知、所接受，自當容許旁人有觀察此一方法之可能。而且，也只有通過確當的檢驗程序，方法才能確保其可信度，否則，一切都靠自由心證，如何建立理性認同的知識系統、知識又如何傳播呢？

唯有透過方法的自覺，去檢證方法的有效性，在運作中觀察方法的侷限，我們才能試著尋找新的方法，創造新的途徑或線索。

換句話說，我們不應該執著於某些方法，而應開放的、自覺的運用各種方法，詮釋我們之認知與感性對象——在這篇文章裏說，就是文學作品——並發展新的詮釋角度、新的價值信念及思想內容，和新的主客關係、新的方法。如果能夠這樣，我們的思維方式及思想內涵，不也隨著方法的自覺而深刻化了嗎？這即是方法與對象的辯證關係。

不可執著或迷信方法

我們在閱讀文學作品時，有必要先了解從前欣賞一篇作品有那些方法，這些方法，各有不同的關切點和思維途徑，可以開拓我們的視野，提供我們欣賞時的憑藉。但是，我們不僅不可以執著於某一方法，也不可以買櫝還珠，忽略了對象與方法之間的辯證關係，而僅著眼於方法，僅著眼於認知主體，忽略了對象（作品本身的性質與內容）。以致歧路亡羊，方法繁多，反而掩蔽了作品，好像一幅畫上鑑賞印章蓋得大多，反而使畫看不清楚了。

再者，我們也不可迷信方法。文學欣賞領域中，沒有任何一種方法是靈丹秘訣，學會一套方法，就能立刻稱霸武林，獨步天下。失去了知性與感性辯證發展、語言與心靈內容辯證發展後的方法，早已淪為一些技術，而技術卻不可能等於方法。所謂迷信方法也者，是因為心態上的墮落，使得他所擁有的技術，只能發揮水泥匠的作用，與方法的創造、美感能力的提昇、知性認識的深刻化，毫不相干。我們可曾聽人稱呼泥水匠為工程師嗎？

欣賞文學作品時，了解並熟諳古代及現代已有的各種方法，是必要的；可是，以上種種問題，更值得我們去思索。且讓我們努力吧！

進階書目：

- 《中國詩學》（黃永武，巨流公司）〈鑑賞篇〉。
- 《文學欣賞與批評》（徐進夫譯，幼獅公司）。
- 《文學理論與比較文學》（鄭樹森，時報公司）。

以上三書對古今欣賞文學之方法，有大略的介紹，宜瀏覽。

- 《歷史與社會科學》（黃進興、康樂主編，華世出版社）頁廿一—四二：〈論方法及方法論〉、頁五七—七五：〈史學及社會科學的整體論與個體論〉。

八、文學的形式

形式與內容之爭？

曾寫下〈雪夜林畔小駐〉的美國著名詩人佛洛斯特，說過：「寫自由詩，要像打網球而沒有中間那座網一樣才好。」話雖如此，他若跟某些詩人比起來，仍然顯得有韻腳、有匡廓，不夠自由。他不像諾曼梅勒那樣，連球拍都幾乎沒有；更不像克敏士，連球場也不要，飛躍於曠野之間。

我這番譬喻，讀者應該不會陌生。因為近代新文學運動以來，舊有的文學體制，漸次打破，而新生的文學作品，大多也以擺脫形式的束縛為宗旨。這是非常自然的事，誰喜歡被桎梏？誰不想擁有真實而豐饒的內容、而只要外在的形式呢？只有傻女人，才會斤斤計較形貌，無暇充實內涵；文學家可不願意這樣！

在歷史上，在每個人的思想裏，「形式——內容」這種思考模式，都是真實的存在。譬如：我們常說某人的文章是「情勝於文」、某人則「內容貧乏」；我們分析一篇文學作品，也習慣於從主題與技巧兩方面來討論。另外，也由於我們重視內容基於形式，所以，有關文學形式的研究，似乎也常屬於次要的問題。我們很少強調一位文學家在形式上有什麼樣的能力，而比較傾向於要求作家有高尚的品德、善良而敏銳的感性、豐富的知識及閱歷等等。大家彷彿感到「至情至性」自然就能寫出人間至文來，所以，形式的思考和雕琢，並無必要。對於作家的評價，更是以內容為主，認為一位悲天憫人的作家，遠比只會吟風弄月、雕繢彩藻的作家高明。像從前元稹稱讚杜甫詩的優點是在形式上有長篇排律之類的作品，元遺山便批評他：「杜陵自有連城璧，爭奈微之識碔砆」，就是個很著名的例子。

就文學創作來說，亦復如此。六朝駢儷及詩歌，常被唐宋以後的文學家所輕視，認為太注重字面形式的絢麗，而內容不夠深刻。沈德潛曾說：「古人不廢鍊字法，然以意勝而不以字勝。」（《說詩晬語》下），王漁洋〈師友詩傳續錄〉也說：「鍊字不如鍊意。」《圍爐詩話》把鍊字稱為小家筋節，便是這個緣故。

在西方，「內容與形式」（Content versus Form）也是種舊有的二分法。先不說文學，在思考型式上，形式與內容的分別，也是非常明顯的。例如：邏輯就純是形式的科學，邏輯的同一律規定A是A，不論A是什麼，永遠成立；因為在這裏我們只管「A是A」這一形式架構，不管其實質內容如何。所以，「一個人有八隻眼睛，他是一個人，所以，有八隻眼睛。」在邏輯上完全正確。語意學也是這樣，它只研究語句之間的形式聯接有沒有發生問題，有沒有把「我今天去看電影」說成「天我看電今去影」；至於我今天究竟有沒有去看電影，那純粹是另外一個問題，非語意學所欲問。同理，「人有三條尾巴」，在語意上也是非常正確的。

這樣看來，大家不免更要覺得只講形式太過危險了，應該強調實質內容才對。尤其是一些注重文學社會性的作家和文評家，更是堅持文學必須在內容上關懷廣大民生疾苦，表現博愛痌瘝的心胸，而不必在文辭形式上多所修飾。這種比賽誰的淚腺發達的文學觀，究竟對不對呢？

要回答這個問題，並不容易。且讓我們從什麼是形式、內容與形式的關係如何等處，開始思索。

何謂形式？

以一篇文學作品來說，不論文學的定義及實際如何，文學作品必然是一堆語言文字的構成，而且，是有組織的語言，並且，這組語言也表達或蘊含了某一意義。這其中，有組織的語言，當然會構成一種形式；而意義，就是一般我們所說的內容。

這個「內容」與「形式」，有些人把它看作是一種本體與現象的關係，而且，通常以內容為本體，以形式為現象，如《文心雕龍》就是。有些人則主張語言組織只是意義內容的表達媒介，是一種符號或工具，所以，內容與形式，乃是符示的關係；我有了一本書的概念成思想內容，可以利用符示關係，尋找各種媒介來表達，例如：我可以畫一本書，可以用「書」這個語言，也可以用「Book」；只要讀者能夠透過我使用的媒介，獲得有關書的概念，我的目的就達到了。所以，語言如筏，意義內容則如藉筏渡岸的旅人；沒有筏固然不行，筏也不是渡的本身，不能執著於筏，更不能在渡河以後還揹著竹筏跑路。

在我國歷史上，無論是道學家講的「文以載道」，或禪宗講的「不棄言語，不泥言語」，大抵都屬這一派意見。不過有些人並不同意這類見解，他們認為內容及形式，是兩個實體或兩個互相關係的變數，二者之間，為一函數（Function）關係。

以上這些，都是最常見的議論，但他們彼此之間，也有很多爭執。面對他們這些精深繁複的說法，我們又該怎麼辦呢？我個人向來碰到這類情況，較喜歡採取「截斷眾流」的方法來處理。怎麼樣截斷眾流呢？——我們既然要想了解形式與內容的關係，那麼，必須先確定兩個關係項的內涵是什麼，然後，再觀察二者間的關係。

所謂形式，意涵並不確定，許多學者在使用這個名詞時，各有所指，馴至所謂「內容」的意涵也朦朧起來了。例如：在克羅齊的用法中，形式，就指心靈的活動和表現，是審美的事實；這種用法中，形式與內容實為一體，不可分開。現在為了方便討論，我們不採取這類看法；我們只能把形式視為語言文字的格式。

文學作品的語言格式，是決定一篇作品是詩、是散文、是小說、是戲劇的唯一因素，但語言格式能否脫離意義內容而存在呢？答案似乎有兩個，一是不能：以一般語言來說，「我今天去看電影」這一句話的語構形式關係，跟它所傳達的意義，絕對無法分析得開；即使我們把它化簡成文法格式。但是，所謂主詞、名詞、動詞、受詞、介詞等名稱，之所以能夠成立，也是根據意義來的，可見語言格式無法離開意義內容而獨立存在。但是，從另一方面說，語言格式，也不妨脫離開它的意義內容而獨立地討論。譬如：《漁洋詩話》裏面提到：「曩備員祭酒日，有送陳子文歸安邑詩云：『月映清淮何水部，雲飛隴首柳吳興。』按葉石林云：『山抹微雲秦學士，露花倒影柳屯田。』又李易安云：『露花倒影柳三變，桂子飄香張九成。』或謂句法本此。」又說：「戊午年改官翰林侍講時，淄川唐濟武寄詩云：『蠟燭五侯新制誥，鞦韆三影舊郎中。』語雖巧，特工妙。後讀王威寧詩，有云：『江浙老成新運使，戶曹公道舊郎中。』乃知前輩已有此句法。」這兩處談句法，都僅就它構句的方式而說，與意義內容無甚關係。我們看一首詩時，可以很容易地把語法格式（例如：平平仄仄仄平平，或仄仄平平仄仄平）跟意義內容分開討論，也就是根據這種原理。倘或意義不允許與語言格式分開存在，這種討論，也即無法進行了。

結構形式與意義形式

既然如此，在這裏，似乎就顯示了語言格式可以有二種區分，一種是可以跟意義內容分開討論的，一種則必須關聯著意義內容而說。假若我們把語言格式視為文學作品的形式，那麼，同樣地，形式也可以區分為二種，一種是結構形式，一種是內容形式或意義形式。

所謂結構形式，是指文學作品可以脫離意義內容而討論的語言組織形式，例如：一首七言律詩，無論其意義內容為何，它永遠在結構形式上不同於一闋〈水調歌頭〉；而一篇駢文，也永遠可以根據它的結構形式，跟其他任何散文或戲劇劃分開來。任何一篇文學作品，我們都可以依據它結構形式的特徵，分為有韻、無韻、抑揚格、十四行詩、古體詩、近體詩、評論、奏議、銘誄、遊記、哀輓……等等，它代表某些特定的法式、體制或格律。而且，這些體制與格律，乃是固定的，不能任意改變，不管你的情感是悲哀還是欣喜，不管你所要宣示的意義是深厚還是尖銳，只要你採用了七言絕句這種語言格式，就永遠不能悖棄或違反這種結構形式的規定，而任意滑動。即使有所謂「拗體」，也只是依照該體制所規定的拗法去拗，不能隨便亂拗。古人之所以抨擊某些作家或作品「戾體」、「失體」、「破體」，都是就這個層面說的。像黃山谷說，王安石評論文章，一向「先體制而後工拙」，即是如此。

至於「意義形式」，與結構形式不同。譬如：一首歌詠楊貴妃的七言絕句，七言絕句的格律，是結構形式，而「一騎紅塵妃子笑，無人知是荔枝來」所宣示的意義（唐明皇為了博貴妃一粲，竟不恤民力，千里迢迢，從嶺南運送荔枝來給她吃），就是意義形式。為什麼稱為意義形式，而不逕稱為意義或內容呢？因為這裏所謂的意義或內容，其實並不是獨立於形式之外或預存於形式之前的東西，而只是這首絕句。這首七絕的語言文字，組織後構成的東西；所以，同樣是寫楊貴妃，詩人可以說：「一騎紅塵妃子笑，無人知是荔枝來。」也可以說：「江山情重美人輕。」楊貴妃是題材，那兩首詩是形式，詩意便是內容。題材既不等於內容，形式也必關聯著意義，脫離了「江山情重美人輕」這七個字的結構組合，怎能有譏諷唐明皇的意義內容？

我們經常錯把題材視為主題或內容，以為文學作品的主題可以獨立在語文形構之外來討論。這是極為可笑的想法。這種想法，似乎是說描寫民生疾苦、憂國憂民，具有社會熱情的作品，在主題上一定勝過刻鏤風月、呻吟情愛的文學。殊不知，描述乞丐的作品，價值未必高過歌頌君王的作品。因為所謂民生疾苦或風花雪月，都只是文學的素材，文學家運用文學的結構形式和意義形式，處理這些題材之後，才形成文學作品的形式與意義。

內容不能脫離結構形式

而所謂形式與意義，形式，也許還能像上面我們所分析的，分成兩種區分來討論；意義，便根本與語文形式分不開。原因很簡單，第一、在文學作品裏，一切「意義」，都仰賴文字來呈現，包括所謂言外之意，也是以語言文字來蘊含或暗示。我們找不到有在文學作品那個語文格式之外或之前的意義。第二、一篇文學作品的意義，例如：詩，並不是專指那些能夠用散文敘述出來的意思，才喚做意義或內容。許多人都有種呆想，以為我先有了一個孤寂悵惘的情感，有個燈前獨坐的意想，才寫出「悠揚好夢唯燈見」這樣的詩來；卻不曉得這一句詩，它的散文意義，可能跟「寒燈思舊事」差不多，但對整個詩的意義來說，卻是風馬牛不相及。詩的意義，乃是由押韻、特殊的文法構造、文字的奇異含意、比喻、富於表意的音質，以及可以用散文敘述簡括的內容，合併起來的。所以，即使是結構形式，也是意義構成的一部份，不可或缺。

正因為如此，所以，文學作品的結構形式，一定會影響到意義內容的構成。特殊的結構形式，形成特殊的意義內容。譬如詞，詞所表現及形成的情感內容、思想意義，必有它獨特，且為其他文類所不能達到的地方。每一位文學家，都懂得依照他的美學目的，去選擇恰當的文類，運用那種文類特殊的美學設計，去滿足、去具顯、去創造作家所希望達致的意義特徵。就作家來說，也許他正因為他之能夠善於運用「形式」這種工具，而沾沾自喜；但其實，咳，可憐的作家呀！他只不過屈從文學形式的規律罷了。誰能夠把一闋黃鍾宮聲調的詞曲，填成幽細纏綿的作品？誰能夠使一首五言絕句，具有《楚辭．天問》的磅礴與翻騰？誰能用散文追躡整齊華美的姿采，一如駢文那樣？誰敢突發奇想，用元曲寫出〈商頌〉、〈大誥〉的風格？所以，形式不是工具。就文學作品來說，它是一切。文學，除了形式，還是形式。——最多，為了分析說明的方便，你可以劃分成結構形式和意義形式。

由此，我們才可以知道，宣稱打破形式的文學運動者，如果，他的意思是要廢棄球場，獨自裸奔於曠野，那麼，結果顯然十分荒謬。因為文學脫離了形式，就是死亡，一如圍棋若無棋枰，便不存在。形式，乃是文學美的根本要素。

從歷史上看，古希臘人即曾企圖以空間和數學來界定藝術，說音樂是一種有規律的音響、塑像的美是一種有規律的比例；到了亞里士多德的著作中，美，更是對稱、比例，以及在統一的整體中各部份有組織的秩序。換句話說，美是什麼？就是結構與形式。

這個「形式」，當然指的是客觀審美對象的組織形式。但是，為什麼對稱、比例和統一，會使心靈感到愉快呢？難道不是因為它脗合了我們內在的理念嗎？所以，叔本華就認為美的欣賞與藝術的天才，即是智力從慾念中得到解放，並且，了解那些永恆的形式（即柏拉圖所說的理型）。黑格爾也認為美就是變化的統一，是物質被形式所征服。至於克羅齊，更是極力宣稱：形式就是心靈的活動和表現，而直覺的表現，就是藝術。這麼一來，「形式」又存在於內在審美主體中了。

這種形式既存在於審美客體、又存在於審美主體的討論，可能會讓讀者感到昏眩。可是，只要我們了解形式既可以是結構的，也可以是內容的，一如我們在上文所說，便不會有疑惑了。

〔有意義的形式（Significant Form），由 Clive Bell（見 *The Philosophy of Art, Appendix*）提出，Susanne K. Langer（見 *Feeling and Form*）更進一步推展。〕

進階書目：

- 《文學理論》（Wellek & Warren 著、梁伯傑譯，大林出版社）頁一九七－二〇〇。
- 《文學概論》（涂公遂，華正書局）第三章。
- 《現代美學》（劉文潭，商務印書館）第七章。
- 《意義》（Polanyi 著、彭淮棟譯，聯經公司）頁九九六－一一三〇。

九、文學的形式與意義

文學作品的內容，即含藏在它的形式之中，應該是無可置疑的事了。但是，我們又不禁要接著追問：文學作品這種形式物，究竟傳達或顯示了什麼樣的意義呢？

以人來說，人的精神意態、思想內涵，皆存處於人的形軀言動之間；而我們勉強分析，卻可以把有關意義生活的「情意我」、「德性我」，統稱為這個人的內容內涵或存在的意義，把形軀言動的「形軀我」，稱為人存在的形式；這也是一般的區分。可是，一旦我們開始追問「意義」時，我們的問題就不這麼簡單了。因為，我們問：「人生有什麼意義？」這其實也就是在問：人這種東西，究竟可以或應該具顯、完成什麼樣的意義。確定了這個意義以後，個人存在的意義追求，才有指標、才有依歸，否則，空洞的談某個人的內容或思想，均是無意義的。

這樣解釋，不曉得讀者是否會愈聽愈糊塗，但是，在一篇文學作品中，這個道理乃是十分淺顯明晰的。我們必須先確定文學作品所顯示的意義是什麼，然後才能觀察某一篇文學作品跟這種意義相符應的程度如何，是不是脫離了這一意義，而岔入歧途。通過這種觀察，我們也才有資格判斷文學作品的優劣和價值。

歷來，不論在文學創作或文學理論中，都存在著不少迷惘。依我們看，一切迷惘與錯謬，皆來自意義之不明或失落，猶如不能確定人生的意義是什麼，必將引發行為與價值取向上諸多狂悖和迷亂一樣。因此，我們願意在此談談，雖然我也跟每個傳教士相同，不能確知所言是否即是真理，但說說總也無妨。

語言形式的符號作用

文學，無論如何，必須是語言、文字的構成。而語言、文字，基本上，是一套符號，是人這種符號的動物（symbolic animal）最擅長使用、也最重要的符號。

所謂「符號」，是一種東西，經過人類賦予意義的過程，用來代表另一件事物。所以，十字架、國旗、獎章、手勢、硬幣……等，都可以是符號，因為它們代表了一個社會所界定的意義。語言、文字也是如此。

符號跟它所指涉的事物之間的關係，並非天生而然，而是依使用符號那個社群中人共同的規定。正因為它們之間，不是實質的關聯，是約定俗成，所以，人能利用符號去觀察、去討論世界上實際並不存在的事物（至少在經驗上不存在），例如：鬼神、地獄、美麗等等；也能受符號的限制，觀察不到實際上明顯存在的事物，例如：一群小學生去郊遊，回來以後規定每人寫一篇遊記，結果，往往是每個人所能回憶的，都只是老師平日在課堂上所講的關於風景符號所指的東西，其他的，則都過濾地排斥掉或根本不能「看到」；擴大來說，每個民族或社會的語言，也都因此而有它的侷限，看不到自己符號系統以外的世界。

換句話說，符號所構成的認識世界，很可能、甚且必然不同於真實的世界。它的真實世界，就在符號系統所構築的水晶宮裏；當然會跟客觀真實世界有關聯，但不必、也不可能企求它們相等。文學作品所建構的宇宙，同樣的，不存在於客觀經驗世界，而在於符號所舖陳的場域，與經驗世界並無必然的關係，所謂「本書人物，全屬虛構，若有巧合，務祈原諒」。虛構二字，便是指它係從符號世界中長成筋骨，而非由現實社會獲得血肉。

就此一特徵而言，文學作品與符號邏輯所敷陳的演繹系統，甚為類似。但，文學作品畢竟仍與一組瑰麗嚴密的形式邏輯不太一樣。因為，文學作品又在其符號本質上，加上了許多人為的形式特徵，諸如：格律、押韻、音質、文法、譬喻，以及其他一切微妙的形式，使它從形式上看，就能辨別是超離出尋常生活軌轍之外，不屬於經驗事實的描述，而應聽之以想像。其原理，蓋如李察茲所云：「韻律正是利用其人為面貌來產生至高的『框架』（frame）效果，把詩的經驗孤立於日常生活偶然與無關的事物之外。」它賦予藝術品一種特異的人為性質，使之有別於一切自然景象及事物，確保一篇藝術成品的「藝術性真實」（artistic reality），勿使之淪落分解到「事實之真」（factual reality）的層面去。

這一點很重要，我們必須謹記：事實的真假，一如真人實事改編的小說，除了添加我們一些談笑的趣味外，對小說的藝術價值、意義內容，毫無增損。一篇有作者刻骨椎心、嘔肺瀝肝經歷的詩歌，也很可能毫無文學價值，比不上某位作家書齋裏的幻構。只有蠢到無以復加的人，才會相信世界上真的曾經有過一位林黛玉，而且，就真的住在大觀園裏；也只有患了馬克思狂熱症的瘋漢，才醉心高呼「社會寫實是真正的文學」。

其實，文學作品的真，只存在於文字形式中。所謂「至情至性」，只能由文字中見到，與作者無甚關係。因此，我們若被一首詩所感動，便會終身記得這首詩的文字，除非寫文章時需要，我們往往不太去查考作者是誰。

既然如此，那麼是否意味著文學所成就的，只是一種形式的知識呢？

這個問題，極難回答，我只能將我的理解和想法，勉強寫下：一般說來，形式的知識，自以科學為典型。普通人談到科學，便以為它是歸納實證的工夫，實則並不如此。科學中，形式科學純粹處理符號架構，與實際世界無所對應，它只是一套依據自圓一致的設準（Criterion of Consistency），嚴格演繹的符號系統；至於事實科學方面，表面上似乎必須與客觀事實對應，然而，事實上絕無任何科學系統能直接對應於現實，它們大多是人類在觀察自然之後，選取幾個據點，作為前提，然後，根據演繹技巧所導出的一些系統罷了；這些系統雖若吻合現實客觀世界的相貌，卻不完全恆等，所以，本質上它仍是形式的知識。

這種科學知識，與藝術最大的分野，在於藝術考慮「人」的問題，科學則不。所謂人，至少，是創作者自己。每個藝術成品，都多少帶有些創作者本人的徵紀，許多人去仿造張大千、達文西、溥心畬、石濤的畫，許多人去假冒李白的詩，卻不會有誰夢想偽造一項新發現，說是愛因斯坦的發明。僅此一端，便足以證明：藝術無不涉及人的存在。

這種涉及人之存在的知識，乃是比科學更為根本的，何以見得呢？科學家定要不服氣了。

形式之來源與終極

其實也不必冒火，科學是一種形式推演的知識，但，請問：形式之來源何在？其終極又何在？這兩個問題，皆非科學所能回答，非訴諸一非形式物不可，這非形式物，我們即稱之為「存在」。

面對存在，有些人懍於存在之不易表達，不得不捨棄存在這一觀念，存而不論，而只專心於純形式之表達；有些則藉形式來逼近存在。前者當然可以完成一科學知識，沒有問題。後者，以形式做為存在表達的工具，卻會有一些無法豁免的問題，因為，形式畢竟是無法表達存在的。

既是這樣，我們就有幾點可談了：

1.文學與藝術之表達，基本上都採取藉形式來逼近存在的方式，這種方式，如前所述，實不足以表達存在之整體真實，故而，文學家，只要他具有深刻的存在感知與形式覺察，大多會有一種矛盾的態度：一方面，他必須仰賴、借助、驅遣文字，以構築文學的宇宙；一方面，他又對語言文字，不能信任，並感到透過語言文字無法窺知存在的悵惘。

這即是「言不盡意」或「意不可言傳」的困境，陳簡齋〈春日詩〉說：「忽有好詩生眼底，安排句法已難尋。」講的就是這個問題。

2.正因為有此困局，逼使文學家採用一種特殊的形式表達方法。這種形式表達，異於科學的形式表達處，在於它係以遮詮、迂曲、歧義、象徵之方式來表達。一般說來，凡注重形式方法表達的知識，都與矛盾的辯證密不可分，但這種異乎科學形式知識的表達，處理矛盾問題時，不是以一種寓言或象徵的方式，便是以形上的統合或超越；不像邏輯那樣，從事於形式之分析關係的無限展開。

故其表達存在，乃是一種言而不盡言，且又不盡言以表物的象徵表現；藉著這樣的方式，它解消了邏輯概念語言的執著和限定，表現了整體存有的無限性。

以詩為例，我們通常都說詩的創作型式有賦、比、興三種，其中除了賦是直陳其事，比較接近邏輯與概念語念之外，比與興都借迂曲的譬況或象徵，超越了指涉物，跨入另一個層面去了。尤其是興，言在此而意在彼，言有盡而意無窮，超越了語言的局限與鴻溝，伸展到形式知識所無法觸及的領域。這就是文學語言的奇妙處。古來講哲學的人，講到最後，即不得不出之以詩的語言，原因也正在此。試看禪宗的公案機鋒、偈頌，道家的老子莊子，乃至孔子所說「逝者如斯夫，不舍晝夜」等等，不是充滿文學意味，就根本是最精彩的文學。理由無他，正在於文學的表達方式，較能趨近生命存在的真實啊！

3.通過以上的討論，我們可以知道，文學或藝術的意義，即在於它能展現人生整體存在的關切。它不是純粹的形式知識，所以，它也不必符合形式知識的要求與功能。例如：形式知識的莊嚴，在乎形式概念間的嚴格關係限定，文學藝術，則是對生命嚴格，其嚴格表現在自我存在的價值或抉擇之限定上。這就是文學意義的所在，一切文學創作及活動，端看它能否符合這個意義。能，就有價值；不能，便是缺陷。所以，站在這個標竿下，我們也不妨執此以為權衡，估量文學作品價值的高低。

由於文學作品是這麼努力地想彰顯人存在的價值，是以它才能突破形式的平面世界，以不斷提昇、抉擇或信持其存在價值，建構一個立體的世界。它使人生有所企慕、有所仰望；通過文學，可以構成生命的自我追求與上揚。文學若有功能，功能殆即在此。通過美學的想像，人自然會有趨向真正終極理想的力量，超越現實，觀看自我，並衝破人與人之間形軀時空等形式的限制，在人的存在處，取得感通。

4.從這個角度來看，文學或藝術，本質上都是超越現實的。它絕不是單純的時代反映品，更不能視為社會運動的工具。

這種說法，可能會引起許多疑惑，甚至會招來嚴苛的攻訐。然而，文學與社會的關係，是否真是那麼牢不可破？每一位頭腦還長在脖子上的人，都有責任，重新思索：文學與社會的關係究竟是什麼？

人類大部份的爭論和堅持，都來自語辭涵義的紊亂，所謂文學與社會之關係亦然。這個「社會」到底是什麼意思呢？是指「人的生命及更大的普遍生命」嗎？是指「人生」嗎？是指政治狀況嗎？……？歷史上，像法國美學家居友（Guyau）所主張的社會學的美學，其所謂社會，就是指群體的生命；托爾斯泰所強調的現實社會文學，用意也只是指人類的活動，諸如社會的傲慢、肉慾、生之倦怠等等，至於王安石所說：「治教政令，聖人之所謂文也」（〈與祖擇之書〉），則顯然是就政治這一方面立說。歷史上由於名詞涵義不同而引起的文學論爭，已經太多了，我們討論這一問題，自然首應對它稍予界定，才不會引起混淆。

我們所謂的社會，涵義等於現實人所生活的時空場域和事件。就這個意義上說文學是超乎現實的，可能第一個就會激起「文學是時代的反映」信徒的反感。但是，一般泛泛使用這句名言時，說話者未必清楚什麼叫做「反映」。

反映，必須放在西方模倣理論中才能成立。依模倣理論，藝術品類似鏡子，可以反映外在宇宙或上帝。宇宙，可指物質世界、人類社會，也可以指超自然的概念。例如：柏拉圖認為詩人模倣自然事物，自然事物又模倣永恆的理念；亞里士多德則認為詩主要模擬人類的行為。所以，在亞里士多德派的理論中，宇宙意指人類社會；約翰遜說莎士比亞的戲劇為「人生的鏡子」，就暗示了這個觀點。而這一觀點，非我們所能同意。為什麼呢？

一、語言文字所構組的宇宙，不可能類等於現實社會，根本是無可爭議的本質限定。畫布上的蘋果，永遠不同於真正的蘋果。二、創作者通過他自己存在的感受和對語言形式的覺察，畫出來的蘋果，豈會等於鏡子無意識的反映？三、正因為文學或藝術，是超乎現實的虛構宇宙，與社會事實無關，才能保證文學的普遍性，它所揭示的人生意義，並非一時一地一物的反映。

不過，話說回來，作品固然非反映社會之作，作家卻存活於社會之中，作者意識的發展，必與其生存環境及條件有關（只是有關，並非限制，因為他也可以超越），因此，他探索人存在的意義時，可能有特別的感發之處，他所創作的作品，也因此而會與他生存的條件相呼應。通過文學作品我們可以觀察到一個時代或社會的風氣、精神、生活型態……等，理由即在於此。但我們不要忘了，作者可能為了一事一地一時而發，但一旦進入文學，這些時地事物，便已超離了此時此地此事此物，而呈現出普遍的人生存在的意義。觀覽者得魚而忘筌，當然也不應再膠執那一事一地一物，以致釋事忘義。同樣的，作家所關懷的也不是社會事件，而是人，是人存在的意義。

文學作品，若要避免成為形式的知識，完成統攝而超越形式的意義，自不能不在這方面，多予致力。

5.有些作家或作品，忽略了對於這種意義追求的努力，把他們關注的焦點，從人存在的意義層面，轉移到文字組合的層面。他們注意到了文學作品基本上乃是文字組構的事實，也能察覺文學作品的意義與文字形式不可分，然而，他們卻未了解：將宇宙人生萬殊的現象，以及與此現象呼應的人之存在感受，全部還原為形式的基本元素（文字的形、音、句法；繪畫的點、線、面、體、色、相），終將使文學作品墮入形式化文字元素的分解、排列、組合，逼使文學作品成為形式的排組遊戲。像我國許多不入流的寶塔詩、迴文、璇璣圖、獨木橋體、疊字詩……等，運用文字，顛來倒去、排比構合、乃至音韻天成，儼然鬼斧神工，卻難博文學評論家一粲。原因無他，整個作品並沒有呈現意義的探索，作者在創作意圖上也未以意義之追求為其職志，評價當然就要差些了。

進階書目：

●《意義》（Michael Polanyi 著、彭淮棟譯，聯經公司）頁九八－一二五。

●《形上美學導言》（史作檉，仰哲出版社）頁一－七〇。

●《語意學與真理》（劉述先，廣文書局）頁一七三－一七六。

●《中國文學理論》（劉若愚著、杜國清譯，聯經公司）頁五五－一一三。

●《文學概論》（涂公遂，華正書局）第八章。

十、文學的意義

作家所關懷的，是人存在的意義，而文學作品，也應以意義的探索為其職志。在目前，都可說已經是非常明顯的事了。

但是，所謂意義或存在的「意義」，這個「意義」的追求和確認，顯然一定會關聯到我們對於「價值」的看法與抉擇。人生不只為了喫飯、喝酒、啖肉、性交而存在，其存在必定要通過他對宇宙人生之存在的感知、以及對他自己之存在有所感知，來對價值有一番認取和選擇，他的人生才能顯示出一些意義，否則，就是塊然如土苴、頹然若行屍走肉而已。就文學作品而言，也就是這些意義，形成了作家與作品裏的人生觀、構成了整部作品特殊的視境，並啟引讀者的嚮往與同化。

可是，在這種情形底下，我們卻會發現一個有趣的狀況或疑問，什麼疑問呢？從所謂存在意義的追求來看，人對存在意義的追求，就形成了這個人的人格，代表他這個人人生意義的方向和內涵，如果一篇文學作品，也以人存在的價值為其意義指標或內容，那麼，作品的風格，是否就跟人格同一了呢？

文學史及文學研究中，有許多爭辯不休的論題，據我所知，可能就都是從這一疑問中衍生出來的。譬如：風格與人格究竟是否同一，就是個嚴重的問題；而人格又涉及道德的問題，所以，審美判斷是否與道德判斷相符，也值得探討；再者，假若文學知識所關切的真是人存在的意義，而不是人所面對的現實客觀事物及社會，那麼，文學的審美經驗，豈非僅是主觀與心理的活動嗎？文學知識與主觀心理的關係到底如何呢？最後，更嚴重的是：所謂存在的意義，究竟以何者為歸趣？存在的終極意義是什麼？能不能有終極的意義呢？如果沒有，會形成什麼困局嗎？

你，面對這一大串問號，可能會說：「哎喲，好麻煩，我頭都昏了。」是的，因為古人也已經為此頭昏過。但據我看，這些問題雖然複雜，可也未必不能解決。現在，為了解說上的方便，我們從第三個問題開始談起。

風格與人格是否同一？

這個問題，首先應該解決的，乃是文學與所謂真實的糾葛。一般我們所謂的真，其實並不僅限於客觀存在的事物之真，也不限於我們生活經驗之真。因為我們還可以透過推理活動，而獲得邏輯之真，更可以運用文字或線條言符，構成藝術之真。我們閱讀一篇文學作品時，太虛幻境，是客觀事物中所不存在的；賈寶玉或阿迪帕思王的經驗，是我們實際生活中所未曾發生的；而我們卻仍然能在閱讀時，感受到他們的愛情、死亡、道德抉擇、對自我及世界的認識、個人與社會的關係等等。這些感受與認識，也都是真實的，雖然跟走路碰到石頭摔了一跤不太一樣。這就是文學的真。

換句話說，文學之真，不等於事物之真或邏輯之真、經驗之真。它的真，只顯示在對普遍人生問題的揭露及對人生存在情境的感受上。它的事件與現實人生事件在結構和現實上，均不相同。

牢記這一點，對我們是很有用的，至少我們可以曉得文學不完全等於歷史，太關心社會改革或群眾運動的人，也不宜涉足於文學。但是，有些學者太執著於這一點了，他們強調審美經驗的不關心性（disinterestedness），以擺脫對現實和客觀經驗的關心，而凸出藝術的審美價值。這個講法當然能夠保住文學之真，使之勿受汙染；但它也有將審美經驗或文學知識推向主觀心理的危險。

例如：英國心理學家布洛（E. Bullough 1880-1934）的心理距離說，建議我們採取一種與生活現實性脫離的姿位，以便靜觀一篇自具特殊審美特徵的作品；德國美學家李普斯（Theodore Lipps）的移情說，主張把自我移入審美感知的作品中。如此一來，審美感知的客觀性就被排除或壓抑了。至於孔勃律希（Gombrich）的「幻覺論」，更是認為藝術品所顯示的只是主觀心靈運用文字構造成的幻覺性東西，完全不根據固定事物來摹擬。這是多麼詭譎——

然而，事情不應如此來理解。藝術的真，固然不能與事物或經驗的真相混淆，人生存在的感知卻不能脫離一切事物、經驗或邏輯。所以，文學知識若顯然違悖了事物與經驗、邏輯之真，也可能使人對其藝術之真感到懷疑難信，除非這種違悖，是基於藝術之真的特殊要求而設計的。

其次，有關這個問題的釐清，也有助於讓我們理解風格與人格的問題。——風格與人格，一般總認為是同一的，因為文學作品是作者內在最深刻的聲音，是作者的「心聲」，當然應該與人格脗合。可是，我們在歷史上看到太多矛盾的例子了，像以《戰爭與和平》、《安娜·卡利尼娜》揚名的托爾斯泰，在書中所流露的宗教襟懷和道德意識，誰不景仰？而他在性方面的慾求，卻幾近狂暴。我國文學史上的潘岳、嚴嵩，也都是人品卑劣，而文采斐妙的人物，元遺山論詩絕句說潘岳：「心聲心畫總失真，文章寧復見為人？高清千古閑居賦，爭識宏仁拜路塵？」王漁洋論詩絕句說嚴嵩：「十載鈐山冰雪情，青詞自媚可憐生，彥回不作中書死，更道匆匆唱渭城。」就是說他們在〈閑居賦〉和〈鈐山堂集〉裏表現得好像十分清高恬淡，實際為人卻奔競齷齪，完全相反，以致讀者要感嘆風格與人格不同，文章是無法看出其為人的了。

可是，我們如果仔細想想，就知道這類例子雖然不少，卻仍不足以否定風格與人格的同一。因為，正如前面所說，文學裏的事件行為與現實人生之事件行為，在結構及性質上，本不相等，所以，一個專寫江洋大盜的人，未必即是盜匪。而且，文學作品中所言之理與事，均可因語文符號而構成，這個符號世界，原不必要求它一定等於真實的世界；誰在考試寫作文時，沒有在試卷上發揚民族精神、提倡固有文化、鼓吹社會道德、擁護民主憲政？可是，事實上如何？是我們在考試時刻意昧著良心說瞎話嗎？那倒也不是，那也是一種真，不是對實際人生的真，而是對那篇作文的符號世界的真。

因此，我們不談風格與人格則已，要談，即必須先肯定文學之真不同於事實之真這一層，然後，再辨明風格與人格究竟是在什麼地方同一。是在事件這方面嗎？顯然不是。而是在於對存在意義的追求所形成的精神動向、和對存在情境的感受所釀就的特殊格調，如《文中子・事君篇》：「謝莊、王融，纖人也，其文碎；徐陵、庾信，夸人也，其文誕。」《青箱雜記》卷五一：「山林草野之文，其氣枯碎；朝廷臺閣之文，其氣溫縟。」所說就都是從這些精神格調方面去討論風格與人格合一的。

道德判斷與審美判斷

不過，在人格方面，成就一個道德人格，一直是大家所祈嚮的目標；在歷史上討論人格時，也比較集中於它的道德意涵。所以，我們在討論風格與人格時，往往會牽扯到文章和作者之道德的問題，像前面所舉有關嚴嵩和潘岳的爭論，即是如此。我們固然可以用文學行為和現實行為不必相符這個觀點，去破解道德與藝術風格之間的夾纏；但是，即使風格與人格的符應，只表現在精神與格調方面，我們對這些人格傾向的判斷語句（例如「纖」、「夸」），其實，也未嘗不可以當作一種道德判斷的語句。

正因為如此，所以，道德批評與審美批評，有時候很難分得開，譬如：我們討論繪畫，歷來總是主張「人品不高，用墨無法」，四王、八大之受人敬重，一半還是由於他們的清高卓犖，而不純賴畫藝；我們批評詩歌，也是如此，像東坡就曾說：「古今詩人眾矣，而杜子美為首，豈非以其流落飢寒、終身不用，而一飯未嘗忘君也歟？」（〈王定國詩集序〉）。這就是以道德人格方面的褒貶，來說明文學作品的特徵和優劣了。

但這樣的討論，其實非常危險。因為它很容易使人又兜回到強調作者對社會的關懷，或以道德判斷來替代審美判斷的謬誤中；在談論一篇文學作品時，它可以很輕易地用「這個作者道德很差」這樣一句話，就否定了作品在藝術上的價值。歷史上這類橫暴而野蠻的論斷，所在多有；雖然，我們早已曉得太講道德的結果，一定是野蠻，可是，看到這些野蠻的現象，仍忍不住要驚慄哩！

既然如此，我們遂要問：到底審美判斷和道德判斷之間的關係是如何呢？

在我們之前，已經有很多博學深思的人問過這樣的問題了。有些人認為二者應該分開，像克羅齊就主張直覺與概念，是屬於認識的活動，以作為實踐活動（經濟與道德）的基礎；直覺是求得個別事物的意象，道德活動則是求普遍的利益：前者成就「美」，後者則成就「善」；由直覺、概念、經濟而發展到道德活動，心靈才算達成了一個完整的全體。同樣地，托爾斯泰也認為善是最高的嚮往，是不能用理性判斷的概念，但它卻能判斷一切；至於美，美的概念不僅與善不符，而且，與善相反：美激發熱情，而善克制熱情。另外，蘇格拉底也說美是善的父親，但父親與兒子畢竟不是同一個人。據他們看，審美判斷不應該跟道德判斷混為一談，雖然他們的關係很密切。

這個講法，基本上我們非常贊同，因為無論如何不能說一位性格卑鄙的作者就一定寫不出優美的文學作品，也不能說一篇作品在道德上有所欠缺就一定不是好作品。如果以道德判斷來看，我國那些傷春悲秋、嘆老嗟卑的詩文，可說都無甚價值，甚至於還與道德修養的境界和工夫悖反；西方悲劇矛盾的文學美，以及柏拉圖所說「美感是靈魂在迷狂狀態中對於美的理念的回憶」，更無法形成有道德的文學了。但事實上，無論是「平典似道德論」約六朝玄言詩或宋明理學家的載道詩，在文學上都是令人十分感冒而難以消受的。這就可以證明審美判斷自有律則，不容道德判斷橫加干預了。

事實既是如此，自無怪乎簡文帝要說：「立身宜端正，文章須放蕩」，而理學家要視文學創作為「溺於辭章」了。然而，審美價值果真與道德價值如此勢不兩立嗎？

答案當然是否定的。即使是蘇格拉底，也認為人所創造的美，來自心靈的聰慧和善良。所以，一個道德心靈，可以激生美的感受、觀照，並創造美的事物，應該是極為合理的事，除非他的道德只是偏枯或殘缺的。其次，道德活動所成就之和諧充實、廣大圓融的生命姿相，其本身也就是非常美、甚至合乎美之本質的，故孟子云：「充實之謂美」。而就審美判斷這方面說，也是一樣：審美判斷，一定會關聯到「意義」，而不僅僅是結構形式的討論。單純結構形式的探討，並不保證一定能達成一次合理而有效的審美判斷，例如：宋吳沆在《環溪詩話》裡談到杜甫及韓愈等人詩歌之妙，「在用疊字，唯其疊多，故事實而語健」；這是一種運用重疊出現的名詞，造成詩歌密度加大的技巧，如韓愈「黃簾綠幕朱戶閒」、黃山谷「桃李春風一杯酒，江湖夜雨十年燈」，都是運用這種技巧構成的佳句。但是，這些佳句之所以為佳，是不是只因為用了這種技巧呢？顯然不是，紐玉樵的《觚賸》裡舉了一個句法相同的例子：「大烹豆腐瓜茄菜，高會荊妻兒女孫」（吳東里〈中秋家讌詩〉），這種句子，讀者諸君以為如何？所以，審美判斷必然與意義相關聯。它之所以不能離開道德價值，基本原因，就在這兒。

存在的終極意義

如果說，我們反對用道德判斷或道德價值，來取代審美判斷及審美價值；而主張審美判斷必然會關注到作品所呈顯的意義、會嘗試著去判斷它所展示的價值，看看它們是否真有意義、真有價值，而其意義與價值的高下優劣又如何。那麼，我們便又碰到了一個新的問題：我們將憑什麼來判斷不同作品所呈現之價值的高下？

例如：作品所顯示的存在的意義，真是沒有一個終極歸趣，那我們就真要束手無策，無法判斷了。所以，除非我們不作審美判斷，否則，即不能不肯定有一個存在的終極意義，人或作品，皆應以達成或具顯此一存在之終極意義為鵠的。要不然，一切文學創作與欣賞，恐怕都不免流於虛無，或退返到自我心理的主觀上去，作無目標的遊蕩。這種漂流與迷失，每天我們都可以在自己或其他人身上發現，例子當然是可以不必舉的了。

終極的意義不能沒有，但是，我們究竟要以什麼為終極呢？如果從文學的本質來看，文學基本上採取的，是以形式來逼近存在，但因形式本無法表達實在，所以，它又不得開出以比興等超越指涉物、而跨入超越域的法門。故而，不談文學作品中存在意義的終極歸趣則已，要談就必須緊扣文學這種特質，不可把終極意義定在社會現實的層面，而要走在超越的層面。這個超越的層面，在西方，就稱為上帝、神、或絕對；在我國，則名之為妙理、道、性、真或自然。文學創作或欣賞，均以達致此一超越的存在真實為最終依歸，故黃公望說：「凝神遐思，妙悟自然，物我兩忘，離形去智，身固可使如槁木、心固可如死灰，不亦臻於妙理哉？所謂畫之道也。」施德操詩說：「物色入眼來，指點詩句足，彼『真』發其藏，我但隨所矚。」辛棄疾說：「淵明避俗未聞道，此是東坡居士云。身似枯株心似水，此非聞道更誰聞。」（〈書淵明詩後〉）。我們仔細玩味這些言論，就可知道這些終極意義如何在文學創作及審美判斷中，發揮其功能了。

進階書目：

- ●《談藝錄》（錢鍾書，開明書店）頁一八八—一九三。
- ●《西洋美學史資料選輯》（朱光潛，仰哲出版社）頁十二、十七、五三—六〇、六五、一八八、二九〇。
- ●《藝術哲學》（Vigir C. Aldrich 著、周浩中譯，水牛出版社）第一章。

●〈釋學詩如參禪——兼論宋代詩學之理論結構〉（龔鵬程，《中國學術年刊》第五期，頁一一五—一八一，又收入文史哲版《江西詩社宗派研究》）。

●〈文學與真實〉（劉昌元，《中華文化復興月刊》十七卷七期）。

十一、文學意義的認知

關於文學作品意義的判斷，固然也與作者很有關係（因為他若缺乏判斷力或意義根本無法判斷，他如何創作呢？），但主要還是跟讀者的關係最密切。我們從前曾經點明了：作家所關懷的是人存在的意義，作品也以意義的探索為職責；現在，我們則不妨繼續追問：讀者，他怎麼樣發現這個「意義」？他能夠發現什麼樣的意義，還有，發現這個意義對他本人有什麼用？

這三個問題最實際不過了，並不是什麼嚴重的使命或玄妙的大道理，而是我們每天在生命的實踐歷程中，必然會探問的問題。比方：女孩長大了，談戀愛時不妨隨便些，但若要嫁人，她所考慮的，一定是：能夠找到什麼樣的丈夫？怎麼樣去獲得？虜獲這個丈夫對她本人有什麼好處（生活有保障、情感有著落、未來有希望，乃至於立刻可以出國……等等），同樣的，閱讀文學作品、接受文學教育，若只是消遣或混學分、消耗消耗自己留著也沒有用的生命，那就罷了；假如真把它當回事來看，那麼這些問題倒不能不費些思量！

一般文學概論之類書籍，對這些問題，通常也都會談到。但鑑於一般文學概論的職責只在於使人不懂文學，以致我們不得不對此稍做說明。——究竟讀者如何認識意義呢？

意義的主觀面與客觀面

首先，我們必須了解，讀者對於意義的認識，一定不同於作者。作者在創作時，必有一意圖想要藉著作品傳達給讀者，但讀者透過作品去掌握、去認識到的意義，往往與作者賦予的原初意義相去甚遠。例如：〈補破網〉這首歌謠，原先只是作者發抒失戀情懷的哀嘆，後來卻被視為替漁民仗義執言的呼聲。溫庭筠的〈菩薩蠻・懶起畫蛾眉〉被張惠言解釋為「感士不遇」；晏殊、歐陽修的詞，被王國維解釋成人生三境界；這些解釋，就連他們自己也不得不承認：「遽以此意解釋諸詞，恐為晏歐諸公所不許也」（《人間詞話》）。文學作品之能解者，尚且如此，那些原本不可能給予確定之解釋、也不需要給予確定之解說的，更是「臨淵窺魚，意為魴鯉；中宵驚電，罔識東西」（周濟語），何者方為作者之意，的確也難說得很。

假若文學欣賞，是以追探脗合作者之初意為終極目標，那麼，這個活動就只好說是一種猜謎；而且，千百年來，無數才智之士殫精竭慮的結果，又大部份是已確定沒猜中或不知道猜中了沒有，這豈不令人沮喪嗎？

對此，我們應該了解到：作品的意義，有其主觀面與客觀面。作者主觀的原初意向，是意義的主觀面，這個主觀面主要在於說話者會在作品中表現一種自我指涉，在每一句話或每一篇作品中都隱含著：「這是我說的……」；而且，它也顯示了作者（敘述主體）的行動，例如：希望、命令、承諾、判斷等等，這些語言本身就是一種行動；另外，它還表現了作者希望透過作品使讀者產生認同的企圖。

每一語句或作品都含有作者這些主觀的原初意向，但是，這些主觀意向一旦訴諸文字，形成作品，便有其客觀地位，有了語意上的自主性（Semantic autonomy），而不囿於原初意向了。

這個意義的客觀面，是由作品本身的語法結構所構成的。一個語句只要合乎語法的構成，便具有由語詞和語法所構成的含意；作品亦然，其形式結構組織，合理地構成了作品的意義。這種意義稱為含意（Sense），是意義的結構面。可是，一個語句的意義並不只限於語句之內，它更會跨向語句以外的世界，與事態或人建立關係，有所指涉（Reference），例如：「那個身穿紅衣裳的姑娘」這句話，除了語句本身的含意外，就還指涉了語句以外的實然存在事態，構成意義的存在面。就文學作品而言，它未必真有一實際的指涉，譬如：世界上未必真的有一個「金大班」或「玉卿嫂」，卻不妨礙它仍具有含藏存在的可能性，而且，沒有實際指涉亦無損其意義的結構面含意，像《莊子》所說「北冥有魚，其名為鯤；鯤之大，不知幾千里也」，現實世界不必定有此巨獸，卻無礙其含意之真實。換言之，作者在作品中，縷敘平生或描述經歷時，就作品本身來看，固然甚為真實，但並不保證這就是作者在實際現實事態中的遭遇。這不僅如李商隱所說：「南國妖姬，叢台妙伎，雖有涉於篇什，實不接於風流。」甚且更將如李漁所謂：「事雖未經，理實易諳，想當然之妙境，較身醉溫柔鄉者，倍覺有情」（《閑情偶寄》卷六）。

由此看來，要由作品的指涉而去追躡作者的經歷和作者與實存事態之間的對應關係，業已困難重重；要由作品的含意面去坐實作者主觀的意向，亦十分艱難。所以，讀者從作品中所獲得的，基本上，只是意義的客觀面；除非別有堅強的歷史證據，否則，意義的主觀面，實在難以稽考。欣賞文學作品，基本上也不以此渺茫難稽的原初意向為最後之目的與依歸。

讀者怎樣認識作品的意義

如果讀者所認識的，是意義的客觀面；那麼，他如何認識這個意義呢？

一位實在論者，面對這個問題時，他一定說：問題很簡單，只要我們觀看作品本身的結構面，進行語法結構的分析，研究其字質、討論其文字語言如何組織如何搭配就行了。的確，一位「新批評」的讀者是有權利這樣做，可是，這樣便能理解文學作品的文字藝術結構了嗎？語言的語法層面，只能討論到語句與語句彼此的關係，但這些抽象的語言結構既不就等於語意層面，更不能說它就是文學作品的藝術結構，因為語法層面是由語意層面所預定的，光討論作品中字句如何組織安排，就像文法學家談哲學一樣，細緻是細緻極了，只可惜與意義無甚相干。

至於歷史家的做法，又與「新批評」不同，他們多半仰賴直覺和歷史證據，去搜集材料，然後，再排比命題，以命題邏輯的方式，進行分析，企圖還原該作品的歷史場景，並追索到作者的原義。他們較注意作品的指涉面，如果作品中的指涉是客體指涉，他們便興致勃勃地去尋找當時有什麼外在事態與之相應，看看作品影射或指涉了什麼人什麼事；如果作品中的指涉是主體指涉，則他們又努力地在作者本人身上做文章，挖掘作者思想與心態狀況。他們認為這樣，只有這樣，才能了解作品並深知作者內心之隱曲。

不幸的是：作品雖由語言文字組成，有由語詞和語法構成的含意，卻未必實際指涉任何實然的事態或存在物。所以，歷史家從文學作品中獲得的所謂指涉，往往只是文字的構成世界，而非真有一個實際如此的世界與之對應，更不能等於真實的事態。在詩中說自己曾經手刃仇敵者，未必定屬殺人要犯，法官也不會根據這種「自述」來定讞。其次，作品所指涉者也不可能就等於作者的原義所在，作品中主體指涉的主體，畢竟是與作者真實的主體不同的。第三，這種以命題邏輯展開的分析方法，事實上並不是很好的歷史研究途徑，所以，柯林烏德（Collingwood）才會提出「問題——解答」之邏輯來替代命題邏輯。柯林烏德認為我們必須追問作家在他們自己所處的歷史情境中，提出了什麼焦點問題，以及他所嘗試給予的答案。而這種追問，乃是在主體之內重新經驗他所提出的問題，設身處地去做情境的認同。譯介柯氏著作到德國的哲學家高達美（H-G Gadamer）對此甚為激賞，但他認為在主體之內重新經驗作者的問題與解答，仍是讀者自我與靈魂的主觀對話，必須修正為讀者與作品文獻之間互為主體的交談辯證才行。

對此，我們以為：讀者所探究者，乃作品之意義客觀面，而非主觀面，所以，讀者所面對的作者，並不是實際生活中的作者，只是作品裏的作者。讀者在閱讀作品並從事於主體內重新經驗時，所探問的事實上不是作者所提出來的問題，而是作品裏提出來的問題。這個問題，便是作品意義之所在。命題邏輯與排比資料的方法，觸碰不到意義，只有我們深刻地以「問題與解答」的方法去關切及體驗其問題，才能掌握到作品的意義。

與讀者本人相關的意義認知

再者，所謂主體之內或互為主體等說法，都意味了讀者所認識的意義，乃是與讀者本人生命相關聯的，若不透過自我內在主體參與作品的意義，則作品的意義絕不能凸顯，文學作品充其量也不過只是一疊印刷好的白紙而已。我們看古代大藝術家的遺作，往往被他不肖的子孫們看成廢紙或破布，不知情地拋售、遺棄或當柴火燒掉，就知道文學與藝術之意義，並非固定不變的，它有待讀者以高明的眼光、深邃的生命內涵去喚起去照耀它的意義之光。每一位讀者對生命存在之意義的掌握，都必然會影響到作品之意義呈現。黃山谷曾說過：「若以法眼觀之，無俗不真；以世眼觀之，無真不俗。」唯有一對法眼，才能窺視作品意義的春光；藝術女神的胴體和心靈，豈是凡夫俗子所能夢見？美國作家愛伯特寫過一篇小說〈平面世界〉，說有一個人的世界是扁平的，他只有二度空間的觀念，沒有三度空間的觀念，他的世界只有長寬、沒有高，所以，對他來說，我們講一個女孩長得亭亭玉立，乃是不可思議的、沒有意義的。這個例子用來詮釋有關文學藝術乃至思想，都很貼切，因為文學藝術與哲學，最大的效能就是提昇人類心靈的層次，使人由平面蠕動的動物，變成立體的生命，可以昂首天外，超越現世的泥濘，與古今每一位深刻的意義生命相感通。

就此意義而言，文學作品當然也就必然可以影響到讀者對存在的認識和對自我生命的體驗了。這，就是讀者認識作品意義最大的好處。

本來，我們人生所面臨的時空環境和外在客觀材料，乃是人人各異的；文學作品對我們來說，也是一種外在客觀的材料，但我們對於這種材料，不能只以認識論的方式，冀求客觀知覺它便算完事了。我們必須追問各個不同文學作品內在的普同性，探詢它們所開展的生命範疇；而就在這種喚起自我內在主體活動的探問過程中，我們才能穿透文學作品，整合並開拓我們紛紜互殊的（因時空環境和外在客觀材料不同而形成的差異）經驗，使我們介入一切存在的感受中，去實際體驗意義的追尋、失落、迷惑、提昇與獲得，去發掘內在自我的一切潛能，開發自我建構意義世界的企圖。曹植〈畫贊序〉說得好：「觀畫者，見三皇五帝，莫不仰戴；見三季暴主，莫不悲惋；見篡臣賊嗣，莫不切齒；見高節妙士，莫不忘食；見忠臣死難，莫不抗首；見放臣斥子，莫不歎息；見淫夫妬婦，莫不側目；見令妃順后，莫不嘉貴。」為什麼會這樣呢？唯一的理由就是讀者在觀看文學或藝術作品時，已將自己投入一個「意義的嚮往」情境中去了，他們在其中優遊俯仰，不覺嘆賞咨嗟、手舞神移，而靈魂之淨化、存在感受之提升、人生經驗之開拓，都在這不知不覺之間完成了。

然而，這種重大的效能，一般世俗扁平動物卻很少人能夠了解，他們一直以為文學或藝術只是些沒有實際用處的東西，不像餅乾或乳酪，能直接滿足我們；我們看文學與藝術作品時即使會有些欣愉哀感，也無補於實際生活。

我不曉得何以有人愚蠢至此，而且，這類笨蛋居然還非常之多。對這些人，高談意義與生命的高度和深度，扁平人哪能了解？他們最看重的，總結起來，就是「錢」。因此，且讓我從錢談起，從人類心理的基本慾求談起。

意義的追求與抽象的滿足

金錢的魔力，一如權力，其能使人發生如痴如醉的迷戀之情，主要原因並不如一般人所想是錢最實際，而是因為錢能使人獲得抽象的滿足。富翁儘管在金窖或銀行裏存有鉅款，但他並未見過存款，也不想動用，而只慎重地保存他的存摺，只是面對存摺發生巫術般的滿足感，一會兒是千鍾粟、一會兒是黃金屋、一會兒又可能是顏如玉，而最後終於還是不曾動用那些窖藏的黃金，便撒手人寰了。例如《古今小說》所載〈宋四公大鬧禁魂張〉故事中的張員外張富，慳吝成性，要去那虱子背上抽筋、鷺鷥腿上割股、古佛臉上剝金、黑豆皮上刮漆、吐痰留著點燈，捋松將來炒菜。地上撿到一文錢也要拿來磨做鏡兒、擀做磨兒、掐做鋸兒，叫聲我兒，親個嘴兒，再放入袋兒中，這位一錢不使的富家張員外，小說家便說他是「一文不使的真苦人」。我們莫笑這位富翁太可笑，其實每位富翁差不多皆是如此。為什麼每個守財奴都是如此呢，因為這種滿足感不同於其他實際事物的滿足：對糖果的慾望之滿足，止於糖果；對汽車、洋房慾望的滿足，止於汽車、洋房。其滿足易而淺，抽象的滿足卻廣而恆緜，一如少年憧憬愛情時，愛情甜蜜而永恆，實際的婚姻生活卻是瑣碎而平淡。抽象的滿足高於具體的滿足，豈非甚為明顯嗎？

不過，我們歸納人類各種抽象滿足的類型，便會發現：滿足之程度愈大者，愈抽象，其層次也愈高；而愈易落人具體和技術層面的，層次也愈低。就其為抽象之滿足而言，追求金錢名位與追求知識並無不同，人們也常將它們混為一談。然而，追求金錢者，一如追求宗教情操者，容易造成「目標的錯置」，誤以為所追求的是具體實質的東西，而形成心理層次的墮落，並因此造成生命的墮落或流失，例如宗教家每每成為迷信神蹟、偶像與末日審判的無聊漢一樣。此所以人在追求時，還必須有所選擇，使其能配合認知我、情意我與德性我的均衡發展，塑造健全的生命，完成抽象的滿足。

以人之所以為人來看，抽象的滿足之追求，可說是人與獸最大的分野。猴子對香蕉的興趣，遠超過一頂皇冠，人則相反。而皇冠與鈔票，均是一種象徵物，猶如勳章與國旗、文字等等。人，是藉著這些象徵物，逐漸在「想像的情緒」中，構築其象徵系統（Symbolic system）的。這個象徵系統，就是他的文化，為人之所以不同於或高於其他物種之所在。

所謂象徵或象徵系統，即是意義的組構。以語言為例，語言沒有物理的客體，純粹是線條式的符號，用以指示意義。鈔票有物理的客體（一張紙），但這張綴上某些符號的紙何以能代表若干幣值呢？鈔票之所以是鈔票，不是廢紙，就在於它具有意義。意義，便是文化的實質內容。一個人若不能意識地做意義的追求，則這個人就是一具空洞無內容的形式（生物形式）存在，失去了人之所以為人的充分必要條件。而假如一個人誤把意義的追求，錯置成物質等具體的追求，譬如：把對貨幣理論的興趣，轉移到對實際一張張鈔票的興趣，則這個人也就報銷了。

在人類一切象徵系統中，語文是最龐大、最高級、最具典範性的象徵系統。語文之中，最精密運用其特質、構建最深刻象徵世界者，厥推文學。因此，文學作品是人類追尋、探究、質詢、印證意義的最佳處所。人們接受文學教育，不是要學習如何爬到樹上去採一根香蕉，而是在品味整個種族或人類的意義體系，從文化生命之中，開發自我內在的意義世界，在存在的感受和認識方面做深入的挖掘，成為一個有文化涵養、有意義生活的人。他也不必成為一名考古學者，整天在詢問：作者原來的意向是什麼。因為語言之指涉，必有歧義，本身是不能局限於某一固定意義上的；何況，建立客觀而確定的知識，對讀者以及文化生命之延續與開發，助益不大；假如文學欣賞與批評只是考古，則文學欣賞永遠是文學作品的附庸與詮釋者，可是，詮釋者若以開發自己的感受與認識為目的，那麼他的閱讀便可與文學創作一樣有活力，不只是為人作嫁，而能對整個文化有重大的幫助。

親愛而不愚蠢的讀者們！希望你在這個重大的關鍵點上，細細想一想：人，還是禽獸？

進階書目：

- 〈當代思想方法的語言哲學基礎〉（沈清松，《哲學與文化》九卷一期）。
- 《論人》（卡西勒著、杜若洲譯，審美出版社）。
- 《語言與人生》（早川著、柳之元譯，文史哲出版社）第一編第二章。
- 《艾略特文學評論選集》（艾略特著、杜國清譯，田園出版社）頁九九—一一一：〈詩的社會機能〉。

十二、文學的功能（上）

滑稽的問題

曾有一位時髦貴婦對大畫家威斯婁（Whistler）說：「我不知道什麼是好東西，我只知道我喜歡什麼東西。」威斯婁鞠躬對曰：「親愛的夫人，在這一點上，夫人所見與野獸略同。」——每逢有人向我問道：「文學有什麼用？」我總會想起這則人與猴子的故事。

一個人，在欣賞時尚辣妹之餘，也還知道別有此實用嗜好之外的崇高美術；在教書混飯喫之外，也曉得另有學問；在應付實用之外，也還知道有個真理存在。日常生活中的實用或嗜好，不能與價值混為一談，豈非甚為明顯嗎？何以面對文學，便忽然昏瞶了起來？不是像高地耶（Theophile Gautier）〈奇人志〉（Les Crotesques）裏所說的商人財主，每看見孩子們寫詩，立刻罹患惡疾，怒衝腦頂、神經發生變態；就是像古羅馬教宗兜鈴（Tertullian）那樣，主張若要大道光明、實現極樂世界，非剷除文學不可。

至於那一般文學家們，面臨這惡劣的環境，又往往顯得跼蹐不安，充滿了自卑自憐的情愫，先就自己看不起自己，以免旁人鄙夷時少了心理準備。偶爾有一兩個替文學辯護的，又囁嚅口吃，只能結結巴巴地說些文學有益世道人心、能做宣傳武器之類的話。他們愈是這麼說，愈是讓人相信文學果然是沒什麼用的了。

其實，這個問題本不難解決，難就難在世人問錯了問題。好比鐵鎚原是用來敲東西的，現在拿來炒菜，當然炒不好；而世人居然還要指著鐵鎚痛罵：「要你有什麼用？」而一幫為鐵鎚打抱不平的先生們，竟還要替鐵鎚辯護說，鐵鎚確實是可以炒菜的。這，這又豈不是甚為滑稽嗎？

何況，文學也非鐵鎚所能比擬，文學根本是不能放入「有什麼用」這樣的考慮中的。

工具與目的間的詭譎性

基本上我們必須了解，當我們問：「××有什麼用」時，該物的用途必然是配合著使用者的目的而來的。例如：我們問碗有什麼用時，其實就寓含了有關目的性的考慮：若以吃飯為目的，則碗就可以盛飯；若要打人，則碗便成了武器；如果碗只用來代表一種身份，那麼它就成了和尚的缽或乞丐的碗，通常是裝旁人布施的錢而不是裝飯，甚至什麼也不裝，只代表一個意思。換句話說，凡「有用」的東西，必然是在為一個目的服務的，它的存在與價值、功能，即在於完成這個目的；如果不能完成，才會像陽萎者的器官，被啐為：「沒有用！」

正因為所謂功用是由目的所限定的，所以——這裏就開始顯得有點詭譎了——功用往往會隨著目的而轉移，一隻土皿，可以用做盛水的鉢，也可以當做祭壇的禮器，更可拿來做吐痰的痰盂。所以，一件事物，當我們問它有什麼用時，基本上是無法回答的，除非我們已經預設了它的目的。

其次，不僅功用會轉移，目的也可能改變。例如：我們每個人在寫作文時都會高談人生的理想，主張到大學裏求學是要獲得高深的知識、追求真理、探詢宇宙與人生的奧秘；沒有人肯公然承認只想到大學裏去混日子，追女朋友男朋友，以便將來嫁一位有錢的先生或找一份有錢的差事。而事實上呢，如果讀書的目的，真是在於追求真理，何以還會整天在問：「讀中文系、讀歷史系有什麼用？」可見在這個時候，讀書的目的早已被換日偷天地掉包了。崇高的目標，變成了猥瑣不堪、上不得檯盤的現實考慮。

除了目的的轉移之外，一件事物也可能有附帶目的或繼起目的。譬如：牛糞，原來的作用是排洩以保持牛體健康，可是，也可以用來當柴燒。竹頭木屑，本來是做器具時剩下來的東西，是有目的功能之外過濾下來的棄物，而陶侃卻拿來作為造船的竹釘和鋪路的灰。這就稱為廢物利用。通常人們所說的用，其實往往屬於此類。像大學畢業生在校學了四年，畢業後卻只能去做推銷員、當警衛、管打卡。他本人乃是有目的功能之外過濾下來的棄物，他的工作固然對社會也不能說沒有貢獻，但這種情形便是很典型的廢物利用。因為他們本身已無目的可言了。

這就顯示了目的與工具之間關係的詭譎性。凡有用的東西，必然是在替一個目的服務，所以，它本身只能完成一種工具性效益。但這個工具，原是為了配合或達成某一目的而創造出來的，創造出來以後，卻可能會因其他因素而移作別的用途，致使目的的轉移或喪失。這樣，為某一目的而創造工具，豈不是太沒有保障了嗎？目的不僅不一定能達成，它會轉移或喪失到什麼地方什麼程度，更是無法逆料。

這種原來的目的，我們可稱為客觀目的性。工具因主觀的任意作用，而悖離了客觀目的性，對工具本身也常造成許多困擾，因為在這種狀況下，一個工具對於它究竟應該或可以完成什麼功能，實在非常茫然。尤其是在現代社會中擔任工具人的人，其職業與職位，都經常在變換，到底這些變換是要完成什麼人生的目的？他們本身可以獨立地達成什麼功能？這樣的人生，其實即是無目的的飄浮，飄飄盪盪，而自以為很吃得開，很快樂。否則，就是只有片斷性偶然的目的，看機會或主觀的任意運作而定。

縱使結果不這麼糟，我們也必須警覺到所謂客觀目的性，乃是受限於客觀環境的，並無自主性。例如：《莊子》所說「宋人資章甫，適越。越人斷髮紋身，無所用之」（〈逍遙遊〉），客觀環境一旦改變，原先有用的，可能竟會忽然變成無用，這是個很好的例子。近幾十年來，我們大學教育中所謂有用的熱門科系，不斷在改變，不也是值得我們深思的事嗎？何況，這所謂客觀環境，還牽涉到人與此客觀環境的對應關係，「宋人有善為不龜手之藥者，世世以洴澼絖為事。客聞之，請買其方百金。客得之以說吳王。越有難，吳王使之將；冬，與越人水戰，大敗越人，裂地而封之。」藥的功能雖然都是能讓手不坼裂，卻因為對客觀環境的處理不同，而產生了迥然相異的結果。這，就顯示了目的與工具之間關係的詭譎性與不確定性。

目的的自我完成與體現

既然工具與目的之間，有這麼詭譎與不確定的關係，那麼，為什麼我們不換個思考方式呢？「工具——目的」是不確定的詭譎關係，所以，可確定的，便不能繫聯著工具而說，只能扣住目的來談：是目的的自我完成或自我體現。此話怎講？

首先我們可以看，我們一個人的五官四肢，無不有用。唯一「無用」者，就是頭腦。可是，頭腦不為其他目的服務，它只在思考。思考是頭腦的目的，可是，也是它的功能：藉著思考，它可以指揮一切工具性作用的五官四肢，完成任何功能。它無用，因為妳無法具體指出它有什麼用，思考本是抽象的，然而，它卻能完成一切用。這便是目的自我完成的無用之用。世人僅知有用之用，卻不曉得尚有此無用之用，故耳目之用、聲色之娛，日漸多於頭腦的思考，說起來也是很可憐的！

因此，我們若遇到有人問我們學文學有什麼用時，我們應該反問他：「你活著有什麼用？」顯然——人之生存，必須吃飯，卻不是用來吃飯。所以，吃飯找職業不能作為人生的目的。同理，文史藝術亦不能用來吃飯，因吃飯本非目的也。今人之錯誤，即在以非目的者為目的。譬如：人生而有情慾，所以，必須有性生活，世人卻誤以為性交即是人生的目的。這就是錯把非目的者視為目的，寖致於本來不為成就這些假目的的（例如：文史藝術本來不是為著謀職），也用能不能完成這些假目的來做批評的標準。認為學文學藝術的人找不到工作，所以，文史藝術沒有用。

其實，以非目的者為目的，而又追求完成此偽目的的工具與技術，所獲得的最多只是第二級的工具或偽工具。它所達成的，是偽目的。所以，工具本身也是假的，不是真正的工具，沒有工具的價值。也缺乏「工具理性」（instrumental rationality）。不但是非理性的、無意義的，而且，是偽意義的存在。我們討厭它，就像偽君子比真小人更讓人憎嫌一樣。

目的之自我體現者，與此不同。它本身就是一種目的，例如：思考。思考之價值不在於能想出個什麼道理，思考也不保證能夠獲得真理，思考更不能為其他的理由服務、受任何外在的事物控制，思考本身就是一種意義之探求與構築，它本身就是一個有意義的活動。而這所謂意義，又不是外在有一個目的，思考完成了它，所以有意義；而是思考本身的活動，即具顯、即創造了這個意義。像文學，文學作品的創造，本身就是一種已經自我體現了的價值。一幅畫，不能吃、不能賣錢，作者也死了，可是，畫本身仍然能夠具顯為一「藝術」；所以，藝術本身即是自我體現的目的，非任何其他目的的工具。袁枚說得好：「文之佳惡，實不繫乎有用無用也。若夫比事之科條、薪米之雜記，其有用更百倍於古文矣，而足下不一肄業及之者何也？」（《小倉山房文集》卷十九・〈答友人論文第二書〉）若求有用，賬簿確實比文學有用多了，可惜文學只具顯其本身為文學，並不為了記賬。

唯有這種目的之自我體現者，才能成就各種工具性功能，例如：一幅畫，可以有教化群眾、提昇人性、賣錢……等各種用途，可是，這些用途都必須建立在「它是一件藝術品」之上。唯其因為它是一件藝術品，所以，才能夠有這許多功能，卻不是因為它有這些功能，所以它是藝術品。這個分際必須掌握。像文學，文學不能是為了某些特定的目的外在的目的而作，否則，便成了政治宣傳、道德講義、經濟論述或商業廣告之類。但是，假若我們能夠真的完成了一篇文學創作，卻可以有美感、道德、政治、經濟等各種功能。東坡曾說過：「求物之妙，如繫風捕影，能使是物了然於心者，蓋千萬人而不一遇也，而況能使了然於口與手乎？是之謂辭達。辭至於達，則文不可勝用矣」（《文集後集》卷十四・〈答謝民師書〉）。一個真正有價值的文學創作，確實非常不容易，但若完成了，那真是不可勝用哪！我們看古今文學名著，主政者因之以借鑑、道德家用之以說理、社會革命者借之以鼓吹風氣……，一切價值與功用，均因它是一文學作品而得以完成。

這裏說的文學作品，當然是指好的、具體完足了文學價值的作品。因為若不能具有文學價值，則頂多只能稱為印刷品，而不宜遽稱之為文學作品。這，其實也就是這種目的之自我完成者的困難所在：它必須了解，如若無法完成自我之目的與價值，那麼不但它本身一點價值也沒有，更甭談造就什麼其他功能了。藝術創作的尊貴與艱難，便在於此，「藝術，否則就是垃圾」，克羅齊曾如是說！

認清這一點，對我們很有幫助，至少我們可以知道藝術家思想家非人人可做，也不必人人都做。若非天資穎異，在直覺的解悟或架構的思辯方面，具有特殊的能力，多半無法勝任這麼艱鉅的工程；若不是經過了慎重的肯定與堅持，經歷了對自我嚴格的鍛鍊與挑戰，也必將無力從事於這樣高貴的創造性活動。在一個社會裏，技術人員，可以訓練，工具人才，容易培養，可是，一個民族，要有多少的醞釀與機緣，方能成就一位真正創造性的思想家藝術家文學家？這些創造性的人物，乃是人類能夠超越生物性存在及工具性功能的典範；如果沒有這些人，我們就不敢保證人能比禽獸更優秀了。所以，那是人類最珍貴的資產，不常有的。

正因為如此，故從事於這類創造性活動的人，不宜妄自菲薄，他們必須有超乎一切現實及工具技術性的考慮，獨行孤往，以大智慧大悲願去進行最艱苦嚴苛的探索，以成就文學藝術為唯一宗旨。至於一般人，或是頭腦還停留在「現實人」（Practical man）的階段，或是缺乏這種堅持的力量，或者，根本即是一位「鈍根」，那麼，他也應該安份地擔任工具人的角色，勿妄想涉足於文學藝術的創造。

世人每不解此義，誤以為文學或藝術人人可為，只有專門技術才要學習。於是，僅有一技之長的專家技士，便常藐視無用的文人，自以為高人一等。他們這種虛妄的氣焰，固然很不合理，但卻非常合乎人性。因為自卑必常表現為自大。內在恇怯的群眾，為了安慰自己，證明自己活著還有點意義，即不能不對創造性的少數，抱懷攻擊性的敵意，形成「群眾暴力」或「專業化的野蠻情態」。蠻橫地要求以工具性作用當做人生的價值，並不斷質疑：文學有什麼用？

無用之用是為大用

其實，文學的價值，就在於它本身的「無用」。它不能成為任何目的的工具。一般人雖無緣成為文學家或藝術家，但在生活裏，還是要聽聽音樂，屋子裏還是要掛幾幅畫、插一盆花，為什麼？你當然可以說這都只不過是一些裝飾，但人生為什麼需要這些裝飾呢？裝飾又何以要用花、用音樂？牆壁上掛點鈔票不也是很好的裝飾嗎？可見文學與藝術乃是人內在的需要，他雖不能在創造性的活動中體現文學或藝術，可是，唯有接近它，才能獲得內在的自由與舒適。只有在這「無用」的世界裏，人才能解除有關目的與機械的功利反應，讓自己從工具人的身份中解放出來，不再是一架機器裡的螺絲釘，而是他自己——在主體之內得到自由。

既然藝術之美的觀照，恆能顯出精神主體的自由，那麼，我們在前面所說因為無用所以能成就一切用，也就很容易明白了：讀者面對文學作品，整個精神主體因透過文學作品而玲瓏活絡、自由自得，「於此涵泳之、體認之，豈不足以感發吾心之真樂乎？大抵古人好詩，在人如何看，在人把做什麼用，如『水流心不競，雲在意俱遲』、『野樹更無山隔斷，天光直與水相通』等句，只把做景物看亦可，把做道理看，其中亦儘有可玩索處。大抵看詩，要胸次玲瓏活絡」（《鶴林玉露》卷八）。心中鳶飛魚躍，作品亦就可以各隨此心之感發，而呈現不同的作用，可以是純景物的描述，也可以是含有道德意味的語言，更可以是諷喻政治的借鑑，故曰：「詩，可以興！」

進階書目：

- 《文學概論》（涂公遂，華正書局）頁九五—一〇九。
- 《西洋美學史資料選輯》（朱光潛，仰哲出版社）頁一〇四、一一八、一二九、一四六、一六〇、一六五—一六八、三二〇、三三〇。
- 《老子的哲學》（王邦雄，東大圖書公司）頁一九三。
- 《羅素回憶集》（Russell 著、林衡哲譯，志文出版社）頁一七六—一八九。
- 《論群眾》（奧嘉德著、蔡英文譯，長鯨出版社）頁九五、一四三。

十三、文學的功能（下）

關於文學的功用，如果純粹從「破妄顯真」的講法上說，那麼，像上文我們所強調：文學的價值就在於它無用，而且，因為它無用，所以能具現一切用。這樣講，也就可以了。但為什麼無用者能具顯一切用呢？既具現一切用，豈不也就是有用了嗎？何以又仍說是無用？這個用跟那個用有什麼分別嗎？

這些疑問，才真正觸及了有關文學之功能這個問題的核心。因為，歷來的研究者，之所以在這個問題上夾纏紛呶，爭辯不休；主要的原因，大多是對於用的不同層次和不同性質，沒有搞清楚。

「功用」的層次與性質

譬如：說文學沒有用的人，想必不會否認他自己在看戲的時候，偶爾也會感動流淚。感動流淚或歡欣暢愉，難道不是文學與藝術對心理的感應效果嗎？看了戲而覺得那個壞人好可惡，難道不是藝術對道德的功能嗎？再說，因為看一齣戲，使我們知道了一樁故事、了解了一些從前不清楚的風土人情和各種事物，對我們的知識不也有了幫助嗎？戲裏面的氣氛、情調或景觀，引起我們的歡喜，對我們審美的感受，豈不更是有著直接的影響嗎？這些，到底算不算是文學藝術有用的例證呢？

於是，鄙夷文學、堅持文學沒有用的人，就必須對他自己的說法，稍微做點釐清和界定了。他們會說：喔，當然，文學與藝術在這些方面也總會有點用處，可是，在實際上呢？它能換到麵包嗎？它對政治社會有什麼實際的影響嗎？能不能富國強兵、製造核子彈或讓人賺大錢？文學藝術畢竟不能當飯吃，人拼命賺錢弄飯吃都來不及了，誰會有閑情逸致去搞什麼文學？所以，文學最多，即使有用也只能做為人生的甜點，是吃飽喝足了以後的奢侈品或裝飾品！

這種說法，顯然不是說文學沒有用，而只是說文學沒有經濟上或政治上、立刻而具體的功效，而且，也不像科技那樣有用。

換句話說，所謂「用」，有很多不同的性質。有經濟之用、道德之用、政治之用、美感之用、客觀知識之用……等等。眼睛只看得見經濟或政治之用，而完全不把道德或美感之用看在眼裏，固然顯得魯莽無知；純粹站在美感的立場，宣稱文學甚有實用價值，也有點不了解所謂用的性質和種類。但歷史上因糊塗與魯莽而激生的爭議，實在太多了，關於文學是否有用的爭訟，僅是其中一例而已。因此，他們當然常會各說各話：一個說文學很有用，而所謂用是指美感之用；一個說文學一點用也沒有，而所謂的用卻是指經濟之用。

像這樣雙方各說各話的爭論，毫無意義，不須浪費我們的精神去討論；我們所要談的，是針對文學在政治、道德、美感等方面產生功能的爭執。

文學在政治、道德上的功能

最早，〈詩大序〉就說：「感天地、動鬼神，莫近於詩。先王以是經夫婦、成孝敬、厚人倫、美教化、移風俗。」表彰詩歌的道德功能，可謂淋漓盡致了，後世談論文學之道德功能者，大抵不出其範圍。如果，文學確實有這些道德功能，那麼在實際的政治運作上，當然會對政治形成正面的助益；所以，這種道德功能也常被視為政治功能的一種，例如：沈德潛《唐詩別裁》序就說：「詩教之尊，可以和性情、厚人倫、匡政治」。

這樣形成的政治功效，固然較具體或技術性的政策措施改革，更為根本；但就詩與政治的關聯上說，則較為間接。文學在政治上直接的用處，大約有兩種，一是春秋時期諸侯之間的應對會聘及使臣來往的賦詩，這可以替國家及個人爭取到利益和光榮，所以《論語・子路篇》說：「誦詩三百，授之以政，不達；使之四方，不能專對。雖多，亦奚以為？」其次，則是藉詩歌來批評政治，促使政治有所改革。相傳周代有采詩之官，負責收集各地歌謠，讓主政者作為施政的參考，故〈詩大序〉云：「下以風刺上，主文為譎諫，言之者無罪，聞之者足以戒。」漢朝以後，解釋《詩經》的人，尤其喜歡從這一點來發揮，詩歌也就成為政論了。推而廣之，像章表、奏啟、議對這一類文學體制，根本也就是討論政治事務的。

就文學之道德功能及因道德功能而形成之政治功效而言，歷代文學創作者和研究者，對它真是深情款款，戀戀不捨。在我國，早如漢人之諷諫，以《詩經》當諫書；到唐朝韓愈主張「通其辭者，本志乎古道者也。」（〈題歐陽生哀辭後〉）、白居易高吟：「讀君學仙詩，可諷放佚君；讀君董公詩，可誨貪暴臣；讀君商女詩，可感悍婦仁；讀君勤齊詩，可勸薄夫淳。上可裨教化，舒之濟萬民；下可理情性，卷之善一身」（〈讀張籍古樂府〉）；而宋人則更是極力宣揚「文以載道」的觀念了。「五四運動」以後，大家對充滿道德意涵的文以載道說，避之若浼，深怕會因載道而斷害了藝術自存的獨立性；但在另一方面，文學的社會意識又極度高漲，如白居易那樣「為君為臣為民為物為事而作，不為文而作」（〈新樂府序〉）的作家和作品，比比皆是。滿紙民生疾苦、社會參與，洋溢著熱血和政論，灑遍了文囿文苑。

在西方，如柏拉圖的理論中，也不容許人們認為詩就是詩，是一種擁有詩歌自身標準和存在理由的獨立品；詩人不是不能存在，但須接受理性的指導，美之價值，也不由它自身來判斷，而須由道德意志和社會的需要來衡量。換言之，文學若要有功能，即應限制在對社會有益的方面，否則，藝術便只能是人生的裝飾品。另外，則有些學者，如拉波殊（Le Bossu）認為荷馬所寫史詩〈伊里亞特〉，即是為了在其中執行一種道德教訓；黑格爾也曾在「安蒂崗妮」（Antigono）一劇中看到了道德教訓。在他們看來，文學對道德與社會的功能，是積極地提供，而非消極地安撫，亞里士多德則不然。亞里士多德認為藝術的作用，就像一帖助瀉劑，服用後，可以使我們平常在社會中遭到壓抑的情感宣洩出來。

然而，文學到底是宣洩我們的感情、抑或激發我們的情感呢？在主張文學有其道德及社會政治功能的陣營裏，對此並無定論。而且，雖然他們堅信文學可以陶冶性情、敦厚風俗，但反對者也就針對這一點來攻訐。像柏拉圖，即已經有貶斥詩人與藝術家的言論了；盧騷（Rousseau）更在他第一篇論文〈科學與藝術的進展是敗壞了風俗還是淨化了風俗〉中，提出風俗敗壞了藝術、而藝術也敗壞了風俗的論點；後來，托爾斯泰對莎士比亞和歌德的指摘，理由大抵也是藝術敗壞了風俗。

由此看來，文學藝術到底能不能美風俗、厚人倫，也有了爭議。連這一點都不能肯定，文學要在政治、社會等方面表現它的功能，豈不更是渺茫嗎？但我們又確實曾在歷史上看到過文學藝術發揮了它政治或社會功能，這究竟應當如何解釋？

文學的體與用

原來，這一筆糊塗賬，都肇因於研究者對「用」的不同層次，缺乏了解。所謂用，有工具性、效益性的用，也有從主體之完滿實現而形成的作用。二者迥然不同。這種不同，我們可以用我國傳統哲學上所說的「理、事」或「本體、器用」來說明。

《易經．繫辭傳》說：「形而上者謂之道，形而下者謂之器」，形上的是本體之道，形下的是器物之用，具顯為事業，而以道為其根源與依據。這裏所說的道與本體，固然是指宇宙最高的根源，但每事每物，亦皆可顯此道器，而且，凡有體者必有用。例如：天是指本體，天之乾元剛健，即是它的發用，故「乾」卦卦辭疏說：「天地，定體之名；乾者，體用之稱。故〈說卦〉云：乾，健也。言天之體以健為用。」如果有體而無用，則其本體為孤絕封閉的存在；如果有用而無體，其用必為虛妄之用，不能成立。這是第一點必須注意處。其次，羅順欽《困知錄》說得好：「有體必有用，而用不可以為體」（〈附錄：答歐陽少司成崇一〉）。因為本體往往不能直揭或描述，所以，論說者多是以即用顯體的方式去說明它，而愚昧的人不曉得，便常誤以為用就是體。

以文學來說，文學完成一獨立自存之美的藝術結構、完成一美的價值，就是它自身主體性的完滿實現。對作品本身而言，它即是一切，如《華嚴經．光明幢菩薩頌》所說：「人間及天上，一切諸世界，普現於如來清淨妙色身；譬如一心力，能生種種心，如是一佛身，普現一切佛。」主體涵有一切，且具獨一性，一切境界皆現於一佛、一作品中。我們常說文學作品能在一粒沙中看見大千世界，就是這個意思。正因為主體完滿，所以，就作品而說，它即是本體；由此本體，乃能因事、因特殊之機緣與感應，顯出各種不同的用。譬如一闋東坡的〈水調歌頭．把酒問青天〉，有人看了也許感受到兄弟友愛的倫理親情、有人也許興發了整個人間的廣大同情，這就顯出了文學的道德功用；但宋神宗看了卻說：「蘇軾終是愛君」，於是，這闋詞便帶有政治作用了；至於廣告商人，每到中秋節便拿這闋詞來利用一番，以出售月餅，不又是商業用途嗎？這些用，莫不是因體顯用，若文學作品本身缺乏藝術價值，不能完滿具足其主體，則一切道德、政治、經濟……等功能，又如何發顯呢？

但有些人不明白這層道理，竟常常誤把這些政治道德功能，認為就是文學的本質，並倒轉過來，要求文學必須具備或完成這些功能，宣稱唯有具備政治（或道德或其他）功能的文字組織品，才能稱做「文學」，否則，即是無用的裝飾品，所謂：「文章功用不經世，何異絲窠綴露珠」（〈山谷與孔毅父詩〉）。這，就未免太霸道、太欠考慮了。

我們當然非常尊敬這些人的道德情操和政治熱情，但我們更應該知道文學的本質是什麼，混淆了本體與功用的討論，只會讓我們像古人那樣夾纏不休，爭鬨無已。一個說文學有益社會、一個說文學敗壞風俗，卻不知文學可以敦厚人倫，也可以敗壞人心，因為這些都是因文學之本體而發顯的作用。這些作用都不是必然的，只有本體才是必然，凡文學作品皆須合乎其本質之必然，否則，它就不是文學作品。

而一切非必然的用，皆無獨立真實性，且必須從本體流出，才能成立。否則，工具性效益及技術層面的用，都是詭譎不實、窅幻無根的（請參閱上一章）。要使工具性效用，成為真實有用，我們即不能僅求諸器用層面，而必須探究到本體層次去。唯有完成了本體，才能具顯一切用。換句話說，文學的功用，都是因體起用、因理見事之用，而非僅在事上起用。因為事用器用是具體的、狹隘的以及虛妄的，只有在淺薄狹隘，落入器用層面的時代及心靈中，才會誤把事用器用看成是「實用」；其實，唉！這種無體之用，何實之有哉？它最虛妄不過了，只有完滿本體，才能是真實，而且有用的！

既然如此，那麼，文學的本質是什麼呢？所謂「美的價值」，就是作品主體性的完滿實現嗎？如果是，是否文學即以成就一美感價值與功能為其本質？

文學的美感與意義

基本上，文學當然以成就一美感價值為主，但這並不是說審美功能便是它的本質，因為這所謂「美感價值」，與我們看見一朵花、一抹朝陽或夕照不同；看見花月霞暾，乃是純粹美感的品賞；而觀看一篇文學作品，作品中卻含有作者所欲傳達、作品所欲體現的意義。所以，文學作品的美感，乃是與意義密不可分的，它高於自然美的原因也就在此。

所謂意義，是作品的靈魂。文學作品之價值，即在於它本身就是人類探索意義、發掘意義、建構意義的主要典範。整個人類文化，基本上只是一個意義系絡，在卡西勒及許多哲學家的著作中，都曾指出過。而語言文字，則是這個意義系統的核心，文學家經營文字以探尋意義，就是在這文化的最核心處，進行強化文化生命的工作。艾略特曾說詩對一個民族最大的貢獻，在於對該民族的語言賦予新生和活力，這話很有見地。但他若再深一層想，就知道其貢獻又不僅在語言而已；整個文化，意義的根源，幾乎就在文學與藝術。所以博藍尼（Polanyi）論藝術的效力時說：藝術的效力就在創造人們的世界觀，其表現本身便是意義的成就，而且，是技術發明、工具使用，以及工程事實的原始基礎，唯有藝術性想像在科學的基礎上發展一個所謂「科學的世界觀」時，科學的探索，對人的思想、感覺以及目的的關係，才有真正的重要性。

他說得很對，若無文學藝術，人存在的意義便將闇然不彰，一切科學與技術亦將落空，人生也只是一片混沌黑暗。我國古代鍾嶸《詩品》早就覰破了這個奧秘，所以，他曾很鄭重地說：「照燭三才，暉麗萬有，靈祇待之以致饗，幽微藉之以昭告，感天地、動鬼神，莫近於詩。」、「非陳詩何以展其義？非長歌何以騁其情？」所謂陳詩展義，正是說文學關係著整個意義世界的開展；凡稍知何謂文化者，想必都能了解這種意義的開展，對文化的影響有多麼重大。所以，像李白、杜甫或莎士比亞這樣的文學家，固然在現世生活上不及一位成功的富翁，但對一個民族來說，卻是文化的表徵、種族的驕傲，他們所揭示的人生意義，至今也仍影響著我們每個人的生命性質。沒有一個民族會記得他們擁有過哪些富翁，石崇如果不是會作詩，誰知道他？

因此，文學作品若能真正體現生命存在的意義，它便具有無上的價值，且能完成一切功用，因為這一切功用，都是要在文化中發生作用和力量的。

進階書目：

- 《意義》（Michael Polanyi 著、彭淮棟譯，聯經公司）頁一一七—一三四。
- 《文學理論》（Wellek & Warren 著、梁伯傑譯，大林出版社）頁二五—四一。
- 《語言與人生》（早川著、柳之元譯，文史哲出版社）第八章、第九章。
- 《電影理論——電影：材料、方法、形式、功用》（道利·安祖著、陳國富譯，志文出版社）頁八八—九〇。

十四、文學與社會

所謂文學的功能，其實是就文學本身的價值這方面來說的。但文學既有價值，其價值對讀者又可以發生一些作用、形成一點影響，則文學的功能問題，當然也脫離不了作品對讀者的影響關係。然而，很不幸的是，許多人便以為作品對讀者的影響關係，即等於文學的功能，也等於文學的價值，例如：惠特曼（Walt Whitman）說偉大的詩人就是要「讓奴隸高興，使暴君害怕」；顯然就是把作品對讀者的影響關係，視為文學的價值所在了。可惜他們似乎不曉得，奴隸與暴君對革命宣言的歡迎或畏懼，遠遠超過詩歌，而許多偉大的詩人和詩，更是與奴隸或暴君無關的。

明白了這一點，對我們很有好處，因為「讀者」擴大起來，即是「社會」，如果不了解上面那種思考方式的荒謬性，便不免把「文學應為社會服務」一類咒語，翻來覆去鬧個不休，完全迷亂了文學與社會之關係的討論。

說起來，文學與社會的關係，其實是非常複雜的，有些可以解決，有些則至今仍無較明確的答案。像馬克思本人，就曾在《政治經濟的批評》（*The Critique of Political Economy*）的導論中，坦白承認：「某幾個藝術高度發展的時期，並未與一般的社會發展有直接關係，也跟物質基礎、社會組織上的基幹結構（skelton structure）無關。」——這樣的坦白，當然是有益的。因為文學與社會這個論題，若要從文學的「社會基礎」來討論，一定談不出個結果來；所以，我們準備換個方式，由作品、作者、社會三方面進行探索。

作品與社會

作品的結構形式和內容形式，一般說來，均與社會有關。但社會對作品結構形式的影響關係，至今仍不太明瞭，我們不很清楚為什麼唐代沒有像宋代那樣的詞？社會究竟能不能對作品的形式結構產生決定性的影響？社會態度能否成為作品構成的（constitutive）要素？由於作品的結構形式，基本上只跟作者或作者族群的思考方式有關，實際的社會組織與生活，除非有特殊明確的證據，否則，以上這些問題，恐怕都是難以回答的。

但就作品的內容形式來說，文學與社會的關係就明晰得多了。作品中的事件，往往取材於社會及生活，它所表現的思想，亦需與社會相呼應，因此，有些研究者便很興奮地主張文學的本質，即在於表現社會，甚至於可以做為反映時代的社會史文獻。

以巴爾札克（Honor'e De Balzac）的《人間喜劇》為例，他自認為是在撰寫一部十九世紀的法國風俗史，但他也深知：凡是藝術家都應該研究社會現象形成的原因、尋找人物與事件的意義、思考自然的法則，並觀察社會與永恆法則間的關係，而不可以只是摹寫或紀錄現實。這種講法，剛好說明了文學作品固然可以選擇社會事件為題材，可是，社會事件並不能決定作品的價值與主題；文學作品亦無義務非寫生活或社會事件不可，倘能發掘人生的意義、探尋永恆的法則，則脫離社會與生活，直以冥想幻設為之，亦無不可。

為什麼這樣說呢？以作品摹倣現實世界，是作家古老的夢；但是，文字本身只是個符號，符號誠然可以代表事物，但它總不等於事物。換句話說，文字這個象徵系統，與社會實際結構系統之間，只是一種象徵的指涉關係，它永遠不能等於社會現實。其次，象徵系統是由作者主觀地安排組織而創造出來的，它表面上彷彿複現了一個客觀世界，但實際上這一組有組織的象徵經驗（symbolic experience），卻來自作者特殊的臆造，所以，莫泊桑（Maupassant）才會說：「有才能的現實主義者，倒該喚做臆象製造者才是；作家除了用他所掌握和能運用的全部藝術技巧，來忠實再現這個臆象之外，就沒有其他的使命了」（《談小說》）。

這種臆造，正顯示了作者面對社會事件時，必有他獨到的意義追求，否則，他不會嘗試去撰寫文學作品。在文學作品中，一切事件與人物，均為表達此一意義而存在（所以我們必須虛構一些能貫串情節的人物，雖然讀者又常會揣測這些人物是不是在影射什麼人），是否取材於社會及生活，根本無關宏旨。但話雖如此，我們卻不能說作品所表現的思想和意義追求，與社會無關。因為作品的思想，通常總是跟社會相呼應的。

所謂相呼應，我是指以下三方面：與社會流行價值觀之關係、與社會組織之關係和對社會的批評。文學作品有時會響應、鼓動、順從社會流行的價值觀（時代思潮），但有時也會對時代風氣提出反面的意見，或對抗或超越；一如它也必然會對社會現狀有所認同或批判。一部文學作品，在此必有其抉擇，只不過這種抉擇，我們不宜遽視為作品優劣的衡量依據，因為反抗或批判有時雖是一椿好事，有時也會變成毒殺蘇格拉底與耶穌的愚蠢暴行。順從時代思潮，未必即是開明；逆抗流俗，也未必即是前進，一切都須審慎考量。至於文學作品中獨立的思想建構與價值呈示，有時候當然會與社會組織有關，像《黑奴籲天錄》這類作品，顯然就不是沒有黑奴制度的地區所能產生的；然而，作品之思想是否即受其社會「基礎」或「背景」之制約呢？那倒也不見得，反而是愈跟社會組織關係密切的作品，愈限制了它意義的可能和流傳的時空；一般作品的思想，雖往往呼應了社會的組織關係，其思想本身也自能發光，《紅樓夢》就是個絕佳的例子。

另外，作品對社會的影響，也很難測度。大體說來，無聊的消遣性讀物和宣傳愛之夢幻的作品，特別容易引起興趣；真正有意義有價值的作品，若竟能對當時社會有所影響，則只好算是例外，因為那可能摻雜了其他的因素，不純是文學本身的原因。而且，影響的方向和強度，也難以逆料，歌德寫《少年維特的煩惱》時，又怎麼知道會有那麼多年輕人去跳萊茵河呢？

作者與社會

以作者這方面來說，作者的社會生活無疑會影響他人格的成長和經驗。所以，我們研究文學時，經常喜歡考察作者的經歷、以及他跟社會的關係，譬如說，他是仕、是隱、是被壓迫者、還是掌權的貴族，對作者創作態度和意識型態，都多少會有點關係。六朝時期宮體詩人和隱逸詩、詠懷詩、山水詩人的區分，基本上也即涵蘊了這樣的考察，它對研究作家類型或某一時地的作家類型及其風格，很有幫助。可是，我們必須謹慎地使用這種觀點。社會出身及生活，只能輔助說明作家及作品的創作態度與意識型態，不能視為決定性因素，作家之可貴，即在於他能超越自身的階層與生活經驗，體現更遼闊高遠的視野，注目更終極的目標；一旦作家淪為決定論裏的角色，不啻判決了文學的死刑。

其次，作者可以從他所生存的社會中取材，也容許自另一時空環境取材，尤其是歷史小說或科幻，場景都不屬於這個時代與社會。這種跳離現時的寫法，能提供很多好處，處理許多現實時空所難以探討的問題，故為文學家所愛用。但作者本人永遠屬於他自己的時代，在那個時代的習俗見識和觀念裏生活，作品之意識與內容，亦往往來自現實，他在創作時，究竟要怎樣表現他所寫的那個時空呢？他要忘卻自己的社會，純然對過去時代謹守客觀的忠實。還是可以主觀地按他自己時代的觀點去處理題材，不理會歷史的忠實，譬如：讓楊貴妃穿比基尼、教范仲淹高談民主理論之類？每齣歷史劇開演後，幾乎都會碰到這個被黑格爾稱為「藝術作品對聽眾之關係」的問題。其實作者取材於現實，依然會遇到同樣的難題，由於作品基本上並非照相機，所以，外在事物之純然脗合現實或歷史，不是重點所在，作品的主題仍然在於——意義的關注。

譬如說，我們為什麼要複現歷史呢？為什麼要反映現實呢？難道不是為了要呈現作品所欲宣示的意義嗎？作品中的歷史與現實，不等於實際的歷史與現實，原因也就在此。

但就作品所呈現的意義來說，作者很可能會具有一些社會意圖；一篇作品如果作者確實賦予了社會意圖，希望在其中表現、暗示某些社會狀況，甚至進而激發或促進社會行動（如改革、重視……）時，文學與社會的呼應關係就十分緊密了，像白居易所主張的：「詩歌合為時而作、合為事而作」，就是如此。

社會對文學的反應與行動

在社會方面，社會對作品的反應，雖然十分複雜，但總不外乎贊成、反對或漠不關心。〈詩大序〉說諷寓勸戒的作品，可以使人「聞之足以戒」，就是指社會對作品正面的反應；社會若對作品有正面的反應，作者當然容易受到認同或褒揚。可是，相反地，如果社會反對作品所欲傳達的理念、不了解其意義、不喜歡作品中敘述的事實，則作品與作者便很可能會遭到激烈的攻擊，小則禁書焚書，大則作者也可能要遭殃，例如坐牢或被人咒罵造謠說他絕子絕孫，甚至在地獄裏亦永世不得超生，曹雪芹、施耐庵都享受過這種待遇。而這種待遇，通常即是社會對一位偉大作家的報償，只有差勁的作家與作品，才容易獲得社會的掌聲，這種情形，說來倒也有趣得很。

不過，總括來說，社會對作品的反應，多是冷淡的。文學作品，永遠不如食譜和談論美容化粧及影視明星動態的印刷品暢銷。所以，一名作家如果被請入監牢，他至少還有點值得慶幸處，因為他比其他被人漠視的同行幸運多了，社會對他的作品畢竟還有些反應。

這種情形，當然令人沮喪。可是，更沮喪的，卻是在社會對作品的行動上，所謂行動，是指社會是否能配合作品的社會意圖，而有所行動，達成政治與社會的改革。從古代，人們就相信文學具有刺激政治社會行動的功能與職責，所謂「文章經世」；但事實上，這種效果是很渺茫的，渺茫到足以令人完全喪失對文學的信心。

何以會如此呢？原來，社會對文學的反應與行動，受制於幾個條件：一是作品本身的性質——文學作品本身只是個符號構成的世界，它與外在客觀世界並不必然具有指涉的脗合性，所以，它基本上是虛構的，象徵系統與社會系統本不相等；而且，文學在指涉及含意方面，文學作品又具有充分的歧義性，讀者不易確定作品的社會意涵，一篇反諷的作品，也許反而會被理解為阿諛，要準確而適當地達成社會行動效果，簡直難上加難。二、社會群眾的認知層次與程度，無法掌握。癡人面前不能說夢，好作品如果碰到拙劣的社會風氣和讀者，不僅不能發揮效果，更可能完全被破壞了、湮沒了。三、社會性偶發事件，會影響社會對作品的興趣，而這類偶發事件，當然與作品本身無關。四、作者與作品的意圖，跟政治、社會本身的意圖，結構不同；政治社會實際活動中，意圖之表現與達成，並不遵循「詩的正義」原則，而只根據政治利害之運作；這是非常殘酷的事實，往往粉碎了作家想以文學影響社會實際行動的純稚企盼，令人神傷。

文學對社會的影響

在這幾種條件限制下，文學對社會，當然仍可以有影響，但我們必須確記：一、影響的方向與強度，不可預期、也無法確定。文學家對他的愛人（社會）獻上美麗的詩篇，可是，誰又能保證詩稿不會被拋到臭水溝、熱情的詩人不會被擲來的高跟鞋敲斷門牙？二、文學的影響，多半不在具體的事件上，只在抽象的心靈和意念上。再多的詩歌與報導文學，也無法阻止商人在關渡水鳥保護區傾倒廢土、在太魯閣灌水泥；可是，環境保護以及愛好大自然的觀念，卻能植在有良知的人腦中，讓它在未來發酵、起作用。所以說「君子之德，闇然而日彰」，文學若有影響，也是君子王道的，並不在霸道上顯事功。三、所謂影響，均在作品與社會的對應關係中才能看到，作品本身則無所謂影響；因此，影響之有無，與作品的內容及價值可說毫無關係。杜甫〈三吏〉、〈三別〉不能改變唐朝的歷史和兵制，但無礙其為一好作品；同理，白居易本人一直認為他寫的樂府諷喻詩，具有社會意義，能發揮作者社會意圖的影響力，比〈長恨歌〉有價值，可是，讀者真正喜歡的，仍是〈長恨歌〉、〈琵琶行〉，只因為這些作品藝術價值較高。由此看來。影響及有關影響的判斷，往往會混淆了藝術創作的目標及價值的認知，造成誤導和迷惑，所以，我們不予承認。

但有一種影響，卻是有意義的，跟文學作品的價值有部份相關性，那就是文學作品形成美感的傳承與模仿現象。如果說文學作品會使社會有所反應和行動，主要就表現在這方面。一篇好作品，倘若衝破層層限制，使社會對它產生了贊成的反應，則它所影響社會的，主要便是在美感態度上，提供了一個民族或時代的品味標準、美感內容，影響他們的世界觀和語言。所以，一篇優美的作品，在後代往往會成為傳統的一部份，讓人在美感及語言方面，一再承襲和模仿，直到另一個美的典範興起。

進階書目：

- 《文學理論》（Wellek & Warren 著、梁伯傑譯，大林出版社）第九章。
- 《談寫作》（故鄉出版社編印）頁一二七、一三〇、一四九—一六〇。
- 《西洋美學史資料選輯》（朱光潛，仰哲出版社）頁一一八、一二六、一四八、二九五、二九八。
- 《美學》（黑格爾著、朱光潛譯，里仁書局）第一卷第三章第三節之三，頁三四三—三六一。
- 《西洋文學批評史》（衛姆塞特、布魯克斯著、顏元叔譯，志文出版社）第廿一章：〈真實的與社會的——藝術作為宣傳〉。

十五、文學與眞實

對真實的執著

有許多青少年，看了武俠小說之後，離家出走，要上山訪師學藝；也有許多社會團體或個人，對於文學作品描寫的人物，心生疑惑，懷疑是作者有意誹謗或影射他，以致鬧進法院。這類事件，替我們的生活添加了不少笑料，就像商人在廣告板上寫著：「本片全屬真人實事，廿年前大血案搬上銀幕」，即能替他們賺進鈔票一樣，對社會未嘗沒有一點好處。但就文學藝術之理解來說，這畢竟仍是幼稚可哂的。

這種幼稚，來自人類對「真實」的執著與喜愛，所以，基本上它仍是很可貴的，因為它剛好顯示了一個人無論是否愚蠢，都總是肯定真誠而厭惡虛假，這就是人性。人曉得真實才具有價值，說謊的活動，即在證明人應該說實話；一個世界可以人人都講實話，卻不能人人都說謊，否則，語言的溝通便無法達成了，變成語言的自我否定，以及人生的自我毀滅。人雖愚笨，卻也不喜歡自我否定，所以，我們不約而同地，會在觀賞一首詩一齣戲時，直覺的把作品中之人物事件，認為就是真實的人物與事件；我們也會要求作者在創作時，必須本著真誠，不能虛偽造假或杜撰情事，來哄騙讀者；甚至，我們的批評家，也常從不同的角度，去界定去批判一篇作品究竟是真文學還是假文學。

大部份的人，一輩子都保持著這種堅持，雖然，在其他方面，他可能慣於造假，譬如做生意或玩政治。但是，在文學藝術這塊讓人充份實現其主體之自由的領域中，人對真誠的執著便愈強烈；文學與藝術中的虛假，也確實比在其他任何地方，更難令人忍受。

難以理解的真實

然而，問題一向不是這麼簡單的。否則，我們也不會覺得看小說而竟去訪師求仙是很可笑的事了。在哲學裏，「真實」是個絕大的難題，人人都相信世界就是他所感覺所看到的那個樣子，但哲學家如康德卻告訴我們，真正客觀真實的那個世界，只是個不可知的物自身；人永遠無法經驗到物自身，因為所有的經驗都是跟空間時間及範疇一起發生的，我們頂多只能推測在感官印象的外在來源上有這種東西；但嚴格地講，這也是不行的，因為我們沒有獨立的方法可以找到這個真實的世界。以文學來說，大家都相信作家創作時取材於現實，也在作品中表現這個現實；可是，正如物自身的問題，現實若不可知，一般所說的現實，便只是個人主觀感官印象之經驗而已。既然如此，文學的寫實如果不只是荒謬，就應該變成寫作者個人主觀感覺之實；但主觀感受之是否為實，如何判斷呢？文學若僅是寫作者主觀感受，而無現實之基礎，溝通與傳達，乃至於批評又如何進行呢？……？這一連串問號，就像一陣冰雹，敲得好學深思的文學研究者一陣頭暈。

因此，我們最好避開文學史上有關文學與真實的各種流派爭議，直接從理論上觀看這個問題。

文學與真實

討論文學與真實，基本上涉及三個方面，一是問作品中人物情節與人生的相似性，二是問作品本身是真文學還是假文學，三是問作者為真誠抑或虛假。第一種是指作品與外在宇宙及人生的關係，第二種是讀者對作品的價值判斷，第三則是作者與作品的關係。

這幾種關係，包含了作品對人性之真（true-to human nature）、經驗之真（true-to human life or experience）等；每一種關係也必然會影響到其他二種關係的理解。例如：強調作品應該說出社會真相、描寫社會經驗現實的社會寫實主義理論，基本上是屬於第一種關係的思考；也很自然地會把這種對作品性質的認定，看成作家的責任以及作家的道德，成為第三種關係的思考；又可以根據對作品性質的認定，構成判斷的根據，用以譴責「假」藝術，形成第二種關係的思考。像托爾斯泰在《什麼是藝術》（*What is Art?*）所說的：由於莎士比亞不顧憐勞工階級，所以，藝術的主要條件——誠懇——莎士比亞戲劇中並不存在，故而，「不管別人怎麼說，不管莎士比亞的作品如何迷住了他們，不論他們說他有多少好處，很顯然的，他不是個藝術家，他的作品不是藝術品。你可以說莎士比亞是任何東西，但他絕非一名藝術家。」他這番堅毅而嚴厲的理論和批判，不正說明了這三種關係思考的連鎖結構嗎？

不只社會寫實主義如此，通常每一位文學思考者在探索文學之功能及性質時，也都會觸及以上這三種文學與真實關係的思考。如我國表現理論傾向中的許多詩論，即經常討論真詩偽詩的問題，並把真誠視為文學創作及作品之價值所在，如黃宗羲說：「詩不當以時代而論，當辨其真與偽耳」（《南雷文定前集》卷一．〈張心友詩序〉）、元好問說：「君看陶集中，飲酒與歸田，此翁豈作詩，真寫胸中天；天然對雕飾，真贗殊相懸」（《詩集》卷二．〈和黨承旨雪詩〉）之類，都是這樣。但是，理論的偏重各有不同。以摹仿理論為基底的文學觀，特重作品與外在現實世界的關係，並以此為起點去觀看作品與作者、作品與讀者的關係；以表現理論為基底的文學觀，則側重作者與作品，強調作者的真情實感，然後，以此為起點去探索作品與讀者、作品作者與外在世界的關係。

現在，我們就是要討論這兩大系統中，視為理論中心的認定：文學是對現實的摹仿與文學是真情實感的流露。對於這兩種信念，我們都感到非常值得懷疑。

文學與社會客觀現實

以文學作品的構成方式來看，文學作品是語言的藝術，猶如電影是視覺形象的藝術。但這種語言藝術並不僅僅是玩弄拼湊語言七巧板的遊戲，它以意義的探索為職志；單純賣弄語言技巧的作品，一向是不登大雅之堂的。這一點，我想無人能予否認。既然如此，那麼我們便想由此談起——

利用符號來做為象徵的需要，乃是人類最明顯的成就，而各種符號中，又以語言最為精巧複雜。但語言本身，在語意的構成方式上，主要是由語句自身語法（Syntax）的結構關係所構成的。一個語句只要合乎語法地構成，它便具有由語詞和語法所形成的含意，至於它是否與外在任何實際存在的事物之間有指涉（Reference），並不重要。這是語言的基本性質，也是它產生意義的方法。因此，我們可以看到許多明明是假的語句，明明在外在世界中無法找到指涉與對應的文章，卻顯示了深邃高遠的意義，像烏托邦和桃花源、像藐姑射山的神人和北溟的鯤鵬，荒唐悠謬，讀者卻依然能感受、震撼。

不但如此，語言結構跟人事結構有著本質上的差異，事物的發生及運作，必然是紛雜的、同時流布充滿的，語言則必須遵循它的語法結構。我坐在這兒寫文章時，妻子也正同時在煮飯，小孩同時在搗蛋，收音機裏播放著音樂，垃圾車打街前經過，遙遠的阿富汗發生戰鬥……，小說家敘述起來就不得不「此處暫且按下不表，且說那……」。以文字來指涉對應外在世界時，猶如以畫筆去描繪蘋果，無論如何，畫布上的蘋果永遠只是二度空間的。

因此，基本上文學作品所構成的世界，是作者以其想像建築起來的語言世界，在這個世界中，一切意義都來自語言結構的組織，而與外在社會永遠不相等（雖然未必不相干）。要求文學揭露社會真相、為社會服務，根本就是文不對題。在文學中，真不是指它對外在世界之真，文學作品中的事件或人物，可以完全違反現實的狀況規律乃至人性，卡通世界裏的米老鼠會說話可以打敗貓，現實世界便無此可能，荒謬戲、鬧劇、超現實作品，更是如此；但只要作品本身的結構關係，使得它能夠成立，它就成為真了。從來沒有人會覺得孫悟空從石頭裏迸出來不真，倒是我紀錄社會新聞時讀者常認為是杜撰的，原因豈不就在於我對語言藝術的處理有缺陷，使人無法進入那個幻覺的世界（Illusion）嗎？

正因為文學所提供的，是一個幻覺的世界，所以「想像」才會如此重要。不但作者必須有豐富含創造力的想像，讀者若缺乏想像，亦難以品啜文學的芬芳。一位文學創作者，若只是複述事件與經驗，而未曾運用想像力，根本不能算是個入流的作家，因為文學本不是「報告用的語言」或「控制社會的語言」，它是一種提供讀者想像力空間，以使讀者思考他自己的存在的語言。所以，想像的世界，對讀者來說，反而成為內在最深的真實。我們去看一齣戲時，誰都曉得戲劇不是真實的，是一種表演。但讀者參與了那個想像的世界，他們卻為之緊張、恐懼、欣喜或悲傷。這時候，不僅讀者的心理感覺是真的，戲中的一切，對他來說，也是真實的。甚至於，觀眾、複雜的觀眾，雖然各有不同的出身、不同的性格、興趣、職業及知識水準，但戲劇卻能讓他們忘卻這些差別、消除這些個別的自我，而共同形成一種共同的心理狀態，共同悲喜愉泣。因此，在藝術的幻覺世界中，反而能夠達成人與人真實的溝通。現實世界裏，這種真實的溝通，哪能辦到？

其次，我們必須了解：語言是一種符號，而使用符號本是一種象徵的過程（Symbolic Process）。象徵，是以一物代表另一物，如以X代表錢、人、刀、尺之類，符號與它所代表的事物之間，並沒有必然的關係，因此，同樣是兩足無毛哺乳類動物，可以稱為「人」，也可以喚做「man」。至於由符號與事物之關聯而帶動的意義，更無必然性，不但狗本身跟卑鄙低賤這個意義沒有任何干係，這種關係的認定也沒有必然的規律或準則；所以，蝙蝠在西方象徵陰暗的魔靈，在我國則象徵福氣。這就是語言的「武斷性」，符旨（signified 文字所代表的意義）和符徵（signifier 文字本身）之間的距離非常遙遠，純粹靠著文化或社會等強制因素拉合在一起。

一般人對於這種原理，總是習焉不察，他通過語言符號去認知世界，因此，他便也誤以為符號跟世界是全然密合的。他經常在看電視時，寫信去痛罵戲中扮演壞蛋的那個演員，又常癡狂地崇拜銀幕上的英雄與情聖，卻不曉得戲只是戲，只是一組虛構的象徵性表演，一個演員只不過是代表別人，他在戲中就像個符號，用以顯示作者所「強制」給予的意義。

換句話說，文學作品運用的語言文字構成的言辭世界（verbal world），跟社會外在客觀真實之間，只有象徵的關係，具有本質上的差異與曖昧性，要想通過模擬（mimesis）來做題材的寫實或表現上的寫實，乃是緣木求魚的事。不惟如此，若想要使符號表現現實，基本的關鍵，仍然在於意義。我們必須知道：沒有一個文字是純粹的，所有文字的意涵、以及文字之所以能夠代表現實世界中的物體，都仰賴意義的運作。這個意義，在文化中意指整個文化意義系統所構成的成規（cultural conventions），例如：止戈之所以為武，蝙蝠之所以為福，均在文化的意義系統底下形成；在一篇作品中，則指作者整篇作品塑造的意義體系，比如《紅樓夢》中元春、迎春、探春、惜春之名及其經歷，便來自作品「原應嘆息」的意義體系，表現繁華消歇的世界觀。因此，符號本身與現實本是不相干的，必須通過意義的建構系統，才能在符號中出現象徵現實的狀況。

文學與作者的心靈真實

在這個立場上說，強調作品應該來自作者心靈的真實，自然比較合理。因為作者心靈的真實即是作者意義建構系統的核心。在中國傳統的文學理論裏，這種作者心靈的真實，不僅指作者個人特殊的性情與世界觀，更要指人類內在的普遍真誠（所謂仁、性、理），唯其具有內在的普遍真誠，文學作品傳示意義及達成人與人之間真實的感通，才有可能。故許衡說：「凡人為詩文，出於何，而能若是？曰：出於性」（〈語錄〉）、張之翰說：「文不本乎理，豈得文之真？詩不由乎義，豈得詩之靈？」（陳菊圃尚書以詩相餞依韻為別）、黃宗羲更說：「詩以道性情，有一時之性情、有萬古之性情：夫吳歈越唱，怨女逐臣，觸景感物，言乎其所不得不言，此一時之性情也。孔子刪之以合乎興觀群怨、思無邪之旨，此萬古之性情也」（《南雷文定四集》卷一·〈馬雪航詩序〉）。對一位作者來說，合不合乎個人之真是判斷他作品的標準；對普遍的文學作品而言，則萬古性情的普遍真誠，也可以當作判斷真文學抑假文學的準則。

當文學批評以此為準則的時候，便自然會不滿文學創作只在文字語言上用力。因為，正如前文所說，所有文字的涵意及文字之所以能夠代表現實事物，均仰賴這個真實的意義系統。如果一名創作者根本沒有一套意義系統，那麼，所有文字都是無意義且凌雜不堪的。正如同缺乏文化的整合力和價值系統，符碼的造作便失去了意義，彷彿空中的閃電，只有雜亂繁多的影像一閃一閃，漂亮，但無價值。我國傳統文評中，對「執著造作語言文字」者的批判，顯然也是如此。所謂：「造作語言，馳騁才智」（〈胡祇遹語錄〉）、「雕琢自是文章病，奇險尤傷氣骨多」（〈放翁示子聿詩〉），造作與雕琢四個字就講得很好。

但是，如果文學批評執著這一點，進而宣稱文學作品必須來自作者的真情實感乃至實際經驗，卻可能會發生一些問題。為什麼呢？首先，從實際創作經驗上說，文學作品既然來自想像的運作，它便可能與作者實際的生活及情感狀態無關，通過普遍之仁心，作者可以跨越自身的存在。其次，就作品來說，作者究竟是真情還是虛假，是無從知道的。我們都是通過作品去理解作者，可是，作者實際心靈與作品中表現的作者心靈，並非同一；既非同一，其中即可能有差距，而是否有差距，卻無法測知。何況，我們所能認識與理解的，只是作品中的作者，永遠不可能直接理解實際的作者，又怎麼能對作者的人格或情感狀態做一論斷呢？第三，將文學之真偽判準，放在不可知的作者情感上，是否恰當？文學永遠只是文字構成的世界，其中的情、理、事，都由文字符號的構成關係來決定，固然此一符號世界為作者所造，其關係亦代表作者所欲傳達的訊息，但是，我們又必須注意，文學的語言，與科學語言不同，它本身自有其生命，是「非透明」的，一首詩的意義，只依其文字而生，文學的真偽，只能依作品的文字構築來論斷。

文學之真

這一點很重要，因為在一篇文學作品中，意義之顯現，其實包含了三個結構關係，一是文化意義系統、一是作者的意義系統，還一個則是作品本身的意義系統。從前王船山曾經批評賈島「僧敲月下門」、「僧推月下門」的故事，說賈島根本是在造假，因為如果是真正見到僧人入寺，則僧推就是推、敲就是敲，還有什麼好研究的呢？殊不知作者鍊字鍊意，最主要的目的，就是要協調文化、作者與作品的意義系統，而這些意義系統，最終的體現仍然在作品本身的意義中，因此，我們只能問僧推對一首詩好些，還是僧敲好，而不能質問詩人所見到底是推還是敲。因為，對一首詩來說，它若寫推，推就是真實；若寫敲，敲就是真實！

進階書目：

●《文學與真實》（劉昌元，《中華文化復興月刊》十七卷七期）。

●《語言與人生》（早川著、柳之元譯，文史哲出版社）第二章。

●《美學》（黑格爾著、朱光潛譯，里仁書局）第二卷第一部份〈象徵型藝術〉序論。

●《電影理論》（Dudley Aadrew 著、陳國富譯，志文出版社）頁一四〇、一四九—一八二、二三二—二五三。

●《記號詩學》（古添洪，東大圖書公司）頁三六二—三七二。

●《欣賞與批評》（姚一葦，遠景出版社）頁二五六—二五八、二三〇—二三八。

●《西洋文學批評史》（衛姆塞特、布魯克斯著、顏元叔譯，志文出版社）第廿一章。

十六、文學與道德

文學與真實的問題，一如文學與社會、或文學的功能問題，事實上都關係到一個更根本的問題，那就是文學與道德。

為人生而藝術／為藝術而藝術

可不是嗎？文學如果能夠陶冶人心、教訓社會、發揮經世濟民、風上化下的功能，對現實社會狀況有所反映與批評，則文學便常被視為是道德的，或是具有道德功用的。如果，文學本身在內容及其傳達的意義上，具有洗滌情緒、提昇人性，或包含道德教訓等性質，則它也常被看成是涵有道德意義的。至於一位文學創作者，如果確實能在作品中表現以上這些狀況，我們也常稱讚他是有道德使命感、有正義、有社會良知的文學家。

從歷史上看，像杜甫、白居易這樣的文學家，簡直令人感動，他們那種民胞物與、關懷社會的熱情，那種執著於批評社會、針砭時政的道德勇氣；那種忠愛纏綿、睠睠君國的情操，鼓舞了無數在文學道路上摸索前進的後輩。每個文學創作者都自覺地要作時代的歌手、群眾的代言人，充滿了道德使命感，激烈一點的，則更想透過文學，達成某種社會改革，譬如：替窮苦勞工謀福利等等。而且，也只有這些改革及表現能夠成功，文學創作者才覺得他的工作沒有白費，他對社會才有貢獻；否則，他就要自艾自嘆，認為果然是「百無一用是書生」了。

同樣的，講道德、講社會及倫理責任的人，也對文學、不帶有道德意涵的純粹文學藝術，甚為鄙視。認為那只是無聊的遊戲，《鶴林玉露》卷十六曾記載：「胡澹庵上書，薦詩人十人，朱文公與焉。文公不樂，誓不復作詩。」朱熹這種態度並不純是個人的問題，許多道德家都有類似的表現。在西方美學史上，上起柏拉圖的《理想國》，下迄托爾斯泰等人，不但是行政當局，也是社會大眾有意無意、理所當然的觀點，他們共同認為文學與藝術乃是道德的僕人，是道德的手段與工具。藝術達成了這個功能，他們便認為可以接受，而且，是應該的、值得讚美的；否則，即是無益的遊戲、有閑階級的消遣、以及可恥的精力浪費，甚至，對社會還會有不良的影響。因此，根據他們的理想，這一類文學，乃是必須撲滅的。歷史上為什麼經常會出現偉大而道德高尚的人，居然說出這類蠻橫凶狠的話，而行政機構更是常以道德的理由去禁焚文學，原因都在於此。這證明了泛道德主義的可怕，它們反對文學的理由，雖然不同於只懂得經濟現實價值的小人，但其結果，又有什麼兩樣呢？

然而，文學與藝術，果然和道德無關嗎？有些人確實曾經如此宣稱過。他們強調藝術的美感經驗，乃是人類所能得到最深刻、最偉大的經驗，其他性質的事物，不應該去干擾它；文學不是作為娛悅、教訓或政治的工具，它本身就是終極的價值。因此，無論是創作者或藝術本身，都是「為藝術而藝術」的。

在這種說法底下，他們甚至發現到藝術品那種「魔鬼式」的魔力，它們可能充滿了原始而深刻的原罪、激情、衝動；它們可能經常發出痛苦的呼喊，以反抗代表社會的道德家要求、反抗現實環境的壓力；它可能在那些「有意義的形式」（Significant form）中，讓人產生特別的情感與認知；它更可能來自本能慾望的驅迫，來自潛藏在人心深處精神黑暗面的病態幻想。而這些，不但可能與道德無關，甚且根本就是反道德或超乎道德之外的。

如果文學的真面目即是如此，要求文學具有道德意義，豈不是甚為可笑嗎？文學與道德之間尖銳的對立，似乎也是無可避免的了。因為他們這些說法，固然劃清了文學與道德的界限，保住了文學的自主性，但道德家豈不更有理由相信文學及文學家果真是不道德的嗎？

事實上，人生又怎麼能脫離道德、人生又怎麼可能沒有道德的嚮往？可見這種講法，在理論及實際情況上，都沒有裨益。我們如果確實要解答文學與道德的問題，顯然不能採取這種立場。——那麼，我們該怎麼辦呢？

文學與道德的複雜關係

我們必須徹底明白，文學與道德，是極為複雜的多層次多面相多性質的關係，任何化約的單純想法，都有自我謀殺的可能。以文學描述的題材來說，文學可以描述事實經驗，也可以描述修養及境界意義的經驗。而它若描述修養及境界意義的經驗時，通常會被視為道德、或含有道德教訓，作品也可以被看作是傳示此一道德的工具。它若描述事實經驗時，事實經驗有善之事實、亦有惡之事實，描述前者，輒被視為道德或道德宣傳，描述後者，則要引起社會的驚疑憤恨，認為是不道德的。至於作者是否別有一道德目的，而要描述此一修養境界經驗、善之事實、惡之事實，則又是另外一層的問題了。換言之，題材可以是道德的、是不道德的、是與道德無關的題材；作者可以有道德意識不自覺地流露、可以有道德或背德目的的創作動機，也可以毫無道德的考慮；讀者更可以根據他們自己的道德觀點，對作品作各種道德判斷。

文學與道德，就是在題材、作者、作品、讀者之間，所構成的這種複雜關係。譬如：一位背德無行的作者，也可能寫出以不道德之題材所構成的道德作品；一位充滿道德意識與道德目的的作者，也可能使其作品讓讀者產生不道德的印象；有些作品，某些讀者視為不德，某些讀者又視為道德，某些時代視為不德，又某些時代視為道德……諸如此類，簡直複雜極了。

但更嚴重的，在於所謂道德，其判準與層次，甚多差異，例如《金瓶梅》與《水滸傳》，在社會教育功能上，確實有誨淫誨盜的可能，所以，某些人批評它是不道德的，要禁之燒之。但從創作態度上說，作者確實又在裏面表現了對人生社會的悲憫、關切、批判與理解，所以，它也是道德的。這兩種德或不德，其實都能成立，只因為所考慮的角度和用以判斷的準則不同，所以才有了衝突。

這種衝突，並不只表現在文學中。事實上，人生經常處在倫理價值的矛盾與衝突之間，例如：「吾愛吾師，吾更愛真理」、「生亦我所欲也，義亦我所欲也，二者不可得兼，舍生而取義者也」、「生命誠可貴，愛情價更高；若為自由故，兩者皆可拋」……基本上都是價值不同的矛盾，而人生就是在價值之中進行他的道德抉擇。而在此道德的實踐歷程中，我們固然無法解決「理分實現的衝突」，但是，在觀念和態度上，卻必須明白：各種道德理分雖往往有不相容性（Incompatibility），可是，也不妨都是對的、應該的。而一位合格的讀者，就是要以這種廣大通達的眼光心量，去體察理解一篇文學作品，在各種不同道德認取及理分判斷上可能的結果。以免使自己變成一個道德偏執狂，執著於某一種道德，而形成了因道德而來的暴力，反而摧毀了道德。像《朱子語類》卷五載：「因語某人好作文，曰平生最不喜作文，不得已為人所託，乃為之。自有一等人，樂於作詩，不如移以講學，多少有益。」講學是對的，但作詩作文又何嘗無益？只因為人若自以為是道德，便忽略了跟自己不同的選擇也可能是道德的，只不過跟自己的道德之性質不甚相同罷了。請記住桑塔耶那的話：「道德學者們大抵長於詆毀而不善於欣賞藝術之諸種效果。因為他們所據以判斷的原則，正是那被他們用來控制並抹煞各種審美效果的原則。這未嘗不能表現某種趣味品賞之來源，但它只合於那般相當盲目地喜愛較原始審美價值的人。」

近些年來，我們看過了太多這一類道德學者。他們大聲疾呼，認為作文若缺乏對國家民族人類社會勞苦大眾的關愛，而只寫小兒女的悲歡，簡直就是該殺。而另外又有些道德家，對於作品描寫性愛、死亡、饑餓、病疾、衰老、孤獨、狂亂、屈辱等無常生命的衝擊，以及社會的苦難，不能忍受。他們說：為什麼光寫人生社會的黑暗面呢？此人大概別有居心、大概神經錯亂、大概素行不良、大概……，這兩類人，不僅傷害了文學，同時也斲害了道德。

道德與作品的整體審美效果

其實，文學與道德不是這樣討論的，一篇文學作品，其題材誠然可能具有社會意義的道德或敗德（例如：同性戀、亂倫、殺人越貨、私鄙殘吝……），但在未經作者賦予道德判斷——在作品中賦予道德意義與判斷——時並無德不德可說。

由作者的道德處理與判斷，才形成了作品的主題。但是，請注意，這種處理的結果，是否為道德，並不依作者的創作動機來評斷，更不依社會道德習俗來評斷，而必須依循作品內在的意義關聯所構成的整體審美效果來評斷。如《紅樓夢》雖描述家族中淫、貪、亂、瀆的現象，我們卻不會因此而說作者不道德；《水滸傳》刻畫強梁，宣示替天行道的強人道德，我們也不可能從社會習俗的眼光，來認為它的主題不健康。相反地，我們深受作品內在意義關聯的整體審美效果所感動著迷，我們不僅認為作者及作品是道德的，我們也認同了這種道德。

這種認同，當然也有一些危險，譬如：讀犯罪及偵探小說的青少年很容易因此而認同引起犯罪動機，致使文學作品成為罪惡的教唆者。但是，第一、這是讀者的問題，夜行者只能自信不為盜，不能使犬勿吠，任何一位作者一篇作品，都不能為其他人的愚笨負責。第二、正因為作品所宣示的道德能為讀者所認同，我們才能相信藝術也可以有道德效果。所謂道德效果，是說一篇作品，如果真能達成它整體意義關聯的審美效果的話，它自然便蘊含有因主題而來的道德效果，不必再刻意去粧點、載負任何其他的道德教訓；同時，由於作品的道德觀念不一定脗合社會道德習俗，所以，它反而能開拓我們的道德領域、加深我們對道德的意識、提供我們面對新的道德場景、經驗更複雜的道德問題。而這些，不特足以強化我們的道德意識、增加對道德本質及其實踐的反省，更在認同與溝通之間，獲得了道德的喜悅。

反之，文學作品如果拋棄了它內在意義關聯的審美效果，而刻意粧飾道德語句、懷抱道德動機、載負道德教條，讀者就要大倒胃口了，他們寧願去看一篇徹底敗德的作品，也不太願意去聆聽那些教訓。這不是人性的墮落使然，而根本就是由於人性要求道德的緣故。一如人生寧可不道德（不合乎社會道德習俗），卻不可以愚笨！

美與善的合一

由此看來，美與善，通過作品之意義這個層面來看，乃是不可分的。歷史上，討論美與善，有許多不同的觀點，如蘇格拉底認為美與善是統一的，都以功用為標準。柏拉圖則說美不是有用、不是善。亞里士多德說美是一種善，其所以引起快感正因為它是善，但善常以行為為主，美則在不活動的事物上也可見到。普洛丁說真善美統一於神。聖多馬斯說美與善不可分，二者皆以形式為基礎。但善涉及慾念，美則涉及認識功能。托爾斯泰說真善美三位一體的理論不能成立。克羅齊說審美活動須與道德經濟等實踐活動分開……等等，眾多紛紜，莫衷一是。但我們試一分析他們的講法，便會發現：說美與善統一者，通常有兩個標準，一是功用的標準，一是形式，亞里士多德甚至說美主要是來自形式的秩序、勻稱與明確，而這些唯有數理擅場。至於說美與善不同者，又常認為美感是靈魂在迷狂狀態中產生的。而這些講法，又常牽涉到上帝的問題，令人益發難以捉摸。

我們不必高談上帝，也不必執意斷言美必須是狂迷的熱情。我們只要試著想想，一位修養高超、性情和煦、品行潔順雍容的彬彬君子，會不會讓觀者產生美感之嚮往呢？可見道德實踐原不必與審美活動涇渭分明。而這整個人生實踐之道德，又難道不是這個人生命意義的開顯與完成嗎？放到文學作品裡說，作品之意義追求，自然便顯示出一種道德意涵，自然便完成一種審美效果。因此，在這兒，美與善是合一的；在作品中，喪失了美，也就喪失了善，因為它已無法完成它意義的追求了。

進階書目：

- 《西洋美學史資料選輯》（朱光潛，仰哲出版社）頁七、十七、三三、五三、六三、六五、八三、九四、一四六、一八七、二八九、三三〇。
- 《美感》（桑塔耶那著、杜若洲譯，晨鐘出版社）頁四七—四九、二九六—三九九。
- 《美學新探》（丁履譔，成文出版社）頁五二—五六。
- 《西洋文學批評史》（衛姆塞特、布魯克斯著、顏元叔譯，志文出版社）第廿二章。
- 《中國哲學史》（勞思光，三民書局）第二卷，頁一〇一—一〇六。

十七、文學與歷史

文學中歷史的玩笑

呂娀蓌要演《洛神》了，報上登了一幀劇照，只見她斜倚榻上，手持團扇，旁有燭台及一大函書，背後，則有一架屏風，屏風上，赫然寫著蘇東坡的〈水調歌頭〉。——於是，觀者大笑。

無獨有偶地，我們在古人集中也經常可以發現這一類趣事，例如馬致遠的〈三醉岳陽樓〉，寫唐朝呂洞賓的故事，卻用了佛印與蘇東坡、魏野與潘閬的典故；石君寶〈曲江池〉裏，唐朝的鄭元和竟提到宋朝的柳永；〈琵琶記〉則讓漢朝的蔡伯喈談到唐太宗；其他如《水滸傳》裏西門慶手拿一柄明朝人才有的摺扇；《紅樓夢》裏，探春房中掛著一幅顏真卿寫的五言對聯真跡；〈秋胡戲妻〉變文中，春秋時代的秋胡，卻讀過昭明文選；《三國演義》裏面，關公居然秉燭持卷夜讀書……等等，大概也都是「宋版康熙字典」或「王羲之真迹赤壁賦」之類，令人笑煞！

古今中外，類似這樣「歷史的玩笑」，的確是太多了，難怪歷史學家要發火，痛罵這些「張飛大戰岳飛」的事情太過荒唐；但是，文學家也有他們的答辯，如俞萬春《蕩寇志》第一回說：「稗官筆墨遊戲，只圖紙上熱鬧，不妨捏造；不比秀才對策，定要認真。」講的就是這個事兒。

誠然，文學創作不僅是筆墨遊戲，它寓言十九，設喻無方，本屬假設虛構之辭，何妨信手拈來？如果一定要考核其中是否一切都合乎歷史，則可能正如凌廷堪所說：「若使硜硜徵史傳，元人格律逐飛蓬」（《校禮堂詩集》卷二・〈論曲絕句〉），許多文學作品都不值一顧了。

文學與歷史

但，是不是說文學可以完全不管歷史呢？問題倒也不那麼簡單。首先，講究詩文須有考據工夫的文學家本來就不少，清朝浙派及翁方綱等尤為著名。其次，文學家選取歷史材料來做為他表達意義的工具，固然讀者可以得魚忘筌、得意忘象，不必計較它是否脗合歷史真實；但是，其材料本身卻是具有歷史客觀性的，不能隨便變造，正如我們不太可能去寫一小說描述朱元璋起義被元朝撲滅了一樣。第三、就創作的意義上說，作者選擇了一個歷史時空的場景來構成作品的內容，則不論他所寫是否符合歷史之真，它本身便具有一歷史意義，代表了作者對歷史的詮釋，且其詮釋，也會構成後人對歷史認知的一部份。因此，作者不僅必須在創作時對文學負責，同時也須對歷史負責。第四、文學所顯示的歷史，不管其與歷史之真是否符合，它都會使得所謂「歷史之真」變得更充滿辯證的多重意義，例如：《三國志》是歷史記載，《三國演義》是文學作品，演義所記，誠然頗有異於史傳，但二相對勘，反而更能讓我們理解三國時期的歷史，使得該期歷史不再是單純單一的性質，而含有多重意義與可能。第五、在這個層次上說，文學作品與歷史記載，何者方為「歷史之真」，就很難說了。事實上，應該是同時為真，例如〈漢武故事〉、《西京雜記》、《搜神記》、《續齊諧記》之類，古代就都屬於史部起居注和雜傳類裏，它究竟是史呢還是小說？唐人傳奇，如〈吳保安〉、〈謝小娥〉，均曾被採入唐史，它們應該算是小說還是歷史？第六、同理，歷史寫作與文學創作，至此也頗難析分，史書便是文學作品，文學作品便是史書。《史記》之類，固不必說，如《洛陽伽藍記》、杜詩等等，莫不皆然。我國詩人論詩，以「詩史」為最高的目標，原因也即在此。

為了解說詩與史為什麼會在性質上相近與相合，文評家們便主張：在起源上二者同一。如章學誠「六經皆史」說，認為詩經本來即是一種史書；又有人認為詩即記事之史；至於徵引孟子「詩亡而後春秋作」以論二者起源相同的人就更多了。詩亡而後春秋作，是肯定了詩與歷史著作具有相同的性質與功能，只不過在體製形式方面有些差異而已。

這個講法，在許多方面都很有意思，因為它也能讓我們更深入地去想想：歷史到底是什麼？歷史的理解及寫作如何構成？

何謂歷史？

所謂歷史，即是現在已經不存在的事物及狀況。但是，既已不存在，我們如何知道？又如何判斷或確信它為真？一般人總會說：根據古代留下來的記錄及史料呀！這種常識性的看法，柯林烏德（Collingwood）早就批駁過了，他指出：歷史的建構，來自想像；它完全不受制於所謂的史料，史家對過去歷史的了解，每一個細節都是想像的產物。同樣的，我們更可以說，就其建構之原理及形成的起源上說，歷史與文學皆為想像之作，而其目的，也都在於指陳意義，而不在敘述事實。

例如：《左傳》記載屠岸賈派刺客去刺殺趙盾，刺客入堂前時，發現趙盾已經起來了，穿戴整齊，準備上朝，但因時間還太早，便在堂前假寐；刺客非常感動，認為牠是個忠公體國的大臣，不忍殺他；可是，不殺他又無法回去交差，只好自己撞死在槐樹下。後來的人就問：這段記載，令人感動不已，可是，刺客入堂，並未被人發現，趙盾又在打盹，則刺客臨死前心中的感受及自言自語，誰聽到了呢？歷史家又怎麼知道？（見《二十年目睹之怪現狀》）換句話說，這段所謂的歷史，顯然不是事實。歷史上許多不可能有第二者第三者知道的秘密，被史家寫在史書上，情形同此，皆來自想像力的運作，而非事實的證驗。

然而，他們為什麼要運用想像力弄此狡獪呢？無他，以顯示史家意義的追求而已。所以，歷史的記載不是纖毫無遺、鉅細并包的，史家只挑選他認為有意義的人物事件予以撰論並賦予解釋。而這些撰論與解釋，因為有著史家所欲彰顯的意義在，因此，它也必不僅僅是事實，甚至可以違背事實，如著名的董狐史筆「趙盾弒其君」，就是個明顯的例子。

文學與歷史的差異

在這兩方面，歷史與文學殊無二致。既然如此，文學跟歷史是否仍有差異呢？有的，文學與歷史最主要的差別，在於它們的時空觀念並不相同。

一切歷史，無論其建構如何運用想像，歷史形象都必須建立在時間空間的座標上，而這個時空，是一個公共的、自然的時空，而且，也是唯一的，不可改變亦不可替代。文學作品中的事實，則被安排在一個特殊的人造時空——作品——中；在這個時空裏，時間與空間是獨立自存的，與作品以外任何時空無關，不像自然公共的時空那樣緜延無盡，所以，它其中的事件，可以自為因果、自為起始與結束，歷史則必須追問「灰姑娘嫁給王子以後」。不但如此，文學作品的時間，來自作者的設計，因此它可以逆轉、可以切割、可以倒退、也可以不定，長者可以變短、小者可以變大，歷史卻不能這樣胡搞。歷史家與文學家之間的衝突，也多半顯示在此。例如王得臣《麈史》說，「白傅自九江赴忠州，過江夏，有與盧侍御於黃鶴樓宴罷同望詩：白花浪濺頭陀寺，紅葉林籠鸚鵡洲。句則美矣，然頭陀寺在郡城之東絕頂處，西去大江最遠，風濤雖惡，何由及之？」即是如此。但文學作品本來就可以不脗合實際自然的年代、地理及在該時空條件下發生的事件。除非這種不脗合也跟作品本身所架構的時空關係發生了矛盾或牴觸，否則，並不會造成什麼審美的傷害。

這就是文學與歷史在體製形式上的差異。而且，因為文學的時空不必與實際公共時空脗合，所以，文學又可以寫並未發生、可能發生的事，幅度較歷史更大，也更充滿魅力。如果作者又有意識地將他在實際公共時空中的感受和經驗，放入其中時，它就變成了公共時空與人為創造時空的交光互攝，既成就了文學創作，也顯示了歷史中人的活動，所以，反而彰現了歷史的意義。

歷史意識對文學研究與創作的影響

是的，作者對時空關係的感受，一定會影響到作品的性質；同樣的，作者的歷史觀念或歷史意識，也必然影響到作者的文學觀念和文學研究。

所謂「歷史意識」，是指作者對於歷史發展的看法，譬如說：歷史是不是進化的？文學是不是和科學一樣，不斷地進步著？文學若有進步，則其進步之過程，是直線式的發展，從古代延續到現代，以至未來？或者文學之進步乃是循環式的，野蠻時期與優美的時期相互交替？

在西洋文學史上，中古及文藝復興早期，認為古典文學的準則確定而永恆，而文學的歷史也跟人類的文明史一樣，從古代黃金年代開始一直墮落下來。到了十七世紀，英國培根（Bacon）提倡科學主義，認為雖然是現代的一個小人物，也都是站在古代巨人的肩膀上，能夠超過古人。十七世紀末，理性主義的歷史觀大為流行，確信歷史是進化的，強調現代文學的優越性。這種風氣，延續到十九世紀，又激起了反動。批評家們要求公平對待古代文學，不能以現代的眼光去批評古典作品，而應注意到它們創作時的環境、風俗和行為準則、文學規律等等，較豐富的歷史知識，能幫助我們了解一位古代作家。另外，也有一些人主張循環理論，認為文學的發展即是自然的與人工的、浪漫的與古典的不斷交遞辯證的過程。

這一些歷史觀念，影響至今猶存。以中國文學來說，古人的至高成就，已非今人所能及，固然是很普遍的看法，其他各類歷史觀，亦所在多有。如胡應麟《詩藪》外編卷五說：「國初因仍元習，李何一振，此道中興；蓋以人事則鑒戒大備，以天道則氣運方隆」。這個氣運，不只在同一個朝代中運作，也關聯到整個歷史的盛衰，所以秦、六朝、宋、元皆為詩歌的衰世，漢、唐、明則為盛世；而一個朝代中，也自有初盛中晚的盛衰。這就是一種由氣運牽動的循環盛衰論。清末以來，流行的進化文學史觀，更是風靡一時。

近代進化論，是由達爾文生物進化論轉而應用到社會發展之解釋，因此認為文學的發展也必然是進化的，愈晚的文學愈合理而優美。但也有些進化論者配合了循環論，例如史賓格勒（Spangler）生物有機循環的歷史決定論，就曾被劉大杰《中國文學發展史》運用來配合進化論，以解釋我國文學的發展歷程。至於馬克斯階級鬥爭唯物史觀對我國文學的處理，更是現代文學史上的一頁噩夢。我想大家都已十分清楚了。

進化論式的歷史意識，表現在文學創作上，容易出現反傳統的傾向；而退化式的歷史意識則比較經常發生「模擬」的現象。譬如：十八世紀英國文人對本國文學缺乏信心，嚮往希臘、羅馬的古典作品，所以，凡是英文寫作的作品多被譯成拉丁文。而他們的創作，也大量模仿了早期的作家，或平行類比、或修正採擷、或部份翻譯、或「戲仿」（Parody）。類似的情形，在我國也屢見不鮮，尤其是明代中葉以前，前後七子以「文必秦漢，詩必盛唐」為號召，對於擬古，也有許多理論與實踐，值得我們注意。

固然站在評價的立場，大家都不太贊同文學創作而以模仿為之。但是，模仿卻使得作者作品與讀者之間的鎖鏈關係更為明確，也更能凸顯文學與歷史的關聯。一個詩人，既不可能沒有歷史意識，則模仿在文學史上當然也就不會絕迹。

與模仿之表現於創作相同，文學的歷史研究也自然會出現在文學研究中。所謂文學的歷史研究，主要是指文學史的研究，以及歷史、傳記的批評法。

文學史的研究，是要討論文學類型的發展與嬗變，研究作家之興起與其追求之價值與動向、察探文學活動與歷史社會文化之間的關係、思考價值系統與思想文化間的關聯，並指出審美的評價之變遷。

歷史批評法，則是指讀者運用作者生活及其時代環境的知識，去理解作品之形式與意義的一種文學研究方法。由於文學家在題材和內容方面，往往與其生存之時空社會相呼應，因此，透過歷史批評法去了解作品的創作動機及其意涵，通常也是頗為有效的一種方法，雖然不必必然有效。

有些研究者，逆用歷史研究法，通過作品去建構作者的生平歷史、或窺探歷史事件的真相、補充歷史事實的遺漏。我國的詩人文人年譜多半即是如此，黃宗羲所說「詩可以補史之闕」，更是此道之極致。但這種方法含有高度的危險性，必須善為使用，才不致走火入魔。

進階書目：

●《西洋文學批評史》（衛姆塞特、布魯克斯著、顏元叔譯，志文出版社）頁一九四—一九八、四八二—五〇七。

●《文學欣賞與批評》（徐進夫譯，幼獅公司）頁四—九。

●《理論與歷史》（mises 著、涂克超譯，幼獅公司）頁二〇八—二一二。

●〈胡應麟對詩史的詮釋〉（陳國球，《中外文學》十二卷八期）。

●《歷史的理念》（Collingwood 著、陳明福譯，桂冠出版社）第五章第二節。

●《管錐編》（錢鍾書，中華書局）頁一二九九—一三〇五。

●〈史詩與詩史〉（龔鵬程，《中外文學》十二卷二期）。

●〈試論文學史之研究——以劉大杰中國文學發展史為例〉（龔鵬程，《古典文學》第五集；又見本書卷下第七章）。

十八、文學的歷史

文學史的研究

今天，讀文學的學生修習文學史，就像每個人都要吃飯一樣自然。但文學史的觀念和著作，其實出現甚晚。早期只有一些將以往作者、手稿或印成的書籍，紀錄下來而寫成的文學編年史，後來才有所謂的文學史。換句話說，文學史打基本上就跟文學編年的歷史不同，它是充滿了歷史觀念或歷史意識的文學研究。

這樣的文學研究，大概要到十七、八世紀以後才蓬勃起來，譬如華頓的〈英國詩歌史〉（History of English Poetry）把英國文學分成古代、黃金時代或伊麗莎白時代、現代機智時代，並認為現代即是自伊麗莎白時代墮落的結果。這種看法，即意味著作者有一種原始主義的歷史觀，跟理性古典主義認為歷史是進步的觀念迥然不同。

我國歷史觀念一向發達，這一類充滿歷史意識的對文學發展的看法，當然也不會缺乏；但是，正式以「文學史」面貌出現的著作，卻要遲到光緒三十年才開始問世。而且，問世以來，就一直營養不良。至今雖然已經有了將近三百種的中國文學史及數量大致相近的西洋各國文學史，可是，大部份反而只是古老的文學編年紀錄，真正夠資格稱得上是充滿歷史觀念與意識的文學研究，畢竟仍如鳳毛麟角一樣稀罕。大家似乎不太曉得什麼叫做文學史、什麼是文學史研究，彷彿大家還一直以為講古說故事就跟史學家的歷史著作一樣，無論性質、意義、功能與內容都了無差異。

他們似乎還不知道，即使只是年份、書名、傳記事蹟的編年排列，也牽涉到複雜的歷史認知問題，更何況有關版本校勘、淵源、影響、評價等等！既然「編年何以可能」無人過問；那麼，文學史何以可能，當然也就更難要求他們來考慮了。

文學史的編寫是否可能？

可是，實際上「文學史」能不能成為一種知識、文學史的編寫是否可能，至今還有許多爭議。反對「文學史」觀念的人。認為文學史的研究對象並不如其他事物，時過境遷，即成歷史；文學作品雖創造自古代，但它並未成為「過去」的東西，它永遠對我們發生著作用，它永恆屬於與我們「同時並存」的東西。因此，文學實無所謂歷史可說。相反地，另一派反對文學史觀念的人說：藝術創造脫離不了時間的因素，因為藝術是人活動的意識與產品，所以，它不可避免地要跟它的媒介物以及時間發生關係。例如紙、墨、色彩、音符，這些媒介都會隨著時間及其他原因而產生變化，創作活動也必然是在一特定的時空關係中完成的，故藝術與歷史根本不能脫離，藝術也沒有什麼永恆性。

這麼一來，固然破解了上述反對文學史論者的理由，但是，藝術既隨時間而變滅，時間永遠不可能重複，我們又怎麼能夠理解——根據已變已滅的藝術品去理解——過去時間中的藝術呢？除了這些駁難之外，還有些人認為：每一件文學作品都是個獨立完整的創造，與其他作品之間並無連繫的結構；人類的寫作活動可以有歷史，文學作品之間則不能構成歷史的關聯，故實際上沒有所謂的文學史。

這些批判性的意見，雖未必精確不移，但因它們都各有一套特殊的理論背景。因此，從這些意見去反省文學史到底是什麼，應該是合理而且必要的。

何謂文學史？

文學史究竟是什麼呢？誠如前述懷疑者所說，它跟政治史、科技史、經濟史有著極大的不同，因為它既是充滿了歷史意識和觀念的文學研究，也是以文學為對象的歷史研究。這種特殊性格，使得它的角色及地位顯得頗為曖昧，而其內容則顯得複雜。

由於它是以文學為對象的歷史研究，因此，它所要建立的知識，就是一種關於文學的歷史知識，其本身具有史的取向，自然在討論作家和作品時，會不同於純粹的文學研究（譬如：它不可能花上萬字篇幅去討論〈秋興八首〉的藝術結構或考證〈菩薩蠻〉是否為李白所作）。而這種歷史知識要如何建立呢？其方法也勢必要採用歷史研究的方法。

但在另外一方面，文學史又是充滿了歷史意識和觀念的文學研究，所以，它跟文學理論、文學批評又有密切的關係。它討論的固然是歷史上具體的作品與文學事件，但若不先界定文學的範疇、明瞭它的原理、選擷價值判準，我們要怎麼進行文學事實之研究及論述？反之，文學理論與文學批評之所以能夠形成，又何嘗不是從對文學之歷史的研究中籀繹出一些標準和理則來的呢？文學史不能被視為純粹的歷史研究，而獨立在文學研究之外，原因就在於此。

為什麼會造成這麼複雜的狀況？主要的關鍵可能就是我們所曾提過的老問題：文學作品探討的是人存在的意義與價值。何以如此說呢？以文學批評來說，文學的審美判斷必然關聯到作品之意義，所以，審美判斷本身其實亦為一意義判斷，例如：我們一向認為仿作及偽作價值較低，為什麼？無他，第一、仿作與偽作只是對於原創作的形似物，既是形似物，則其本身不能透顯生命存在之價值與抉擇，便形成意義的失落，在作品中沒有對意義的追求；第二、它乃是意義的冒襲，所謂「不真」；第三、作品的意義與創作者自我生命無關。換言之，仿作與偽作之被視為價值較低，不在它的文采修飾上不如原作，而是就意義判斷上來說的（當然這並不表示形式不重要，因為就文學作品而言，形式必表現一意義，意義亦不能脫離此一形式）。

好了，既然文學批評的進行，建立在對作品意義的認知與判斷上，那麼，請問：讀者認識作品之意義時，是只對客觀材料及對象的理解呢？還是通過內在普同的生命範疇來理解它呢？這一問，便涉及了認識論及歷史詮釋的大問題了。

如何研究文學史

一般實證論或具有科學知識客觀化傾向的人，常天真地理所當然地以為文學與歷史研究即是對客觀材料予以審慎客觀的考察，重建客觀的歷史知識與文學理解。考古、版本校勘、傳記研究、歷史事實的排列，即代表了他們研究的成績。然而，這麼一來，卻出現了幾個問題，第一、版本與淵源的發現，究竟與估價和批評有何關係？文學價值與作品版本的正確性，本質上果真是二而一的嗎？他們直覺地以為答案是肯定的，所以，考證出某詩出於某時代某人之手、某詩敦煌本作某，研究就算完成了。無論在文學研究或歷史研究方面。他們臚列事實的能力，均比理解何謂事實、事實具有何種意義好得多；第二、假如歷史與文學研究是客觀地重建，則研究者自然應該像考古學家那樣，致力於重塑歷史的真實，將自我抹煞，客觀地恢復古代文物制度、人生觀、基本概念、文學批評觀念……。但是，歷史既已過往，怎麼可能重塑？過去時代所流行之風俗習慣行為準則，若不透過想像，又怎麼能夠理解？於是，這一批客觀知識的建構者，遂一下子滑落到歷史主義講究想像性、投入以設身處地理解歷史的路子上去了。

這些人可能不太曉得「詩無達詁」，文學的理解並無絕對性，原因在於我們進行文學批評活動時，必然同時也在進行著作品對象的認識、內在存在感受的開發和認識能力的挖掘。它不像照相機照相，底片完全漆黑以印顯外在客觀的事實；它像觀賞一幅圖畫，若畫的人一方面看到了畫的內容、一方面也反省到看畫的自己，所以，他有感動有思索，內在經驗亦因此而豐富，觀畫情境、觀畫者、畫，三者滾在一起，成了一個詮釋學的循環（hermeneutic circle）。在這種情形之下，文學作品的意義便永遠是開放的，而歷史的理解也不可能來自客觀或主觀，它是歷史與自我相互融攝，以呈現一辯證客觀性的。

說到這裏，事情就很明顯了。——文學史、文學理論及批評若要能夠進行，研究者本人非先有生命的感受與存在意義的抉擇不可，但此一意義之認知與抉擇，亦不純由主觀臆造，而即來自歷史之中。韋勒克與華倫曾說文學史研究是以一價值來賦予文學事實意義，以說明歷史進程的工作，但此一價值又由歷史中生出。他們對於這種邏輯的循環，既承認又不了解。我們的說法，或許可以提供一個解決的途徑。因為也只有這個途徑，才能解釋文學史何以既是歷史研究又是文學研究。

文學史在文學研究中的地位

這樣的研究，乃是文學研究中極重要的部份。通常，我們把審美之研究劃分為三個部份，一是討論審美判斷之運用，二是研究審美判斷何以會如此的心理，三是將文學與藝術做歷史的解釋，以發現各種風格類型、寫作形式、批評與活動之流嬗，探討人類藝術本能及其在歷史中表現的歧異。第一種研究是教化的、第二種是心理的、第三種則是歷史的。但這樣平面的劃分，殊不足以顯示文學史研究的重要性。如前所述，文學研究中，有關性質、範疇、價值標準的釐定，均來自文學本身發展的歷史。因此，不做文學研究便罷，否則，文學史是一切文學研究的基礎；而文學理論與批評如果確實做得好，也立刻能對文學史的認識發生突破性的深遠影響。

這是有關文學史之性質與方法的簡單說明。通過這樣的說明，我們可以知道：文學史乃是運用觀點、賦予意義，以說明文學的歷史發展有何意義、表現何種價值傾向的工作。這樣的工作，在文學研究中的地位與功能，顯然甚為重大，但文學史究竟以什麼做為研究對象與研究範疇呢？

文學史的研究對象與範疇

十九世紀時許多文學史研究者以為：文學史即是發掘形成文學之環境因素（諸如種族、環境、時代）的學科；後來，又有些人認為文學史是認識作家以明瞭作品的活動，文學史等於作家傳記史。我們當然不好說這些都不能算是文學史研究，但距離一個理想的文學史，實在非常遙遠。目前，一般的文學史，寫法大概等於電影本事、廣告詞、讀後感的總匯。先概述某一時期文學的面貌，然後分析其形成或興盛的原因（趁機描述一下文學與社會的關聯），再介紹幾位代表作家的名氏年里官爵著作交遊，抄幾段「代表作」予以讚嘆，並述其淵源與影響，鏡頭便跳移到下一個時代去，依樣葫蘆一番。這樣的寫法，亦非絕對寫不出好東西來，但不幸的是作者們的辭彙太貧乏了，描述了這個時代、讚美了這個作家，就想不出該用什麼語詞去恭維或挖苦另一個時代與作者。所以，文學史就像一幅迭遭風雨剝蝕的古畫，上面每個人物的面目都一樣模糊；而其時代則如同畫裏的背景，一團薰黃、木石難辨。

對此，我們必須辨明：文學史不是社會歷史的文獻史。文學史關切的對象是文學及其活動，文學固然會跟它們寫作的時代有點兒關係，但我們研究的主要是以美感訴求為主的作品，而不是反映或表現社會狀況的文獻。這牽涉到有關「文學」的義界，必須先予確定，否則，整個文學史的內容可能就會掉轉到社會史去。其次，文學也不是反映於文學中的思想史。思想的展現與演變，通過文學作品最容易察覺，尤其是它處理具體的存在境況，常比抽象的論理系統更幽微深刻。因此，思想史研究者經常而且必然會探討文學史，以了解思想的脈絡與內涵；然而，文學史的功能實非思想史所能涵蓋，其目的也不相同，我們若想藉文學史來說明思想史中人與社會互動的關係，可能會使文學史成為一種宣傳。再者，文學史更不是文學的編年評論史。坊間的文學史，經常以抄撮歷代對作家及作品的評論來替代作者本人的理解和判斷，但對於這些批評除了編年以外，說不出有什麼內在關聯。這樣的工作，作得再好，也不過是某作家或作品的資料彙編，文學史是談不上的。

據我們所知，文學史所要處理的，包括：一、文學作家與作品；二、文學思想與觀念；三、整體文學活動與社會文化的關聯等三個層面。就第一個層面來說，它必須討論文學類型的發展歷史、作家與作品關係的歷史（例如：繼承、影響、類比、從屬、評價……）；就第二個層面來說，它必須探索文學思想的理論與批評問題，研究文學思想與作家及作品的關係；就第三個層面來說，則它也必須思考文學的發展與一般歷史歷程間的關係，與社會、政治、文化的複雜關聯。當然，這些層面與研究又都不是孤立的，它們之間有水乳交融的密切性。

例如：文類的發展與嬗變，事實上不只是文學形式的改變，也關係到文學觀念和審美態度的轉移，更可能牽涉到文化中世界觀及觀物方式的變化。作家之興起，及其追求的價值與動向，顯然也跟思想理念、文化狀況有關。一位文學史家在研究作家所秉持的價值、追探作品所展現的意義時，必然要同時觀察有關價值之形式表現（即文學活動）跟社會文化間的關係，並進而詢問價值系統和思想文化的關聯，譬如：唐宋古文運動，本身代表一種新文類的提倡，而這種提倡卻被稱之為「古文」。何以稱之為古文，自然與韓、柳、歐、蘇等人的歷史觀有關；而它與「道」之間的關係，恐怕也非要通過他們對價值意義的追求來理解不可、非要透過唐宋整體文化內涵及社會組織來探索不可；至於道的內容，則又必須深考思想文化，否則即不能掌握。

通古今之變，成一家之言

文學史是這麼複雜而迷人的學問，這哪是一般人所能夢想得到的呢？現在我們只把文學史視為人人能教的課、人人能寫的書，卻不曉得文學史中必須包含審美的評價變遷史、結構技術的發展史、藝術品之關係史，以及文學活動史……等。研究文學史的人，比研究一般文學的人更為辛苦，因為他除了考慮文學之外，還需要考慮一些非文學本身的原則，例如：文學的社會目的、促成文學成立的社會組織形式、思考方式及內容對文學的作用等等，均須思索探賾，以解說文學之興起、變滅與內涵。它不能僅連綴若干時間、空間和事件，就感到滿足；而必須證明事件為何發生，以及一事如何引發另一事件，這涉及深奧的歷史詮釋、因果解析、史學方法和敘述技術等問題，非常人所能勝任。更重要的，他必須確實自歷史中建立起了他自己的意義判斷，並以此判斷施諸歷史，整齊百家放失舊聞，通古今之變，成一家之言。

這許多必須，構成了一個艱難的處境。但唯有如此，文學史的研究才是有意義的。否則，我們憑什麼去理解、憑什麼去判斷與評價？空說李、杜是偉大、最偉大或最偉大之一的詩人；《紅樓夢》是偉大的小說，與鸚鵡學語又有什麼差別？

進階書目：

● 〈試論文學史之研究——以劉大杰《中國文學發展史》為例〉（龔鵬程，《古典文學》第五集）頁五一—八〇，又見本書卷下第七章。

●《西洋文學批評史》（衛姆塞特、布魯克斯著、顏元叔譯，志文出版社）第廿四章。

●《文學理論》（Wellek & Warren 著、梁伯傑譯，大林出版社）第四章、第十九章。

十九、文學與哲學

文學與哲學的複雜關係

文學，不同於哲學，乃是顯而易見的事實。文學家以意象表達或呈現人生存在的問題與面貌，文采煒燁，動人心弦。哲學，則以嚴謹深刻的邏輯思辨，「探問」宇宙人生存在的問題與面貌，深邃精密，令人沉思。因此，無論在目的、表現型態、思維方式和對語言的使用上，兩者都不相同。一篇哲學論文，譬如：我手邊這本《黑爾道德語言概念之研究》中，作者說：「S_1的意義之一是S_2=Df有時S_1被用來履行S_2通常被用來履行的表意行為。W_1的意義之一是W_2=Df在W_2出現其中的多數語句裏，W_1可以用來取代之，而不改變該語句的表意行為潛能……。」相信沒有人會誤以為這是一篇美妙的文學作品吧！

正因為兩者不同，所以，文學家常嘲笑哲學家質木無文，讓人不知所云；哲學家則抨擊文學家傷風敗俗，蠱惑人心，而且，見識短淺，不能如哲學家那樣，明確清晰地說明人生事態的原委。二方面互相嘲罵，蓋數千年矣！

然而，從另一方面看，文學與哲學又似乎並不見得有這麼大的差異和距離。許多哲學家擅長文學的表達方式，加尼采、叔本華、沙特……等等都是。他們不是在文學創作中，表現一點個人的哲學思想，而根本就是以文學作品做為他們的哲學論述，文學可能跟他的基本哲學理念有著緊密的關係。例如：沙特，他之所以熱衷於文學形式的哲學表達，至少是因為他認為文學是一種「行動」、是一種對讀者自由的呼籲。因為文學若無讀者的自由合作，便不能存在，故文學的任務，就是保證並鼓勵這個自由，是一種以自由為目的的自由。他講存在主義、講人之自由，選擇文學作為主要表達方式，豈不是非常合理嗎？沙特如此，其他的哲學家可能也是如此。

同樣的，許多哲學論著，其本身便被公認為優美的文學作品，如《老子》、《莊子》之類，虞集說孟子：「無心於文，而開闔抑揚，曲盡其妙」、《林下偶談》也說孟子「其文法極可觀，如齊人乞墦一段尤妙，唐人雜說之類，蓋仿此也」，我國文學有一大部份都起源於這類哲學論著（包括文類和風格），而且，論文學造詣，亦往往以六經諸子為極致。這，這豈不顯示了文學與哲學之間曖昧複雜的關係，並不是可以簡單予以一刀兩斷分開來談的。文學與哲學既無關又有關，既不同又相同，這種特殊怪異的現象，究竟應該如何解釋？兩者之間的關係又到底為什麼會這樣呢？

先不要焦躁，讓我們慢慢來看——

哲學在文學之中

文學與哲學，不管在目的、表現型態、語言使用、思惟方式等各方面如何不同，基本上它們有一個共同點，那就是：它們都是在處理「人」的問題。這一點很重要，例如：一位天文學家、物理學家，他可以質問一切天文星象的奧秘、窮究宇宙物理的神奇，但他不能問一個問題：「我為什麼要做這種探究和質詢？」因為他這一問，就使得他不再是一位科學家，而成為一位哲學家了。歷史學者也是一樣，他可以依資料重建歷史的往事遺跡，但不能自問：「我這樣做為的是什麼？」這一問，逼使他開始思索歷史的目的、歷史的理解與詮釋、歷史在人生中的意義……等問題，於是，這就變成一套歷史哲學了。換句話說，文學與哲學，處理的不是物的問題，它們處理的題材甚為特殊，因為——它們處理的就是研究者自身。文學家與哲學家自己對自我的理解、對自我存在方式的體會、對自我存在環境的看法、乃至於對人類之存在的認識，構成了文學與哲學共同的內容。

假如，這個說明並無大錯，那麼，我們便可以發現：哲學，不但其自身為一門學問，它同時也是文學的基本骨幹。作者本人的人生觀及其對人生的處理，不可能不顯示在作品中；因此，一部文學作品，即不可能不為一哲學說話，或為某一人生態度申辯。如果不，那麼請問：紀錄昨天隔壁家死了一隻貓，或黔之驢踢了老虎一腳，有什麼意義？與新聞記者的報導有何不同？能稱為文學作品嗎？

相反地，哲學卻不必有文學的形式和條件。所謂不必有，是說哲學也可以有，但不必然有，例如：科學的哲學、形上學、宇宙論之類，都不仰賴文學的形式和條件，即能自成一種瑰奇嚴謹的哲學體系或意見。偶而或許也有一二哲人，嗜用文學之形式來陳說他的哲學，但這並不影響它哲學的地位與價值。

所以，文學與哲學在這個地方，是很不相同的，一位哲學家可以不懂文學，但一位文學家若竟缺乏他個人的哲學、或研究文學的人居然不懂哲學，那真是一件匪夷所思的事了。而在哲學中，跟文學最有關係的，是人性論、人生哲學。不同的人性論，構成了不同的人生理解，於是，也形成了不同的文學作品與對文學的理解，譬如：

㈠在作品方面

西方著名的悲劇文類，其本質即關乎對各種道德問題的態度，因此，悲劇必然涉及宗教及哲學。在古希臘時期，流行一種奧菲宗教（Orphic Religion），這派宗教認為人是由兩種神力湊合而成的，一是純潔的善神戴奥尼索斯（Dionysus），一是惡神迪挺（Titan）。善神本是葡萄樹神，也是酒神，象徵人在酣飲之後，會激發藝術美感，表現創造能力。所以，又為歌舞詩樂之神。惡神見他受人喜愛，甚為不滿，遂乘他不備，將他撕成碎片，予以吞噬。天神宙斯知道後，大怒，命雷神把迪挺劈死。後來又覺得可惜，乃命雕塑之神阿波羅，把惡神的形骸和善神的良心，重新揉作人形，這就是人類的始祖，善良的靈魂，一直受罪惡的肉體所拘禁。因此，人本身是一種神魔同在（God-Lucifer）的存有，他有著本質的內在衝突；他渴求解脫，但超越的解脫，又唯有通過死亡才能辦到，所以，人必須死亡才是正途。這種對人生的看法，及人性兩極化善惡同體的思想，後來又融合了基督教的原罪觀，遂構成了西方文學中悲劇精神瀰漫的景觀。其文學主要描寫人與神、與外在環境、與命運、與他人、與自己的矛盾衝突，深入到人性幽闇罪苦的底層，面對死亡。

自早期王國維把我國元劇〈竇娥冤〉、〈趙氏孤兒〉當作足以媲美西方的偉大悲劇之後，許多學者即套用悲劇一詞來詮釋中國文學。但事實上，在中國哲學以性善論為主流的人生觀照底下，悲劇是無所存身的。中國人根本缺乏對死之憧憬，中國文學亦罕及人性幽闇底層原始罪慾的刻劃，佐治史泰那（George Steiner）說得好：「悲劇作為戲劇形式來看，不是放諸四海而皆準的。表達痛苦與個人主義的悲劇，明顯屬於西方所有。這種觀念和所暗示的人生觀，是受希臘影響。」

換言之，悲劇文類、罪與慾之主題，均非中國文學所擅長。在中國的人性論裏，性是善的，感物而動則為情，情如不能制之以善，則流為人慾猖狂。所以，像愛情，在我國文學中著墨甚少，詩聖杜甫、詩仙李白乃至陶潛，都罕有情詩，擅寫情詩的王次回、韓冬郎，地位並不太高。反倒是將情慾予以貞定後，成為夫婦之愛，在我國文學中還能佔一席之地。小說戲曲中屢見某生為一女子所惑，婉孌歡好，後遇一有道之士（或書生、或道士、或高僧），識破女子行藏，乃一女鬼或妖怪，打殺後，某生才如夢初醒云云。〈白蛇傳〉即是此中代表。依西方文學觀點來看，法海和尚簡直是一無聊惡漢，固執人蛇形軀之辨，強行拆散人家恩愛夫妻；殊不知法海這一類人，正代表理性的力量，愛情之所以藉妖魅來進行，即所以暗示情為惑怪、為邪妄，必須「以性制情」（乾文言疏）才行。縱使是《紅樓夢》，其又名《情僧錄》者，亦不是要寫一多情的和尚，而是要「因空見色，由色生情，傳情入色，自色悟空」。這跟漢賦述神仙遠遊之後，必定還要曲終奏雅、歸於勸諫的道理是一樣的。千迴百轉，必歸於性情之正，故王船山說：「人之有樂有哀，情之必發者也。樂而有所正、哀而有所節，則性之在情中者也。以其性之正者發而為情，則為樂為哀，皆適如其量；任其情而違其性，則樂之極而必淫，哀之至而必傷。」（《四書訓義》卷七）。

佛家、道家的人性論，顯然強化了這種觀點。不但六道輪迴、因果報應，廣泛出現在我國作品中；人生虛無之感，更瀰漫於元曲和〈黃粱夢〉、〈南柯太守記〉一類作品裏。如唐人小說〈杜子春〉，近人常用悲劇精神來解釋，卻忽略了它本是意在斷絕七情的。緣起性空的人生觀和世界觀，畢竟不同於原罪性惡的人性論的文學，就作品之各方面看，都是極為清晰的。

(二)在文學理論方面

如前舉王夫之所說，就充份顯示了我國文學的特性：要通過以性制情的辦法，達到使情如性的境地。因此，作者必須剝除生命中的雜染，把情慾提昇為性為理為道為仁，「豁之以致知，養之以無欲」（袁宏道《白蘇齋類稿》七·〈士先器識而後文藝〉）。讀者長期閱讀這種導情入性的作品，自然也會逐漸刮除生命中的昏昧邪惑，達到思無邪的溫柔敦厚，這就是詩教，是詩歌站在人性論上發展出來的功用，船山所謂：「詩之教，導人於清貞而蠲其頑鄙」（《詩廣傳》卷一），原是不能與亞里士多德「淨化」說（Katharsis）視為同類的。淨化是悲劇感的以毒攻毒，或純化觀眾多餘及不足之哀憐與恐懼、或以悲劇之哀懼治療觀眾的哀懼之情，猶如以熱來驅散感冒發燒之疾，並沒有境界的提昇意義。

由這裏就會發現：傳統的中國文學理論與批評，由於哲學內涵不同的緣故，在形式、批評對象、觀念上，都有跟西洋不太一樣的地方。六十年代以來，我國現代文學批評風潮傾向於系統性、客觀性與科學性，詬病傳統批評為印象式的主觀批評，不合文學批評的標準。其實，主觀性批評與客觀性批評，都得在西方尋其例證，我國文學理論與批評根本與主觀云云無關。為什麼呢？西方文學批評自始就起於認識論模式的主客對立，讀者為認知主體，作品為認知對象。傾向於分析對象之性質與結構者，即成為客觀的文學批評，從西洋古典修辭學，到廿世紀法國的結構主義批評、作品闡明（explication de texte），德國的作品學（Textwissenschaft）、作品代數學（Textmathematik），以及文體分析（Stylistic analysis）、符號學（Semiotics）、新批評……等，大抵屬於這一類。傾向於討論讀者如何了解文學作品及其理解之程序者，即成為主觀性文學批評，而這一類批評也是源遠流長，形成「讀者反應論」的浩瀚波瀾。從對《聖經》的神恩式解讀、浪漫主義式文評，以迄現象學、詮釋學，大抵就比較接近這個路數。反觀我國，探討文學作品自始就不曾通過認識論的模式，而只是說要欣然會意。欣然會意，本身乃是一種主客合一的美感經驗，它不脫離主觀，但也並非主觀的印象式批評。

正因文學之鑑賞與批評，基本上被視為一主客交融的美感過程，所以，它是無法用知性的語言和概念的分解活動，予以客觀分析判斷的。它的批評方式，必須以詩的語言來喚起讀者的美感，我國詩文評話中那種「采采流水，蓬蓬遠春」、「征馬踟躕，寒鳥不飛」等充滿文學意象的形容，以及低迴嘆賞的讚美，就顯示了這種特殊的批評手法。

㈢在文學形式方面

西洋傳統畫之注意光源與陰影，運用透視法，跟中國畫恰好形成強烈的對比。其所以如此，是因為西洋繪畫即起於他們那種定位定關係的思維活動與習慣。我國不喜歡或不擅長這樣的思維方式，所以，在詩的語法形構上，普遍利用未定位、未定關係，或關係模稜的詞法語法，使讀者獲得一種自由觀解及閱讀感受的空間；因此，它的傳意方式最為豐富、形成「言不盡意」的美感效果。

由於中國詩語言的特性，使得它跟西洋詩文比起來，明顯地缺乏那種邏輯性與說理性成分。除了一般英詩語法中含有的定詞性、定物性、定動向、屬於分析性指義元素等等之外，如羅馬詩人賀拉西（Horace）、法國詩人波瓦諾（Boileau）、英人波普（Pope），寫一首幾百行的〈詩藝〉（Art of Poetry），或〈批評論〉（Essay on Criticism）討論詩之原理與創作技巧；羅馬魯克里修斯（Lucretius）寫了六卷《論萬物之本質》（*On the Nature of things*），而且，每一卷都在一千行以上的議論詩，在中國簡直是不可思議的。另外，西方敘事詩以外，像雪萊的〈亞當尼斯〉（Adonais），本是輓歌，卻長達四九五行；華滋華斯的〈咏永生之暗示〉（Ode on the Intimations of Immortality），寫田園山水，也長達二〇五行。但相反地，中國詩文多半講究言簡意賅、要言不繁，要求作者能夠刪蕪就簡，以剎那見永恆。如劉海峰所說：「文貴簡，凡文筆老則簡、意真則簡、辭切則簡、理當則簡、味淡則簡、氣蘊則簡、品貴則簡、神遠而含藏不盡則簡，故簡為文章盡境」（〈論文偶記〉），正足以代表中國一般文論家的意見。所以，像詩，後來便發展出形式極為凝斂短小的近體律絕；文章也都屬於短篇，絕少鴻文鉅構的龐然大物。這種「句法簡易而山高水深」的美感評價，觀念中必然與《易經》所謂「易簡而天下之理得」有密切的關係。

至於西洋文學傳統中對「結構」觀念的強調，起於亞里士多德，我國則無此說法，因此，也無西方式的結構。所謂西方式的結構觀念，是指它依直線式的時間敘述一個定位定點之人物與事件，所以，有開頭、有中間、有結尾；中國文學中，如小說戲劇，多無此等結構，而只是如郭熙畫山：「山近看如此，遠數里看又如此，每遠每異，所謂山形步步移也。」節節相關、而又步步不同，因此，拆開湊攏，均無不可。這是一種特殊的結構觀念，故其「情節」之處理亦與西方不同。何以產生此種不同，勢必要探問中西方世界觀和時間觀念的差異，才能理解。勉強用屬於西方文學形式中的張力（Tension）、矛盾語（Paradox）等，來解析中國文學，哪有不張冠李戴、指驢為馬的呢？

(四)在藝術精神方面

這方面不必多說，只有傻瓜才會用某一藝術精神去詮釋另一哲學內涵完全不同的文化與文學；雖然目前我們擁有大量這類呆瓜，但其謬誤，卻是極為明顯的。只不過，我們還是覺得很奇怪：為什麼大家老是喜歡問中國文學中有沒有表現出悲劇精神、何以沒有、或某一篇已充分展現了悲劇精神……等等，而不喜歡用中國重視主體性及主客合一的藝術精神去詮釋西方文學作品、去追問某一篇是否即具有此一精神？如果，我們覺得用中國的藝術精神去理解、去判斷西方文學作品及其價值，是荒謬的，那何以運用西方藝術精神以詮析中國作品的活動，又長期樂此不疲呢？我們必須切實地理解：不同的哲學，一定會形成不同的藝術精神，絲毫無法假借。

為什麼哲學著作可以變成文學作品？

通過以上這四方面來看，不同的哲學，構成不同的文學作品與對文學的理解，殆無疑義。這當然顯示了文學與哲學複雜而深刻的關係，但是，我們還要追究：在表達形式上，何以哲學的思辨推理，竟可以成為以意象表達為主的文學作品？

哲學著作本身成為一篇優美的文學作品，是以一種詭譎的方式形成的。所謂詭譎的方式，是說：並非哲學家有意運用較華美精縟的辭藻，以動人聽聞，如演說家之注意聲調音節的抑揚頓挫那樣；而是哲學表達，在本質上涉及了「言不盡意」的問題。尤其是運用思辨性邏輯概念分解式的語言，在表達時有其限制；在碰到這種限制時，即不得不採取一種「遮詮」或象徵的表達法。這樣，就使得它成為文學的語言了，不但在我國有詩偈、證道歌和老莊、論語這一類充滿文學語言的哲學著作，西方哲人也常利用歌頌和詩來表達他那不易使用邏輯分解概念表陳的哲思。每當我們吟誦這一類作品時，文學與哲學的疆界，都消褪在那些靈心妙口之間了，只有喜悅和沉思，漲滿了我們的胸膛。文乎哲乎？難分難捨！

進階書目：

- 《電影與文學》（陸潤棠，文化大學出版部）頁一四〇—一五五。
- 《抒情的境界》（《中國文化新論》文學篇一，聯經公司）頁一五—四五。
- 〈唐詩中的傳釋活動〉（葉維廉，《唐詩論文選集》，長安出版社）頁三三—六二。
- 〈主觀與批評理論〉（費維廉，《中外文學》六卷十一期）。
- 〈釋學詩如參禪〉（龔鵬程，《中國學術年刊》第五期，收入文史哲版《江西詩社宗派研究》）。
- 〈中國哲學之美〉（龔鵬程，《文學與美學》，業強）頁四六—八四。

卷下

一、文學的美學思考

文學與美

在我們的日常生活裏，文學或美感經驗，經常和我們的心靈發生密切的關係。不論您是否曾覺察到它的存在，當您面對一朵嬌含露珠的蓓蕾、一抹天邊的彩霞、或一群歸巢的晚雁時，美的意識便在您眼前心際擴散滋生了。文學，也是如此，那些令人沉醉的情節和意象，往往為人生帶來豐盈的美感。

固然，一首詩或一篇散文，所給予人們的，是否只是那一剎那間美的感應與觸發，仍是美學家們爭議的論題；但這一點卻常是誘使讀者進入文學殿堂的導引。人們習慣於把文學作品稱為「美文」，就是這個道理。

不過，我們在閱讀這些美文時，多半只是感到似乎有一份朦朧模糊的美感在心裏漾動，覺得它很「美」，於是，便急遽而喜悅地翻讀幾篇，背上一兩句，搖頭晃腦吟哦一番就算了。其實，我們如果勤快些，就可以追問：美在哪？為什麼美？為什麼文學有這麼多不同類型的美？為什麼有些看起來似乎不美的作品，卻被公認為傑作？文學一定就是美嗎？如何表現美？我所感覺到的美，和別人一樣嗎？……。

這些問題，都是文學創作和鑑賞中，必然會遭遇到的「結」。剪開這些結，必須依靠一種工具，那就是文學美學。

美學的內容與課題

美學（Aesthetics），是一七五〇年由亞歷山大·鮑姆伽頓（Alexander Baumgarten）所創立的名詞。但這門學科所探討的內容，卻像我們剛才所舉的例子一樣，是打從人類會開始運用思考，來面對文學、藝術以及一切美的事物時，就已經展開了的。例如，一個人五官長得不協調、扭曲緊縮到一塊兒，我們會說他「不漂亮」或「很醜」；這就顯示了：和諧，是美的一種條件。而歷史上對和諧與藝術關係的思考，在西方，早自畢達哥拉斯學派、赫拉克利特、柏拉圖以下，累世不絕；我國則孔子對詩和音樂的看法，也開啟了美學探索的途徑。像《莊子·天下篇》：「樂以道和」、《荀子·勸學篇》：「樂之中和也」、《史記·滑稽列傳》：「樂以發和」……等記載，不但顯示了古人精粹的美學觀點，而且，由於古代詩與樂關係密切，這些美學觀點也正同時代表了他們對文學的看法。

話雖如此，文學美學畢竟只是美學中的一環。單就美學而言，它的內容和主要課題，大抵可以分為幾個方面來談：

第一、美學最主要的目的，就是研究「什麼是美」。不過，為了解決這個問題，它又必須考察一切表現美的事物，故而文學與藝術，便成為它最關切的研究對象了。

第二、文學、藝術，乃至於一切美的事物，既都是人類美感的對象，因此，美學又須致力於「美感對象」和「美感經驗」的研究。前者是客觀的存在、後者是主觀的反應。

第三、一旦討論到人對事物美的反應，自然會牽涉到人在美感活動中的心理狀態。這種心理狀態，如果持續、綿延、而且顯示出某種特徵，那就是文化的一部份了。所以，美學也勢必要展開心理學與社會學層面的考察。

第四、以上所討論的，多是美的表現問題。但美學事實上並不只是敘述美（包括觀念與作品）的各種表現而已，它還關係到如何產生美、如何評價美的問題。前者只具有記述性，後者則有規範性，規範美的標準和趣味。

第五、除了一般性的美學原理之外，由於表現美的物體不同，各表現品又均有其特質與歷史傳統，因此，對美的要求並不一致。譬如，訴諸感官印象的美術，和訴諸文字符號的文學，其美之原理與表現，雖有相同處，也有相異處，針對這些審美特質的差異，便發展出書法美學、文學美學、雕塑美學、音樂美學、攝影美學……等不同的科門。

總之，美學研究美、美感經驗、美感對象，並解釋何以美在某種方式中產生作用。它不一定建立在經驗與事實的調查上，尤其是哲學美學，不僅要設定美的價值標準，也企圖追究絕對的原則，因此，它也常是超驗的。

經驗和超驗的美學劃分，充分顯示了美感觀念跟表現品之間複雜的關係：作品既呈現美，美感觀念也創造了作品。以律詩的產生來說，當沈約提出「四聲八病」等創作原則時，事實上並無此類作品，但觀念的發展，卻帶來創作急遽的變化。沈約《宋書·謝靈運傳論》曾說：「敷衽論心，商榷前藻，工拙之數，如有可言：若前有浮聲，則後須切響。妙達此旨，始可言文」，他對文學美感的要求，側重於音調，認為文學作品音節之低昂輕重，必須錯雜間出，才能完美地表達胸中積愫。這種美學要求，似乎來自歸納。而歸納歷代佳作的美感原理，自然屬於經驗美學的範疇。但是，沈約又說：「自靈均以來，多歷年代，雖文體稍精，而此秘未覩。至於高言妙句，音韻天成，皆暗與理合，非由思致」，可見這種原理並不來自歸納，而是「發現」的。因為，沈約本人美學觀念的洞見，使他察覺了作品中前人所未發現的「美的元素」；並以此做為文學美的規範，開啟了日後駢儷文和近體詩的疆域。正因為他有這種美的自覺，所以，在文章裏，他才會說：歷代文學體製和風格的變遷，其實都來自美感觀念的改變，「徒以賞好異情，故意製相詭」。

我們固然不必完全贊同沈約的看法，但這個例子，已充分顯示了美感觀念與作品之間複雜的互動關係。許多美學觀念，乃先表現於創作活動中，然後才經由反省說明，形諸議論；反之亦然。而美學觀念也必然是創作的基礎，引導作品的表現和創作活動的發展。

這種互動的關係，是美學研究的興趣焦點，因此，前述五項美學主要課題，幾乎都環繞著這層關係而展開。隸屬於美學中的文學美學，自不例外。

尋找文學作品中美的元素

中國傳統的美學觀念，認為「美」並不存在於人為刻意的創造，而在於天地自然的呈現；故《莊子·知北遊篇》說：「天地有大美而不言」、「聖人者，原天地之大美」，〈田子方篇〉也說：「得至美而遊乎至樂者，謂之至人」。這種天地之大美，乃是整全和諧而無法切割的。可是，因為天地有大美而不言，所以天工人其代之，開始創作以言美。這種創作乃是天地大美的人文示現，因此，它必然是自然的，而非造作的；是與天地大美結合的，而非爭抗的，劉勰《文心雕龍》說：「言之文，天地之心哉！」、李百藥《北齊書·文苑傳》序說：「達幽顯之情，易天人之際，其在文乎！」、韓愈〈贈孟東野詩〉說：「文字覷天巧」……等，講的都是這個道理。

文學，既然是天地大美的人文示現；則創作文學，是希望體現美；觀覽文學，自然也是要從其中採挹體察這份美。陸機〈文賦〉，深明此理，因此，他對文學作品的觀察，便集中在情感的表現與寫作之審美性質兩方面，例如他說：「詩緣情而綺靡，賦體物而瀏亮」，綺靡和瀏亮，便是他對不同文學表現品的美學要求。

這種要求，是文學研究者在尋找到作品美的元素之後，所提出的規範性原則。這些原則，包括了表意方法的調整和優美形式的設計兩大類美學目標。譬如，《詩經·小雅·采薇》說：「昔我往矣，楊柳依依，今我來思，雨雪霏霏」，運用了今昔時間與空間環境的對比映襯方法，來表達征人憂傷的情懷，造成美的效果之後，映襯，便成為美的規範之一；「花落春猶在」、「鳥鳴山更幽」、「落日心猶壯，秋風病欲蘇」等佳句，都運用了這種美的原則。王安石雖改唐人句為「一鳥不鳴山更幽」，也仍是映襯的表意形式。至於優美形式的設計，例子就更多了，像宋吳沆《環溪詩話》所主張的：「一句要言三五事」、「七言句中用四物」、「事多則健實」，就是強調利用文字詞性的安排，來加強作品密度的例子。楊萬里贊美東坡「自臨釣石汲深清」之句：「七字有五層意」，和明謝榛《四溟詩話》指出可以把兩句壓縮成一句的「縮銀法」，也是類似的例子。其他如拗體、頂真、重出、疊字、設問……等形式設計，都是為了尋找作品中美的元素所做的努力。別林斯基曾說：現實的美，只在內容，而藝術則把它熔化在優美的形式裏。而自達芬奇以來，對於「黃金分割」(Golden Section)的研究和實驗，也都顯示了人類探討美之規律的興趣。因為，藝術作品是完整的有機體，未經藝術賦內容以形式之前，所謂內容，本無所謂美；既經形式的鎔鑄後，內容與形式才共同顯示為美。所以陸機〈文賦〉將「綺靡」和「情緣」、「體物」和「瀏亮」等情感內容與審美性質，兼提並論，此中實有其真知灼見在。

探究美學觀念產生的原因

然而，每個時代或文化區域之間，對美之元素的發現，並不一樣。文學研究者常得探討「美」的發現和發展的歷程，以判斷作品美的價值。例如，陶淵明詩美的價值，六朝間認為不高，宋朝以後則認為極高，這是因為對詩歌美的元素看法不同所致。陸機以下，認為綺靡是詩的審美要件，而宋人則認為「綺麗不足珍」，平淡才是詩的美學特徵。由綺麗到平淡，便是詩歌美的觀念發展史。對美學發展史有了了解，我們對淵明的評價，才能不囿於六朝或宋朝任何一偏，而確定他是一位超越時代美感意識的詩人，他所展現的美，也要數百年之後，才得到認同。

探討文學美的發現和發展史，最重要的事，就是觀察產生美學觀念的條件和原因。這些原因，可以總括為：一、作者的心理。作者在美感活動中的心理因素，本來就是美學關心的課題，特殊的心理因素，會產生特殊的美學觀念，進而創造特殊型態的美。文學研究中對人格與風格關係的探討，頗與此有關。二、時代的一般審美趣味。許多美學觀念，本是時代趣味的紬繹或呈現，例如魏晉南北朝期間對人物美的欣賞口味，便與藝術美的看法大有關係。而《金石萃編》所收楊震碑跋說：「褚登善（遂良）書如美女簪花」和元遺山〈論詩絕句〉說秦少游詩是「女郎詩」，雖然都用女郎之美來形容藝術之美，褒貶卻不一樣。時代與社會審美趣味的差異，便是使之不同的關鍵。三、所處社會的客觀環境。社會、政治、經濟等結構和組織，是影響美學觀念的重要因素，生活在共產社會和資本社會中的人，其美感標準，必有不同，乃是無庸置疑的事。表現在文學裏，即成為每個時代或社會的美學特徵。像南北朝期間，北朝樂府與南朝謠歌，就具體反映了不同社會的美感型態。而唐詩宋詩兩種不同的「美之典範」，也與其社會政治經濟結構，有密切的關聯。四、哲人及一般思想的感應。美的問題，最初皆與哲學相混；時至今日，哲學美學仍然是美學研究的中堅，因此美學必然受哲人意見的引導。而美學思想也是人類思想中的一環，所以，它也不可避免地要與其他思想發生連鎖關係。這是我們探究美學觀念產生的原因時，所最應注意、而卻很容易疏忽的一點，因此，我想舉個例子，稍微談談——

熟悉中國文學的讀者，都知道「香草美人」是我國傳統的譬喻方式，知識份子不得意時，往往自託為美女，所謂：「獨遺佳人在幽谷」。其源，則出於《楚辭》。〈離騷〉：「惟草木之零落兮，恐美人之遲暮。昔三后之純粹兮，固眾芳之所在」，便是王逸〈離騷序〉所說：「靈修美人以媲於君、宓妃佚女以譬臣賢、虬龍鸞鳳以託君子」的創作手法。但是，美人何以為美呢？王逸卻不得其解，以為：「美人謂懷王也，人君服飾美女，故言美人也」，殊不知美人乃是屈原自喻。而把自己譬擬為美人，這其中就含有屈原本人對美的看法在。那麼，什麼才算是美呢？《國語・晉語》：「彼將惡始而美終」注：「美、善也」、《說文》：「美與善同義」、《孟子・盡心篇》：「充實之謂美」注：「充實善信，使之不虛，是為美人」、《莊子・知北遊》：「德將為汝美」……等記載，都說明了春秋戰國以來，一般對美的看法，認為美人就是德善之人。所以，才用美女來譬況君子，如曹植的〈美女篇〉，《樂府詩集》說它是：「美女者，以喻君子，言君子有美行，願得明君而事之」，晉傅玄、梁簡文帝、北齊魏收等人都有同類作品，東坡〈赤壁賦〉也說：「望美人兮天一方」。有些人看到這些文學作品中大量以美女喻人的情況，便懷疑中國文人的心理是否健康、是否有「妾婦心態」，實在是因不了解他們對美的看法所致。

美善同義，還可以用來說明為什麼我國對文學美的評價，一直不以純形式雕鏤為滿足；而最高的創作鵠的，又一直是美善合一的。從孔子對文學與音樂的美的見解，到周敦頤所主張的：「文辭，藝也；道德，實也。篤其實，而藝者書之；美則愛，愛則傳焉」（《通書・文辭》），其中自有一條美的脈絡。反觀西方，一方面自畢達哥拉斯、赫拉克利特、亞里斯多德以來，對美存在於比例、對稱、體積等問題，殷殷致意；一方面又認為美不是善，而是靈魂在迷狂狀態下顫動，即使達到和諧，也是起自差異的矛盾統一（如畢達哥拉斯、柏拉圖）。不同的美學觀念，產生了不同的文學作品，而美感觀念之產生，又來自哲人及一般思想的引導或感應，不是十分明顯嗎？

思索文學理論與作品的美感價值標準

如前所說，美學觀念之產生，常與作者心理、時代趣味、社會環境、哲人思想等因素有關。反之亦然：一切思想與理論背後，可能都各有其美感價值的標準，尤其是文學。這種情形，正如在創作中的表現一樣。

就作品來說，美的形態不同，是因為作品所秉持的美感性質不同所致。韓愈「山石犖确行徑微，黃昏到寺蝙蝠飛」和秦觀「有情芍藥含春淚，無力薔薇臥晚枝」，各表現了作者不同性質的美感經驗，前者剛大，後者纖柔，元遺山和林邦翰論詩，都鄙夷後者而欣賞前者（陳善《捫蝨新話》：「余與林邦翰論詩，邦翰云：梨花一枝春帶雨，不免有脂粉氣；不似珠簾暮捲西山雨，多少豪傑」）。其實兩者正顯示了兩種不同的美的範疇，而林元等人理論上的抉擇，也自有其隱含的美感價值標準。

美的範疇，是指作品美的性質類別，謝士勒稱為「直觀的形式分類」、韋雪爾稱為「美的形式」、薛白克稱為「直覺過程依其構成方法之不同，而產生的不同之美的形態」、桑塔耶那稱為「感覺材料依其關係所顯成的形式」、俄爾克特稱為「美之領域中的類型」……。姚鼐說文學作品可以分為陽剛與陰柔，也是一種美的範疇地劃分。陽剛者如迅雷、如驟雨、如飈風、如烈日；陰柔者如曲澗、如平林、如美女、如皓月。文學作品常因其美感性質之不同，而呈現不同範疇的美之形式。紬繹這些不同的範疇，並給予價值判斷，便常是文學理論家之能事。例如元遺山主張「并洲萬古英雄氣，也到陰山勑勒川」、朱自清主張「數大便是美」，他們的美感價值標準，都屬於崇美（sublime）的範疇；而亞里斯多德主張悲劇的詩學，其美感價值標準，則屬於悲壯（tragisches）的範疇。

美感價值之標準不同，其所形成之理論便大相逕庭。因此，我們要了解文學，必須先了解他們對文學的看法；而要洞察其文學觀念的底蘊，又得探索它背後據以成立的美感價值。這條聯鎖的鏈，可以舉例以資說明——

唐宋以來，詩評家們每每告訴我們：詩要含蓄，要如「清廟之瑟，一唱三歎」。鑒於詩與音樂深厚的血緣關係，使我們對這個比擬，也不敢等閑視之。因為《禮記・樂記》說：「樂由中出，故靜；禮由外作，故文。大樂必易，大禮必簡」，簡易，一直是禮樂文化的精神所在。認為音樂的本質，是由天性湛寂之中自然感發流出，而非情欲之聳湧盲動，所以，樂必然是靜而淡的，《禮記・孔子閑居》說：「孔子曰：夙夜基命宥密，無聲之樂也」，就是音樂靜淡的最高表現。

音樂，既以「大音希聲」為主要美感特質，詩文創作當然也以大巧若拙為最高標準。例如，黃山谷推崇杜甫詩：「簡易而大巧出焉，平淡而山高水深」（〈大雅堂記〉），蘇東坡說柳宗元韋應物詩：「發纖穠於簡古，寄至味於淡泊」（〈書黃子思詩集後〉）、說陶潛詩：「精能之至，反造疎淡，初若散緩不收，反覆不已，乃識奇趣」（〈書唐氏六家書〉），蘇轍說歐陽修文：「雍容俯仰，不大聲色，而義理自勝」（〈歐陽公神道碑〉），桐城鉅子劉大櫆甚至說：「文貴簡，凡文筆老則簡、意真則簡、辭切則簡、理當則簡、味淡則簡、氣蘊則簡、品貴則簡、神遠而含藏不盡則簡，故簡為文章盡境」（〈論文偶記〉）。所謂疏淡、簡易、澹泊等，都說明了中國詩文之所以多短篇，而又不崇尚敷張揚厲的風格，其緣故正在其美感價值之標準異於西方。推其極至，則音樂要無聲、詩也要無跡，司空圖所主張的「不著一字，盡得風流」、和謝榛所說：「著形於絕跡，振響於無聲」，深獲後代詩人及批評家首肯，原因正在於此。這種淡泊疎簡、無聲無臭的「至味」，存在一般樂藻雕績之外，讓他們咀嚼不已，所以司空圖致李生書說：論詩要「知其鹹酸之外醇美者」。

由於他們對醇美的價值判斷如此，致使藝術創作也別有一番深邃的道理。原來中國美學家們一直把至美至善至樂視為同一體，所以音樂或文學創作活動，都不可能僅是生命嗜慾盲流的鼓動，而是由天命靜定之性中自然流出的。創作活動如此，則其藝術成品必然也可以反觀天心，窮理盡性。東坡說文與可畫竹，是「得其情而盡其性」（〈墨君堂記〉）、陸機〈文賦〉說：「伊茲文之為用，固眾理之所因」，都可以為此說作證。摯虞〈文章流別志論〉講得更清楚：「文章者，所以宣上下之象、明人倫之敘，窮理盡性，以究萬物之宜」。這樣，文學創作既不認為如佛洛伊德所說是性慾等潛意識的浮現，其表現也來自性情自然地流露，而非刻意造作，故亦顯示簡靜安和的美姿，清程廷祚說：「天地雕刻眾形，而咸出於無心；文之至者，體道而出、根心而生，不煩繩削而自合」（〈復程魚門書〉），說得好極了。唯有「遣去技巧」，才能「意冥玄化」，形成繁華落盡，獨存真醇之美的效果。今天，我們運用一般西洋的文學理論，幾乎完全無法討論中國的「文章」，正因為文學理論背後，各有其據以成立的美感價值標準與美學觀念。探尋文學理論的美學基礎，就是文學美學的主要任務之一。

文學之美學思考

柳宗元曾說「虞夏之詠歌、殷周之風雅，其要在於麗則清越，言暢而意美」（〈楊評事文集後序〉），美是文學作品蘄向的目標，也是文學之所以能成立的條件。因此，早期的美學理論，往往專門針對詩歌或文學而發，其後才拓展延伸為一般性的藝術或美的理論。光就這一點來看，文學與美學的情份便已不淺，何況在本質上兩者又互有關聯呢！

文學，呈現了美，而其自身又受到美學觀念的導引；文學理論，則陳述了美之信仰、批評了美之實踐、揭示了時代的美感趣味。因此，對文學進行美學思考，實是刻不容緩的事。國內在這方面已有許多豐碩的成果，如王夢鷗、黃永武、高友工、姚一葦、柯慶明……諸先生的著作，都很可參考。這兒由於篇幅和性質所限，無法詳予探討其中各項問題，只能大略揭示幾種思考途徑，但讀者自不妨以美學的五個層面，來集中探勘文學美的原理、分析文學美的表現、尋思文學美的經驗反應、發掘美感價值之規範、研究文學美發現、發展與接受的歷程，分別文學與其他藝術美的異同……，究文學之底蘊，探醇美之趣味，使文學研究能開創一張新頁。

二、詩歌鑑賞中的評價問題

評價的重要性

在藝術領域中，針對某一作品而論斷其良窳，也許不是最重要或唯一的事，但卻是無法避免的。或臧否當世之才、或銓品前修之文，無論是投篇命筆、窺意象而運斤，抑研閱窮照、披高文以入情，我們總是在做各類不同的價值判斷工作。有關藝術作品的解釋（analytic），也總帶來各種程度的評價（evaluation）。因此，所謂評價，實與整個藝術活動密不可分。然而，由於傳達媒介各異，藝術品類亦極紛雜，故本文僅針對表意文字所形成的文學類，稍做省察，討論文學中詩歌鑑賞的評價問題。

討論由「詩聖」杜甫開始。

明楊升庵曾推尊杜甫「聖於詩」，王世貞《藝苑卮言》也說杜詩如周孔制作，後世莫能擬議。但在北宋初葉，杜甫之評價實未臻此，以下二例可以說明此一事實：

1.《詩話總龜》前集卷五引《古今詩話》：

楊大年不喜杜子美詩，謂之「村夫子」（又見《中山詩話》）。

2.《苕溪漁隱叢話》前集卷四十五：

唐末五代，流俗以詩自名者……大抵皆宗賈島輩，謂之「賈島格」，而於李杜詩不少假借。李白「女媧弄黃土，摶作愚下人，散在六合間，濛濛若埃塵」，目為「調笑格」；杜子美「冉冉谷中寺，娟娟林外峰，欄干更上處，結締坐來重」，目為「病格」，以為言語突兀、聲勢蹇滯❶。

這些資料，在宋代詩史和批評史上，至少顯示了下列三項問題——⑴「格」與「體」：分體之風由來已久，言格則為唐末風氣，宋人兼有之，如唐體、元白體、江西體等，層遞弗窮，各有不同的評價內容和標準，也指向各種不同的創作品類。⑵詩人地位之升降問題：唐宋間李杜及其他詩人之地位屢經變異，故戴復古《石屏集》卷七論詩絕句云：「文章隨世作低昂，變盡風騷到晚唐，舉世吟哦推李杜，時人不知有陳黃」❷。⑶晚唐與杜之分：宋之尊唐者，例多黜杜，以杜在唐為別調，如葉適《習學紀言》卷四十七說：「杜甫強作近體，以功力氣勢掩奪眾作，然當時為律詩者不服，甚或絕口不道」。依此，遂漸衍為唐宋之爭、江西與四靈之爭等等❸。

以上這些問題，皆環繞著詩歌評鑑中的價值判斷而生，足見「評價」不僅能影響某一作家的歷史地位，也能改變或帶動某一時代的創作活動，不由整體藝術活動中探其底蘊，罅漏必多。

其次，就以上諸事例看來，評價中顯然存有嚴重的價值差異，杜甫固然既是詩聖，又是村夫子，賈島何嘗不然？唐末五代，世宗賈島，至歐陽修則譏賈詩為燒殺活和尚，東坡贈道通詩亦云：「為報韓公莫輕許，從今島可是詩奴」，與元遺山所謂：「長沙一湘纍，郊島兩詩囚」，同一鄙夷之意。諸如此類事實，不但是引發歷史上批評與創作者爭鬨的關鍵，也帶給後人無窮困擾，究竟為什麼會產生這些不同的評價呢？當我們針對作品進行價值判斷時，其活動過程及依據各如何？而二種不同的評價產生後，又應以何者為是？

以下分別討論之。

評價如何成立

詩之價值判斷，來自對美的領受與選取，而選取本身又是種價值化的活動，故此二者是互為因果的。但無論判斷或選取，欣賞甲而排拒乙，恆在藝術整體活動中進行。所謂藝術活動之全部過程，

❶ 調笑格之名，見皎然《詩式》，云：「此一名非雅作，足為談笑之資矣。」引李白此詩為例。

❷ 陳善《捫蝨新話》上集卷一：「文章似無定論，殆是由人所見為高下耳。只如楊大年歐陽永叔皆不喜杜詩，二公豈為不知文者？而好惡如此，……所謂文章如精金美玉，市有定價，不可以口舌增損者，殆虛語耶？」

❸ 《彝齋文編》卷三：「竊怪夫今之言詩者，江西晚唐之交相詆也，彼病此冗、此訾彼拘」（趙孟堅〈孫雪窗詩序〉）。江西初不崇杜，故張戒胡仔皆以此病之，然南宋中葉後已多標舉老杜，至方回撰《瀛奎律髓》，更以杜甫為詩家之祖。

可以圖表示如下❹：

作品，經作者寫出後，即成為讀者據以認知的客體，那麼，所謂美不美、優或惡，應是指此客體之性質而言，如見西施而曰妍、睹嫫母則謂之醜，略無疑義。可是，美醜優劣若繫於作品自身，又何至於發生像村夫子、詩聖這類歧異呢？姑無論何者為是何者為非，此種詩歌鑑賞過程中發生的普遍現象，顯然已經涉及了一個「美存在何處」及「美如何存在」的問題。此一問題係追問：美醜究竟為客觀現象之屬性、抑是讀者主觀所加之價值？

或者，我們也可以問：美醜好惡既為一種價值判斷，那麼到底是那一類價值呢？自然價值還是人定價值？

主張前者的，我們稱之為「素樸的實在論」或「客觀主義」；後者則屬於「主觀論」。

客觀論認為美在於其本身，離我們的知覺而存在，並不因人意而轉移，若竟有人不以為美，則是因他不能理解的緣故（例如：瞎子）。然而，此說實有理論上極大的漏洞，何則？㈠美醜縱使存在於客觀現象本身，但美與醜的判斷，仍須經由主觀的辨識，故美之存在與否，不能離開主觀意識而自形構成。㈡若假設凡能理解者，莫不稱美，則美與醜的限界即泯然弗存，再無法辨別何者為優、何者為劣。㈢作品這一客觀現象，是否真正客觀？抑或只是主觀創造的客觀？須知作品不同於自然事物（如花、月、人等），最多只能模擬自然，其創作活動中必然含有作者之想像、個性等成分。創作活動中既涵有此類主觀能力之運用，則所謂美，就不僅存在於客觀事象中，例如一首詩，我們在評鑑時縱然認為美在其本身，亦不得不承認其美係由作者主觀意識創造而得。如此，作品本身既為主觀創造之客觀，構成美之判斷，又是透過主觀條件所形成的一種「形式價值」，美醜還能說是客觀作品自身的屬性嗎？再就實際批評狀況而言，若美存在作品本身，自不會發生村夫子、詩聖這類的問題；且美者恆美，不因人意為轉移，我們對詩歌的評價工作豈非多事自擾？厥說之窒礙難通，實甚顯然❺。

其次是主觀論，所謂主觀云者，有二層義，一即佛家所謂心（cita）與心所（citasika），吳康《僧會法鏡經》序：「夫心者，眾法之原，臧否之根，故曰法鏡。」心可照見一切，此為第一層義。但除照見對象之外，尚常使物物皆著我之色彩，則為第二層義。依此，主觀論者認為美不美是由主觀所決定，凡主觀認為美者，雖醜亦美。這類說法，有三點必須注意：㈠無主觀力量之運作，客觀對象

---

❹ 境（Universe）、作品（Work）、作者（Artist）、讀者（Audience）四者之關係，詳埃浦蘭斯（M.H. Abrams）《鏡與燈》（*The Mirror and Lamp*）及鄭志明〈詳介有關文學活動的圖表〉（《文風》第三十三期）。

❺ 例如大亞爾伯（Albert the Great）主張美好的基礎在於美的事物本身，而美的事物本身就是美感的來源，他稱之為「型式的光輝」（Splendor formae）。但型式，涉及事物的本質，如果每一個存有者都是美的，則醜只是存有本身變化表現於外者而已。依此，美便不得不「屬於精神界」了。這是它自陷於困局的理論，詳布魯格（W. Brugger）《哲學辭典》（*Philosophisches Wörterbuch*）「美」條。

實無所謂美與不美。㈡美醜，係透過主觀條件所構成的形式價值，故其價值判斷恆受主觀條件之影響而改變。㈢雖然如此，美與醜仍不可能是純粹主觀理想或觀念的產物，必須受客觀事象所引起並限制，否則價值與存有脫離，價值的非理性主義（Value Irrationalism）必將應運而生。茲稍做說明如下：

《竹坡詩話》：「余嘗行山谷間，古木夾道交蔭，唯聞子規相應木間，乃知『兩邊山木合，終日子規啼』之為佳句也」。《石林詩話》卷上也說：「外祖晁君誠善詩，黃魯直常誦其『小雨愔愔人不寐，臥聽羸馬齕殘蔬』，愛賞不已。他日得句云：『馬齕枯萁喧午夢，誤驚風雨浪翻江』，自以為工，以語舅氏無咎曰：『吾詩實發於乃翁前聯』。余始聞舅氏語此，不解風雨翻江之意。一日憩於逆旅，聞傍舍有澎湃鞺鞳之聲，如風浪之歷船者；起視之，乃馬食於槽，水與草齟齬於槽間而為此聲，方悟魯直之好奇。」凡未為主觀所印證之客觀對象，無從進入識境，即無所謂美醜，一旦印合，「乃知其佳」。此理宋人極為強調，今人習言杜詩須遍嘗憂患始知其妙，亦屬此義。但所謂嘗與經驗有二類，一是自己的實際經驗，如上述二者是；一是間接經驗，如得自其他作品（古今之經驗，宋人喜歡追究無一處無來歷及用事用典是否切合之問題，似皆與此體認有關。趙蕃《淳熙稿》卷五：「少小已誦山谷文，老大始遊山谷寺，按詩尋境盡可得，落筆不容追一字」（〈遊山谷寺贈住山欽老欽嗣愚邱詩〉），所謂按境尋詩，正是持與實際經驗相印合之意，若無此類主觀認識心的作用，客觀對象無從進入識域，自無所謂美醜。

此外，山谷〈題陽關圖詩〉：「渭城柳色關何事，自是行人作許悲」，已注意到現實對象會因主觀而改易的問題，俚語所說情人眼裏出西施，在宋人詩話中也頗多其例，如《鶴林玉露》：「謝處厚詩云：誰把杭州曲子謳，荷花十里桂三秋，那知卉木無情物，牽動長江萬里愁。」《艇齋詩話》：

「山谷詠明皇時事云：『扶風喬木夏陰合，斜谷鈴聲秋夜深，人到愁來無處會，不關情處亦傷心』，全用樂天詩意，樂天云：『峽猿亦無意，隴水復何情？為到愁人耳，皆作斷腸聲』，此所謂奪胎換骨者也」等等，現實之美惡，不在作品本身，而在於人主觀意識所構成之心象，猶如聞琵琶而有水泉冷澀、銀瓶乍破之感，未必琴曲本身即有此徵象，且另一聆奏者亦可以有不同於泉澀瓶破的領會。鑑賞與認知之通例如此，美或醜這種基於價值判斷的形式，受主觀影響更甚。然而，就以此處所說「凡主觀認為美者雖醜亦美」來看，基本上它仍不能不承認客觀之有美醜，可見主觀判斷本身仍須受到客觀現實的約制，無論讀者個性如何豁達、生平如何亨泰，斷不可能強指杜甫〈春望〉為一首歡愉縱歌的作品，在文學鑑賞與評價中，儻或膠執主觀論，其危險實與客觀論者無異。此中關係，可以大乘有宗論根識與分位假法之理為喻：所謂主觀，猶如佛家所說眼根，眼根雖取境（客觀存在之事象），但並不就是「識」，僅為眼識之憑藉而已；「識」見一白紙，亦未必即是物界或大種界之本相，只是其某一部份與我眼根相待而顯之相罷了。根—識—物三者，係一整合的關係，識待根而動、物待識而顯，如觸風雪故冷，雖有風雪，無觸亦無所謂冷，是以冷暖美惡等性，皆依大種分位假立而成，非離大種之外別有實質❻。

美惡既屬讀者主觀所加之價值，而又受客觀存在作品之誘引與制約，則鑑賞與評價之過程，實如上文所說，為一主客觀聯合、主客交融的精神活動：以我們主觀固有之經驗、意念、情感，與外

❻ 時分與地位，謂之分位。如波為水之鼓動分位，故波為假立於水之分位者，離水則波無實法。另詳熊十力《佛家名相通釋》卷上。

在客體（作品）相應，而構成的整體活動，轉化了外在的文字，使其成為我們所領略的意義。這種轉化，可能包含以下三點：

㈠以主觀投入客觀，發生共感（因客觀合乎我們內心所具有之標準典型，所謂深合我心）。

㈡作品所提供之情與思，因和過去經驗之再生所發生的感情相合，而激起的促進作用。

㈢意識自身之活動作用，將已知的對象依我意而作種種變形（賦詩斷章，唯取所用）。

由此看來，我們極願意強調作品意義與價值之「未定性」（inderminacy）或藝術品不確定的特性（the indefiniteness of a work of art）。作品，正如結構主義者莫柯洛夫斯基所說，一篇作品寫作完成之後，即是「藝術成品」（artefact），為具體、確定、不變的物體；但這篇作品，如未經閱讀、未經讀者運用想像力或意識重建其世界，就始終是成品，而不能提昇為真正的藝術品或「美學客體」（aesthetic object）❼。用我們自己的話來說，就是：必有賴於作品與讀者之「對談」，藝術創作活動始克完成，所謂評價，即是作品與讀者相互交融過程中美學反應（aesthetic response）之一種。若無讀者，則藝術創作活動並未完成，猶如僅有作者心境，而無作品之詩境一樣，此時優劣美惡之問題，皆不存在。因為作品係一意義情境（meaning situation），而在一意義情境中，有三項因素是必不可少的：⑴記號解釋者（interpreter）或使用者（user）。⑵記號。⑶意義。——解釋者非但不能缺席，且與使用者屬同一層級，藝術品若欲充分實現，合格的鑑賞者（adequate observers）必不可闕。故哲學、美學的任務，除了由存有基礎說明美的一般性質之外，即在於解釋創作者與觀賞者兩種形式的美感經驗性質，而後者正是美感評價的問題❽。當然，我們若將藝術活動再往前推，我們更易發現讀者對作品的評鑑，和作者創作作品一樣，都來自人類對美的選取與意會；二者以同一質素為其活動之內容，故經由評鑑所獲得的審美價值，也經常左右著創作活動，期使作品符合作者預定的美感價值。因此，鑑賞與評價，本質上亦是一種共同創作活動，而非「再創作」或「逆創作」。克羅齊所謂一切歷史都是現代史，意義也在於此。只不過，這種共同參與創作的活動，必然先天地受到作品肌理和組織等條件所限制罷了❾。

影響評價的因素

既然評鑑是藝術活動中必不可少的、既然評價活動是主客交融的，則美醜顯然不是自然價值，而評價也必隨各人主觀力量之運作而轉移。對於某一詩篇，衡量它的價值標準不同，便可能出現差異甚或矛盾的結果。故我們只相信在同一文化環境裏成長的人，常有大同小異的價值認定，而不敢相信藝術品會有必然的價值，縱使是無理數式的幾何定律如黃金分割（the Golden Section）之類，亦不例外。

人定價值，既然常隨人之選取和價值指向的不同，而產生各種不同判斷準據，則讀者用以評價詩篇優劣的條件和依據究竟又是些什麼？（或者我們也可以問：影響評價活動的因素是哪些？）

---

❼ Jan Mukarovsky, *Structare, Sign, and Function*, tr. and ed. John Burbank and Peter Steiner (New Haven: Yale Univ. Press, 1977). pp.49-69.

❽ 詳註❸所揭書，論「美學」條。

❾ 又詳 Iser, *The Act of Reading: A theory of Aesthetic Response* (Baltimore: Johns Hopkins Univ. Press, 1978) p.x.

回答為：趣味、理性、和一些與審美活動無關的其他因素。

㈠趣味

評價、判斷某一作品是否含有某一性質，係一經驗判斷。經驗判斷有兩項特徵：⑴未必具有普遍性及必然性（但其本身常含普遍必然之要求）。⑵經驗判斷來自經驗概念（Empirical concept），而所謂經驗概念，即以直覺所供給的材料為內容，故其內容與直覺相應。判斷之概念既與直覺相應，則讀者本人的趣味直覺遂當然成為價值判斷的基礎[10]。

趣味，是種無關心（disinterestness）的美感，是主觀對某一現象感到滿意與否的判斷，芹羹菰飯，各有所嗜，其本身無趣味以外的目的，也不須有認識關係支持其判斷，例如晁無咎云：「少游如寒景詞云：『斜陽外，寒鴉數點，流水繞孤村。』雖不識字人，亦知是天生好言語。」《苕溪漁隱》駁之曰：「其褒如此，蓋不曾見煬帝詩『寒鴉千萬點，流水繞孤村』耳。」（《叢話》引《復齋漫錄》），趣味判斷，不必有認識關係，認識判斷可能會使其美之印象更為完整、準確，但也可能使之削弱，上例可以充分證明。

這種判斷，可能與好壞有關，但也可能只是喜不喜歡的問題，例如「這首『黑狗身上白，白狗身上腫』的詩我很喜歡，雖然它並不怎麼好」、「這首詩雖然作得很好，但我不喜歡」其趣味顯然與優劣無關。因此，在趣味判斷(judgement of taste)所釐定的價值中，我們必須細分出本身價值(Proper Value）、快樂價值（Pleasure Value）兩類。凡屬於後者的趣味判斷，除付諸一笑之外，無法進一步討論，所謂「趣味無爭辯」（There is no disputing taste），吃香喝辣，各佞其嗜，其不能做為文學批評中合理評價的準據，於理至顯；但在實際一般所謂評價中，卻是極為流行的，而且也不能避免[11]。

不同的讀者，趣味互有異同，所以它又可以區分為時代的趣味和個人的趣味。所謂時代的趣味，或為趣味本身主性的變化、或為人為意識之作用，如《文心・通變篇》說：「文律運周，日新其業，變則可久，通則不乏。」文學自身即有不斷求變之需要，讀者也將不斷調整他們所認為滿意的趣味形式，成為一個時代一個時代各種不同的流行，如六朝之駢儷、明代之復古，十九世紀的自然主義、廿世紀初的反寫實（Antirealistic）等等，其風潮鼓盪之由來，或由趣味本身之變化、或由人力倡導，並無一定，且常攜手共創時代的趣味（the taste of the period），以致某一作品此時以為佳者，彼時未必奉為圭臬；此時斥為不入流者，異時反居高位，構成文學史上錯雜紛紜之大觀⑫。

由此看來，趣味固然來自個人所習成的觀念與性情，但它常是可以彼此塑造的。其形成之途徑，

---

⑩ 此處係依康德的講法，感性形成直覺，概念形成理解，而在經驗判斷中，其所依據之實體與屬性，必要求普遍與必然。下文論趣味，亦依康德講法，但稍加修正。因為依康德的講法，審美僅由純粹美感之趣味已足，不須經由理解，在事實上或理論上都有困難。他假定每個人都有一個共同的心靈，所以對事物的判斷結果也相同，猶如孟子所謂口之於味也，耳之於聲也，人心之所以同然。實則此一基礎大有問題。

⑪ 趣味判斷能否視為一種合理的批評，王夢鷗與姚一葦意見不同，互詳王氏《文藝美學》下編〈適性論〉、姚氏《欣賞與批評》輯一〈批評的主觀性與客觀性〉。本文分析本身價值與快樂價值，即在處理造成二氏歧異的問題。

⑫ 評價隨時代改易，一直是批評史上極饒興味的問題，例如曾鞏，其弟子秦觀、陳后山均說他不會作詩，但後來的人不但認為他能作，而且作得極好，參考孫覿《鴻慶居士集》卷十二〈與曾瑞伯書〉、劉克莊《後村大全集》卷一七五、方回《瀛奎律髓》卷十六、劉壎《隱居通義》卷七等。又如南宋時尤袤、楊萬里、范成大、陸游合稱中興四大詩人，尤袤詩後代已無讀者，詩集也亡佚不存，楊萬里當時詩名最大，宋以後卻不及陸、范聲價，參考汪琬《鈍翁前後類稿》卷八〈讀宋人詩〉第一、二首，田雯《古歡堂集》卷二〈論詩絕句〉第九首，楊萬里《誠齋集》卷四一〈進退格寄張功父姜堯章〉，沈德潛《說詩晬語》卷下，查慎行《得樹樓雜鈔》卷六等。

大抵如下：

(1)透過正式或非正式的教育行為，由他人處習染而得。如選本、教科書、前輩師友、時代風尚等等。

(2)練習：由感覺之熟悉而形成精神上的好惡。對文學史上不熟悉的作者，我們的評價往往較我們所熟識者為低；且評論時也常以自己所熟悉的作品為判斷標準。對熟悉的作品，總覺得較有趣味感。

(3)由聯想而來：從另一引起興趣之事實，促發當前的興趣，如失戀時，一誦「花前失卻遊春侶，獨自尋芳，滿目悲涼，縱有笙歌亦斷腸」（馮延巳〈采桑子〉），輒覺腸斷。此時便覺得此詞遠較「風翻蛛網開三面，雷動蜂窠趁兩衙」（后山〈春懷〉）、「士衡去國三間屋，子美登臺七字詩」（簡齋〈寓居劉倉廨中晚步過鄭倉臺上〉）等名作為佳。創作時詩人也常利用這種原理——例如用典——以激發讀者之聯想。

趣味之凝塑成形，其途多方，大致已如此述。這些經驗事實，正是構成趣味判斷的內容。然而，經由這類途徑而逐漸養成的趣味，其實已含有許多屬於文化倫理和知識所帶來的感情，因此，理論上雖有純粹美感的趣味判斷，實際上在判斷過程中，自然感情和文化感情，時常糾葛難分；且歷史的發展是連續性的，評價活動遂也不得不與前人的批評相連接，故可以是非理性判斷之純粹趣味，在評價活動中應該只能參考，而無法做為依據。它固然是價值判斷的基礎，僅有它卻是不夠的。

(二)理性與悟性

克羅齊嘗說：在直覺中即已完成美的存在，而「直覺不靠理解，它自有眼睛」。我們現在卻要說理性是評價的條件，原因何在？

事實上，前述趣味之形成時，早已彰示了純粹美感深受理性陶鑄的事實，人類所謂直覺，其實是與其理解的社會文化伴生的。因為主觀趣味之產生，必須來自經驗，而經驗又係認知主體察量外物之結果。故而，人類脫離物性的支配而構成審美的主觀感情時，其本身即係理性悟性延伸的結果，何者為美、何者為醜，必受某處身社會文化內容的支配。或以纏足為美、或以豐臀為妍，「我們所嘆美的雕像，在異族人眼中，也許只剩個石頭的意義」，梵樂希在其詩學講義中曾經如此舉例。可見屬於理解的知覺，是時常羼雜在直覺活動中的，二者並非水火。何況，直覺必然涉及精神之活動，而屬於美醜之理想或觀念，亦總獲自理性與悟性。

除此兩項原因之外，我們又確知文學作品不同於自然實存之物體（如花、雨、雲、月），它含有作者本人的精神創造在內，因此，只有素樸的自然感情或純粹趣味，往往無法相應，因為它們分屬不同的範疇。對於作者謀篇、命意、鍛句、鍊字等理性經營的過程和成品，其瞭解與評價，斷非訴諸直覺所能勝任。不僅如此，在創作中，文化與倫理等作用，亦自然加入其中。如雨，自韋應物有「那知風雨夜，復此對床眠」（〈與元常全真二生詩〉）及東坡「夜雨何時聽蕭瑟，君知此意不可忘」（〈別子由〉）以後，聽雨遂成為詩人一種特殊事業。「小樓一夜聽春雨」（放翁）、「人生難得秋前雨，乞我虛堂自在眠」（白石），雨所帶起的情感，固與現實美不美的雨、個人喜不喜歡實際空中之雨等無關，亦與不瞭解者無涉，成為直覺所不能獲得之美的領域。

就美的範疇（Aesthetic Categories）上看，亦復如此。——「美」具有不同的形態、樣態和性質，其中有許多是直覺或趣味所無法「滿足」的。眾所周知，屬於美的基準（aesthetic criterion）之作品，一般人一見之下即能產生直接的、純淨的滿足感，感到趣味。但屬於非美之基準（non-aesthetic criterion）的作品，卻常提供趣味以外的內容，須透過吾人的理解與思考，方能掌握，如藝術評價上的醜、拙之類。古人甚至認為人人皆感趣味的詩是俗調，詩須「不要人愛」，這些都是就此體認而說的。我們在此當然無軒輊抑揚之意，只是說明好作品固然有時是「不識字人亦知是天生好言語」，但更多的時候是須仰賴理悟方能識察其佳妙的，曾季貍《艇齋詩話》說：

> 山谷詩云：「十度欲言九度休，萬人叢中一人曉」，曾吉甫云：「此正山谷詩法也！」其說盡之。

邵博《聞見後錄》卷十九又說：

> 晁以道問余：「梅二詩何如黃九？」底曰：「魯直詩到人愛處，聖俞詩到人不愛處」，以道為一笑。

葉夢得《石林燕語》卷八說：

> 蘇子瞻嘗稱陳師道詩云：「凡詩須做到眾人不愛、可惡處方為工。」

強調作品「須耐人思」，竟至於萬人叢中一人曉，則此類詩作在評價與鑑賞時，斷不能僅恃主觀趣味之直覺為判準可知；但饒是如此，竟仍未達到入不愛處，則其判斷已純屬非美的基準了。吳可《藏海詩話》裏有較折衷的見解：

> 凡粧點者，好在外，初讀之似好，再三讀之，則無味。要當以意為主，輔之以美麗，則中邊皆甜也。粧點者外腴而中枯也……陶詩外枯中膏、質而實綺、癯而實腴，乃是敘意在內者也。

初讀之好，屬趣味直覺之領取；再三讀之，觀其「意」，則是理性的省察了。所謂中邊皆甜的佳什，就是指經得起理性考察、又能引發讀者趣味美感的作品。外腴中枯或外枯中腴，都非至美，但後者評價遠較前者為高⑬。這是文學批評中實際討論理解與理解對象的例子。

在這兒，尚有一事須稍予說明：評價活動，固然有賴於理性之觀照省察，但此處所謂理性，是以感性直覺為基礎的，故與科學定性分析之類工作所運用的理性不同。例如「山在虛無縹渺間」，就邏輯與認知意義上看，可以說它不通之極，因為山是一事物，「是一事物」涵蘊「有」；而「虛無縹渺」則蘊涵「無」，有不能蘊涵在無中，故本句自相矛盾⑭。這樣的批評方式，是衡鑑詩歌時所不允許的，古人有妄改杜牧「千里鶯啼綠映紅」為「十里」者，正屬此類。《隨園詩話》卷三：

---

⑬ 有時枯而不腴即是中邊皆甜，如《詩人玉屑》引〈休齋詩話〉：「詩非文不腴，非質不枯，能始腴而終枯，無中邊之殊，意味自長。」終於枯即無中邊之殊，實為宋人一般見解，故陶詩及梅聖俞詩評價極高。《東坡題跋》卷二：「所貴乎枯澹者，謂其外枯而中膏，似澹而實美，淵明、子厚之流是也。若中邊皆枯澹，亦何足道？佛云：『如人食蜜，中邊皆甜。』」說得尤為清楚。

⑭ 見殷海光《邏輯新引》（亞洲出版社）頁三十三。

「毛西河詆東坡太過，或引『春江水暖鴨先知』，以為是東坡詩近體之佳者。西河云：『定該鴨知，鵝不知耶？』此言則太鶻突矣，若持此論詩，則三百篇句句不是！在河之洲者，斑鳩鳲鳩皆可在也，何必雎鳩耶？止邱隅者，黑鳥白鳥皆可止也，何必黃鳥耶⑮？」討論的就是這類問題，作詩須「悟」、須具「活法」，論詩何嘗不然？這就是我們所以要在理性之外，再加上一個悟性，做為評價依據的原因。

㈢與審美活動無關的其他因素

在理論上，本項並不能做為評價的條件，而實際上它卻是影響評價活動與結果的強力因素。這些因素大約可以歸結為：政治與人事的恩怨。

評價隨政治立場或人事之恩怨而轉移，是批評史上極常見的事實，為人所共知，譬如朱熹論東坡詩文，只因洛蜀分黨，遂於其詩歌亦常貶斥，故知此事雖大賢不免。以下略舉數例，以見其一斑：

● 歐陽修有才無行，（先文僖）戒歐當少戢，不惟不恤，翻以為怨。後修五代史十國世家，痛毀吳越，又於《歸田錄》中說文僖數事，皆非美談，……歐知貢舉時，落第舉人作醉蓬萊詞以譏之，詞極醜詆。（錢世昭《錢氏私誌》）

● 方惟深子通，隱於吳，吳人宗之，以詩行。其詩格高下似晚唐諸人，絕不喜蘇子瞻詩文，至云：「淫言褻語，使驢兒馬子決驟。」……余問何至，曰：「子通及識蘇公，蘇公之譏評詩文，殆無逃者；子通必嘗見薄於蘇，故終身銜之。」（《東坡事類》卷二十引《野老紀聞》）

● 劉禹錫評段文昌平淮西碑云：碑頭便曰韓弘為統、公武為將，用左氏欒書將中軍、欒黶佐之之勢也，……又是倣班固燕然碑銘，別是一家之美。嗚呼！劉柳當時譏病退之，出於好勝而爭名，其論不公，未足深怪。至於文昌之作，識者皆知其陋矣。而禹錫以不情之語，妄加推獎，蓋意在傾退之，故因而為之借助耳！（王若虛《滹南遺老集》卷三十五）

⓮張南湖論詞派有二：一曰婉約，一曰豪放。僕謂婉約以易安為宗、豪放唯幼安稱首，皆吾濟南人，難乎為繼矣！（王士禎《花草蒙拾》）

像這些受政治、學術、地域……等各種恩怨情感而左右的評價活動，雖然遍佈史中，卻與作品之優劣無關，僅能提供我們歷史研究的材料而已。至於矮人看場，隨聲附和，或懾於聲（名）勢（力）、信口敷衍，如山谷所說：今人見楊少師書，口是而腹非之類，就不在我們討論範圍之內了。

以上三事，是讀者用以評價詩篇優劣的依據，也是影響讀者評價活動的主觀因素。除此而外，另有一些影響評價活動的因素，是由客觀作品自身提供的，那就是作品本身的歧義和混合。

㈣作品本身的歧義性

文學，尤其是詩，其語言必是曖昧的（William Empson 甚至舉出七種詩之曖昧樣式），藉以構成豐富的聯想，以別於陳述性語句，故其意指和涵義往往紛複而不確定，所謂「繆悠其辭，若顯若晦，其旨隱、其詞微」或「言之者無罪，而聞之者足以戒」云云，均指此特性而言⓰。以羅素區分語言

⓯此事另詳錢鍾書《談藝錄》頁二六二，論隨園評毛西河論東坡詩未諦條。

⓰見馮煦〈四印齋刻陽春集序〉。

意義層次的邏輯類型論（The theory of logical types）來說，詩除了字面上一層意思（第一層意義 first order meanings）之外，還含有極豐富的蘊涵意（第二層的意義 second order meanings），而這類意義並不顯於字面上，僅由第一層意義所蘊涵或暗示。然而，這些被蘊涵的意義，既未明顯寫出，它究竟意味著些什麼，就常須仰賴讀者的感應（the audience's response）了。同理，詩人在創作時，為了豐富詩的質地和內涵，他也必須善予利用這種道理，讓詩意稠疊紛複，使同一符號樣型（symbol form）可以同時具有不同的意義內容（meaning content），如諷刺戒喻詩所強調的「言此意彼」，即是如此。

在這種情況之下，詩，既是歧義的（ambiguous），在了解和據以評價的過程中，自不免會因對詩本身的掌握不同，而給予不同的評價。如李商隱〈杜工部蜀中離席詩〉：

> 人生何處不離群，世路干戈惜暫分。雲嶺未歸天外使，松州猶駐殿前軍。座中醉客延醒客，江上晴雲雜雨雲。美酒成都堪送老，當罏仍是卓文君。

詩是仿杜，故諸家莫不以為佳，但何以佳妙，看法即不一致了，何焯說：「一則干戈滿路，一則人麗酒濃，兩路夾寫，出惜別，如此結構，真老杜嫡派也。」沈厚塽輯評則認為：「此擬杜工部體也，美酒文君，仍與上醉醒雲雨雙關。」意與何異，……馮浩更說：「何評論詩自妙，然亦皮相。夫果專論時事，則下半何竟不相應？凡杜老傷時憂國之篇，有如是之安章措句者乎？此蓋別有寓意也：杜老往來梓閬，幸遇嚴公，參謀成都；義山斯行，大有望於東西川，而迄無遇合，故三四承干戈二字，略舉軍事，言外見旁觀者不得贊畫也。……五六暗喻相背相軋之情，非關寫景。結則借指其人，言竟思據以終老，不肯讓人也。」三人解法全不相蒙，所以每人所看出的好處也不相同。這還是有共同基點（仿杜）的評價活動哩，一般評價時極少有這類共同基準，其差異自然就更遠了。仍以李商隱〈岳陽樓〉為例：

漢水方城帶百蠻，四隧誰道亂周班？如何一夢高唐雨，自此無心入武關？

沈評本說：「題有誤，無所取義，其旨未詳。……此言楚之強橫，四鄰諸侯無敢議其亂周之班者也，殊不成語！」何焯則云：「責襄王荒淫而忘父」、馮浩曰：「借慨一自婚於茂元，遂終身不得居京職也，豈漫責楚襄哉？」三人看法也迥異，依沈評，此詩不成語；依馮說，則寄慨頗深。作品自身歧義性帶來的評價困擾如此，真要令讀者靡所適從了⑰。毛奇齡《西河合集・詩話》卷七記張杉說義山詩：「半明半暗，近通近塞，迷悶不得決。」講的也就是這種因作品本身之歧義與混含，造成的評價差異和困難。

評價之內容與功能

⑰ 客觀作品自身的歧義性，常和主觀理解、趣味等評價條件相結合，而表現在評價活動中，故不宜孤立地看待它。這點請與上文所強調文學評鑑時的主客交融形態合看。

在這一節裏，我們主要在問：依據以上諸條件而形成的評價活動，究竟指向那些內容？它有什麼用？

評價大抵包含兩大範疇，一是作品本身、一是作品與讀者的關係，以下分別說明之：

作品本身的評價，包括語言（修辭）和意涵。雖然在事實上這二者無法分割，但略一檢視批評史和批評習慣，我們就可知道將它們分開討論仍是不可免的，其倚輕倚重之間，也自形成了許多不同的批評派別。例如形式主義者（formalists）主張以作品的美學結構來評價文學，而其判斷準則即是觀察其語言是否「新奇」或「驚人」；結構主義者，也以作品是否具有足以形成一個有機的整體（an organic unity）之謹嚴結構，來決定它價值的高下。但另一方面，像克羅齊、史密斯（Logan Pearsall Smith）之討論但丁《神曲》（*Divine Comedy*）或米爾頓《失樂園》（*Paradise Lost*）時，卻常著重於作品的意涵，他們甚至拒絕承認神曲是詩，只因它充滿了舊式神學和偽科學的思想意念。如此分殊的評價路向，都是作品評價所允許的，試觀下舉二例：

●詩人以來，未有如子美者。是時山東人李白，亦以奇文取稱，時人謂之李杜。余觀其壯浪縱恣、擺去拘束、模寫物象、及樂府歌詩，誠亦差肩於子美矣。至若鋪陳終始、排比聲韻，大或千言，次猶數百，辭氣豪邁而風調清深，屬對律切而脫棄凡近，則李尚不能歷其藩翰，況堂奧乎！（元稹〈唐檢校工部員外郎杜君墓誌銘并序〉）

●詩之豪者，世稱李杜之作。……杜詩最多，可傳者千餘首，至於貫穿今古、覼縷格律、盡工盡美，又過於李。然撮其新安、石壕、潼關吏、蘆子、花門之章，朱門酒肉臭、路有凍

死骨之句，亦不過十三四。杜尚如此，況不逮杜者乎？（白居易《長慶集》卷四十五〈與元九書〉）

同一批評對象、同一批評方式（李杜比較），而用以判斷價值的基準不一，前者指向杜甫語言結構，後者則指向杜甫的意涵，宣稱「『餘霞散成綺，澄江靜如練』『離花先委露，別葉乍辭風』之什，麗則麗矣，吾不知其所諷焉。」但無論評價者傾向如何，有而且只有討論作品內容和形式的，並以此做成判斷時，才是作品評價。一切人格判斷等問題，皆與此範疇無涉，例如以下這一判斷型式：「杜甫固奇，就其分擇之，好句亦有數；李白雖無深意，大體俊逸，無疏謬處；劉禹錫操行極下，內結宦官，外結柳子厚，作賦甚佳，詩但才短思苦耳」（《苕溪漁隱叢話》前集卷十四引《王安石鍾山語錄》）。前半論李杜，自是作品評價，最末論劉禹錫詩賦，也是作品評價，唯中間插入一段談劉品德及政治行為，卻非作品評價範圍內事。荊公本人倒未強混為一，但歷史上將它們攪混了的情形卻太多了，譬如說李白詩之所以佳，是因李白為胡漢混血；納蘭性德詞之所以好，是未染漢人習氣……等等。等而下之，則竟以為能替無產階級服務的，才是優良作品，如劉大杰論漢代詩歌：

> 漢高祖大風歌、漢武帝李夫人歌、李陵別歌、梁鴻五噫歌，文字雖清麗可喜，畢竟帶了濃厚的貴族文士的個人氣息，不能與表現社會生活的平民文學同列。（《中國文學發展史》中華版・頁一六〇）

或郭沫若論杜甫，認為杜甫不再是偉大詩人，因為：

> 他是站在地主階級的立場、統治階級的立場，而為地主階級、統治階級服務的⑱。

讓這一類偽評價充斥在作品評價中，實在是無意義的。批評者可以依據寫實主義的判準來評估作品，討論其模倣自然和人生的程序如何；也可以依決定理論或表現理論，探測作品反映的社會和思想，以決定作品自身的價值，卻不能站在作品之外，以作者的人格、身分、職業、政治、學術立場……等條件，作為評價的主題。說平民文學必優於文士貴族所作，和說帝王御筆必強過寒儒翰墨一樣無稽無聊，且與作品評價渺不相干。

評價另一指向，是談作品與讀者的關係（亦即作品的影響），其關係愈深、廣者，評價一般較高。但所謂「影響研究」，其本身亦不甚確定：⑴影響可能會變質：例如皮日休論白居易薦徐凝屈張祐說：「元白之心，本乎立教，乃寓意於樂府雍容宛轉之辭，謂之諷喻，謂之閑適，既持是取大名，時士翕然從之，師其詞，失其旨。凡言之浮靡艷麗者，謂之元白體。二子親攘臂辯解，而習俗既深，牢不可破，非二子之心也。」（《全唐文》卷七九七）。⑵影響的關係、程度，很難判定。⑶影響力強、影響面大的作品，未必較佳。因為作品的影響狀況，除了本身價值之外，還與時代風尚和人性某些因素有關，在時代趣味中，讀者常是隨波逐流，並無真賞，后山〈和東坡渾字韻〉：「後世無高學，末俗愛許渾」、楊誠齋〈讀笠澤叢書第一首〉：「晚唐風味誰同賞，近日詩人輕晚唐」，所指即是此一現象。至於人性中之喜新厭舊、趨淺惡深，更是令作品影響力游移不定的要因，使得評價隨時改易，戴表元〈洪潛父詩集序〉：「邇來百年間，聖俞魯直之學皆厭，永嘉葉正則倡四靈之目，一變而為清圓」（《剡溪戴先生文集》卷八）、歐陽玄〈羅舜美詩序〉：「江西詩在宋東都時宗黃太史，號江西詩派。……南渡後，楊廷秀好為新體詩，學者亦宗之，……詩亦少變。宋末，須溪劉會孟出於廬陵，……自作奇崛語，眾翕然宗之，於是詩又一變矣」（《圭齋文集》）等文，都可以說明這一事實。因此，影響評價的主要功能是在文學史的意義上，一篇作品可能本身並不出色，而影響極大；也可能作品極優秀，卻乏人問津。我們在進行評價時，必須謹慎地將影響評價和作品評價分開才是⑲。然而，正如前文所說，評價是主客交融的，而作品之意義與價值「未定」，故作品在發揮它的影響力時，必然也推助或改變了原有作品評價的判準，環繞著這一事實的，就是下文要談的評價之功能問題。

依前所述，歷史是連續性發展的，我們據以評價的趣味與理性悟解，往往自覺或不自覺地承續前人之經驗而來，在我們自己的美感判斷中，曾不斷複現前人的美感經驗，而我們的評價判斷，自亦將影響後來讀者的趣味和理解，宋代若無歐陽修，則韓文杜詩必無今日地位。故張戒《歲寒堂詩話》卷上說：「韓退之之文，得歐公而後發明；陸宣公之議論、陶淵明柳子厚之詩，得東坡而後發明；子美之詩，得山谷而後發明。後世復有楊子雲，必愛之矣！」⑳評價的基本功能即在區分作品

---

⑱ 見郭氏《李白與杜甫》（人民出版社出版，一九七一）、王章陵《郭沫若著李白與杜甫索隱》（中國大陸問題研究所出版，民國六十二年）。

⑲ 許多人對討論李杜優劣時，都提到易不易學、或歷史上何人影響較大的問題。若逕以為杜詩易於學步、影響較為深廣，故杜甫較為偉大，即是混淆了影響關係和作品評價。

⑳ 《潛溪詩眼》：「子厚詩尤深遠難識，前賢亦未推重，自老坡發明其妙，學者方漸知之。」《艇齋詩話》：「前人論詩，初不知有韋蘇州、柳子厚；論字，亦不知有楊凝式。二者至東坡而後發此秘，遂以韋柳配淵明、凝式配顏魯公。東坡真有德於三子也。」均與張戒所論相合。

之優劣、提出美醜的標準、並影響其他讀者，由這段話裏可以清晰地看出。若有人居然以為作品本身會有什麼永恆或不可磨滅的價值，正是對這層道理尚欠深思的緣故㉑。

這是評價所帶來的作用，至於何以會造成此種結果，結果好不好，則須觀察其評價活動。這種檢視的步驟與手續，我們稱之為評價的再評估。評價何以需要再予評估呢？

所謂評價之再評估，即是討論一項評價活動的價值問題。——在我們前面的論敘中，曾說過作品之價值未定，讀者與之交談，方能顯示其意義與價值。如此，則打油詩與杜詩如何分辨，美醜優窳，既常隨讀者個人不同的趣味而評價互殊，則指「要打毛賊一大鎚」、「天助中華地出油」、「一日湖上行、一日湖上坐、一日湖上住、一日湖上臥」一類蕪作，而強調之佳妙，吾人是否即能予以承認？是否評價即是一種可以任情抑揚、愛憎為用的活動？兩種不同的評價，是否也有高下是非之分？是不是任何評價我們都能相信？

首先，我們應認識詩歌作品是可以「多價」（multivalence）的，在其結構之內，可以容納多種美學價值，以供予後人高度滿足，因此每個不同的讀者、每次不同時間地閱讀，都常能發現新的意義層次和新的聯想樣式。然而，這並不表示在不同人、時、地中產生的閱讀經驗和評價，一律平等，無真偽或高下之分。讀者的判斷力本來就參差不齊，判斷的方法和目的亦各不相同，面對這些不同，我們極須重加評判，傳統詩文評話中如「近見傳獻簡嘉話云：『晏相常言（楊）大年尤不喜韓柳文，恐人之學，常橫身以蔽之』，嗚呼！為詩而不取老杜，為文而不取韓柳，其識見可知矣！」（《滹南遺老集》卷三七）。「不善學（公安）者，取其集中俳偕調笑之語，如偶見白髮云：『無端見白髮，欲哭反成笑，自喜笑中意，一笑又一跳』，此本滑稽之談，類入於狂言，不自以為詩者。乃錫山華聞修選明詩，從而擊賞嘆絕，是何異棄蘇合之香，取蛣蜣之轉耶？」（〈靜志居詩話〉），所做的正是評價的再評估工作，只是他們隨文發義、漫無系統，且常為一己立場所蔽，不能平情考量；更重要的是，他們多是在實際批評中運作，並未超乎特定對象，思考評價之再評估的方法與程序，故不能在理論上提供一套較完整的看法，使評價者在估量他人評價成果、或自我進行評價時，有所依循或參考。而這些，正是我們所欲嘗試提出的。

評價的再評估

評騭他人評價活動的是非高下，我們稱為消極的檢驗；反省自己的評價過程，則稱為積極的檢驗：

(一)消極的檢驗

對於任何評價，不能只以評價結果作為考察對象，杜甫究竟是否是村夫子，光就這一評價活動的結論來看，實在難以判斷他的是非；因此我們檢驗古人評價是否正確時，還須研判其評價活動的過程才行。研判的方法，在於觀察下列二事：

1.評價的真假：

㉑ 所謂永恆，是說作品的價值永遠不會改變；所謂不可磨滅，是說作品依其自身之價值而存在，無論批評者毀譽如何，皆不能增損其價值。二說皆妄，略知批評史或文學史者，咸知其誤。

除了「非完構句」外，面對看一個完整的評價語句，我們必須覺察它在語句的脈絡意義裏真假值如何，是否無意義。這種觀察，可分兩方面進行：一是看它是否具有認知功能，二是看它所述是否與被述對象脗合。

語言可用來表示情緒、規約、禮儀、認知等各種不同的功能，例如二人初次見面，互道「久仰」，未必即真是心儀已久，只不過是語言的禮儀功能罷了。許多因利害關係或面諛頌墓而形成的評價，均與此相彷彿，陳石遺編選《近代詩鈔》時，不錄壽詩，原因也正在此。至於某些評論語句，像沈際飛評宋徽宗宴山亭詞：「猿鳴三聲，征馬踟躕，寒鳥不飛」，主要係表達一種情緒功能，用以激發讀者的情感，其本身也是無認知意義的。有認知意義的評價語，才能判斷其真假；無認知意義者，則不在我們檢驗範圍之內。

一個評價，既已確定它有認知意義，就須續予觀察它所陳述的一切是否與被述對象相脗合。相吻合者為真（true）；否則即是假（false）。如何判斷其真假呢？

(1)材料自身的客觀合目的性（objective zwechmassigkeit）。《西青雜記》卷四：「何自有情？因色有；何緣造色？為情生。」不僅是物依心存、色由識變；美惡臧否之情，亦不能離物色而獨存。故價值必不能與存有脫離，評價活動中的各種主觀條件，必須在詩歌自身的法則和目的中運作，方有成立的可能。苟逸此範圍，俱屬臆說，不能置信。例如顏元叔〈論杜甫秋興八首〉，將第七首第三聯讀為「波・漂・菰・米・沈・雲・黑」「露冷・蓮房・墜・粉紅」，遂批評杜甫對仗不工[22]，其批評即是與詩歌自身法則目的相戾的。

(2)以自我經驗相印證。心有所感而動，即是經驗，包含一切感官思辨而言[23]，此處主要指美感經驗。印證的方法大約有兩種：(A)印象，如周濟《介存齋論詞雜著》說：「飛卿嚴粧也，端己淡裝也，後主則粗服亂頭矣。」王國維《人間詞話》以自己的審美印象來看，全然顛倒，因此他認為周氏汨亂黑白。(B)量化，將屬質的命題化為屬量的命題，以感官經驗所攝取者為質材，加以準確的衡量與統計，再用數理方式表達出來。這種統計的方法又分敘述統計（descriptive statistics）和推論統計（inductive statistics）兩層次，如《艇齋詩話》：「東萊不喜荊公詩，云：『汪信民嘗言荊公詩失之軟弱，每一詩中必有依依、嫋嫋等字。』余以東萊之言考之荊公詩，每篇必有連緜字，信民之言不謬；然真切藻麗，亦不可掩也。」《容齋隨筆》卷一：「劉夢得云詩中用茱萸者凡三人，杜公為優。余觀唐人七言用此者又十餘家，比之杜公，其不侔矣。」均是以量化法印證前人的評價語。這種方法當然有相當的準確性，但一來量化只能分析，不能判斷，不能做為印證的依據；二來經驗中沒有不受自我解釋而存在的成分，所以它也不免有許多錯誤。因此當他人評價與我們的經驗不相符應時，未必不真，還須觀察他的評價過程是否合理。

2.評價的對錯：

這裏主要是觀察評價時的論證型式是否合理而有效。例如王若虛《滹南遺老集》卷四十批評山

㉒ 詳《中外文學》第七卷十期，顏氏〈析杜甫的《秋興八首》之七〉。

㉓ 詳施友忠〈談經驗〉（《大陸雜誌》十八卷八期）及〈不同之理論不必真有不同〉（收入《哲學論叢》聯經出版公司，六十五年）。

谷題惠崇畫圖詩：「欲放扁舟歸去，主人云是丹青。」認為這是黃山谷好奇之病，說：「使主人不告，當遂不知？」就極無理[24]。我們讀古今人詩評，不特要知其評價如何，更得細察他如何評價，原因即在於此。凡涉及訴諸成見、訴諸權威、訴諸勢力、訴諸感情、及以偏概全、循環論證等諸般謬誤的評價，一概不必採信。

在眾多形式與非形式謬誤中，有三種較普遍且易混淆評價的謬誤，可以提出來稍作討論，一是訴諸成見，如毛西河之詆蘇、王若虛之攻黃、郭沫若之論杜，一旦成見橫梗胸中，自不免穿鑿私智，弗計客觀事理之然否；而這些成見背後，又必有一套理論系統作依據，讀者很容易上當。二是訴諸憐憫，對作者身世或創作環境的憐憫，使得一位身世淒苦的作者，較易博得文學史上的地位，幾乎成了文學史上的鐵律，但事實上那是不相干的，猶如一位小偷在法庭上請求可憐他家有八十歲老母一般，是否犯罪也和家有老母與否無關。三是訴諸品格，我國的文學藝術批評，常是先品格而後論藝文，我們固不否認文學與品格識見的關係，但詩歌評價畢竟不能被品格批評取代，也是顯而易見的，像阮大鋮《詠懷堂集》、嚴嵩《鈐山堂詩》之類作品，終不應被埋沒。堅持論詩須訴諸品格，就像要把邵雍、程頤、朱熹的文學地位放到李商隱、溫庭筠、王安石之上一樣可笑。杜甫詩誠然是每飯不忘君，可是每飯不忘君就等於杜甫詩嗎？訴諸品格的謬誤，經常混淆了我們評價的眼光，唯有剔除這一類「錯」（invalid）的評價，才能使我們看得更清明、更瑩澈。

（觀察對錯的檢驗方法，只適用於有推論程序的評價，那些僅餘片言隻語的論斷，則大多不能偵知其對錯。不過這種檢驗法對於某些深受不屬審美活動因素所影響的評價，卻頗有釐清的作用。）

㈡積極的檢驗

消極檢驗，功在繩愆糾繆，考量是非；積極檢驗則主要是提供讀者一些自我判斷時的憑藉。如〈文賦〉所說：「其會意也尚巧，其遣辭也貴妍。」指出文學美的標準，以供創作及評鑑依循，講的就是這一部份工作。然而，美的式樣極多，或煒燁譎誑、或博約溫潤、或纏綿悽愴、或頓挫清壯、或優遊彬蔚……，覽者未必兼好，多有偏嗜；作品本身亦有不同美的需求，非妍巧二類可括，故《史通・自敘》說：「詞人屬詞，其體非一，譬甘辛殊味，丹素異采，後來祖述，識味圓通，家有詆訶。」《文心・知音篇》也說：「慨慷者逆聲而擊節、醞藉者見密而高蹈、淨慧者覷綺而躍心、愛奇者聞詭而驚聽，會己則嗟諷，異我則沮棄，各持一隅之解，欲擬萬端之變，所謂東向而望，不見西牆也。」不但要為文學立一固定的美的標準不可能，評價者自身要以某種固定的趣味去賞鑑作品也是不可能的。因此，所謂積極的檢驗作品優劣法，第一個條件就是：論者本人須具備有寬廣的趣味、厚實的學識，能化運神思，燦溢美感，湍迴蕩激，契會深情，成為一位「合格的讀者」(adepuate observers)。否則，你說：「千里鶯啼綠映紅」，他便說：「千里鶯啼，誰人聽得？千里綠映紅，誰人見得？」你說：「春潮帶雨晚來急」，他便說：「西澗潮所不至，抑豈潮可到耶？」㉕這是跟人搗蛋，不是評價了。需有合格的讀者，才有合格的評價，其理甚明。

當然，只有寬厚的文學修養，仍是不夠的，他還必須有一套用以裁量的方法，如《文心》所說：

㉔ 與此全然相反的評價，可看王漁洋《居易錄》：「象耳袁覺禪師嘗云：東坡云：『我持此石歸，袖中有東海。』山谷云：『惠崇烟雨蘆雁，坐我瀟湘洞庭；欲喚扁舟歸去，旁人云是丹青。』此禪髓也！」

㉕ 見王漁洋《帶經堂詩話》卷十三引《皇華紀聞》。同類的例子可看《居易錄》、《漁洋詩話》。

「將閱文情，先標六觀：一觀位體，二觀置辭，三觀通變，四觀奇正，五觀事義，六觀宮商。斯術既行，則優劣見矣」（〈知音〉），我們檢驗的「術」，則為下列二事：

1.先判斷作品自身是否合乎審美目的，是否合乎法則。這是一切省察的基礎，一切作品最基本的客觀目的，就是廣義的多樣統一（Unity in variety），它本身須無矛盾，無論內容和形式，都須有內在的一致性（internal consistemcy）。古代所謂詩法，所關照的則屬這一部份，如朱瀚評杜甫〈暮春〉詩說：「初聯雷堆海蝕，有目共知；楚天巫峽，不免合掌；四時雨、萬里風，村塾對句；沙上城邊，裝頭無謂；新柳不得云暗，城邊不得云野；池蓮城柳，不當遞及；鴛鷺立洲者，已是村拙，冠以暮春，益復可笑。」又評〈赤甲〉詩：「卜居遷居，重複無法，……且抱病何能深酌？」[26]所謂合掌、複沓及語意上的矛盾等等，都是根據作品自身審美法則與目的而判斷的。

2.題材、形式、內容三者之綜合判斷。藝術品是個符示的形式（a form of symblism），其中題材是指作者所欲呈現的事物，內容則為作者設想其題材的方式，而這種方式本身亦即是一般所謂的形式。譬如王昭君是作者描寫的題材，「咫尺長門閉阿嬌，人生失意無南北」和「漢恩自淺胡恩深，人生樂在相知心」就是兩種不同的內容與形式。因此形式和內容實不可分，只不過一為表達形式（forme de l'expression）一為內容形式（forme du contenu）而已[27]。

題材、內容及形式三者，任何孤立的看待，皆不足以構成合理的評價，李義山〈柳〉詩說得好：「傾城宜通體，誰來獨賞眉！」作品是種綜合的整體呈現，自應通體合觀。題材可以具有理知、道德、經濟等價值，但在藝術家以其想像力將它轉化之前，它談不上什麼藝術價值；內容也可以具有情感或思想價值，但在作者未將它具現在某一獨特形式中以前，它也談不上有藝術價值。以題材來裁判作品的優劣，猶如硬指一切描寫乞丐的詩都較描寫帝王者佳妙；以政治、道德、社會、情感等內容，或其內容是否有來歷等條件論文學，又彷彿說詩裏陳述仁義忠憤必比流連景光美好一樣無聊。因為感情本身無論如何真摯強烈，絕不就保證詩一定出色。至於形式，我們也應了解，任何優美的修辭「型式」或「語式」，皆不等於一首好詩，因此任何孤立的評價判準，都是畸零不整的。

不但如此，題材、形式與內容，應如何才算優，亦不在判斷範圍之內，也無法判斷㉘。因為無論是選用題材以構成內容，或形式上的修辭技巧，都只能解釋作品何以為佳，並作為創作時的參考，而不能據以為判斷優劣的依據。例如題材同是寫楊貴妃，「內容形式」又同是譴責唐玄宗輕忽江山、遺罪美人，而「君王若道能傾國，玉輦何由過馬嵬」（義山〈馬嵬〉）、「今日不關妃妾事，始知辜負馬嵬人」（韋莊〈立春〉）畢竟不同，可見題材與內容即使全同，也未必保證作品必能獲有相同的評價。形式上的字質（texture）、結構、實字、虛字……等美學形式更是如此，譬如《環溪詩話》說：「韓愈之妙，在用疊字，如『黃簾綠幕朱戶間』是一句能疊之物；如『洗粧試面著冠帔，白咽紅頰長眉清』是兩句疊六物，惟其疊多，故事實而語健。……惟其疊語，故句健，是以為好詩也！」話說得很明白。詩中能疊用實字，即是好詩，因為密集的實字，可以令意象稠疊緊密，請便顯得凝鍊勁健，故《環溪詩話》卷上又說：「杜詩妙處，人罕能知，凡人作詩，一句只說得一件事

㉖ 仇兆鰲《杜詩詳註》卷十八引朱瀚《杜甫七律解意》。

㉗ 參考 Dr. Lionello Ventari 著、劉文潭譯〈藝術批評的態度與方法〉（《東方雜誌》復刊第一卷第二期），齊隆壬〈電影符號學隨筆——二〇年代德國表現主義「影片」的結構分析〉（《中外文學》第九卷第十期）。

㉘ 參考姚一葦〈批評的主觀性與客觀性〉。

物，多說得兩件；杜詩一句能說得三件、四件、五件事物。……惟其實，是以健㉙。」這就是詩法修辭中大家所豔稱的「實字健句」，吳沆認為它可以用來作為評價優劣的標準或依據。到底能不能呢？請看下舉二詩例：

△桃李春風一杯酒，江湖夜雨十年燈。

△雨傘高山一鍋肉，蝦蟆豆腐兩隻貓。

前者是宋人習知的實字健句佳例，後者平仄及句法與之全同，但工拙相去不啻霄壤。足證形式特質並不具備普遍性，在解釋時固然可以說此詩之佳是因何故，卻不宜顛倒過來說此詩因如何故佳。何況，形式特質所建立的標準經常可以任意游移，絕不足以成為判斷的「標準」。例如實字健句，果如吳沆等人所說，詩中只用一物二物少實字者，應非佳詩才是囉！不料又有另一標準挺身而出。喚為「虛字行氣」，如「洗開春色無多潤，染盡花光不見痕」（韓琦〈次韻和子淵學士春雨〉）、「霜禽欲下先偷眼，粉蝶如知合斷魂」（林逋〈山園小梅〉）之類，認為詩中虛字有助於氣脈流轉及深刻化詩意，《懷麓堂詩話》甚至說：「詩用實字易，用虛字難，盛唐善用虛，其開合呼喚、悠揚委曲，皆在於此。」那麼，實字與虛字，究竟哪個才夠稱為評價的標準呢？何況，中國字除了實字就是虛字，詩不屬於實字健句，必屬於虛字行氣，好壞詩又怎麼判斷呢？再者，這類標準本身也可能變成否定的標準，像《四溟詩話》就說「陳后山寄外舅郭大夫詩，趙章泉以為絕似子美，然兩聯為韻所牽，虛字太多而無餘味。」虛字在此，便成為否定的標準了。

於此看來，主題、內容及形式既無法定一標準出來，說明凡如何者為優不如何者為劣，又怎麼說評價須是此三者之綜合判斷呢？——判斷須藉比較。

比較，是判斷時唯一可行的方法，一般說來，在語言形式、內容境界之探討上，獨創性較高的作品，評價也較高，《六一詩話》引梅聖俞語，「詩家……若意新、語工、得前人所未道者，斯為善也。」便是此意。康德認為藝術與其他學術不同，即在於藝術天才須自己創造規則；故詩評價的方法是經由比較，評判的標準則是其新異性如何。

但是所謂獨創性與新異性，實亦須加以某些限制，什麼限制呢？

(1)系統性的規範：若依路易士（C.I. Lewis）嚴格涵蘊系統的看法，每一成文系統之形成，都必依賴若干原始觀念及若干界說，但原始觀念的選取並無必然性與定然性，所以選取的基本觀念不同、所指給的界說不同，便會形成不同的系統。這種隨意選取界說的看法，稱為約定主義（Conventionalism），而約定主義必涵形式主義（Formalism）。此種說法，表面上看來似乎傾向於荀子所謂「名無固宜，約定俗成謂之宜」或莊子所說「物謂之而然」，其實內部卻涵蘊了「名有固善」的規範在。因為一系統（譬如律詩）之形成，固然是任意選取約定觀念和界說而成，但它成為一成文系統後，若改動了它所選取的基本觀念和指給的界說，它便轉換成了另一系統。譬如作律詩而不對仗、平仄失粘、又一韻到底，我們能說它是具獨創性的

㉙ 實字健句，另詳張夢機《近體詩發凡》（中華書局）頁九十二、黃永武《中國詩學——設計篇》（巨流圖書公司）頁八十六。

「律詩」嗎？歷史上對各種詩歌不同體製（genre）的「正」「變」分劃，大抵即是基於以上這種原理。所謂「變」就是系統內部可以承認或容忍的改易。改易本身在文學史上也許具有某種價值或意義，但詩歌自身的評價卻不應因它這種獨創而增加，《杜詩詳注》卷九引申涵光說杜云：「絕句以渾圓一氣，言外悠然為止。……惟杜詩別是一種，能重而不能輕，有鄙俚者、有板澀者、有散漫潦倒者，雖老放不可一世，終是別派，不可效也」，就是此意。所謂正，類似宋人所說的「本色」、「當行」，《東京夢華錄》卷五：「士農工商，諸行百戶，衣裝各有本色，不敢越外，謂如香舖裹香人，即頂帽披背。」理論上，合乎本色的作品評價應較非當行之別派為佳㉚；非本色的作品，也許確實很好，但非本色，終究是種缺憾，故陳后山說：「子瞻以詩為詞，如教坊雷大使之舞，雖極天下之工，要非本色。」系統之內的變尚且如此，超出系統性規範的新異獨創自然更不能予以較高的評價了。

(2)語言的規範：語言形式在詩中必然以追求新的聯絡為職志，祈使語言含有種新的感性，以產生新的趣味。但任何新的語言組合，都必須在規範語法學的範疇內運作，必須是修辭法則所允許的，否則即為混扯，不是創新，例如：

a 我今天去看電影（○）

b 電影今天去看我（○）

c 電影去我看今天（×）

a是一般語言型式。b雖異於一般語言規則，但仍是可以成立的，甚至是詩語言所歡迎的型式，杜甫「香稻啄餘鸚鵡粒，碧梧棲老鳳凰枝」即是這類語法，《懷麓堂詩話》中說：「詩用倒字倒句法，乃覺勁健。如杜詩『風簾自上鈎』、『風窗展書卷』、『風鴛藏近渚』，風字皆倒用。至『風江颯颯亂帆秋』尤為警策。」顯然也肯定了它。c則不然，詩中許多亂錯晦澀常是由這類追求新奇的語法造成的，杜牧批評李賀詩：「少加以理，可以奴僕命騷矣。」必定也包含這類不合規範語法的語言結構在內吧㉛！

(3)考慮其表達內容和選用的題材對人生是否具有洞察或提昇的價值：①雖然其內容和題材都具獨創性，但這種獨創使得語意內涵不明，即不能獲得較高的評價。換言之，詩非不可模稜、怪誕，但必須在「詩之怪誕」(poetic grotesques 或怪誕藝術）允許的條件下，獨創始有作用，否則即為無意義。②語意雖明，而意義甚少者，亦非佳作，如義山〈藥轉〉：「鬱金堂北畫樓東，換骨神方上藥通，露氣暗連青桂苑，風聲偏獵紫蘭叢。長籌未必輸孫皓，香棗何勞問石崇？憶事懷人兼得句，翠衾歸臥繡簾中。」這首詩語意固然稍嫌晦悶，但無論是寫上廁所、或寫墮胎，或自述壯陽神效大概都逃不了馮浩「穢瀆筆墨，乃至此哉！」的抨擊。推其例，像梅聖俞寫聚餐後拉肚子、上廁所看見糞蛆、喝了茶肚裏打吐嚕之類㉜，題材是新了、內容

㉚ 古人論詩詞，凡「合乎本色」者，都是極佳的評語。如沈謙《填詞雜説》：「男中李後主，女中李易安，極是當行本色。」僅此四字，便成為最高的禮讚，本色與否，顯然已成為一評價標準。另詳龔鵬程〈本色〉（《文訊》月刊十八期〈文學術語辭典〉）。

㉛ 陸時雍《詩鏡總論》裏對這一現象批評得較不客氣：「妖怪惑人，藏其本相，異聲異色，極伎倆以為之。照入法眼，自立破耳，然則李賀其妖乎?!」

㉜ 《宛陵先生集》卷十三〈四月十八日記與王正仲及舍弟飲〉、卷三十〈捫蝨得蚤〉、卷三十六〈八月九日晨興如廁有鴉啄蛆〉、卷四十一〈次韻和永叔嘗茶詩〉等。

也是人家沒寫過的，但請問這對人生具有什麼洞察或提昇的價值呢？換言之，我們必須考慮：是否所有的感情與事件，都值得表現在詩裏；詩人似乎必須對自我之經驗，採取批判與選擇的態度才是。

以上所述，就是題材、內容與形式三者綜合判斷的大致情形，操持這種判斷方式時，我們可能還須考慮創作體裁難易不均的問題，如范晞文《對床夜語》卷四說：「七言仄韻尤難於五言」、沈義父《樂府指迷》：「壽曲最難作」、張炎《詞源》卷下：「詩難於詠物，詞為尤難」等等，一首和韻次韻的詩，難度應高於原唱，評價時即不能一例相量了。

除此之外，其他一切附帶的條件，如創作的動機、目的（有關的本事），發生的具體作用（例如歷代的詩案）、寫作的過程（如何修改等等）、作者本人對它的評價㉝……等，均非評價之依據，僅提供我們了解時的助益而已。

結語

我們深知：評價是藝術鑑賞中一個大問題，其紛紜複雜，亦絕非我們這裏闡述得盡，奢想建立一套評價的方法，更是徒勞少功。但是，文學評價，絕不只是純主觀的認定，它仍應具有一些客觀的判準，透過本文冗長繁複的辯析，也許有助於澄清一些流行的謬誤，以拓生命之衢路，以廣情志之波瀾。

所謂謬誤觀念，主要指認為作品有永恆或不可磨滅價值的客觀論者，及認為評價只是見仁見智的主觀論者。所謂謬誤方法，則是指那些孤立題材形式或內容、混淆作品與人格、扭曲作品脈絡、訴諸起源與目的……等各種層次與形式的紊亂。對於這些，本文均各有不同程度的疏解，以傳統詩作為例，做一番初步的釐清。

文中所選取參證的材料，多屬宋代批評史之範圍，原因是：①宋代是詩學批評自覺意識的發軔期，所以對問題的討論較為集中，有共同的主題，價值判斷即為其中之一。②宋代詩論家，無不對此問題綽有深思，且表現價值判斷的「強度」，亦非後來所能及，這一點，看他們諸派爭鬨的情形就可知道。③他們所判定的價值，大致為後來所遵循，無甚超越處，因此討論詩歌的評價問題，應從這個本源處著手。④本文所討論的，雖是個普遍性的課題，但也希望能藉此處理一些批評史上個別的問題，以證明讀者循此程序隅反之可能。——當然，我們所謂的可能，只是指我們提供的檢驗及思考方法是有效的；但，眾所周知，有效（validity）並不等於一定（certainty），所以我們的方法只能達到一種相互的主觀性（intersubjectivity of meaning）為止，不是絕對，也根本不需要、不可能一定或絕對。

——《中外文學》十卷七期

㉝ 作者本人的評價不足以為據，如《中山詩話》說：「永叔云：知聖俞詩者莫如某，然聖俞平生所自負者，皆某所不好。聖俞所卑下者，皆某所稱賞。」《洪北江詩話》卷二也說：「歐公善詩而不善評詩，……自詡『廬山高』，在公集中，亦屬中下。」（參看王世貞弇州山人四部稿卷一三六〈跋廬山高〉、卷一四七藝苑卮言卷四、姚範援鶉堂筆記卷四十）：權威的評價也未必可信，如周紫芝《太倉稊米集》裏的詩是不錯的，他無疑是個懂詩的人，但他在《竹坡詩話》裏對詩的評鑑卻很糟，以致被謝肇淛斥為宋代最劣的詩話（見《文海披沙》卷二）。

三、小說創作的美學基礎

關於小說的創作，一般討論者，可能比較集中於寫作的技巧，人物的塑造，情節的安排，故事的選取、編織與發展、對話方式、敘述觀點的運用、小說與社會文化的關係……等。但若站在美學的角度，則似乎更要追問一些小說之所以能夠成立，其美學型式之所以能夠產生的問題。

正如電影靠著具體的影像與音響來構成，小說仰賴著抽象的文字。電影裡面，演員的表演、服裝、化粧、攝影、燈光、音效、剪輯、佈景、道具等元素（Components），在小說中完全要以文字來展布。而這些情節與布局的安排，究竟架構在一個什麼樣的基礎上，而對讀者構成意義？小說家如何創作出小說，根據什麼原理和條件，其美學之規範又如何？另外，作品要獲得讀者的接受，也必須預設人類的心靈是可以互相感知的，有心性論或心理學上同一的基礎，這個基礎如何建立？又如小說不能不處理善與惡的問題，而這一問題即必然會牽涉到善與美究竟是矛盾還是同一……等諸如此類，乃是小說之所以為小說，一切美學價值之所以能成立的基礎問題。

這些基礎問題，一般人不太注意，甚至擅長討論文學的人，也未必能夠覺察到。但事實上即是小說創作的基礎，作者即是由於對這些基礎問題，有不同的認定和處理，所以才會形成這麼多不同類型的小說和小說觀念——小說研究者之所以少談這些問題，原因也可能正是因為他們據以探討小說的觀念，也正建設在這些基礎問題上。

本文因窘於篇幅，無法全面探討以上這些小說創作的美學基礎，只能撮要談談，為小說創作者和研究者提供一些參考。

小說與現實

歷來討論美時，有一重要的爭論，即：美存在於何處。由於對美存在於何處、美由何而來的看法不同，乃有所謂主觀論、客觀論；自然美、人為美之類區分。這在中國，「外師造化，中得心源」，自然不必有自然與人為的分別。但從希臘早期流行的摹仿說來看，後來柏拉圖《理想國》卷十就曾把客觀現實世界看作文藝的藍本，認為文學是摹仿現實世界的。亞里斯多德對於現實世界是否為虛幻，看法雖異於柏拉圖，然其主張摹仿現實則更甚於柏拉圖。他認為藝術不只摹仿現實世界的現象，更要摹仿它的內在本質和規律，所以藝術比現象世界更真實❶。

從此以後，藝術與現實，一直是個重要的問題，十九世紀左右興起的寫實主義與自然主義，更是站在反映人生、模擬現實的基本認知上發展起來的。一些文藝工作者，如十九世紀法國現實主義畫家庫爾貝（Gustave Courbet, 1819-1877），就認為藝術應面向現實，美存在於自然之中，只要找到它，就成為藝術了。俄國庫爾尼雪夫斯基（1828-1889）也說藝術的作用和目的，即是充當現實的替代物，再現它，而非修正它、粉飾它。羅丹（Auguste Rodin, 1840-1917）更宣稱：「我服從自然，從來不想命令自然。我唯一的欲望，就是如僕人般忠實於自然」（《羅丹藝術論》）。

風氣如此，小說之創作亦不例外。它們直接處理當時的社會問題，說出社會的真相。從左拉到俄國的普雪金（Pushkin）、果戈里（Gogol）、雷摩托夫（Lermontor）、屠格涅夫（Turgenev）、杜思妥也夫斯基（Dostoevsky）、托爾斯泰（Tolstoy），使用越來越嚴謹的寫實主義與社會意識的批評尺度，要求小說或詩，能提供經驗性的真實、歷史的使命、社會與國家的需求。進入廿世紀以後，一九二〇年代到一九三〇年代後期英美馬克斯批評家，也不斷重覆並強調這個觀點，要求文學說出社會真相，作為社會資料的紀錄。

我國「現代」小說的發展，深受以上這一潮流的影響，以寫實主義為主要發展脈絡和信念。一般而言，許多人至今所拳拳服膺的「寫實」觀，基本上即是源於十九世紀歐洲的寫實小說風潮。其最重要的特徵，是作家和讀者皆深信以文學形成的作品，可以一成不變地「反映人生」；紀錄現實社會的一切。

但這個信念是值得商榷的，小說畢竟不同於現實，文學畢竟不能追躡人生。傳統寫實小說家與讀者，一廂情願地把文學當成一種「透明」的書寫符號，以為透過文學可以「再現」事物的本來面目，殊不知語言陳述本身即已形成了種種障礙，不僅讓我們難以觸及「現實」，也為我們留下了各種誤讀、曲解的機會。因此，寫實主義如果要持續下去，便不能不注意到文字表述功能和現實之間的辯證關係，

---

❶ 美與現實的關係，讀者若能參看朱光潛《西洋美學史》，自會發現它貫串了西方整個美學思潮與文藝活動。但在中國方面則不然。另詳顏崑陽《莊子藝術精神析論》（七四，華正）。

體會到所謂的「寫實」本身只是一項文字的設計，小說所要「再現」的，不是社會或人生的現實。

一九六〇年以降，英美文學界，對以上問題的反省，已使得傳統的模仿論（Mimesis）和寫實主義（realism）之邊際效果遭到徹底的質疑，「小說到底能不能將現實再現呢？」大家都在問這個問題。

虛構主義（fictinalist）的興起，大底即起於這樣的情況。在新批評的實在論觀點以後興起的激進的虛構理論（radical fictionalism），認為自我意識與認知對象都沒有客觀的實在可言，所以一切想像的創造都是虛構。至於保守的虛構理論（conservative fictionalism），則承認現實本身是實在的，人的心智可以就真正的現實本身來演繹出判斷，但一切創作行為仍然是虛構的。

在近代美國小說家納博可夫《黯淡的光》（*Pale Fire*）一書中，作者以太陽代表創意，因為它的光是本身放射出來的，代表創作接近現實；以月亮反射太陽的光，稱為黯淡的光，暗示創作無法一成不變地抄襲現實，但又不能不承認創作的素材來自現實。他說：「所謂現實是一件很主觀的事……是無限的步驟、感知層面、虛幻感的底所連成的，因此，它是難解、無法獲致的」。

這種講法，顯示當代小說家對「現實」這個觀念的探索，已經超越了寫實與模擬的老窠臼。他們越是刻意把可怕的現實描寫得像夢一樣，越能顯出現實本身荒謬與恐怖的一面，加強其逼真迫切感；越是把敘事結構打散。整部小說支離破碎，找不出統一的敘事原則，越能彰明語言會自行瓦解、以語言所描述的現實也會變形的事實。而這一些，也正是當代小說的特徵之一[2]。

回到歷史上看，浪漫主義與寫實主義之爭，由來已久。浪漫主義者，描述內心生活遠多於反映客觀現實世界，重視主觀情感與幻想的成分，比如馬佐尼在一五八七年〈為喜劇申辯〉（*On the Defense of the Comdy*）中說：「幻想是製造文學故事的真力量，因為幻想力才能使我們捏造與編織虛構的故事」。但話雖如此，他又拋不開模擬論的陰影，因此他又說：「亞里斯多德說一切詩都是模仿的藝術，他說的模仿，是指起於人們所做的意象……柏拉圖於〈詭辯家〉（*The Sophist*）篇，謂模倣有兩種：一種稱為真實模仿，專事模倣既存的實際事物；另一種稱為幻覺模仿，加藝術家隨興所至，別出心裁創造出來的畫面」。這樣的說法，就顯示了即使是浪漫主義者，也不能脫離對於現實的思考。

加上所述，我們曠觀整個小說史，就會發現小說家寫小說的方式、小說的型態、作者對小說的企圖和意見，無不奠基在他對現實的意見上，他創作小說，雖然不見得是意在抄襲、模擬或反映現實，其經驗人生及小說世界的底據，仍然脫離不了現實；對現實美與人為美之間關係的認定，也必然影響了小說的型態和內容，所以，小說與現實的關係，乃是小說創作的美學基礎之一。

但在此必須特別提醒讀者的，是我們必須分清楚，小說畢竟不是現實，它只是構築在小說家對「現實」的了解上的一種文學創造。小說自成一個世界，而這個世界與現實到底是相互依存、從屬、抑或對立，正是小說家應該選擇的姿式，也是小說型態所以不同的原因。

時間與空間

小說世界的構成，一如現實世界，其原則與奧秘，在於時空。

---

❷ 詳見蔡源煌〈當代美國小說對『現實』觀念的探討〉《美國文學與思想研討會論文集》七三，中研院美國文化研究所，頁三〇九—三一六），及王德威的評論（同上，頁三一七—三一八）。

在日常生活中，我們看到的每一件物品，都因為有時間與空間的連貫，我們才能感覺到它的存在。因此，時空是先驗的原則，一切事物，都依據時空才能成立。康德在《純粹理性批判》的「先驗感性論」部份，曾詳細說明了這一點。

小說中一切事件與活動之所以能夠成立，也在於時空的安排與確定。但問題是：這種時空與我們在「現實」世界中所經驗的時空並不相同。例如，從結構上看，小說所提供的，只是一個不完全的片面事件，它的結構，是一種「開放結尾」（open-ending）的型式。它只呈現事件的片段，故事發展到某一階段，即必須停止——否則讀者便無法忍受了——構成一個獨立完整的單位。因此，故事雖然結束了，卻留下一個無法完成的開放結尾，像「灰姑娘」的故事那樣，灰姑娘一旦跟王子結婚，故事便得結束；至於灰姑娘結婚以後，是否發現王子晚上居然會打呼而無法入睡，小說是不會繼續寫下去的；讀者也不會追問。他們在閱讀小說時，已經默默地容忍或接受了這種開放的結局，並且甚為滿意。現實的人生，則不可能如此，一件事既存時空之中展現，自然無法中止，而且事事牽扯攀緣，亦永無休止，沒有開放的結局，也不可能是一個個獨立完整的單位。

其次，我們也應該注意：此一片面開放結尾的事件，並非此時此地的事件，而是一樁具有「歷史性」的片面事件。而且也就是因為它具有歷史性，所以才有永久性，小說可以重讀，人生則無法重複。這便是小說時空的特性，與現實時空截然不同。

再者，小說的形式，構成了它與現實時空不同的另一種特徵。小說的形式，猶如電影的銀幕、繪畫的畫布，會產生一種「框架效果」。據李察茲說：「格律正是藉其人為面貌來產生至高的『框架』（frame）效果，將詩的經驗孤離於日常生活中偶然與無關的事件之外」（*Principles of Literary Criticism*,

New York: Harcourt, Brace, 1942, P.145），這種效果，保障了文學作品之所以為一文學作品，而不是事實的報告。形式猶如一道封鎖，將此一小說隔於日常生活之外，我們體會的，是另一個時空世界裡，經由這個框架而顯示出來的意義，不是這些事件在我們平常利害相關的生活中所含有的意義❸。

這一點很重要，因為小說形式的一個特徵，就在於它可以隨作者之意伸縮變動時空，例如它可以倒敘、可以跳接、可以用意識流的手法等等，這些都會構成一種迥異於現實的時空。

換句話說，現實社會的時空，是自然世界的時空，是每個人所共有的公共、唯一的時空，不可替代或改變。小說則建構在一個特殊、人造的時空裡，這個時空僅存在於作品之中，與作品以外的時空無關，所以乃是獨立自存的，不像自然時空之連綿無盡，故其事件可以自為因果與起訖，形成「開放結尾」的型態。

就此而言，小說作家的地位和性質，猶如上帝。他創造了時空，讓萬物得以在此生長。在他的設計之下，長的身間可以變短、短的可以變長，可以逆轉，可以切割、倒退、暫停、或分岔；遙遠的空間可以縮短、咫尺之隔亦可以邈如山河，籠天地於形內，挫萬物於筆端。

因此，時空，乃是小說美學的基本架構。脫離了時空，一切都甭談了。

(一)小說裡的時間

在小說裡的時間，基本上可分為三種，一是表面時間（Physical Time），指小說本身的時間變化，例如現在、過去、未來之穿插，現實與幻境的交叉呈現，倒敘等等。二是心理時間（Psychological

---

❸ 見博藍尼（Michael Polanyi）《意義》（七三，聯經，彭准棟譯）第四章—第七章。

Time），指讀者在觀賞小說時所感受到的主觀及情感的時間，像小說中懸疑的安排、韻律與節奏的設計，都會影響到讀者心理時間的構成。三是戲劇時間（Dramatic Time），指小說中故事情節整個前前後後所發生的時間及其篇幅，有些小說描述「一天」的事跡，有些寫「廿年」，其戲劇時間便不相同。同時，早期小說與戲劇關係甚為密切，而戲劇之演出必受時間的限制，說唱小說亦然，這種戲劇時間，自然也會影響到小說時間上的設計。

以上這三種時間，例如《西遊補》，全書的戲劇時間很短，篇幅也不長，只是敘述孫悟空在借得芭蕉扇，搧滅火焰山之火以後，一次化緣途中的一場春夢罷了。一夢乍入，忽然而寤，其表面時間，則運用現實與幻境交錯、溶入的方法來展現。而讀者因這種迷離恍惚，陷在悟空無法衝出鯖（情）魚障的危機裡，乃感到心理時間特長。這就是一篇時間安排得非常妥善的小說。反觀金庸則不然，像他的《神鵰俠侶》，往往因為在心理時間和戲劇時間方面，配合不佳而失敗，例如楊過在古墓中遭李莫愁師徒追殺，千鈞一髮，繫生死於俄頃，而作者寫來，竟不能有逼人窒息的緊張感。同時，小說敘述小龍女危急時，楊過牢牢抱住李莫愁後腰以防她殺害小龍女，而李莫愁一生未親近過男人，陡然間被抱住，「但覺一股男子熱氣從背脊傳到心裡，蕩心動魄，不由於全身酸軟，滿臉通紅，心神俱醉，快美難言，竟然不想掙扎」（第六回）。須知李莫愁初遇楊過時，「十多年前是個美貌溫柔的好女子」，則此時年已在三四十之間，會被一位十五六歲少年抱住而生綺念，已是匪夷所思。即使姑且承認有此可能，則楊過能讓一位三十多歲老女人感到有「男人」氣息，應該看起來不再像個小孩子了。卻又不然，十三回寫楊過力鬥金輪法王及其門徒，一直都以「孩子」稱呼楊過，甚至說他是「頑童」、頑皮的「小畜生」。但此頑童比古墓抱住李莫愁時可又大了許多。這分明是作者在小說時間構成上的疏漏，無法取信於讀者。而更嚴重的，則是小說人物沒有成長。

Mannel Komroff《長篇小說作法研究》中曾提到：小說亦如人生，無法逃離時間之流，小說中每一個人，第二天早上醒來時，就都長大了一天。他稱這種時間為「小說鐘」，每個人物在說話時，時鐘都在滴答著。——可惜這一點常被小說家們忘記，就像我們除非特別去留意，否則總是聽不到時鐘的滴答聲一樣。

(二)獨特的小說鐘

話雖如此，每個小說家對時間的理解與處理並不相同，他們安裝在小說裡的鐘形形色色，各異其趣。例如西方小說所注重的「情節」，就是根據直線式的時間觀念，構成事件的因果關係（Causality）。因此，小說中情節的懸疑和進度，即來自對時間推移的懸宕，而形成美感。佛斯特（E.M. Forster, 1879-1970）《小說面面觀》說得好：「美感是小說家無心以求卻必須臻及的東西，小說家不能以追求『美』始，但不能以缺少『美』終。不美的小說就是失敗的小說。關於美……我們得先將它視為情節的一部份」（第五章）。

反之，中國傳統的小說，在與西方小說對照之下，顯得幾乎沒有情節可言，或者只是一種「拼湊的、綴段性的情節」（heterogeneous and episodic quality of plot）。它的結構方式不是有機的統一的，經常有偶然的狀況發生。也常有「此處暫且按下不表」、「話分兩頭」及章回綴段的情形。這些情形，一向都被解釋為宋元說書慣例所留下來的遺迹。但事實上，我國所有敘事文類。如史、傳、傳奇、白話短篇小說，都和長篇一樣，有這樣的「綴段性」，因此，這應該與作家所習慣的觀物方式有關，而非僅屬說話遺習。

明方以智《物理小識》卷二曾經提到：「管子曰宙合，謂宙合宇也。灼然宙輪於宇，則宇中有宙、宙中有宇，春夏秋冬之旋輪即列於五方之旁羅盤」（〈藏智於物〉）。這充分顯示了重視時空綜合呈現、強調時空相互依存的特色，至於四季輪轉五方分列，更是把局限性的時空，伸展成無限的廣大相關性時空了。希臘歐氏幾何，是局限於有限時空的世界觀；文藝復興以後，座標幾何出現，歐洲才從「封閉世界進入無限宇宙」（一本科學史名著的書名）。但牛頓的物理學，依然是時空明確獨立的並舉，整個是機械式的，到了愛因斯坦，才注重時空的連續與交錯❹。換言之，因果律為傳統西方思想的特質之一，它視每一事物都是包含在一個以因果為環的機械鏈索中，而只有在這種觀念底下，緊密而集中的情節結構才有可能成立。因為在這既是直線式而基本上又是時間性的結構中，人物或事件被選為敘事中的「原動力」（prime mover）、或活動而含有順序性的要素。相反地，在中國傳統的觀念裡，由於注重時空綜合呈現、強調時空相互依存及交錯流轉的關係，因果關係中的時間秩序，便被空間化了，成為廣大、交織、網狀的關係，展現出並列的具體「偶發事件」(incidents)的有機形式。故在小說裡，小說家很少選擇一個人物或事件來統合整部作品。它們經常是東拉西扯，讓這一個或那一個人物、這一樁那一樁偶發事件浮現在敘事的主要脈絡上。小說人物的出場、相遇、退場、再出場幾乎都是隨意的，彷彿全為機遇和巧合所支配，但一切偶然，卻一定符合「時命」。——這個「時」，就是中國小說中慣見的小說鐘，看不懂這個鐘，便解不開中國小說的奧秘，更無從體會其美感了❺。

㈢小說的空間

小說並無如現實人生般實際的空間；一切空間及空間感，都是由文字在紙面上構成的。但是也正因為如此，所以小說的空間可以隨意變換，不像現實的空間那樣固定不可移。這是小說勝於實際人生的地方。

可是相反地，由於敘述觀點的運用，小說中事實上只表現出一種空間及空間關係。與現實世界裡我們可以從不同角度獲得不同的空間不同，這又是小說不如現實人生的地方。但這也未嘗不是一種方便，便於小說情節的構成及敘事的集中。

這種空間，也不同於戲劇。小說與戲劇的關係雖然密切，可是看戲時，觀眾好像是站在窗子外面往裡頭看，只能看到舞台上限定空間內演員們的戲劇動作。小說就不然了。由於小說的敘事觀點自由，空間的伸縮性非常大，而且可以製造出景深；提供讀者想像性空間的幅度，一般說來要較戲劇為大。

這是小說空間的基本性質。然而，什麼是小說的空間呢？在紙面上如何構築空間，並帶給讀者空間感？

首先我們應了解：空間感（space）不是地方感（place），也不是「背景」。光只有故事發生的年代與地點、歷史背景，構不成小說的空間。空間感是深入到小說本質的東西，小說中一切情節與人物，都因為有了這個空間，所以才具有生命。例如《戰爭與和平》中，一切人物與事件得以發生的遼闊俄國領域，事實上是包含了橋樑、封冰的河川、森林、道路、花園及田野……等，而整個浮

---

❹ 參見劉君燦〈中國的時間與空間〉，《國文天地》第七期。

❺ 見林順夫〈儒林外史中的禮及其敘事結構〉（《中外文學》十三卷六期，胡錦媛譯）。

現在小說裡，帶給讀者一種特殊的氣氛，而小說裡的人物與事件就活在這個氛圍裡。其他，像《紅樓夢》的大觀園、《水滸傳》的梁山泊及北宋末年的社會、《三國演義》的分崩離析大時代等等，人物都是從這個空間裡「生長」出來的。我們不能想像脫離了這個空間，其人物與事件還能發生，這才是成功的空間。

地方感則不然，作者藉其旁白來「描寫」一個地方，說明該事件發生在某地，但這個地方的地方色彩、語言、風俗習慣，雖然經過作者極力刻劃，卻無論如何不能給人一種「先驗的形式」的感覺。譬如金庸的《射鵰英雄傳》，寫大漠、寫江南、寫京城，雖然用了很多的筆墨去點染，塗飾該地域的特殊風物及景觀，但基本上它並不能讓讀者感覺到這兒是塞北絕漠，這兒是江南煙景，其人物亦不一定要與那個空間緊緊抱在一塊兒，所以它就喪失了空間感。

背景感，則是交代時代地理背景，但小說本身的人物都可以自行活動，跟背後的佈景並無太大關係。如《神鵰俠侶》之類，時空場景不過是個幌子，與小說的關係不大，充其量也只是舞台上的布景。使小說看起來不全然是「虛構」的而已，使讀者產生一些「擬真」的幻覺效果而已。

由此看來，空間雖然是小說先驗的形式，是小說的美學基礎。可是卻不是容易達到的，以金庸《天龍八部》來說，它的時間是北宋，空間則南起大理、北達遼金、西有西夏、南有姑蘇燕子塢（燕）、中間是大宋。這是一個大時代、大空間，彷彿《三國演義》的格局。書中分成三條主線來發展（段譽、蕭峰、虛竹），亦如三國之分為魏、蜀、吳。但整部小說寫下來，卻只是段譽兒女情長、蕭峰英雄氣短，其空間功能完全不顯。這充分證明了小說空間處理之難。小說不能具體地去描寫空間，因為，一旦我們把空間當做具體的事物去描摹、刻劃，空間就不是空間了。康德說過：「空間只是一切外感官之現象的形式，是感性的主觀條件。只有在感性這種主觀條件之下，外部直觀對我們才是可能的」。它是先驗的、直觀的，它規定了對象的關係，不能以經驗現象去規範它。有些小說——例如古龍——懍於空間之難於表達，遂乾脆抽離了時空，意在偷機取巧。殊不知這麼一來，小說便整個垮了，情節不合理、人物不合理、事件不合理。

這並不是說小說一定要有一個時代背景，因為那是背景的問題，而不是空間的問題。小說可以與任何歷史時無關，不必有現實時間與之呼應，但其空間感自然存在，沒有這個空間，小說就不能架構起來。

(四)有限時空與無限時空

不過，由於空間不能從外部現象的關係裡根據經驗獲得，剛好也顯示了經驗理解的現象，其本身，是在空間中所無法察知的。譬如一枝玫瑰，其本身就是「物自身」，而：「在空間中直觀到的全都不是物自身」；同理，「如果時間是附屬於事物自身的規定或秩序，那麼它就不能先於對象，作為對象的條件，從而藉助於綜合命題先驗地被認識和直觀了」❻。

這就變成了小說世界與現實世界永不接頭的局面了。小說家即使描述了他的感覺與經驗，但在他自己的現實時空裡，既不可能察見物自身；小說的時空關係，又與現實時空不同，則小說中出現的玫瑰，離物自身當然就更遙遠了。這種距離，我們也可以說即是小說與「真實」的距離。

而小說要怎樣才能逼進真實呢？首先它必須將小說裡的時間空間瓦解掉，然後再經由這種時空

❻ 以上均詳康德《純粹理性批判》的〈先驗感性論〉部份。

的瓦解，暗示或象徵現實時空也是虛幻的，藉此「遮詮」地顯露人生的真實。指出在有限時空之外，還有一無限時空的存在。

例如唐人小說〈南柯太守傳〉、〈邯鄲記〉、及《紅樓夢》這樣的小說，其主旨本來就在揭示小說中時空場景裡所發生的種種事相都是虛幻的，甚至其時空也是詭譎不真實的。黃粱夢醒，而老人之炊黃粱猶未熟也。經由這種揭明，讀者頓然驚寤：原來一切悲歡離合或生老病卒，都是「以上皆非」的。這不是人生若夢，而根本就是人生即夢。

換言之，小說中存在著二重時空關係，一是黃粱夢中的虛幻時空，一是邯鄲旅舍裡令人悟真的時空。藉著這兩層時空的對照，讓人領悟到有限時空的虛妄性，而即在邯鄲旅舍那種現實人生的時空裡，知道了無限時空的奧妙與人生的真實。小說中，夢與神話的展現，作用經常是如此，它猶如繪畫中的虛、空白，可以使人由有限起悟，接觸到無限的時空。我們應該要了解，中國畫的空白，不是「留白」而已，不是畫上山水實景而留下一角空白，讓人若有若無地去品味；而是——根本是在空白處，偶爾只畫一山一水。空白本為無限，在此無限之中，惟畫一山一水，以使人由此有限通往無限。不畫滿，才能保有這種無限空間的性格，故書法中、篆刻中皆有「計白以當黑」的說法。因為它真正要處理的不是線條及圖象，而是空間。

這個無限時空，才是使有限時空可能的基礎，也是人生真正的趨向所在。小說至此，已非純屬藝術，而逼進「道」的領域，能使讀者由此悟道。中國文學中此類傾向特別明顯，可能也是由於哲學上對此特別重視的緣故。

結構與圖式

小說創作的另一個美學基礎，是結構與圖式（pattern）。

小說的圖式，既表現在依時間順序敘述事件的故事上，也表現在有關人物因果關係的情節上，而形成小說的美感。在小說裡，情節訴諸我們的智慧，因為它是小說的邏輯面；圖式則訴諸我們的美感，構成敘事脈動的線條，起伏有致。

這種圖式，跟作者所要創造氣氛應該適當地配合，使小說中散亂的人物與事件，可以以一條他們自己血肉編織而成的線串聯起來。在佛斯特《小說面面觀》裡，這位小說家及評論者說道：

> 圖式是小說的美學面。雖然小說中任何東西（人物、語言、景物）都能有助於美感的呈現，但美感的主要滋養物還是情節，情節可以自生美感，……此處所謂的圖式面與情節緊密相結，它生自情節——美感有時就是一篇小說的型式，一本書的整體觀，一種聯貫統一性❼。

事實上，圖式並不僅產生於情節，它是小說整個敘事架構所形成的一種圖式。佛斯特為我們介紹了兩種圖式，一是鐘漏型（the shape of an hour-glass），一種是長鐘型（the shape of a grand chain）。

前者可以法郎士（Anatole France）的《泰絲》（*Thais*）為例。小說中描述禁慾主義者伯福魯士要去拯救妓女泰絲，他們分居在不同的地方，逐漸地，碰頭了。碰頭以後，泰絲果然因此而進了修

---

❼ 見佛斯特《小說面面觀》（六五，志文，李文彬譯）第八章。

道院獲得救贖；但伯福魯士卻因與她見面，而掉進罪惡之中。這兩個人物互相接近，交會，然後再分開，剛好形成一個鐘漏的圖型（X）。長鍊型，則可以路伯克（Percy Lubbock）的《羅馬假期》（*Roman Pictures*）為例。該小說描述一位在羅馬遊歷的觀光客，遇到一位朋友，介紹他去參觀咖啡廳、畫廊、梵帝岡、義大利皇宮等，最後他又遇到這位朋友，才曉得此公原來是他女主人的姪兒。兩人兜了一大圈以後，又合到一起，故為長鍊型。

另外，康洛甫（Komroff）也介紹了幾種圖式。第一種（圖一）是史坦貝克《人鼠之間》、康拉德《吉姆卿》、德萊塞《美國的悲劇》等小說所採用的：B代表覺察點（point of recognition），小說開始以後，進行到B點，讀者就會發現一張命運之網已經被編織起來了；到達B點以後，故事便順著命運的終局，一降而至結尾。

第二種（圖二）則恰恰相反，到達B點以後，讀者就發現命運是如此美好，這條途徑是向上的，代表一個灰姑娘（Cinderella）式的成功故事。

第三種（圖三）則是滴漏型，如泰絲故事那樣。第四（圖四）是圓形的故事型式，彎曲的線條，繞回開始的地點，凡指向「永恆的循環」（eternal recurence）或兜回開始地點的故事，都常採用這種圖式。

第五（圖五）是類似橫8字的圖樣，小說中有兩個主題，每一個都有自己的行程，它們在E點上相遇、分開，然後再連在一起，如《雪拉斯‧麥納》（*Silas Marner*）就是這樣。第六（圖六）則是一種上昇的鋸齒型，類似《唐‧吉訶德》一類插曲式的長篇小說屬之。在此類小說中，每一樁奇異的事件都會躍升到一個最高潮，而讀者逐頁翻閱時，故事全部力量及涵義也逐漸增強起來，結尾

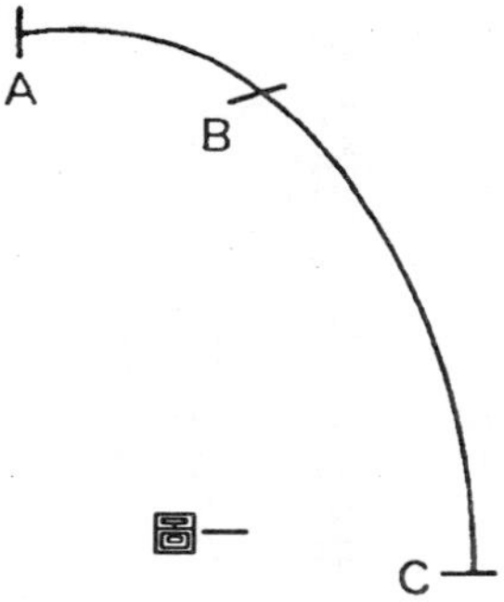

圖一

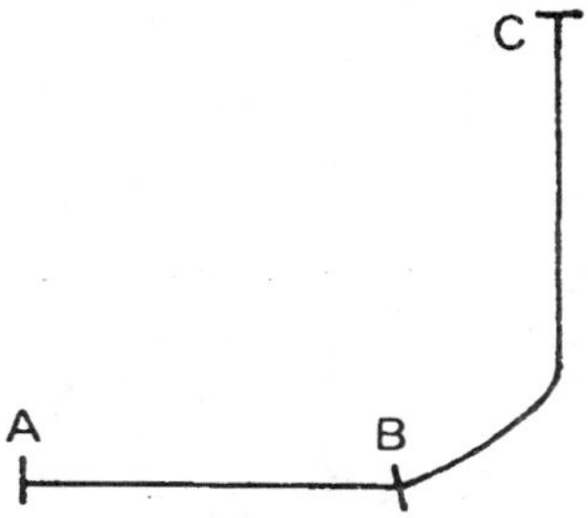

圖二

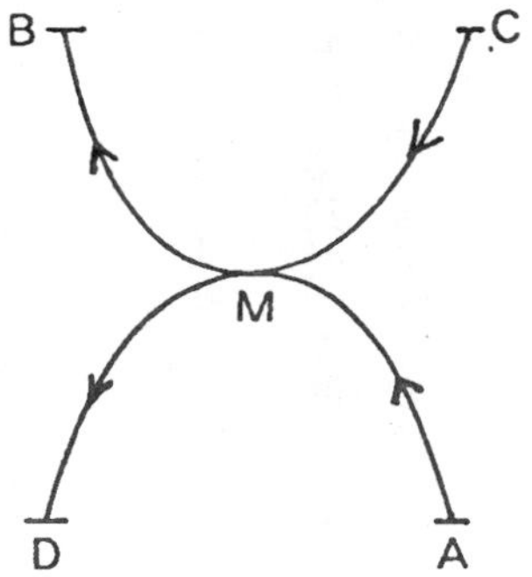

圖三

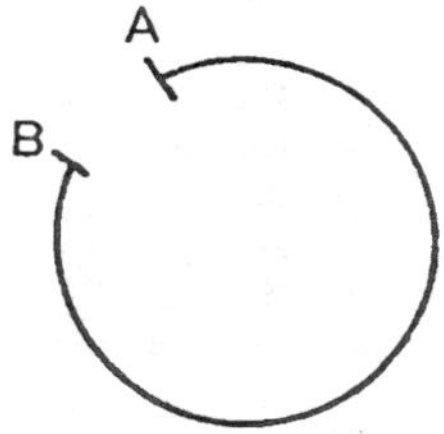

圖四

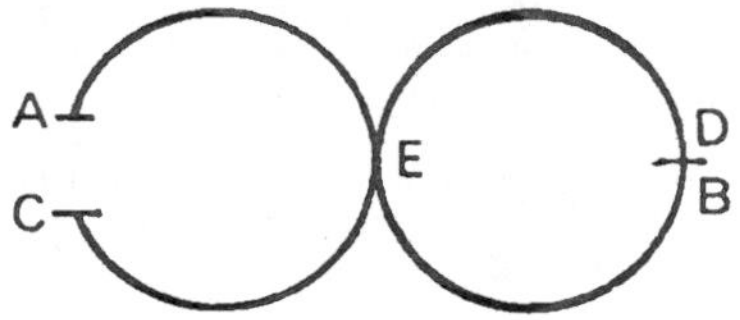

圖五

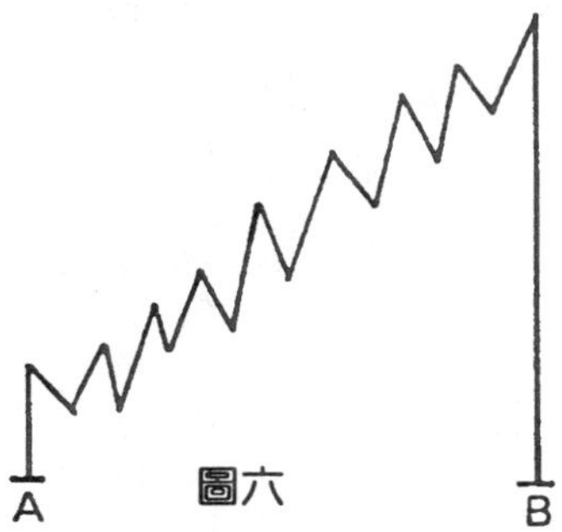

圖六

才回到開頭的水平上❽。

像這些圖式，在中國小說中大體士都能找到例子，譬如《西遊記》就接近鋸齒型，而由悲劇轉為喜劇的情況，則更多。這顯然與康洛甫所說不甚相同，而與我國特殊的哲學思想有關，不同於西方悲劇的傳統❾。另外，如《水滸傳》、《儒林外史》、《紅樓夢》一類小說，也都在天命的架構底下，形成了一種開頭放線，然後逐步收網的結構圖式。小說開始時，人物逐漸出場，小說即雜敘某人某事，但這些人與事慢慢地朝一中心點輻湊（如《水滸》的梁山泊、《紅樓》的大觀園、《儒林》的泰伯祠等），聚攏之後，再逐步流失、消散、死亡，以「空」為結局，落了片白茫茫大地真乾淨。

用畫的卷軸來說，畫家在一方空白的長卷子上，虛空落筆，一點一畫，一山一水，逐漸勾勒出一處大觀園、一泊梁山寨，然後風起雲湧、煙銷霧滅，長軸卷舒之後，畢竟仍只是一方白絹，一壁空無無限的虛與白。故《三國演義》寫如許風流英雄、如斯時代慷慨，而乃總歸為一闋〈西江月〉詞云：

滾滾長江東逝水，浪花淘盡英雄，是非成敗轉頭空，青山依舊在，幾度夕陽紅！

這是超越觀點下，瓦解有限時空的圖式，深刻而令人驚慄、以及領悟。

——七四年七月八日講於青年寫作協會・七四年九月十五日寫成初稿於淡江

---

❽ 見康洛甫《長篇小說作法》（六七，幼獅，陳森譯）第二章。

❾ 詳龔鵬程〈唐傳奇的性情與結構〉（收入《中國小說史論叢》，七三，學生）。

四、中國小說研究與方法論的應用

一

對中國小說的研究，在目前占著重要地位的方法與方法論中，實證主義仍是不可忽視的。所謂實證主義的方法，是指在小說研究中，以尋找材料、確定版本、考證作者、說明流傳沿革、討論寫作年代，兼及其與外部社會之關聯等為主要之方法與研究旨趣者。這種方法，實際上也就是胡適所開創的那一套中國章回小說考證路數，遠紹漢清儒者詁經治史之術、近揭科學方法整理國故之說，波衍不絕，以迄於今。

這套方法，在現在還有市場嗎？當然有，而且恐怕仍居主流地位哩！以吾孤陋，所見大陸小說研究界之狀況，固然如此；在台灣，似乎也仍是如此。

我曾詳細統計一九八七至一九八九年所有台灣明清小說研究之會議、學位論文、期刊論文、出版專書、演講等等，發現小說研究雖然逐漸蓬勃，擺脫了「小道」的地位，成績頗為可觀，但「有關小說理論及研究方法之探索，發展較不順暢。因為實證研究蔚為風氣，人人講版本考證，即或分析作品，亦以簡單之結構分析為主，很少真正進入理論層次。在面對『小說』、『中國小說』時，我們該以什麼方法來進行理解？看一部中國小說與看一部西洋小說，能不能依同一方法及標準來看？這些都是非常基礎的方法論問題，但很遺憾的是：追問這些問題的人極少。現在一般只用實證方法，有濃厚的歷史客觀主義傾向。」❶

當時我對於這種現象的解釋，是認為或許與鑽研文學理論的一批年輕學者只集中討論詩論文論，而不太關切小說研究有關。現在想來，原因其實還有許多。例如「文學研究的傳統」，即為一不可忽視的問題。一個研究傳統一旦建立，它就不容易輕易被毀棄，它包含著一些理念的東西，如基本預設、價值觀、世界觀、歷史觀；也包含一些操作技術，如論文寫作之格式與語言、證明的手段、題目的選定等；以及其他與此相關的師承、權力、位置、知識系統、社會網絡、發表情境、乃至師友情誼之類，錯綜複雜。要想形成典範之轉移，真是談何容易？胡適等人發展其小說研究方法，至今雖逾一甲子，但賢人之澤，五世不斬，流風餘沫，不僅尚存，且有新的發展與生機，殊不足怪。

新的發展與生機是什麼呢？主要是東西洋漢學研究傳統與這個五四以來老傳統的合流。在澳洲的柳存仁、在夏威夷的馬幼垣、在美國的韓南、在法國的陳慶浩、由英返台的王秋桂、自俄羅斯來台的李福清……都顯示了這個傾向，也都對台灣產生過巨大的影響，其為主流，非無故也。

但實證研究基本上只是實證主義方法論之下的實踐活動。也就是說，它大抵均止於運用考據及實證之方法去談某書之版本、某一作者之生平、某小說之寫作年代、某故事之源流演變，而罕能反省其方法本身究竟係基於何種認識論而建立、此一方法之效能與局限又在何處。故通常此類研究者雖應用方法，實不甚思考方法，對方法論之探索反而無大興趣。小說理論及研究方法的探討較少，就是此種學風發展下，很自然出現的狀況。

不只如此。甚至於這類學者還可能會出現排斥或鄙視理論及方法論的現象。許多人認為鑽研理論，只是「務虛」，你講一套我講一套，還不如考據實在。而且，理論變來變去，某些理論風行一時，但轉瞬便遭遺忘，彷彿流行服飾一樣，更讓人覺得還是老老實實考據，可以做出些扎實可靠的成績來。

這當然是偏見。站在文學理論研究的立場看，理論的推陳出新，本為應有之義，這不代表理論就是空洞的、虛浮的，而恰好顯示了這一門學問的進展。我們能因哲學上流派蠭起，便因此覺得這門學問太不可靠而不去做嗎？覺得理論研究過於玄虛，其實只是迷信考證者的偏見。人生既不可能沒有哲學，文學研究中勢必也不能沒有理論研究。而且，任何研究，包括考證，恐怕都要受到理論的影響。考證工作，本身就是某一理論的實踐。

現在，我們因懼怕理論之變異而考證，為尋求具體、穩定的學術成果而考證，這樣的考證，可能也是一種「迷思」。為什麼？

首先，我們必須曉得：考證也不是確然穩定的。資料的追尋，永無止境。考證者事前既沒有一紙清單，告知你究竟要尋找的資料版本有哪些；蒐集到什麼地步才能安心地說：「夠了」，誰也沒把握。因此，考證所得，也隨時會被新發現的資料推翻。從前，關於《孫子兵法》的真偽，從姚鼐

❶ 龔鵬程〈台灣的明清小說研究概況〉，收入《走出銅像國》，一九九二，三民書局，頁二六五—二八〇。

到錢賓四，都認為在理論和物證各方面，鐵案如山，乃孫臏所造，非孫武之書。可是臨沂銀雀山《孫臏兵法》出土，此一鐵案便立刻被推翻了。

其次，考證表面上是很客觀的，但實際上根據同一資料卻可能出現全然不同的論斷。迷信考證為客觀徵實之學者，或許無法同意此說，然而《紅樓夢》就是現成的例子。紅學家用的材料沒什麼大差別，可是考出來的結果，幾乎沒有兩個人是一樣的。考證跟客觀、真實、不可變之間，恐怕不能畫上等號。

不僅如此，考證的危險，在於它雖不掉入觀念的網套，卻會變成材料的奴僕，以追逐材料為滿足。材料永遠是不能齊備的（請注意歷史知識的不完全性與不確定性），那我們就不要說話了嗎？不幸現在業已有些朋友是如此了。

第四，搞考證的朋友，相信沒有翔實可靠的資料做基礎，很難展開什麼研究。而他們努力搜蒐的各種材料，確實也為小說研究提供了不少方便，令人感動。但是，考證要做到什麼程度，才能做為一個恰當的「基礎」，而展開文學的研究？例如考證學家會說：「沒有一個完善的本子，怎麼研究？」或「必須有個完善的本子、確實可知的作者，研究才不會訛誤」，卻沒注意考證本身就是一門學問，而不只是基礎。考證的問題既可無限發展推進，怎麼能等考得完備了再來做文學探究？《紅樓夢》考到今天，依考證為「基礎」的文學研究迄未展開，反倒是王國維的《紅樓夢評論》，大家承認它確有價值，可見考證與文學的研究不必是必然相關聯的。全然不管考證，依舊可以做很好的小說研究。「不考證清楚怎麼能討論」、「訓詁明而後義理明」的簡單邏輯，並不符合學術研究的真象！

第五，小說研究中，考證所能著力的，只有作者、作時、版本、故事源流與傳播之類問題。這樣，則小說研究基本上僅為一小說史的研究而已；不，這小說史又只是小說編撰史而已。其他問題，殊難處理。此為考證方法之侷限。即使突破這種侷限，把小說跟民間傳說、社會史結合起來研究，現在似乎也不免將小說做為一種史料來運用，視為研究民俗與社會文化的材料，而不是文學的研究。和文學的歷史論批評、社會文化論批評，距離實在非常遙遠。作品美感性質的闡釋、小說之所以為小說者，居然在小說研究中消失了。

第六，版本與作者問題重要嗎？在我看，實在沒有那麼重要。已經有不少學者指出：小說與士大夫文學不同，不必如研究士大夫文學那樣討論作者問題。其說雖未引起考證學家廣泛之注意。實則從小說之傳播而言，不同的版本自有不同的閱讀功能和讀者群。讀者接受小說，亦並不以追尋作者創作時之原貌為閱讀預期。這是小說跟知識性讀物、抒情作品不同處。現在的許多研究者，似乎並沒有考慮到傳播情境和研究對象的特殊性。把小說視為一封閉的、自足的語言世界，斤斤於考辨其中一字一句，期復作者創作或刊印時之面目，這或許有比「追求原意」更大的謬誤吧！

第七，考證原作、原本、以及故事源流，在顧頡剛的運用中，其實含有「歷史是層累增飾」的預設。他相信有一個「歷史的真象」是客觀而穩定不變的，只要揭開後人傳說層層增飾的面紗、排除後人「偽造」的成分，即能顯現出來。此說本身便是充滿科學想像的浪漫歷史觀。需知所謂歷史的真象，並不是客觀穩定而唯一的，也不是一個超然的存在。它不斷流動於每個時代的詮釋者和敘述者之間，是不斷被「改寫」與「重組」的人文成就。其中充滿了「對話」的過程，捨離了這些詮釋與敘述，即無所謂歷史的真象。而這些詮釋與傳述，並不僅僅是「層累」而已，語言在傳播的過程中，無可避免地會擴散、斷裂、衍異、流失。故基本上，它不是層累地「造成」，反而是解構（deconstruct），飽含分裂、變化、矛盾以及難以掌握的播散。傳說的語意內涵，遂因此而隨時變衍，永遠受制於閱讀或傳述者的閱讀經驗，不僅無法產生定點的指涉，「傳說」和「閱讀」根本就是互為指涉或互補的。我們既不可能掌握並了解傳說所有的流傳狀況，則任何傳說或故事的母體或本源，就都是不定的、或不可能的存在。企圖以文件資料的堆積，外加堆積者心機上的附會，以建立或溯求傳說的原始型態，殊屬緣木求魚❷。

再依哈伯瑪斯所說來看,任何一個解釋,質實都是尋求被解釋者的「有效聲稱」(validity claim)；但這些有效聲稱之間，是可以互相批判的。這種批判，並不是說在客觀世界中有一個固定不變的實體，我們只要看看哪些有效聲稱「符應」（correspondence）了它就行了。真理不在符應，而是需要通過各種不同論證形式（如理論的辯論、實踐的辯論、心理分析的判斷、語言辯論等）來獲得❸。小說考證的出現，正是為了要替各種有效聲稱尋求一批判依據。但因它相信有一客觀固定的事實，且只能依某一有效聲稱是否符合該「事實證據」來論斷。因此雖耗盡力氣，卻可能依然是考而不能證。《紅樓夢》的考證即為其中一例❹。

凡此等等，考證之道，可批評之處顯然不少。此等批評與質疑，小說考證家未必首肯心服，但若仍以正宗自居，夷然不屑於理論之塗，不能與質疑者在方法論上交鋒，恐怕也非守成之道。

二

相較於這個五四以來的小說研究傳統，那些「運用西方文學理論以解析中國小說」的人，一般視為新派。

但這種對比，其實甚為籠統含糊，因為五四以降那個小說考證傳統，雖有乾嘉樸學的面貌，骨子裡仍是西方理論。科學研究的模型、客觀性的追求，乃至對於「何謂小說」、小說之審美評價判準如何等等，它們無不深受西方之影響。只不過此一傳統建立既久，又有考據的手段，故常遭另一些擬運用其他西万理論研究小說者目為舊派罷了。我們若把美國新批評對歷史批評的攻擊史，移來觀察中國小說考證學派遭到的挑戰，似乎也無不可。

其次，所謂運用西方文學理論以解析中國小說者，指涉甚為含混，包涉極廣。每位運用西方理論的人，所採擇的理論並不相同，所使用的情況也各異其趣，焉能視為一派？

此外，運用西方文學理論以解析中國小說的朋友，也大抵與從事小說考證者相似，基本上乃是依從著某一理論，以其觀點與方法來處理材料（小說）。屬於方法之應用的層次，例如談藝術技巧者用新批評、分析情節單元與衝突結構者用結構主義、討論人物性格與意識狀態者用心理分析。其

---

❷ 另詳龔鵬程〈我對當前小說研究的疑惑〉，收入一九八八時報出版公司，《文化文學與美學》，頁二六〇—六四。

❸ 參看 Habermas. *The Communication Theory of Action*. Vol. I, PP.10-22。

❹ 詳龔鵬程〈紅樓猜夢：紅樓夢的詮釋問題〉，收入注❷所引書，頁一八九—二一六。紅學自傳派的歷史主義態度，則見龔鵬程〈紅樓情史〉，收入《一九九六龔鵬程年度學思報告》，一九九七，南華管理學院，頁三〇六—三一九。

寫法大約也是先敍述理論之大要，再說明分析之方法，然後舉小說人物情節等以坐實之。故常被譏為「套用」。能在套用之餘、應用之後，進一步發現某一理論與材料（亦即中國小說之現象）不盡相符，而對理論提出修正意見，或對方法之適用程度展開一些探討者，已稱罕睹。換言之，應用方法者多，能進行方法論思考者仍然甚少。

造成這種現象的原因，或許不是由於這些研究者慮不及此，而是因為這些研究者有不同的關切。此話怎講？

在一九八〇年代，台灣學界提出「社會及行為科學研究的中國化」命題時，即曾認為中國化之途徑與方法可能包括：

(一)在研究中國社會與中國人時，如何選擇西方學者尚未研究過的問題與方向？

(二)在研究共同性的問題時，如何選擇不同於西方學者的角度？在共同的研究變項之外，如何選擇同類西方研究中所未曾用過的變項？

(三)如何有效進行文化比較研究（eross-cultural research），以驗證西方研究的重要發現是否適用中國社會與中國人？

(四)在研究中國社會與中國人時，如何修改西方學者所設計的工具與方法？如何自行發明適當的新工具與新方法？

(五)在研究中國社會與中國人時，如何檢討與修改西方學者所建立的有關理論，而不輕易全盤接受？❺

這些呼籲，同樣適用在運用西方文論以解析中國小說者身上。但目前這樣的做法卻較少出現於小說研究中。相反地，依目前的情況看，似乎運用西方文論以解析中國小說者的用心，仍重在「趨同」，甚於「別異」。是較重視西方文論也能有效地使用在中國小說的解析上，較想以其實際解析來說明此一方法運用如何豐富了中國小說的意涵。方法本身，基本上被視為普遍性的。就如佛洛依德、容格對人之潛意識所做的研究與發現，雖出現於西方，但中國人既也是人，自應適用其理論。得此理論「照明」，中國小說中諸多意涵（例如薛仁貴回家看見薛丁山的鞋子之類）乃得以重新被發覺。

小說研究者重視趨同甚於別異，主要原因在於小說內容的研究太過貧乏。早期文人及學術傳統不重小說，近代小說考證所做的，大抵也只是新批評所說的「外部研究」，故只要能發掘小說內部結構之奧秘、說明其人物性格之隱曲、剖析作品藝術技巧之奧秘者，論者均樂於使用。修改西方學者所設計之工具與方法、或驗證西方研究是否適用於中國小說、選擇同類西方研究中未曾使用過的變項等等，相較之下，自然非其措意所在。

何況，知識權力關係，也使得他們不得不如此。小說考證仍居主流，它對三〇年代以後新知識環境之變動及理論之進展，是無動於衷的。它們仍固執其原子論式的認識心理學、歷史主義的知識論、實證主義的方法學，也根本不認為在考證未明之際，高談闊論其內容有何意義。要對抗這種學界勢力，自須強調運用西方理論來解析中國小說是有效的。自我反省，區別中西小說之異，發現西

❺ 見楊國樞、文崇一主編《社會及行為科學研究的中國化》，一九八二年，中央研究民族學研究所出版。後來這個運動在香港有進一步的發展。

方理論或許並不適用於中國小說之材料上，則可能會變成授人以柄，故彼等不重視這一面，也不難理解。

三

但應用西方文學哲學理論，以其觀點及方法來處理中國小說材料，當然會有材料與方法適不適配的問題。割雞尚且不必牛刀，拿把刀子來，又豈便於炒菜？批評方法若是解析工具，工具或許也具有普遍意義，可是吃中餐畢竟是用筷子較為方便，用刀叉則有時不對味兒、有時也確實不甚俐落。這就是批評方法在實際操作運用時必須要考慮的問題了，並不能漠然視之，完全不談。

文學理論界對此當然已探討甚多，從葉維廉反省東西「模子」之不同，而發展其道家美學的論述，到鄭樹森、周英雄編《結構主義的理論與實踐》，討論結構主義能否適用於中國文學作品之解析，都是足以稱道的成績❻。其中對於小說之研究，也有涉及。大家對這個問題的基本看法，大約是：運用各類理論及方法來解析作品，本為應當之事，所以無論什麼方法均歡迎使用。且若能在方法意識清楚地自覺之下使用方法，則亦不致於出現生吞活剝，削足適履之現象。

但是，應用西方理論與方法來解析中國小說的正當性，縱使大家已可不太質疑，應用者仍不免會遭到「套用」之譏，這又是什麼緣故呢？

這主要是操作手法上出了些問題。首先是寫作風格。應用西方理論及方法者，如前文所云，必先敘述其所採據之理論大要，說明其批評方法，然後再舉小說人物情節等等實際說解之。此固中規中矩矣，然而從讀者的角度看，不正是「套用」嗎？

以劉燕萍《愛情與夢幻——唐朝傳奇中的悲劇意識》為例，此書正文二〇五頁、六章。前面三章，一〇五頁，全部談的都是悲劇的問題，從希臘悲劇之起源、亞里士多德的悲劇理論，到悲劇的衝突及其元素，幾乎是悲劇理論的專論了。論畢之後，才舉了三篇唐人傳奇（步飛煙、霍小玉傳、枕中記），分析其悲劇意識❼。一位想了解唐人傳奇中愛情與夢幻的讀者，看到這裡，才曉得他並不能由此明白唐人傳奇中的什麼愛情與夢幻，只是重新讀了一遍悲劇理論，且知道唐人三篇文章中具有悲劇意識而已。請問：他對這樣的研究會有什麼樣的情緒反應？如果論文不是頭巾氣如此之重。一副學院中繳交研究方法報告的模樣，而是將西方理論消化了，直接用之於作品之解析中，情況就可能會好一些。

但問題也不僅在於此。讀者會問：這三篇誠然可如你所分析，是具有悲劇意識，但為何挑選這三篇來說？這三篇是因符合你的分析工具而被選來試刀，抑或此三篇具有示例的推概作用？唐人的愛情與夢幻觀，以悲劇意識一語即足以概括嗎？劉燕萍在分析這三篇文字時，或許並未設想這些問題，但讀者看這樣的解析，卻很自然地會對作者有這些論述上的疑問或期待。一旦有這類想法，即很自然地也就會不能饜足於此種研究方式了。

更進一層說，唐傳奇之研究，周樹人、陳寅恪、汪國垣等人導其先路，將傳奇的源起和內容歸

❻ 周英雄、郭樹森編《結構主義的理論與實踐》，一九八〇，台北黎明文化公司。

❼ 劉氏書，一九九六，香港，商務印書館。

諸科舉與古文運動；劉開榮承其說，兼及進士階層與藩鎮政治、佛教文學的解釋等，是為傳奇研究的第一階段。這一階段中，社會的解釋固然多是外在的附會；起源及歷史的解釋，也有其基本困難，譬如：(1)古文運動因何而起？其思想內涵如何？(2)古文運動與傳奇並無嚴格必然的關係。(3)古文運動說和溫卷說，二者關係無法合一。(4)古文運動說和佛教文學影響說亦屬不相容的假設……。要解決這些困難，須另有一套解釋的方法才行。新理論之應用，即因此而深受吾人期待；以悲劇理論來解析唐傳奇，亦為有意義之嘗試。但悲劇理論用在處理唐人小說這個題材上，固然如劉燕萍之分析，確能提供一種新穎的讀法，讓我們對這三篇小說有更深的理解。但這是否即是最恰當之理解呢？

也以悲劇理論探討唐傳奇的，還有許多例子。例如樂蘅軍〈唐傳奇中所表現的意志〉一文謂：「唐代，因受時代所孕育的浪漫精神的影響，當代人對生命充滿了肯定的自我堅信，人生既完全是意志的創造，命運就黯弱得幾乎根本不存在。這種特徵顯然和六朝神怪小說之徬徨命運意志之間、宋元話本明清平話之以命運來詮釋人生遭遇等情形不同，是在文化心靈上建立了一個充份的『意志的世界』。此所謂意志，包括潛在意志和自覺意志兩類，在唐傳奇中，它可表現為：(1)自我的堅持，如〈謝小娥〉、〈虯髯客〉、〈霍小玉〉、〈離魂記〉。(2)生命主體的自由抉擇，如〈杜子春〉、〈馮燕傳〉。(3)人生隱願之自我實現，如〈柳毅傳〉。(4)超越死亡及人生熱情之投射，如〈薛偉〉、〈張逢〉。」

以「命運」與「意志」為主軸，架構中國小說史，乃樂先生之雄圖壯舉，詳其《意志與命運》一書。但把這套解析扣到歷史與材料上看卻是講不通的。唐代人對生命充滿了肯定的自我堅信，人生完全是意志的創造，命運黯弱得幾乎不存在？是嗎？《太平廣記》所收六朝三唐筆記小說中，卷一四六至卷一六〇，是「定數類」，摘錄天命前定故事千餘條，共十五卷，多屬唐人事。其他如「讖應」、「妖怪」之類，往往也與定數有關。這些都是以命運為唯一表現內容的作品。其餘以天命為背景或附帶提及、隱伏烘襯者，不計其數。專著如《定命錄》、《前定錄》、《續定命錄》、《感定錄》之類，所謂唐人傳奇，多在其中。故唐人之傳奇，整體來說，不是顯其與命運對抗之悲劇意識，也不是自我意志之申張與創造而無視於命運。恰好相反，人是在天命定數之中成就其事的。定婚有店、生死有命，「命也如此，知復何言」（元稹〈鶯鶯傳〉）、「真人之興，乃天授也」（杜光庭〈虬髯客傳〉）、「上天有配合兮，生死有途」（李朝威〈柳毅傳〉）、「崔子既來，皆是宿分」（裴鉶《傳奇‧崔煒》）、「結褵之親，命固前定，不可苟而求之也」（同上〈盧生〉）、「事已前定，雖主遠地而棄于鬼神，終不能害，明矣」（牛僧孺《玄怪錄‧郭元振》）、「命苟未合，雖降衣纓而求屠博，尚不可得，況郡佐乎？……此人命當食祿，因子而食邑，庸可殺乎？……乃知陰騭之定，不可變也」（同上〈定婚店〉）。凡此等等，不勝枚舉。這種天命觀與悲劇觀，在存有論及倫理態度上均可說是迥然不同的。因此，以悲劇觀解釋唐人小說，在整體解釋系統上乃是不相應的❽。

當然，我們也可以持誤讀亦自有意義、文學之解析原本就容許誤讀、文學史本為誤讀史等「誤讀有理」論。然而，不相應的解釋無論如何不能使人心服，就如以佛教義理來解釋《聖經》、以牛

---

❽ 詳見龔鵬程〈唐傳奇的性情與結構〉，收入《中國小說史論叢》，一九八四，台灣學生書局。樂先生書，大安出版社，一九九七年出版。

頓物理學來詮釋相對論，講得再多，終究令人覺得「隔」，如說他人夢。

換個方式說，文學作品固然可以任由評讀者從各個角度、用各種方法去讀它，遠近高低，所見各各不同，但並非所有方法與角度都具有同樣的價值。從某些角度看，是會把美人的形象扭曲了，未必值得鼓勵。故未來，我們除了談運用西方理論解析中國小說，更應深入討論是運用何種理論；其理論在應用於中國小說時，又能否發展出關於適用、修改等方法論的思考。

四

當年在討論「社會及行為科學研究的中國化」時，諸君子其實還談了最後一項：「如何以中國的資料與研究發現創立新的理論」。這個議題，在社會及行為科學領域，進展如何，不敢妄斷。在中國小說之研究方面，則成果寥寥，可述者少。

但幾十年來，也不能說是毫無進步。以《西遊記》的研究來說，胡適先生《西遊記考證》結論曾說：「《西遊記》被這三四百年來的無數道士和尚秀才弄壞了。道士說，這部書是一部金丹妙訣。和尚說，這部書是禪門心法。秀才說，這部書是一部正心誠意的理學書。這些解說都是《西遊記》的大仇敵。……幾百年來說《西遊記》的人都太聰明了，都不肯領略那極淺顯明白的滑稽意味和玩世精神，都要妄想透過紙背去尋那『微言大義』，遂把一部《西遊記》罩上了儒釋道三教的袍子；因此，我不能不用我的笨眼光，指出《西遊記》有了幾百年逐漸演化的歷史；指出這部書起於民間的傳說和神話，並無『微言大義』可說；指出現在的《西遊記》小說的作者是一位『放浪詩酒，復善諧謔』的大文豪作的。我們看他的詩，曉得他確有『斬鬼』的清興，而決無『金丹』的道心。指出這部《西遊記》至多不過是一部很有趣味的滑稽小說、神話小說。他並沒有什麼微妙的意思，他至多不過有一點愛罵人的玩世主義。這點玩世主義也是很明白的；他並不隱藏，我們也不用深求。」

胡適這篇考證，力翻古人成案，獨樹新解，與其「文學革命」、「反傳統」的精神相符。把《西遊記》解釋成只具一點點玩世態度及趣味的作品，亦可顯示此時胡適所關切的，是「世俗的解放」而非「生命解脫」之問題，故痛斥傳統舊說講得太深曲穿鑿。

他們在指摘批評傳統時，對於整個傳統其實甚「隔」，完全進不到那個脈絡裡。所以他們自己造了一個「傳統」（指出《西遊記》有幾百年逐漸演化的歷史、指出這部書起於民間的傳說和神話），以為用這種歷史主義方法，說明了它的經過，也就同時說明了它的意蘊（並無微言大義可說）。殊不知這個脈絡不是原有的脈絡，講了半天，畢竟沒有說明此種「遠遊求道」之性質為何。且僅考出《西遊記》元明清這幾百年間的演化過程，卻忘了我們從遠遊的脈絡上照樣可以指出它有幾千年的演化史，而且中國人之遠遊求道，向來談的就是生命之解脫問題。更有甚者，為什麼故事起於神話和傳說、流行於民間，便無深義可說？此殆不知神話與傳說為何物者之言也。

由於它淺、由於它偏枯、所以對於中西文學比較的問題也無法有效展開。依胡適陳寅格看，孫悟空乃是從印度的猿猴故事演變而來。當時做比較文學，能力大抵僅只於此，揣測影響，而且一定是中國受到印度的影響。其實《西遊記》之可以做比較文學研究處，重點根本不在情節單元及故事的來源，而在於這種「遠遊以長生」的天路歷程形態（如班揚宣揚基督教義的《天路歷程》），以及像榮格（Carl G. Jung）所說，遊顯示了人類集體潛意識之問題。近來研究《西遊記》，如傅孝先、余國藩等，逐漸擺脫胡適等人的淺俗觀，改從近乎傳統的「五聖」關係、「意義的追尋」等角度去重讀，正是一大進步❾。

這種進步，其實是通過回歸而獲得的。明劉蓮台刊本稱西遊為《釋厄傳》，清汪象旭評本稱為《證道書》，釋厄證道的現代用語，正是意義的追尋或生命的解脫，用《楚辭·遠遊》的話來說則是「轉化以度世」。那些清朝的評點，一再用道教內丹學或易經理論來詮說《西遊》之原旨正旨，現在我們也從《西遊》各章之韻語詩賦中發現了不少端倪。故對比今昔之說，頗能鼓舞我人重新正視舊小說及其批點評論系統。

對傳統小說批點評論的重視，是近年小說研究界新的風潮，對《紅樓夢》脂批及其他批本、毛宗崗批《三國》、金聖嘆批《水滸》等，均已有不少研究成果。整理傳統小說之序跋、收輯各家詩文集中論小說之語、甚或編寫小說批評史理論史，亦不乏業績。我自己則曾將評點與「新批評」方法進行比較，從方法論的角度，說明評點可稱為一種「細部批評」。它源於經學之訓詁條例、章門科段，而成形於宋代以後。講求為文之法，發掘文學之美，視文為活物，故論法貴乎活法，起承轉合、抑揚頓挫，有往必復，無垂不縮，與講究「起、中、結」或情節與衝突的西方悲劇傳統頗不相同，與新批評也很不一樣。假若我的分析不謬，則運用這種方法，我們仍舊可以對古今小說進行圈點批注❿。

當然，對我來說，我更關心中國小說之結構原則與意義取向的問題，舊著《中國小說史論叢》，自序中曾說：

文學評估所考慮的，主要是兩個互為關聯的層面：一是文字經營的層面、一是小說運用文字彰顯意義的層面。例如悲劇，其所以成為悲劇文類，就是因為它藉著文字層面的情節構造，表達了矛盾衝突的悲劇意義。西方小說，在發展中深受悲劇傳統的影響，因此，小說藝術的構成，主要便是以悲劇的敘述結構：「情節」（plot）為主。情節中必須含有戲劇性的（dramatic）衝突，這些衝突（conflict）包括了人與自然、人與社會、人與人、人與自我的矛盾與爭抗等等；而其進行，則有賴於因果關係，因為「敘述」與時間是相呼應的。唯有知道了西方小說這類結構原則和意義取向，我們要了解西方小說才有可能。就像我要理解一個社群中人的思想和彼此的關係時，必須知道這個社群的組織原理和意識取向一樣。既然如此，那麼，中國小說的結構原則和意義取向是什麼呢？小說研究已經蓬勃發展八十年了，誰能告訴我？如果這個問題至今尚未解決，則一切研究可說都是架空的。縱然我們有了版本流傳的知識、有了小說創作事件的綴連、有了小說內容與時代關係的考證，小說對我們來說，仍是不可解的（正如我們只知道一個社會中許多許多物質事實，而不知其制度與象徵系統，這些物質事實便無法串連起來，構成一個可知的意識對象）。因為不可解，所以不是產生迷惑，就是強用已知者來類擬，以使其可知。早期許多研究者之所以慨嘆：「中國沒有小說」，就是在面對未知

---

❾ 另詳龔鵬程〈旅遊心理學：宗教解脫與世俗解放〉，收入《一九九六龔鵬程年度學思報告》，南華管理學院出版。

❿ 詳見〈細部批評導論〉，收入《文學批評的視野》，一九九〇，大安出版社。

時所產生的迷惑。比方我們以從夫從父居大家族為「家族」既久，驟見一妻多夫母系家族社會時，也常以為他們沒有家族或人倫；雖然習處稍久，漸知兩種都是族，但仍不免以所習知的家族模式來認知或類推，並給予批評。近些年來，許多研究者喜歡用「情節」或「悲劇精神（意識）」來處理中國小說，即是一例。其中有些批評家甚至因為中國小說缺乏情節的因果律（causalrelations），而斷言我國長篇小說使用的是所有情節中最糟的綴段性（episodic）結構，沒有藝術的統一性。

面對這些困惑，我當時曾提出「天命」來說明中國傳統小說的結構原則和意義取向。而這樣的說解，固然是歷史性的，用以解釋古代中國小說；卻也是方法論的，企圖以中國的資料來修正中或創立新理論，尋找閱讀小說的另一種可能。可惜二十年歲月匆匆，至今尚少嗣音。我這個方法的探求者頗有寂寞之感，故假公濟私，在此再次提出呼籲，也向大家請教。

五、散文的後現代性

一

散文，目前大家都把它視為一個「文類」。什麼文學獎什麼徵文比賽，大抵均有散文一類，將它和詩、小說、劇本分別。還有些則設為專門獎項，如吳魯芹散文獎之類。

可是，散文能視成為一種文學類型嗎？

散文之所以成為一種文學體制的指稱詞，可能是由於駢散之分。「散文」一詞，只有相對於「駢文」一詞才有意義。散文之散，與駢文之駢，正好形成一個對比。

但駢文之駢，其實也是很鬆散的描述語。現在我們講文學史，通常將漢魏南北朝的賦都歸為駢文。然而，賦者本為詩之流亞；沈約之前，浮聲切響之學亦未建立，為文者要駢也不太駢得起來。故駢文一詞，所指稱者，絕不能早於齊梁，範圍也不宜太大。

就是依齊梁時期的「文筆之辨」來看，有韻者為文，無韻者為筆，詩賦均可歸入文之領域，文筆之分也絕不能等同於駢散之爭。阮元〈文言說〉謂：「今人所便單行之語，極其奧衍奔放者，乃古之筆，非古之文」，章太炎《國故論衡‧文學總論》便批評道：「阮元以為孔子贊易，始著文言，故文以偶儷為主，又牽引文筆之說以成之。夫有韻為文，無韻為筆，是則駢散諸體，一切是筆非文，藉此證成，適足自陷」。

何況，文筆之分，本來也就不如現在大家想像得那麼明確。以《昭明文選》為例，該書標明選文，又在序中明言只收「事出於沉思，義歸乎翰藻」者，故經、子、史都不入品裁，故常被引用為文筆之分中屬於文這一方的代表。可是，事出於沉思義歸乎翰藻者，原即包括「讚論之綜輯群采，敘述之錯比文華」。而那些讚論序述卻是既有駢也有散，既有韻者也有無韻的。

《文選》前半所錄唯賦與詩，卷三十四以後為七、詔、冊、令、教、文、表、上書、啟、彈事、箋、奏記、書、檄、對問、設論、序、頌、贊、符命、史論、史述贊、論、連珠、箴、銘、誄、哀、碑文、墓志、行狀、弔文、祭文。這些，才是文類性的區分（駢散則不是）。放在一個文類中，大抵或駢或散，並無一定。時代在前者，多為散體，時在晉宋齊梁，則儷語漸多。箋啟、書信、檄、序等體均是如此。只有某些文類，如辭、銘、誄、七才以韻體為之。可見昭明太子之所謂文，本不以文筆之分的文為主；而韻散之殊，在當時也不足以做為文類文體區分的依據。

後來把駢文與散體對比起來說，可能主要是因唐代古文運動之故。古文運動反對六朝駢儷之風，提倡秦漢古文。古，正式相對於時代較接近唐代的魏晉南北朝而言。由於魏晉南北朝文章「義歸乎翰藻」，比較華美，又多駢儷，是以古文運動諸公以秦漢文章為學習對象，強調氣骨。而在文學體式上，秦漢之文，本少駢語，學之者遂亦以此而得以與六朝駢儷區分開來，以致古文的特徵之一，竟是單行散語。《石遺室論文》云：「唐承六朝之後，文皆駢儷。至韓柳諸家出，始相率為散體文」者，即指此而言。

在貞元元和間，古文運動形成之際來華的日本僧人遍照金剛，所著《文鏡秘府論・南卷》中有段話說：「或云：今人所以不及古者，病於儷詞。余云：不然，六經時有儷詞，揚馬張蔡之徒始盛。雲從龍、虎從風，非儷耶？但古人後於語，語不使意，偶對則對，偶散則散。若力為之，則見斤斧之跡。故有對不失渾成，縱散不關造作，此古手也」。由此引文，可見當時甚或更早即有貶抑儷詞，希望藉由散語以追躡古風的想法與作法。故他上溯儷語之源，推到《周易》，期以矯正。這與阮元劉師培等人為反對桐城古文之勢而縱談〈文言〉，正相類似。

而他說作文章須以意為主，不必斤斤計較駢散，當對則對，當散則散，方能渾成。這個道理也是對的。古文運動諸大家，本來也就是駢散兼行的。韓柳王安石歐陽修蘇東坡，也都是辭賦高手，駢四儷文，未嘗不錦心繡口。他們一些散行的文章，中間也不避儷詞。但這種境界，其實頗不易至。一般為古文者，學到的，乃是一些模擬古語以求為古文之形式技術，故以用儷詞為不古。古文運動之所以讓人有它是個散文運動的印象，原因正在於此；古文勢盛，而駢體漸衰亦由於此。

近人郭紹虞有個講法，說春秋前為詩樂時代，戰國秦漢為辭賦時代，六朝為駢文時代，隋唐北宋為古文時代，南宋至今為語體時代。詩樂時代，語與文合，故無駢散之分，袁子才〈答友人論文第二書〉云：「古之人不知所謂散與駢也」。辭賦時代，文與言漸漸分離，文學逐漸走上文字型，在文學中發揮文字之特長，且藉統一文字來統一語言。進而到駢文時代，利用文字特點，形成駢偶與對仗，可稱為文字型之極致。古文時代，則為它的反動。雖用文言，似與口語不同，但卻是文字化的語言型。其後語錄體的流行，小說戲曲的發展，便都是這個時期的進展。故古文運動名曰復古，實乃開新，代表文學以語言為工具而演進（中國文字型與語言型文學之演變，收入《語文通論》正編，開明書店）。

六朝文固然不限於駢麗，但以駢儷為其特點；古文也不限於散語，但以散語為其不同於駢儷之處。而正因其散行單語，故比駢文近於語言型式而遠於文字型式。古文的文藻修飾之美，所謂「文章爾雅，辭訓深厚」，確實不如駢文，這是它不傾向於文字型的徵象。郭紹虞說它近於語言型，但發展了語言型，誠然。我們看古文家的文章中敘言說、狀說話人聲口處，還多於駢文，就可以明白這個論斷是頗有所見的。

二

談到此處，我要先岔出去，討論一下已有的一些散文史散文論，然後再接下去談古文運動與其後散文發展之關係。

民國二五年商務印書館曾刊陳柱《中國散文史》一種。全書依駢散關係立論，謂上古秦漢為駢散未分期，兩漢為駢文漸成期，漢魏為駢文漸盛期，六朝至唐初為駢文極盛期，唐宋為古文極盛期，明清為駢散二體合之八股極盛期。但作者又自疑其旨。云：「吾以謂駢散二名實不能成立」（第一編，第一章）。所以他大抵只是採用文筆說的一部分含義，說文猶後世所謂詩賦駢文；筆猶後世所謂散文（第三編第一章）。如此論文，竊恐其不自安也。該書拾摭上古迄清非韻文非偶體者，敘述成編，其中經史子集鐘鼎碑銘無所不有。間或分派，名目亦極雜錯，如戰國以儒道墨法之學派分。然而學派豈即文派乎？兩漢以辭賦家、經世家、史學家、經學家、訓詁派，碑文家分。然而，經學不有訓詁乎？碑多無名氏撰，又豈成家耶？晉南北朝更有藻麗派、自然派、論難派，寫景派；唐宋而有難派、易派、矯枉派、艱澀派，淺易派、民族主義派。均凌亂不成言語，如此談散文，不是談成一盆麵糊了嗎？

陳柱此書，乃昔年商務「中國文化史叢書」之一。無獨有偶，一九九二年，五十六年以後，另一套中國文化史叢書也由劉一沾、石旭紅編了本《中國散文史》。這本書依時間順序，每一時代各達一些人敘述。選誰與不選誰，毫無標準。既有像司馬遷那樣，已敘於第二編第二章第二節，又專論於第三章的。更有將著名駢文作家如鮑照、吳均、庾信等列入大加評騭的。唐代，皇甫湜等韓門健者，都不齒及，而大談杜牧李商隱。雖然這或許與作者自稱：「本書論述的對象主要在駢散二體，而以散體為主」有關，但在一本散文史中讀到〈哀江南賦〉、〈滕王閣詩序〉，不是很奇怪嗎？如此妄謬，似更甚於陳柱。

此書論散文，還有個與陳柱不同之處。即將散文與儒家思想結合起來。謂漢代經學之發達，使得散文開始「宗經」、「徵聖」，魏晉南北朝儒學地位動搖，駢文大行。唐宋儒學復興，散文亦復振。明清時期桐城派以八股解經之方式為文，衍其餘波，明末小品等則為反動，自抒性靈。

但宗經、徵聖，乃南北朝時劉勰之說。古文運動雖與儒學復興有關，其文卻與經學無關，亦與漢代儒學無關。明末小品文人則或不喜道學先生，然逕謂其為儒學反動，又頗誣罔。是以劉石兩君此類說法，可以驚俗目而不足以論散文史也。

像這類奇談怪論，其實所在多有。加王更生先生為馮永敏《散文鑑賞藝術探微》（一九九八，文史哲）寫序時說：「魏晉南北朝是個儒學式微、百家飆駭的時代，文學理論雖開千巖競秀之局，但綜其大要，不外文話、文選二派」。此語已令人費解，下文竟又說：「文話又叫散文派，以劉勰《文心雕龍》為宗，後起的有散文話、四六話、小說話等」，如此云云，真不知何所見而云然。《文心》以降，是有不少論文之書，但《文心》怎能稱為散文派？它本身是駢文，討論的也多是駢文。四六話更非「散文派」一詞所能指涉。

鄭明娳的散文理論則較有理致。她先區分傳統意義的散文和現代散文。傳統意義的散文，乃是：只要不是韻文，又非聲律文，便均可稱為散文。但若依此定義，小說、劇本、無謂的散文詩怎麼辦呢？鄭明娳乃有「剩餘文類」之說。也就是在文字書寫品中，凡能獨立成一文類，如小說、戲劇、詩等等者，獨立出去。賸下來的殘留作品，總稱為散文。因此，散文並無自己獨立的文類特色，內容過於龐雜，也難以在型式上找出統一的要求。但儘管如此，「現代散文作家們，仍然努力塑造散文自己獨特的形象。理論家們也一致想為現代散文定位，使它具有獨立的身分」，所以她就從內容、風格、主題方面定了些條件，例如說需寫作者個人之生命過程及體驗、需有個人人格特質與情緒感懷，應訴諸作家之關照思索及學思智慧等，依此條件來談現代散文。

這是個聰明的辦法，也是無可奈何之下的辦法。對於現代散文，如此自說自話、自訂條件、自圈範圍，符合她之條件者才是散文，不符她之條列，便可不入品藻，我們當然只能欣賞之，不能討論之，無法置喙。因為若要置喙，只有三途：一、是依其所定規則，看她之評議是否合乎她自訂的標準；二、是完全不採其規則，自己另搞一套，來玩我自己的遊戲；三、質疑其標準，摧毀她建立的系統。事實上，要摧毀這樣的系統，一點也不困難。因為反證太多了。像我現在寫的這篇講稿，完全符合她所定的三條件，但不僅我自己不敢自稱為現代散文，她恐怕也不會如此認為。故是否為散文，其實可能還有別的要素。

而在傳統散文方面，殘留文類或剩餘文類之說，又真能講得通嗎？一、韻文駢文之外，俱稱為散文，顯然只涉及形式性區分。散文若要歸屬於文學史，難道不該有些文學性的區分嗎？否則一切文字書寫品豈非都是散文？二、鄭明娳把現代散文之源上溯於三項：古典散文、傳統白話小說、西洋散文（Essay）。如此論源，便與其論古散文之定義不符。因為倘依剩餘文類小說，小說應劃出散文領域之外，獨立成類；倘依非韻非駢即為散文之說，則古巷議街談之雜俎小說，後來之說話，亦均應屬於散文，無法與古典詩文分居二源。

鄭明娳於散文之研究，用力最勤，現代散文縱衡論、類型論、構成論、作家論，體大思精，而仍有如許多理論的缺口，其餘論者，等諸自鄶，又何庸再議？

三

岔出去把現有散文史散文論批評了一通，乃是為了要說說我自己的見解，以便供人批評。請讓我仍從古文運動講起。

古無所謂散文，因駢文出現乃有駢散之對稱。因古文運動反對六朝駢儷，而逐漸以散體單行之語為其特徵，遂至以古文為散文。此不僅清代古文家如此認為，林慧文〈現代散文的道路〉也說：

「中國過去散文的標準是什麼呢？最好拿《古文辭類纂》一部書來說，這部書是中國晚近正統派散文的選集」（《中國近代散文理論》，頁四七〇）。早期，朱自清亦有「中國文學向來以散文學為正宗」（背影，序）之說。散文若要能為中國文學中的正宗。絕對不會是指剩餘文類或小品隨筆，而只能是指古文。既以古文為散文，則在古文勢盛之時，散文便成正宗了。

但古文除了形式上努力擺脫駢偶之外，它還有兩個特點，一是形制上的，一是內容上的。形制上，古文用以擺脫駢偶的方法，是如郭紹虞所說，採用語言型式，句子長短參差錯落變化，以免文藻繪飾太甚。後世桐城文家講音節講誦讀，其實都與此有關。如姚鼐云：「古文各要從聲音證入，不知聲音，總為門外漢耳」，又說文需讀，「急讀以求體勢，緩讀以求神味」（《尺牘・與陳碩士》）。方東樹提倡「精誦」（《宜衛軒文集》卷六，〈書惜抱先生墓後〉），張裕釗講「因聲本氣」（《濂亭文集》卷四，〈與吳摯甫書〉），都與古文之為語言型有關。劉大櫆說：「凡行文多寡短長，抑揚高下……其要只在讀古人文字時，便設以此身代古人說話。……爛熟後，古人之音節都在我喉吻間」，更是點破了這層關係。然而此所謂語言型，並不是口頭語，而是古語，尤多古人之書面語。以此為古，形成了一種超越時俗的語言風格。所以韓愈說文章寫出來大家越訕笑批評之則越好。

與此相呼應的，是內容。古文之所以為古，不是語言風格古，思想意識也要古，要能與古人之道相結合，能傳古人之道。姚鼐曰：「古人之文，豈第文焉而已？明道義，維風俗，以詔世者，君子之志。而辭足以盡其志者，君子之文也」（〈復汪進士輝祖書〉）即指此言。文章如此，故一般世俗事務，無關「明道義、維風俗」者，其實都不必涉於筆端。姚鼐批評惠棟「瑣碎而不識事之大小」，主張為文「當舉其於世甚有關係，不容不辨者」，而不應糾纏於與「世事之治亂、倫類之當從違」不相干之小事（見〈與陳碩士〉），正可見其宗旨。

語言風格高古不近時俗、內容高遠不談瑣事，所形成的整體特徵，就是讓古文成為一種神聖性文體，代聖立言，如劉大櫆所謂：「設以此身代古人說話」。文章不再是世俗性的。

唐宋時期，通俗應用文書，實為駢文。李商隱在各節度使幕府中供筆役，所傳《樊南四六》足堪證明。司馬光稱相時，且以不擅四六請辭，亦可顯示駢文在唐宋已具應性諧俗之性質。古文之古，正欲相對於其徘、其俗、其駢儷也。

古文同時也反對通俗文字。如語錄、小說、戲文之類文字。後來桐城方苞特別談及的「雅潔」說，正是指此。唯有避免這種世俗性，古文才能凸顯其神聖意涵。

不過，古文是非常複雜的。它具有神聖性的同時，實亦開展了另一個世俗化的面向，怎麼說呢？一是所謂文與道俱，要以文明道達道貫通，其所言之是非美惡高下，實即由其文之美惡見之。故道之云云，均只從文章上看。姚鼐說：「道有是非」、「技有美惡」、「技之精者必近道，故詩文美者，命意必善」（〈答翁學士書〉），不就是如此嗎？如此一來，言道之學，遂僅為論技之語，古文越來越成為只從文字修辭上講究的藝業。曾國藩批評姚鼐「有序之言雖多，而有物之言則少」（《本闕齋日記》乙未六月），古文家又有誰不如此？古文家自己也不諱言這一點，所以劉大櫆說：「義理、書卷、經濟者，行文之實，若行文自另是一事。……古人者、大匠也。義理、書卷、經濟者。匠人之材料也」（〈論文偶記〉）。文人之本領，祇在於擅長組織文字而已。如此將古文技藝化，可說乃是對其神聖性之瓦解。

文既為一種技藝，則我們便應注意古文家也有以文為戲的傾向。張籍便曾指摘韓愈：「執事多尚駁雜無實之說，使人陳之於前以為歡」。韓愈說：「吾以為戲耳」。他講的就是〈送窮文〉〈毛穎傳〉一類作品。柳宗元則替韓愈辯護說：「世人笑之也，不以為俳乎？而俳又非聖人之所棄也。詩曰：善戲謔兮，不為虐兮」（集卷二十一，〈讀毛穎傳後題〉），可見柳亦擅於為此。如此俳諧化，不又是對其神聖性的瓦解嗎？

陳寅恪〈韓愈與唐代小說〉曾由此推論唐人小說之寫作，頗與古文運動有關。其說雖牽聯於科舉溫卷等事，而不能舉以為確解，但古文與俳諧小說有血緣關係這一點倒是說對了。

技藝化、俳諧化之外，我們還應注意其世相化。什麼是古文的世相化呢？古文運動以達道明道貫道為號召，這是誰都曉得的；然而，試看韓柳許多名篇，反而是以寫小人物、小事物而得以流傳，成為後世為古文者之學習典範。如韓愈的〈畫記〉、柳宗元〈種樹郭橐駝傳〉、〈永州八記〉、〈捕蛇者說〉之類，殆皆如胡應麟評唐人傳奇小說所謂：「小小情事，淒然欲絕」。其中當然也講一點道理，但大抵只是一些感懷、一些體會，並非大道理，更非僅限於與「世事之治亂、倫類之當從違」相關之事。這種情況，使古文比六朝駢儷更貼近世俗日常生活，更可以寫社會百態、刻畫世俗生活及小人物之起居謦欬。

古文的這一特點，我以為是與其學《史記》、《戰國策》，汲源於史書敘事傳統有關的。古文運動講明道達道云云者，係由其與經學之關係來；它的世相刻繪本領，則從史書中獲得許多資糧，而表現出來也與明道宗經者不甚相干。後世越強調要學習《史記》的古文家，越具有這種世相化傾向，歸有光即一顯著之事例。歸氏名篇如〈先妣事略〉、〈項脊軒記〉均屬此種。明代文章，八股文發展了古文神聖性的一面，代聖立言（其形制雖然採用排比之體，有類駢文，但八股的寫作手法，實與古文同族。故古文與時文相通或相濟的理論，不時可在明清文論中看到）。小品文則發展了古文的世相化、俳諧化、技藝化的那一面。

清代桐城派古文，以「雅潔」為說，但「義法」云云，所得實僅在法而不在義。故看起來是發展了古文神聖性的那一面，實則朝文章技藝化發展。這個特點，到清末吳汝綸吳闓生父子之講古文筆法、林紓之論韓柳文，看得尤其清楚。林紓以古文翻譯外國小說，更是重新結合了古文與俳諧小說的老關係。

這個老關係，其實本來就沒有間斷過。唐人以古文史筆寫作短篇傳奇，下衍為文人筆記小說之體，唐宋明清，繩繩不絕，敘事言情，靡不擅場。古文家從高自標置、不屑廁身於傳奇筆記作者之列，到奮筆以古文譯寫小說，正可見古文已從經義、聖人之道的位置走下來，貼近世相了。

清末變革以來，文章之講義理、批判流俗者，漸由政論時論及報章社會司其責。這類文章，乃是古代策論奏議書表之遺風，也是古文原本想達到的功能和目標，故不唯思致指向國政大事，不涉瑣末；議論宗旨亦較正大，須言之有物；文筆則較謹嚴凝鍊。

這裡面當然極多好文章，以韓柳等古文八大家的標準來看，都應視之為文學作品的。但若衡諸昭明太子選文之標準說，此即不免「以立意為宗，不以能文為本」。近代論文學者大抵也都將它置諸不論不議之列。

論文學，特別是談散文的人，所指的，其實是具有世相化（寫日常瑣事，世俗社會生活）、技藝化（義歸乎翰藻，講究文采）、俳諧化（文多駁雜無實之說，使人陳之於前以為歡，善戲謔兮，不為虐兮。不那麼正經。有一點趣味、一點情致、一些滑稽幽默、一些戲筆，莊諧並作，魚龍曼衍）

的那些文章。

這時，所謂散文，絕非古文家所說的古文之類屬，也不能由形製上的非駢偶非聲律說。因為政論時論亦是非駢偶非聲律的，而古文所希望達到的明道達道目標，更非散文家所縈懷。

可是，散文確實又是出古文發展來的。是整個古文朝技藝化、世相化、俳諧化發展而逐漸形成之物。這個發展，亦使得早期散文與駢文相對而說的意涵發生了變化，由駢散之散，變為樗散之散。

民初講散文的人，約略摸著了這個轉變的意蘊，所以或以隨筆、或以小品、或以雜俎來自我命名，自我辨識；又或上溯其源於隨筆雜俎、晚明小品；或者說散文之要，在於幽默、在於趣味、在於閑適。講的其實就是它形製上不同於「選學妖孽」，精神上又不同於「桐城謬種」的那種俳諧化、技藝化、世相化特點。

不過，近代文學因受西方文類區分的影響，把傳奇筆記小說納入「小說」之中，遂令筆記傳奇不再如古文時期那樣關係密切。但論散文者不時仍會洩露它們與傳奇原本緊密的特殊關係，像許多推崇張岱《陶庵夢憶》，沈復《浮生六記》的言論就是如此。而又因為白話文運動興起，語言發生變異，「語言型的文學」，由書面語而口語，這時，散文與「小說」的關聯，也表現在它與白話小說的密切關係中。《三國演義》中的三顧茅廬，《水滸傳》的景陽崗武松打虎，《儒林外史》的王冕畫荷、荊元市隱，《老殘遊記》的王小玉說書、大明湖、桃花山，以及《紅樓夢》中諸選段，都對散文家沾概甚多。而這樣的關係，不是從文類區分上談散文的人所能理解的。

四

散，本義為雜肉，從肉，㪔聲。故《荀子・修身篇》注云：「散，不拘檢者也」，《淮南子・精神篇》注：「散，雜亂貌」，莊子則稱不為世用之木為散木。散文之散，即有此義。非經國之大業、不朽之盛事；亦非達道貫道明道之具，不能代聖立言。文章解除了它的神聖性，而朝世相生活方面發展。把世相生活，用技藝化的文字寫得令人欣賞便罷。偶或諷世警世醒世，亦非有微言大義、道宗奧旨；只不過散人雜語，夢魂慣得無拘撿，又踏楊花過謝橋而已。

然而，談現代散文的人都說現代散文成果斐然、名家輩出，可是實際上，現代散文雖為一千五百年以來文章發展之結果，現代卻不是它的時代。整個現代，代表性的文體，其實是小說。這個道理，只要讀過伊恩・瓦特的《小說的興起》，大都能理會。若說「小品文可以發揮議論，可以暢敘衷情，可以摹繪人情，可以形容世故，可以劄記瑣屑」（《人間世》創刊號發刊詞），則小說更可以。現實主義小說在世相化的程度上，甚於散文短製；現代主義小說，又在「本無範圍，特以自我為中心」（同上）方面優於散文。整個文學批評界，在二十世紀，對小說的關切，也遠甚於散文。小說家的光環，則亦遠勝於諸散文作家。

這其中的原因之一，或許在於小說這種文體，或者說十九二十世紀的小說，具有現代性的敘事精神。用小說講民主、講愛國、講鄉土、講烏托邦、講時代變遷、講人生意義。它之摹繪人情、形容世故、鋪陳瑣屑，其實都是為了它的「大敘事」之所需。故其情節，亦均是理性的構建，一點也不樗散、一點也不散雜、一點也不不為世用。

所以相對於小說，散文就顯得較有後現代的氣質。去中心、放棄大敘事，祭鱷魚、聽秋聲，登淩虛之臺，臨滄浪之亭，記賣柑者言，述捕蛇者說，其山某水，一簫一劍，縱情則或放歌，明道則在屎溺。散仙入聖，不妨即其無用是為大用；天女揚花，是亦當散其不空以證真空。體無定質，藉吃喝拉撒睡以顯其相；名無固宜，雜單駢詩歌小說而弗拘其類（也就是鄭明娳所說的：散文具有類型整合的趨勢），它較小說更具有後現代性，不是很明顯嗎？

由此，我們或許可以說，從古文運動發展到現代散文，代表的，其實是一個發展的趨勢。而這個趨勢，到後現代的階段，恐怕將有更大的發展。

當然，把散文跟後現代性扯在一塊，而且預言小說與散文的命運，是貽患無窮的事，必將引來諸多爭論。這點，我自然明白。但題目是本屆大會決定的，我只是奉旨命題作文；而且，學者的本領，不就在強掰硬拗，以理論搞亂世界嗎？論散文的後現代性，亦可作如是觀。

如此論列，也必然是斷章取義的。論後現代者，言人人殊，甚或彼此錯綜，相互枘鑿，亞勒克（*Postmodernism and Politics*, University of Minnesota Press, 1988）對此早有詳述。這其中，不僅有因對「現代」態度不同而形成的差異，更有因論者接觸或熟悉的文類不同而產生的分歧。有些論者喜歡從建築談、有些就藝術做分析、有些專注資訊與傳媒、有些主要利用小說、有些人則由詩立論，故其所析釋之後現代性頗不相同，有些可以相容相呼應，有的則難以並置同視為一種性質。我們在這裡，乃是選擇了其中幾種所謂後現代性來談。例如柏爾曼（Berman）說後現代是嚴肅藝術與大眾文化界限的泯除、藝術崇高性的破滅、生活（日常事物事件）的美學化（*Modern Art and Desublimation*, TELOS 62 (1984-85). p.41），這對我們解說的散文性質，自然是頗能契合的。不過，他談的乃是藝術，而且以普普藝術之類東西為說，它的商業性廣告性複製性，或否定現代主義個別作品的自主自足性等，便非我所能借用以為說明的了。

又如散文與小說的不同，在於它們雖都是敘述，但現代小說重視完整結構和自足自主，有一個敘述者的聲音貫穿全場，後現代則是抒情的敘述（Lyricized Narrative），聲言多重、片斷，且與感情相激發，而此即後現代之一性質。這個差異，固然能如此說，但艾殊伯里（John Ashberry）談抒情化敘事時，本是由史坦貝克的小說和抒情詩的對比中講下來的，我們若要借用，便不能不有所挪選。

此外，現代主義對物化異化的社會是採取批判、抗議的姿態，希望能喚起被壓抑的人性。後現代則被認為是與商品拜物主義妥協了，是對政治、文化的棄權（Arnold Hauser, *The Sociology of Art* (Chicago, 1982), p651, 653）。散文不再高談聖道，流於對文字美感的沉溺；對生活中小小物事、飲食男女、蒔花品茶之縱情描繪，亦可以從這個面向去理解。但是，後現代跟現代資本主義社會體制之間的愛恨情仇，與散文畢竟不甚相干，是很難直接援用的。

雖然如此，我仍要借用黃梅一篇討論戴維・洛奇《小世界》的文章中的講法。他說：巴赫金把文藝復興時期的拉伯雷之作品拿出來，視為狂歡式對話小說的典範，這種做法，頗值得商榷。因為狂歡筆調、諷刺、戲擬、拼貼等手法，古已有之，若謂此即為後現代主義作品，則《十日譚》、《坎伯利特故事集》也都是。十八世紀，諷刺、戲擬之作亦甚多。任何一部小說，若為複調或雜語，也都不免是拼貼（《小世界》中的後現代話題，收入《現代主義之後：寫實與實驗》一九九七，中國社會科學出版社）。

確實，後現代性若視為現代之後才出現的一些性質，則說古代一些作品具有後現代性，便是笑話。某些所謂後現代性，也非新生事物。但文藝復興時期某些作品，經後現代詮釋之後，確有可能成為後現代作品。散文，這個無以名狀之物（非駢非韻非詩非小說非戲劇非……），現在正需要給它一個詮釋。

——二〇〇〇年十月廿五日香港大學中國散文國際研討會講稿，十月二日寫於廈門長沙成都旅次

六、區域特性與文學傳統

據一九九一年五月《人民日報》載：「進入九〇年代以後，中國文學界對民族傳統文化的關注，出現了某種變化。這主要是作家們對地域文化投以新的眼光」。據分析，在八〇年代中期的文化熱中，學術界比較注意傳統文化中的上層文化（如儒、道、禪等觀念形態），而文學界較注意地域文化。現在，這種傾向也影響到大陸的學術界，大家紛紛討論起文化地理來了。文學界本身的創作發展，也逐漸形成了「新時期中國文壇的三個作家群」，即北京、湖南和陝西。這種態勢，該報認為是個頗為健康、完善的文化生態環境。

大陸文學界對地域文化的關注，當然不僅止於此。一九九〇年十二月，大陸中國現代文學研究會第五屆年會的主題，就是「吳越文化與現代作家的關聯」。論文如鄭擇魁〈魯迅與越文化傳統〉、陳建新〈魯迅精神與吳越文化〉、顧琅川〈越文化與周作人〉等，均從地域文化之角度，討論文化傳統與文化的關係。另外，該年八月在北大舉辦的「二十世紀中國小說史研討會」，吳福輝〈大陸文學的京海衝突構造〉也描述了近代文學中的區域特徵。楊義〈四十年代小說流派及其總體格局〉則討論到文化中心和文學流派的變動，國土分割時代的文學地域性。諸如此類討論，近兩年日益流行擴大，配合著大陸區域發展之日漸分殊化，此一趨勢當有逐漸強化的現象。各個省分地區，或致力於發掘屬於自己鄉土的作家，像安徽省編印《現代皖籍名作家叢書》那樣，使得原先不受重視的作家（如蘇雪林）重獲新生；或努力地從地區文化傳統這個角度，重新解釋作家與作品、勾勒文學史的新地圖。

相對於大陸，台灣的文學本土風潮，本身就是以台灣這個區域文化來跟大陸對舉比觀的，台灣新文化運動中的台灣話文運動及台灣文學一島論，無不黏著於土地。「台灣」、「土地」逐漸成了具有神聖性的辭彙，發掘屬於鄉土的作家這種「挖掘出土文物」的活動，或從地域特性來討論文學史的行為，亦不罕見。而且不只限於台灣這個「大區域」，各縣市小區域的文學與文化傳統也逐漸受到關注。《文訊月刊》接受教育部社教司委託，從民國八十年一月起進行的「各縣市藝文環境調查」，最能顯示這層意義。

因此，從文學論述的大環境看，區域特性與文學傳統的關係，正為海峽兩岸國人所共同關注，亦漸成為一種討論文學的主要方法。然而，方法雖已廣泛為人所使用，蔚為風氣；這種方法及論述角度，其本身卻尚乏討論，相關方法論的思考，至為貧瘠，所以在使用時也難免出現一些弊端。我是個關心文學發展的人，爰不揣淺陋，謹就此略予說明，或可做為未來討論這個問題的基礎。

不以地域論文學的時代

以區域為文學分類之指標，原本並不是非常流行的辦法。以《文心雕龍》為例：該書討論了詩、樂府、賦、頌、贊、祝、盟、銘、箴、諫、碑、哀、弔、雜文、諧、讔、史傳、諸子、論、說、詔、策、檄、移、封禪、章、表、奏、啟、議、對、書、記等三十四種文體。其中「雜文」一類，又分為對問、七發、連珠三小類；並提到典、誥、誓、覽、略、篇、章、曲、操、弄、引、吟、諷、謠、咏十六種。書、記兩類中也簡述了譜、籍、簿、錄、方、術、占、式、律、令、法、制、符、契等。這些文類區分，或據其文句格式、或據其功能作用、或據其主題意旨、或據其音樂，殊不一致。但均無以地域為文學分類指標者。

《文心》以前的《文章流別》，或時代相近的《昭明文選》，情況也差不多。《文選》於賦中又分京都、郊祀、耕籍、畋獵、紀行、遊覽、宮殿、江海、物色、鳥獸、志、哀傷、論文、音樂、情。都不曾以地域做為文學分類的指標。連「騷」也不標名為「楚辭」。

以文體來區分文學，當然不是進行文學分類時唯一的辦法，例如以時代來分類文學，便非上述分類法所能涵蓋。但《文選》在分類中實已隱含了對同一文類間歷史發展關係的標示，《文心》也有〈時序篇〉及〈通變篇〉申論時代特性與文學傳統的關係。唯獨地域與文學分類的關聯性，在這些文論中，少見蹤跡。唯一可能稱得上的例證，大概只是劉勰那一句：「豈去聖之未遠，而楚人之多才乎！」（〈辨騷〉）但劉勰固然嘗以屈原之賦係得江山之助，卻也指出屈宋彩藻不一定來自地域特性，因為〈時序〉明白說了：「屈平聯藻於日月、宋玉交彩於風雲。觀其豔說，則籠罩雅頌。故知暐燁之奇意，出乎縱橫之詭俗也。」「楚」騷的風格特徵，他仍然是從戰國縱橫遊說之時代風氣這一面去把握的。

換言之，以區域為文學分類之指標，或辨別某一地域文人及文學作品之風格特徵與文學傳統，在劉勰蕭統時代，尚非大宗，其批評論述亦未成型。當時之《詩品》論詩，亦不以地域為線素。降至李唐，今存唐人選唐詩九種，也都看不出有以地域特性來討論文學風格的狀況。而且，從六朝時出現的一些風格指稱詞，如永明體、齊梁體，是以時代為標界的；宮體，則用以指稱作品內容特徵。唐人所謂上官體、元和體、卅六體，情況亦復類似。一直到宋人所講的西崑體等，或嚴羽《滄浪詩話·詩體》所述，或以人、或以事、或以時代、或以特殊寫作手法、或直指風格，竟都很少以地域來標示文學風格、類秩作家間或作品間的關係。

這個現象，讓我們重新認識到一樁事實：地域特性與文學傳統的關係，在南北朝甚至隋唐時期，都仍很疏淡。地域特性與文學傳統的關係，尚不為文學觀察者所注意，創作者也很少自覺地要繼承某一地域特性的文學傳統。

了解這個事實之後，讓我們回頭來檢查一下文學史。

講區域特性與文學傳統，恐怕很多人會立刻想起《詩經》與《楚辭》。《詩經》的十五國風，當然與《國語》一樣，是分方國歸類的。但是，從整個《詩經》的結構看，國風可能主要還是從歌謠功能與音樂性質上進行的區分，故「風」與「雅」「頌」並列。雅是朝廷樂章，頌是宗廟之樂，風則指它是可以表現各地風俗的歌謠，所以稱為風❶。其中周南與召南，更有若干學著認為那是因為「南」屬另一種樂器樂曲，放在風、雅、頌之外，予以特殊處理。凡此，皆可見《詩經》之編排，殊不如一般人所想像的，可視為區域文學之表徵。採詩或編集的人，根本未從文學傳統來考慮，也無意藉由國別的區分，來彰顯各地域之文學風格與傳統。

縱使我們退一步，仍把「國風」看成是依國別來區分的，它能否視為地域文學傳統之建構呢？

當然不行。地域特性與文學傳統，非指自然地理區域中之一群人與這一堆作品，若未顯示出一種共同創作趨向及風格特徵，便無法稱得上是文學傳統。《詩經》各國之詩，除了所謂「鄭衛之音」、「鄭聲淫」，略見一些風格概括描述之意外，實在很難具體指實某國風詩有某傳統。而所謂「鄭聲淫」者，亦係由音樂方面進行之評述，單從文字上也未必便能蹤跡追躡它到底如何淫法❷。

楚辭的問題也很複雜。顧名思義，楚辭乃楚人以楚聲言楚事。但是這勉強能說是一種方言文學罷了，猶如今之閩南語歌曲，是以閩南語唱〈港都夜雨〉、〈丟丟銅仔〉、〈蚱蜢弄雞公〉等等。它是否為「文學」尚可爭論；〈白牡丹〉與〈天黑黑〉之間又具有什麼文學傳統關係，亦復難言。只不過亡秦者楚，漢朝軍將多為楚人，四面楚歌的故事，暗示了這個方言歌曲在漢朝也必其有特殊

---

❶ 風詩是否為可以表現各地風俗的歌謠，不無疑問。〈詩大序〉云：「風，風也，教也，風以動之，教以化之。上以風化下，下以風刺上」、鄭玄《周禮注》云：「風，言聖賢治道之遺化」，皆未必有地域風俗之意。鄭樵始謂：「風者出於風土，大概小夫賤隸、婦人女子之言」，由此乃有國風出於民間之說，如朱熹即云：「凡詩之所謂風者，多出里巷歌謠之作」。但國風縱使真屬里巷歌謠，也必然不是民間歌謠的本來面目。屈萬里〈論國風非民間歌謠的本來面目〉一文，論之甚詳，見中研院史語所《集刊》第卅四本。因此，從國風論斷地域文學傳統，根本是不可能的。何況，屈先生只說國風非民間歌謠之本來面目，朱東潤則更進一步考證，認為國風之作者多為卿士大夫，而非民間之思婦勞人（見《讀詩四論》，一九八〇，東昇文化）。故國風雖係分國編列，卻很難由此推論地域與文學風格之關聯。

❷ 論文學者，雖推源於《詩經》、《楚辭》，但我們必須注意：先秦並無後代意義的「文學」。《詩經》、《楚辭》皆為歌曲。所以從《詩》、《騷》上根本不能看地域特性與文學傳統。

之地位。「楚辭」一名，即是在這種文化結構中出現的，意謂秦漢一統文化形成之後，因歷史的原因，楚地的歌辭仍能以此一特殊身份而存在。可是時間逐漸推移，老人逝去，新的大一統時代氣息日益茁壯，中央化成了主要的文化走向，區域文化特性即不可能獲得發展的空間❸。楚地的作家，並未式武繩繼，真正發展出一個有地域特性的文學傳統。楚騷也逐步脫離了它與地域的關係，僅成為一種獨立的文體套式。其他地區更不曾發展出文學傳統。整個漢代，文體的制約效果，均遠大於地域關係，如蜀人司馬相如，其賦固與蜀地無關；同一文體，亦看不出作者地籍不同會出現什麼不同的處理。如設論一體，東方朔〈答客難〉、揚雄〈解嘲〉、班固〈答賓戲〉，皆呈現相同的文體特徵，而難以考見作者之地籍特點。其他文類，大抵相同。當時各地方言雖多不同，然方言文學並無發展，土語方俗出現於作品中者亦極有限。

這種現象，與當時士族之中央化趨勢，實相脗合。地方性的豪族，在思想上逐漸從區域性進而為全國性，不再自視為某地之士，反而在精神上出現了天下同體、士族同類的感情。故至漢末，士族雖或出身一地望，但稱揚人物，必曰海內、必曰天下。如天下忠誠竇游平、天下義府陳仲舉、天下楷模李元禮、天下英秀王茂叔、海內貴珍陳子麟、海內彬彬范仲真、海內賢智王伯義、海內貞良秦平王……之類，地方豪族在凝結為士族的過程中，從區域性的小社會，眼界擴大到全國性的大社會。這是秦漢大一統王朝對文化的摶塑力使然，文學無法表現其區域特性，殆亦時勢為之❹。

這種中央化或全國一體化的文化格局，即使在漢末天下瓦裂分崩的情況下，亦未曾改變。漢末諸侯割據，天下三分。但這其中只有曹魏政治集團鳩合了一批文人，號稱鄴中七子。其他地方勢力則與文學發展無甚關係。然而，曹魏父子與這批文人所開創的建安文風，仍與地方色彩無關。其後如竹林七賢、三張、二陸、兩潘、一左等等，無論為太康之雄抑或元嘉之英，文人集合及用以標示時代文風之意義，均大於區域特性。當時固然由於南朝官制的特殊性，造成了文人隨府主轉任各地的情況；且北人南渡，對於江南，重新經歷了一場地理大發現的歷程，地方志開始興起；地方性文人集團，如荊雍集團、金陵集團之類，亦已出現❺。可是，這些畢竟都仍是中央意識浸潤下的遊賞觀玩，仍是高門第士冑間的組合，非地方性自生的傳統。文人事實上與地方是有距離的。不僅南朝如此，唐人之竹枝詞、風土詩、流寓詩等，也都是如此。君不見白居易〈琵琶行〉乎？白氏自傷「我自去年辭帝京，謫居臥病潯陽城。潯陽地僻無音樂，終歲不聞絲竹聲」。然潯陽豈真無音樂可聽？不，是這位大詩人瞧不起地方音樂，謂：「豈無山歌與村笛，嘔啞嘲雜難為聽」。所以遇到「本是京城女」的琵琶女，大興感慨。此中原一統文化意識之表徵也。

因此，我們可以說，從秦漢到唐朝，大體上是中原文化形成、穩定並逐步擴散的時期。也是文學逐漸獨立成形並建立自己的法度與傳統之時期，各種文體，匯歸為一大文學傳統。猶如各民族與

---

❸ 游國恩〈楚辭講疏長編序〉：「楚辭非徒辭焉而已。……觀《漢書・王褒傳》：『宣帝徵能為楚辭九江被公，召見誦讀』。《隋書・經籍志》：『有僧道騫善讀楚辭，能為楚聲，音韻清切。至唐傳楚辭者，皆祖騫公之音。』證知騷人之辭，實關聲樂，誦讀之方，與凡有異。……漢初，楚聲盛行，顧能以聲節楚辭者蓋鮮，故自劉安以下，但以訓其詞義，通其句讀為能事，其楚聲則亡之久矣」（收入《楚辭論文集》）。自劉安以後，能誦楚辭者少，可能並不是楚辭的音韻太特殊；而是在時代轉變之後，大一統的新時代已逐漸出現了新的風氣，楚風不競，能作楚聲者日漸減少之故。見註❹。

❹ 詳見毛漢光《中國中古社會史論》總論第四篇〈中古士族性質之演變〉，特別是第三節。民國七十七年，聯經。

❺ 詳見王文進《荊雍地帶與南朝詩歌關係之研究》，民國七十六年，臺大博士論文。

各地域人士，共同形塑了一個大的統一的社會文化意識❻。在這樣的時期中，文化意識在中央一統結構下的分化現象，尚未發展。文學也同樣還沒有在建構法律系統、文體規範及評論標準之餘，形成區域性次級傳統的分類。《昭明文選》、《文心雕龍》、《詩品》等書，其所以未嘗以地域為文學分類之指標，正足以顯示這個事實❼。

地域的文學傳統

從唐代後期開始，版圖擴張及中原文化的推拓活動均已遲緩了。版圖內各地漸次開發，文教聲華逐漸平均地在各個區域發展起來，中央的文化領導地位，有時便未必仍能保持。且因政治上形成分裂的五代十國，某些國君倡勵文藝，其政治中心即可能同時成為文學重鎮。如西蜀的文教發展甚為迅速，孟昶周圍之文士也形成西蜀文人集團，編出了《花間集》。代表西蜀詞風的《花間集》及南唐君臣的詞作，事實上只是一種地域文風，但在詞史上卻有正統地位。並不曾因西蜀南唐在政治上失敗了而動搖這種地位。換言之，原本各政治中心亦即文學中心，後來政治中心轉移了，文學卻仍在發展中。整個宋代，文化之重心就仍在西蜀、南唐、吳、閩這些十國舊地。例如書籍刊刻，著名者有所謂蜀本、閩本、建安書棚本等。晁以道云：「本朝文物之盛，自國初至昭陵（仁宗）時，並從江南來。二徐兄弟以儒學、二楊叔侄以詞章、刁衎仕鎬以明習典故，而晏丞相、歐陽少師，巍然為一世龍門。紀綱法度，號令文章，燦然有備。慶曆間人材彬彬，皆出於大江之南。」確非虛語。依《宋史》道學、儒林、文苑各傳統計，南北宋文人學者之地理分布如下表：

地／時	京畿路	河北路	河東路	京西北路	京西南路	永興軍路	秦鳳路	京東東路	京東西路	淮南東路
太祖	一			四				二		
太宗	五			二		二			一	
真宗	二	三		一		一		一	五	
仁宗	一		一	一				三	六	一
英宗										
神宗				一			一			
哲宗		二		四		一		一	二	
徽宗				三	一	一				二
欽宗										
高宗				四						
孝宗									一	
光宗										
寧宗										
理宗										
度宗										
恭宗										
瑞宗										
帝昺										
合計	九	五	一	二〇	一	五	一	七	一五	三

❻ 魏晉南北朝到隋唐，是文學建立起自己的法度規範體系的時期，詳見龔鵬程〈論詩文之「法」〉，收入《文化文學與美學》，民國七十七年，時報。

❼ 南北朝政治分立，文學也似乎形成了南北文風的差異，所謂：「江左宮商發越，貴於情綺；河朔詞義貞剛，重乎氣質」（《北史・文苑傳序》）。但事實上，並不是真有這樣的南北文學之分，而是唐初修史者多為北方人士，他們持一種反文學的態度，把南朝文學視為「亡國之音」，故刻意抬高北朝的文學地位，造成南方浮靡、北方貞剛的假象，以重質抑文。夷考史實，北朝文學貧乏，〈隋志〉所載北朝文集僅廿二家，南朝則計三百零六家，數量上根本不成比例。風格方面，北魏頗為浮靡，東魏北齊的魏收邢邵更曾偷襲江南任昉沈約之文。整個北朝文學，其實是南朝文學的仿擬發展，而不是南北地域分立形成兩個對比的文學傳統。詳見註❻所引王文進書第五章。

淮南西路			一			一	一												三
利州路																			
夔州路																			
成都府路			二	二			三	一		一	一		二	一					一三
潼川府路								一											一
荊湖北路		一																	一
荊湖南路			一	一		一	一												四
江南東路			二	六		一	一	一	一			一		三					一六
江南西路			一	三		三		一			六	二	四	三					二三
兩浙路		三	二	一			二	三		四	二	一	七		二				二七
福建路			二	一	二		二	二	二	八	五		二	一					二七
廣南東路																			
廣南西路																			
黔南路																			
合計	七	一四	二四	二七	二	八	二〇	一六	三	一七	一五	四	一五	八	二				一八二

由本表，我們可以看出：京西北路二〇人（現今河南地），京東西路一五人（現今山東、河南地），成都府路一三人（現今四川地），江南東路一六人（現今安徽、江西地），江南西路二三人（現今江西地），兩浙路二七人（浙江），福建路（現今福建）二七人，在各地分佈中佔額最多。案，北宋時河南山東乃京城所在，政治重心，固然文人學者輩出；江西浙江福建卻也不遜色。當時

北方征服者對南方人其實是心存歧視的，如真宗欲相王欽若，王旦云：「臣見祖宗朝未嘗有南人當國老。雖稱立賢無方，亦須賢乃可。臣為宰相，不敢沮抑人，然此亦公論也」。又景德初，晏殊以神童薦，與進士並試，賜同進士出身，寇準便說：「惜殊乃江南人」。真宗還替晏殊辯護道：「張九齡非江外人耶？」到了神宗廟，神宗相陳旭，問司馬光外議云何。司馬光便謂：「閩人狡險，楚人輕易。今二相皆閩人，二參政皆楚人，必援引鄉黨之士充塞朝廷，風俗何以更得淳厚？」此皆北人瞧不起南方人之例證。然而，南方文教聲華日益彬龢，北方則漸殘破，連原先壟斷的政治勢力也越來越難保持了。這種形勢，形成了地域間的競爭關係，南北之爭以及南方各地域間互爭，遂為宋代常見之景象。如新舊黨爭之中便含有司馬光邵雍反對南人王安石為相的因素❽。舊黨中洛、蜀、朔亦自分派。這就是地域性的黨派主張與利益組合了。學術上，如理學分為濂、洛、關、閩幾大派。詩亦有江西詩社宗派、睦州詩派❾。吳坰《五總志》說：「南北宋間，師坡者聚於浙右、師谷者萃

---

❽ 張之洞有詩云：「南人不相宋家傳」。指邵雍於天津橋上聞杜鵑聲，感嘆南方人將為相，可能替國家帶來災難之事。又司馬光也與歐陽修爭論如何取士之問題，主張保障北人利益。北人這種態度，南人李覯〈長江賦〉即曾表示不滿。

❾ 江西詩社宗派並非地域上實際存在的詩社，而是觀念的社集，欲以宗派為架構，建立文學史知識、處理詩人關係、尋找風格類屬，與地域並無直接關係。詳見龔鵬程《江西詩社宗派研究》，民國七十二年，文史哲出版社。至於睦州詩派乃元世祖至元三十年，翁衡取唐元和至咸通間睦州有名的詩人十人，編為一集，名《睦州詩派》，見謝翱《晞髮集》卷十。所以也不是睦州實際上存在的詩派，而是評論者以睦州這個地域為線索，所建立的文學類屬關係。這種評論文學的方式，起於宋末，明清大盛，詳見下文。文學評論者之所以有此觀念與做法，當然與其身處之社會狀況有關。

於江右，大是雲門盛於吳、臨濟盛於楚」，講的就是這樣一個文學上也已分區畫域的時代。

地域，做為政見、學術、文學上分類的一種指標，是由這個時候才開始的。各個地區的地方性知識分子出現了，他們成長並逐漸類聚。類聚的形式，往往是結社。文人結社，起於唐代末期，但先是文人雅集，後來則普及於鄉里間，吳可《藏海詩話》說：

> 幼時聞北方有詩社，一切人皆預焉。屠兒為蜘蛛詩，流傳海內？……元祐間，榮天和先生客金陵，僦居清化市為學館，質庫王四十郎、酒肆王廿四郎、貨角梳陳二叔，皆在席下，餘人不復能記。諸公多為平仄之學，似乎北方詩社。

這是唐末世族凌夷、平民文化興起的結果，文學被一般人所普遍享用、參與。詩社原先可能在北方較盛，後來在南方亦得到長足的發展。全祖望《鮚埼亭集外編．卷廿五．句餘土音序》云：「吾鄉詩社，其可考者，自宋元祐、紹聖之間，……以孝友倡鄉里敦龐之俗，而唱酬亦日出」，即指此言。南宋時杭州的西湖詩社，盛為吳自牧《夢粱錄．卷十九．社會條》所稱。可是據《月泉吟社》的記載，當時杭州尚有杭清吟社、古杭白雲社、孤山社、武林九友會、武林社等，足見其普及盛況。其他如宗偉、溫伯有詩酒之社；周必大、史彌遠各有詩社；樂備、范成大、馬先覺結詩社；王齊輿致仕後營雲壑園，與諸公唱酬，社中目為詩虎：晉江廣福院僧法輝，禪餘以詩自娛，與呂縉叔等為同社；趙葦江有東嘉詩社……等等。載籍所錄，不勝枚舉[10]。這些都是地方性的文人集團。屠戶、貨郎、僧道、退休巨僚、書商、地主及無聊文人可能同在一社，月集日吟，既有社課，復有約盟揭賞，久而久之，便可能出現一種文學風氣，影響該鄉里後輩，形成文學傳統。以江西為例，陸放翁〈曾文清墓志〉載曾茶山「未冠時補試州學，教授孫勰亦贛人。異時讀生程試，意不滿，輒曰：『吾江西人屬文不爾』。諸生初未諭。及是，持公所試文，矜語諸生曰：『吾江西人之文也』，乃皆大服」（文集卷卅二）。這個故事即明確顯示了宋朝確實存在著地域文學傳統，某些地方的文士，也頗以其文學傳統自矜。另外，程文海《雪樓集》卷十五〈嚴元德詩序〉說：「自劉會孟盡發古今詩人之祕，江西詩為之一變。今三十年矣，而師昌谷簡齋最盛，餘留時有存者」，對於地域文學傳統的發展，也可說是舉了個具體的例子。

文學現象的變遷，必然影響到文學觀察者的觀念。故元朝袁桷〈書湯西楼詩後〉分崑體之後的宋詩為三宗：臨川之宗、眉山之宗、江西之宗。這時，地域便已成為文學風格分類的指標了。明朝此風更盛，論者謂明初吳中詩派昉於高啟、越中詩派昉於劉基、閩中詩派昉於林鴻、嶺南詩派昉於孫蕡、江右詩派昉於劉崧。詩之分派，即皆以地域為畫界標準。後來的茶陵派、公安派、竟陵派，或閩中十子、吳下四傑之類稱呼，也都顯示了當時批評意識中地域特性與文學傳統之關聯，已充分為評述者所覺察。故除了詩歌之外，如曲亦以地分。徐渭《南詞敘錄》云：「今唱家稱弋陽腔，則出於江西；兩宗、湖南、閩、廣用之。稱餘姚腔者，出於會稽；常、潤、池、太、揚、徐用之。稱海鹽腔，嘉、湖、溫、台用之。惟崑山腔只行於吳中」，這些唱腔，雖出於某地，然非只方言歌曲，並指唱法，故一腔或不限於本鄉本貫，各腔之間，改調即可互歌（故朱彝尊《靜志居詩話》云：「傳

⑩ 有關文人結社之起源與發展，另詳註⑨所引龔鵬程書。

奇家曲，別本，弋陽子弟可以改調歌之，惟〈浣紗〉不能」）。徐渭曾言：崑腔「流麗悠遠，出乎三腔之上，聽之最足蕩人」，流麗悠遠，亦明指風格而言。此外，王驥德論沈璟與湯顯祖，也以「吳江」、「臨川」為說，謂：「臨川之於吳江，故自冰炭」。斯與清初詩壇以吳梅村為婁東派、錢謙益為虞山派者何異？詩歌與戲曲如此。詞則陳維崧為陽羨派、朱竹垞為浙西派；二派之後，乃有張惠言之常州派。以地域論風格，情況正與古文之有桐城、湘鄉、陽湖各派相似。一方面，各地文人蠭起，創造了新體制新風格，各領風騷，由地方影響到全國。一方面，評論者也習慣從地域的角度來評述文體風格之變遷。情勢與宋代以前大不相同了。

以地域論文學傳統

要說明清朝人是如何以地方區域為線索來解釋文學史，張泰來《江西詩社宗派圖錄》是個好例子。此係因對呂本中〈江西詩社宗派圖〉有所不滿，故重新編輯之書。不滿之處有三：一是呂氏所列江西詩社宗派中人，籍貫不盡屬於江西；二是所述二十五人之詩學風格、淵源不盡相同；三是還有不少江西人，如晁仲石、范元實、蘇養直、秦少章等，均未列入宗派圖裡。因此，他一方面廣為搜集與黃山谷等人有淵源有關係的江西詩人史料，編入這冊圖錄中。一方面替江西這個地域建立文學傳統，他說：

《三百五篇》之後，作詩者原有江西一派，自淵明已然，至山谷而衣缽始傳。

上推江西之詩風至陶淵明。於是江西詩風乃有一鮮明之傳統：它不是學自杜甫或什麼人，而是江西人陶淵明以來自成一格的。這個論點，宋元明皆不曾出現，而是張泰來他在強烈地域意識驅使下，進行的文學史重新解釋工作。不只如此，他更認為：

> 矧江西宗派不只於詩，即古文亦有之，不獨歐陽、曾、王也。時文亦有之，不獨陳、羅、章、艾也。推之道德節義，莫不皆然。

運用這種地域區分，不僅可以重論詩歌、重論宋代的江西詩社，也可以論古文、論明代的八股文文學傳統。甚至可以論道德節義等行為表現。這裡便隱隱然有一點地理決定論的味道了。

張泰來這樣的工作，同道頗多。像裘君弘的《西江詩話》就是純從地域文學史的角度編集的，其序云：「編詩話而繫西江，意者竊取夫子十五國風之旨，而吳楚二風之補乎？」、「因思呂舍人江西宗派之說，為《西江詩話》十二卷，此是書之所由起也」。評述江西人的詩作，編為此書，自附於十五國風及呂氏宗派圖之後。其實國風與呂氏之圖，都不採地域觀點之批評意識，但卻被這批新的評述者拉來做了祖先。所以它事實上與張泰來編的《江西詩社宗派圖錄》一樣，都是以地域觀點對呂氏原作的修正、改造或轉化。

更大規模的文學史著作，是江西人汪辟疆的《近代詩派與地域》。汪氏不僅著眼於江西一地之詩史，更要綜論一整個時代的詩風。他曾分別採用《水滸傳》式的人物排秩法與地域分布描述法，撰寫了《光宣詩壇點將錄》和《近代詩派與地域》。對於後者，他尤為重視，曰：「《點將錄》為譜錄之體，非綜論之文。今日重拈此題，將近百年內詩壇掌故，為一綜合與分析之說明」。在他之前，陳衍《石遺室詩話》雖曾提到當時詩壇上有浙派、閩派、嶺南派等等，卻還沒有如此系統的綜合處理。「隨地以繫人、因人而繫派，溯源流於既往，昭軌轍於方來」，把當時詩壇分為湖湘、閩贛、河北、江左、嶺南、西蜀六派。每派均指某一地域詩人形成之風格類型，並依地域風土及該地文學傳統，說明此派之風格淵源。例如論湖湘派，曰：

荊楚地勢，在古為南服，在今為中樞。其地襟江帶湖，五溪盤互，洞庭雲夢盪漾其間。俗尚鬼神，沙岸叢祠遍於州郡。居是邦者，蔚為高文。即異地僑居，亦多與其山川相發。荊楚文學，遠肇二南。屈宋承流，光照寰宇，楚聲流播，至炎漢而弗衰。下逮宋齊西聲歌曲，譜入清商，極少年行樂之情，寫水鄉離別之苦，遠紹風騷，近開唐體。向來湖湘詩人即以善敘歡情、精曉音律見長。卓然復古，不肯與世推移，有一唱三嘆之音，具竟體芳馨之致。

前者言其山川風物土俗，後者言其文學傳統，然後在這個架構下敘論湖湘詩人在同治光緒朝的表現。六派統觀，彷彿如見一幅光宣朝詩歌史的地圖⑪。

這類文學批評手法，取資於明清日益昌盛進步的地理學及地方志修纂事業，應該不少。我國地理學在明末清初大有進展，不僅傳教士帶來世界地理新知，儒者亦以研究地理為讀史之津梁，顧炎武《天下郡國利病書》、顧祖禹《讀史方輿紀要》導其先路，《海國圖誌》繼起，洎及清末，研究西北史地亦成學人之常業。地學發展，迥非曩昔可及。方志之修纂，亦復如此。大師如章實齋，便主張編方志時應把該地詩文獨立編為「文徵」，如〈方志立三書議〉曰：「凡欲經紀一方之文獻，必……倣《文選》、《文苑》之體而作文徵」。其〈和州文徵敘錄〉又說：「方州選文，《國語》、《國風》之說遠矣。若近代中州河汾諸集、梁園金陵諸編，皆能畫界論文，略寓徵獻之意，是亦可矣」。可見他也是主張畫界論文的。這樣編纂出來的方志文徵，與《睦州詩派》一類書，又有什麼差別呢？

而實齋本身就是喜歡以地域論學術傳統的人，著名的「浙東學派」說，即為此公傑作⑫。這種以地理區畫來討論文化發展的論述方法，在實齋到汪辟疆這一段時間，頗為流行。汪氏同時而稍前，如梁啟超劉師培，都是主要論者。梁啟超有〈地理與文明關係〉、〈亞洲地理大勢〉、〈中國地理大勢〉、〈歐洲地理大勢〉、〈近代學風之地理分布〉等文，論證地理與文化發展有密切關係，上承林春溥〈水土與人民氣質〉（《開卷偶得》卷十）之說，並謂南北地理民俗之分殊，在哲學、經學、佛學、詞章、美術、音樂各方面都會形成南北風格的差異。劉師培也有類似的講法，其〈南北學派不同論〉、〈南北文學不同論〉，具體分析了南北文學與學術之不同。這些論述，顯示了汪辟疆那樣的批評方式，乃是整個大學術環境普遍風氣中的一個部份。同時代人，有些以理論來說明地

⑪ 另詳張之淦先生《遂園書評彙稿》，民國七十五年，商務。〈近人詩話四種析評〉之四。

⑫ 浙東學派，並非實際上存在之學派傳承，而是章學誠「追認」的，詳見何冠彪《明末清初學術思想研究》，民國八十年，學生，〈清代浙東學派問題平議〉。

理對文化有密切乃至決定性的關係，有些持此觀念具體處理文學史學術史文化史，有些則替鄉里做點建立文化傳統的工作。例如胡適論漢初學術，喜言「齊學」；柳詒徵《中國文化史》論文化發展、錢穆《中國文化史導論》辨中西文化之不同，均從地理的觀點進入。錢穆本身更有《史記地名考》等地理學著作，其弟子何佑森撰〈兩宋學風的地理分布〉、〈元代學術之地理分布〉、嚴耕望撰〈戰國學術地理與人才分布〉皆承其學風者，嚴耕望治歷史地理學及人文地理尤見成績。魯迅則不太運用地理觀點來解說歷史，但他從事鄉土文獻之輯校，編有《會稽郡故書雜集》等，不僅系統重建了地方文化傳統，對故鄉紹興的歷史感情，也深深影響到他「魏晉文章」的風格與人格取向。這些事例，說明了什麼呢？難道以地域特性來論述文化傳統，在近代不是一種主要的學術方法嗎⑬？

地域與文學傳統

以地域特性論述文學之方法，雖然已廣為人所採用，但如何說明一個區域的地理範圍同時也即是一個文化或文學範圍，並不容易。理論的說明者往往從以下幾個角度立論。一是由人與自然的結合關係上說。即一群生長在自然地理區域中的人，與該地自然景觀的關係。如說「北方之地，土厚水深，民生其間，多尚實際；南方之地，水勢浩洋，民生其際，多尚虛無」。地理景觀直接影響人的性格，當然也就影響了該地居民的文化創造，「民崇實際，故所著之文，不外記事析理二端。民尚虛無，故所作之文，咸為言志抒情之體」。此外，各地自有方言土語，語言的隔閡，也自然形成一個個不同的文化區域，「聲音既殊，故南方之文亦與北方迥別」（劉師培〈南北學派不同論〉）。

以上這種論證，早見於《漢書・地理志》，是最常見的論證方式。但地理自然景觀只能大略示指它與人的關係。事實上同一個地域中的人，性格差異也很大，南方自有尚實際者，北方亦有好玄虛者。而且文化是否直接關係於地理，也不無疑問，因為文化會傳播、能流動，是眾所周知之事。發生於海濱的文化，傳播入沙漠高山平原地區，一點也不稀奇。文化之生存假若並不仰賴地理條件，何以其發生就一定與地理有關？而且以地理自然景觀及物質條件來論述文學之風格與傳統，必須強調地理的偏殊性，並藉此說明其地文學之偏殊性。但這種論述非常危險，因為它必須技術性地忽略人性共相及其在文學中之表現。同時，我們也常忘了：正是基於共通的人性及文學審美之類似，我們才能了解並欣賞不同地域的人所寫出來帶有特殊地域風味的文學作品。所以，所謂地理之偏殊，可能反而是吸引我們，而非區隔我們的質素。而強調某地如何偏殊不同，反倒可能只是代表了希望為他人所注意、接納之行動，未必在事實上存在這樣的偏殊差異。

人與自然的結合關係，倘不足以證成區域文化傳統之義，則論者或由人與人的自然關係上立論。

⓭ 清代學者除地理學專著之外，文集中涉及地理者極多，王重民曾輯為〈清代學者地理論文目錄〉，收在《禹貢半月刊》中。此可以看出近代學人對地理問題的重視。這種重視，不僅在清末民初出現從地理觀察文學與文化的風氣，直到現在，仍為普遍常見之研究趨向，大陸學界尤其表現了這種態度。陝西學界好談「關學」；河南則研究「洛學」；四川、湖南、廣東、福建、江浙……莫不如此。這當然有一些政治、經濟或學術計畫發展體系分配等問題，但清代以來的學風，仍在此中起著具體的作用。同理，論者或以為當代談本土性、談台灣文學特性，是受到一種「反中心」時代學術風氣之影響。地域文化，渴欲由中原文化霸權中掙脫出來，以取得獨立的價值與地位。這誠然不錯，但本文所指出的，乃是這種以地域觀念討論文學傳統之方法，也是明清以來流行之法，不只為今日之風氣。討論地域問題，有一點歷史的縱深，恐怕是必要的。

同一地域中人的同鄉關係及異代同鄉關係，可能是構成一地文化傳統的重要因素。鄉黨之間，親戚族屬彼此影響；或壤地相接，聞風興起；鄉賢對同鄉後輩的啟迪示範，都可以形成文化傳統，出現一個特殊的類屬狀態。這個道理不難明白，例證也隨處可見。汪辟疆推江西之詩風，淵源於陶潛，即基於這一理論。但是蘇軾蜀人，其詩文皆與蜀地文學先輩無甚關係。蜀地雖出現他這樣的大文豪，蜀地卻沒有聞風繼起、紹述其風格，如江西人之學黃山谷者。因此這種人與人的關聯，未必便能構成地域文學傳統。而且本鄉先賢對鄉後輩沒什麼影響，卻影響了其他地區的情況亦甚普遍。像前文所舉程文海〈嚴元德詩序〉語，謂江西之詩，在劉辰翁之後，頗學李賀與陳簡齋。李賀家昌谷，簡齋則為洛陽人，他們的詩風竟影響了江西。這種影響，顯示了文學上風格的選擇與形成，主要是一種文化價值的認定與追求，與地域並無絕對關係。本鄉先輩及大師，固然最可能直接影響一地之文風，然文化價值的追尋，實難以地域封限之。

還有一種討論地域特性與文學傳統的辦法，是從該地之歷史文化條件立論。一個地區經濟、工藝、政治、歷史以及文教發展狀況，可能會影響該地人的生活態度、價值觀人生觀，也會影響到文學表現。例如北京為帝都甚久、上海與外商交通較有經驗、臺灣曾遭日本統治之類歷史文化條件，形成了京派、海派不同的文學藝術表現、以及臺灣「亞細亞孤兒」的臺灣人意識之文學。這樣的區別，乃是由一地之文化傳統論其文學傳統，所以比從自然地理談文學傳統要合理得多。黃公度曾勸梁啟超說：「公之變遷論，以南北分學派，以空間說。此論甚不確。蓋論地理而證以學派則可，論學派而繫以地理，則窒礙多矣」（光緒卅年七月四日〈致飲冰書〉）。以空間地理來談文化傳統是很成問題的，故只能從文化發展的狀況上來說明各地的差異。而文學為文化之一環，由各地文化發展之一般情況來解釋該地文學之特性，自然是可以成立的。

但是，所謂一地之文化傳統，真是實際存在的狀況嗎？我們現在說某地因其歷史文化發展的特殊性如何如何，故其文學如何如何。這個「歷史文化發展的特殊性」，是怎樣獲知的？約翰‧G‧岡內爾《政治理論：傳統與闡釋》一書，對於「傳統」的辨析，很值得我們參考。

他認為，所謂傳統，其實只是一套虛構的神話。是史家基於處理他自己這個社會所面臨之問題、重新評價當代事物而建構的一套說辭。它假設歷史龐雜紛紜之事相中，存在著一個足以統攝諸多事物，而且是一脈相承並有逐漸發展過程的「傳統」存在。這個傳統，對當代事件與思想也有著因果意義。論者彷彿把歷史上各種文化表現，看成是關切著同一套問題和思想，是歷史上有關一些持久議題的對話活動。他們之間的差異，是傳統的創新部份；共同處，則代表了繼承性⑭。

這種傳統神話，他舉西方政治理論為說。我們則不妨以所謂「亞細亞孤兒之臺灣人意識」為例稍做解釋。某些講臺灣文學史的先生們，認為臺灣因其地理及歷史條件之特殊，為荷蘭、西班牙、清朝、日本、民國相繼統治，但統治者都是外來的壓迫者，並不認同臺灣，所以臺灣人長期處在被剝削壓抑的地位。統治者失敗後立即棄守，又使臺灣類似無父母（祖國）疼惜的孤兒。因此，臺灣文學，一方面充滿了悲嘆嗟怨的亞細亞孤兒情懷；一方面又有強烈的反抗精神，要反抗一切壓迫。從賴和以來，這個傳統即一脈相承。所有文學作品，在他們的解釋中，似乎都是有關這一反映臺灣人悲慘命運及反抗精神的重複變奏，是對臺灣人命運這個永恆的基本問題之持續對話。這種臺灣地

⑭ John G. Gunnell《政治理論：傳統與闡釋》，王小山譯，一九八八，浙江人民出版社出版。

域特性與文學傳統說，已充斥於坊間。但這個「傳統」事實上只是論者為解決他們的國家認同危機、重新評價當代事務而建構的一套說辭。亦即把中華民國先化約為國民黨政權，再類比為荷蘭、日本，視為外來之統治者、非祖國。然後藉著對臺灣文學傳統的歷史建構，講臺灣人的文化意識，而達到建立「臺灣人自己的國家」之目的。

這種論述，表面上是從歷史文化傳統來釐定文學傳統，可是實際上是倒過來的。所謂傳統，也只是一種史家反省的分析架構，是由史家理性化建構過的「歷史」；實際上未必存在著這樣一脈相承，足以統攝諸多物事的傳統。因為史家面對歷史材料時，是有選擇的。他們從歷史上挑選了一些作品，做為真正傳統的代表，而對其他作品（那些不能脗合其「臺灣人意識之傳統」者），則予以貶抑或芟棄。挑選出來的作品，固然構成一條先驅與後續者相繼的傳統香火之鏈。然而，那些被貶抑或芟棄不論的文學史實，正顯示了文學在歷史發展中存在著多樣風格與主題意義，非此一傳統所能綜攝解釋。另一類型的史家，從另一堆文獻及「史實」中挑選另一批材料，表述另一種傳統神話，乃輕而易舉之事，亦為常見之事。何況，這個被建構的傳統，其中各式人物著作，真的都關切同一主題，表達同一種意識狀態嗎？歷史的流衍變化，恢詭無端，事相之紛紜複雜，亦復萬怪惶惑，不可究詰。建立一個單系傳承之文學或文化傳統，或有助於我們辨識現今身處的地位，為我們的行動提供歷史的合理性解釋。但從歷史解釋學的角度說，此舉實在是把歷史看得太簡單，以致勾繪出一幅虛假的圖式譜系[15]。

故所謂文學或文化傳統，常是被解釋出來的。這個傳統，有其發端、變化、終結與復興，為一彷彿若真之存在體。不只「臺灣人意識的臺灣人文學傳統」如此，前文所學之江西詩社宗派、浙東學派等，亦是如此。

浙東學派之說，始於章學誠。謂浙東之學，多宗江西陸九淵，流衍至王陽明、劉蕺山、黃宗羲、萬斯大、全祖望，形成浙東史學，與浙西治學方法及精神皆不相同。後來梁啟超添入了邵晉涵，章太炎添入了黃式三黃以周，這個學派的陣容遂越形堂皇。何炳松更上推其淵源於宋朝程頤，謂浙東在宋朝即有永嘉與金華兩大派。於是看起來從宋到明到清，便真有一個脈絡相承、精神相繼、淵源流傳非常明確的浙東學派存在了。但後來大家逐漸發現：陽明學派本不講史學，實齋之學也與黃全諸氏不同，黃氏全氏的著作也到晚年才見著，〈又與朱少白〉一文甚至將黃氏歸入朱學系統。所以實齋並非真能繼承黃宗羲之學者，浙東也沒有這樣源遠流長的一個學派。既然如此，章氏為何要建構這麼一個學派呢？余英時認為章氏在當時是把戴震看成學術上的勁敵，為了與戴氏代表的學風對抗，在心理上，他需要一個源遠流長的學統做後盾，否則即無法與繼承朱子之學數傳而起的戴震匹敵。而且章氏把他跟戴震的對峙，看成是南宋朱陸、清初顧黃的重現。這種自我評價，也使他不能不建構一個由陸到王到黃到他自己的學脈譜系⑯。這個體系儼然的學統建立後，後人遂視為歷史上真正存在之物；且又各依己意，為它添加骨血，強化其源流關係。如何炳松為之上溯淵源於宋之永嘉金華。此與呂本中作〈江西詩社宗派圖〉，以當日生時居地各不相同的二十五人，類秩成一系統，

---

⑮ 有關臺灣文學的本土論述，另詳游喚〈八十年代臺灣文學論述之變質〉，八十一年元月十一日「當前文藝論評工作」。

⑯ 同註⑫。

做法正復相同。當時呂氏謂此二十五人皆學江西黃山谷，故是江西一祖下衍諸派。胡仔乃謂山谷亦學杜甫，所以應推源於杜甫；張泰來則更溯源至陶淵明。詩派中人，原無陳簡齋。然因方回初讀老杜黃陳詩皆未有得，後誦簡齋集始有入門，故通老杜黃陳與簡齋而玩索之，所以拉簡齋入派，成為一祖三宗之一。曾茶山本來也未列入，至劉克莊才編入。諸如此類事例，在在可見學派詩派傳承授受若有家法者，常是史家建構之物，是被解釋出來的東西。要用這樣的「傳統」解說一地文化藝術之發展與特性，不能不格外慎重。

文學的區域研究

這也就是說，無論從自然地理區域、人際聯繫或歷史文化傳統來討論一地文學之特性與傳統，都很難確說鑿指。我們不否認確曾存在著一些地域性的學風門派，但也有許多地域學派是史家虛構的「傳統」。地域對文學傳統的影響更是複雜，不能用簡單的聯繫辦法把地理與文學拉在一塊兒。以地域特性申論某地文學發展狀況與風格特徵，僅能以寬泛鬆散的方式來運用，而無法視為一嚴格之方法。運用時亦須注意其效能與限制。

雖然如此，在處理小地域文學家之關係，以及作品與讀者之關係時，地域特性與文學傳統的辨識，仍是很有效的方法。例如「明代的蘇州文人團體」、「臺灣的鹽分地帶文學」，這類區分便很容易梳理該時該地的文人活動狀況，也可以跟其他地區文風發展做一分辨，便於進行文學的區域研究。

這種區域研究與比較分析，對文學史研究尤其重要。因為文學史往往依時間先後敘列文學及文藝思潮的發展，忽略了這些不同的文學表現與觀念，可能不只是時間的差異，也常是地域傳統的差異。如明代弘正之際，李東陽主持臺閣，號茶陵派。復古派起而反對之「厭一時為文之弊，又相與講訂考論，其文法秦漢，其詩法漢魏李杜」（張治康〈渼陂先生續集序〉），復古思潮瀰漫一時。公安派繼起，又反對復古。這種時代風氣之轉變，能不能也看成是地域文學的對抗關係呢？李東陽乃湖南茶陵人，當時號為茶陵派，臺閣體又以歐陽修文為圭臬。所以可說是一種南方文風。反對者則多屬北方文士，康海〈渼陂先生集序〉、〈太微山人張孟獨詩集序〉及關中人張光孝〈石川集序〉論弘德七子，南方人皆僅列一徐禎卿，餘六人皆北人，陝人又居其三。可見當日復古文學，係由北人主導。其後反對七子者，如徐渭為浙人，公安三袁為湖北人，似可謂為另一種南方文學。換言之，各地域文人及文學風氣的競爭，也許是構成文學史演變的重要因素。而這一因素，在只以時間敘述，而乏空間布列之文學史著中，往往甚少著墨⑰。

同樣的，我們在論述歷史時，常採總敘時代之方法，而對一時代中共時的地域性差異，少予分辨。忘記了一個時代中可能存在著許多不同地區的不同傳統與發展狀況。如論明代學風，即云明人淺陋，學子皆束書不觀，徒耗精力於科舉，卻忽略了明代人之不學，可能是因為從事科舉，也可能

⑰ 不過，在討論文學時，除了貫時性的文學史敘述外，說明地理區域文風的並時存在，對了解文學當然很有助益。但做區域文學傳統的研究者，事實上並不能以並時性替代貫時性，反而常要替地域文學建構傳統上溯其源，回到順時間性的論述。這就使得地理並時論述轉而成為歷史貫時性研究之補充成為其次級系統，地理區域特性的論述，無法獨立運用，這是非常明顯的方法局限。

是由於李夢陽等人提倡不讀唐以後書，更可能是因浙中理學家好談性理。束書不觀，原因非一。而當時蘇州學風，反而是主張博學的。注意這個地域的學術傳統與文學風氣，不惟可以說明一個時代複雜的內涵，也能在一般講明代文學史時，僅從臺閣——七子——公安——竟陵這種單線史述之外，發掘文學社會更豐富的一面⑱。

此外，文學的區域研究與比較，在文學批評史的研究上也可被運用。因為不同地域既可能有不同的文學傳統，其文學評價標準便不一致，其論文學史，評述觀點自多差異。以清末詩來說，江西人汪辟疆總論全國詩壇，以地域分布為綱，不加軒輊。但其《光宣詩壇點將錄》明列湖湘派之王闓運為托塔天王晁蓋，以贛人陳散原為及時雨宋江、閩人鄭孝胥為玉麒麟盧俊義。自然是凸出了閩贛派在詩壇的領袖地位。閩人陳衍《石遺室詩話》及《近代詩鈔》近於這個評價，但對鄭孝胥的推崇，卻在陳散原之上。江西人福建人的觀點如此，其他地方人士服氣嗎？未必。試看北方人楊鍾羲之《雪橋詩話》，即知其差異之大。無錫人錢仲聯則謂其鄉賢沈曾植「高於散原矣」（《夢苕庵詩話》）。南皮張之洞也指贛派詩為江西魔派。說陳散原是「張茂先我所不解」。至於廣東人，喜說黃公度，更不在話下，如李景新〈廣東民族詩人黃公度〉就說：「嗚呼！公度誠中國近代最偉大之詩人」。這些評語，雖不能逕視為鄉曲私愛，但其深受各地域文學風氣影響，實甚顯然。

地域觀念對批評家的影響，當然不止於阿私本鄉先賢這一點。一位具有地域觀念的評論者，在觀看各種事務時，都可能會帶上省籍地理意識。例如清人述古，即常從地理畛域這點去立論。紀昀、朱士彥、錢大昕、施北研、宗廷輔、潘德輿、李亦元以迄錢鍾書，論元遺山詩，就都從元遺山當時金宋對峙，「南北分疆，未免心存畛域」這個角度去看問題，引遺山「北人不拾江西唾，未要曾郎借齒牙」等詩為證，謂遺山瞧不起南方的詩風。不知此「江西」乃指曾慥編《皇宋詩選》而言，非指江西諸派。以致亂點鴛鴦譜，說當時北方文風，自王若虛以來即不喜江西詩派，遺山承此風氣，故不做江西社裡人云云。這樣的批評，並不能說明宋金文學交往的狀況，卻有效地顯示了地域意識如何在文學批評活動中起作用⑲。

我們平時在研讀文學史時，不可能不先接受一些史籍或重要文評家對時代、作者及作品之評價；文學史著中，討論的也常是被這些批評家稱為偉大作者的一連串名字。但假如評論者之地域意識對其評價文學，真有如此顯著之影響，則我們在運用文學批評史材料時就須當心了。唐初史家所描述的南北文風區分，以及他們對南朝文風的貶抑，可能就肇因於修史者皆為北人。故讀史者不能將其所述，視為歷史實相，而應詳考發言者之發言情境、政治立場、籍貫與地域觀念，並由此進而發展各地域批評家批評意識間的比較研究。

自清朝以來，以地域特性論文學雖已蔚為風氣，但真能進行方法論之反省並深化這種方法者，殊不多見。以上簡略言之，希望能對文學研究有所助益⑳。

---

⑱ 明代中期的蘇州文壇，簡錦松《明代文學批評研究》是唯一可見的力作，對明代文學批評史之研究，很有貢獻。民國七十八年，學生。

⑲ 詳見龔鵬程〈論元遺山與黃山谷〉，紀念元遺山誕生八百年學術研討會論文，民國七十九年。

⑳ 限於篇幅，本文對於中央和地域文化的關係，文化大傳統與地區小傳統之關係，皆未及申論，敬祈讀者見宥。

七、試論文學史之研究

——以劉大杰《中國文學發展史》爲例

「文學史」究竟算不算是一門學科？如果是，它的範疇、目的、和研究方法又當如何？

自從光緒三十年，我國開始有了第一本文學史以來，一冊冊巨著小帙，絡繹問世，迄民國四十九年，已有二百六十二種了❶。二百六十二種！這個驚人而且仍在不斷膨脹的數目中，到底有多少珠玉、多少瓦礫，恐怕難以甄別了；但是，我們確實能知道的是：對「文學史」研究展開自覺地反省，似乎仍不多見。因此，我們的文學研究固然目類繁多、流派蠭起，但說到一般文學「史」的概括了解，卻仍與四十年前無多差異。

反省的文章，當然也是有的，比如葉先生慶炳〈有關中國文學史的一些問題〉一文，就認為文學史上「引起爭議的問題中，有一部份，事實上不難以客觀的態度和縝密的思考來尋得一個合理的

❶ 見梁容若〈中國文學史總目錄〉（《東海大學圖書館學報》第二期），梁容若、黃得時〈重訂中國文學史書目〉（《幼獅學誌》六卷一期）。

答案。但也有一部份，實在由於可供依據的資料不足，無法獲得圓滿的答案。」（六一、四、廿八、聯副）。依葉先生文中所舉：〈美人賦〉非司馬相如作、蔡琰〈悲憤詩〉二首皆真，裴鉶傳奇非溫卷之作、〈乩髯客傳〉之作者問題、宣和遺事之撰作時代等例子來看，他所指的兩部份，都是「歷史上有關文學的事實」問題，而獲致此一事實的方法，則是客觀的考證。

同例，梁容若〈如何研究中國文學史〉一文，也強調：「文學史的正規，是作成文學跟文學批評的客觀歷史」❷。他們的論點，據我看來，彷彿仍是劉大杰「文學史的編著者，便要用冷靜的、客觀的頭腦，敘述已成的事實、環境、理由和價值。」（《中國文學發展史》第六章第一節）之說的同調。

然而，客觀就是文學史研究的方法或態度嗎？透過這種方法，它所要建立的學科目的（如梁氏所說的：說明文學發展演進的大勢、研討歷代重要作家的成就、分析過去重要作品的內容……），能否圓滿具足地達成？

二

要回答上述問題，理當設定文學史的研究性質與範疇，並討論其方法。

文學史，不是展示國家或社會歷史的文獻的歷史、不是反映於文學中思想的歷史、不是依編年寫錄下來的某些作品評論，早在韋勒克、華倫合著的《文學理論》一書中，已有敘述❸。文學史就性質上看，它處理的對象是文學，其本身卻是歷史研究。這種歷史研究，雖然必須關注三個層面（一是文學作家與作品、二是文學思想、三是整體文學活動與社會文化的關聯），但其本身卻具有史的取向，所以它討論作家和作品時，理應不同於純粹的文學研究，而又因為它所處理的對象是文學，所以雖同屬歷史研究，其方法也必不同於「中國經濟史」、「中國科技史」等學科。

這樣的處境，真是值得我們深思的。

二

首先，我們應當考慮：文學事實能不能做歷史研究？

如此一問，似屬多餘，因為答案顯然是肯定的；可是，事實上卻不如此簡單。歷史研究，無論是資料的搜集、研判、編排；理論的假設、歸納、證明；乃至史實的重建、因果關係的推求，都必須通過客觀而系統的方法運作。其所建立的歷史知識，也必須經得起各種資料及經驗的驗證，葉梁二氏所講的客觀方法態度，即指此一性質而言。然而，此一性質，與文學乃是不相干的，為什麼呢？

二—一

文學，將它作為討論或認知對象時，必然牽涉到價值判斷的問題，文學史研究中尤其如此。而鑑賞與評價之過程，事實上乃是一種主客交融、主客聯合的精神活動：以我們主觀固有的經驗、意

❷ 收入梁氏《中國文學史研究》一書，五十九年，三民書局出版。

❸ 見該書第十九章〈文學史〉部份。該書有兩譯本，本文採用大林出版社梁伯傑譯本。下同。

念、情感，與外在客體（作品）相應相發，而構成整體的活動，轉化了外在的文字，使其成為我們所領略的意義，並形成美感之價值❹。而在歷史上的眾多價值中，又必須經由我們的領會與研判，裁定文學作品的價值高下，並繫聯價值間的關係（諸如影響、類同……等）。因此，在這裏我們必須思考有關讀者心理活動、及價值研究等兩方面的問題。

二一·一

就知識論立場看來，凡可以客觀地肯斷（objectively asserted），而不必與主體繫屬、不必與我們主觀的態度（subjective attitude）發生關係的知識，都是外延知識。文學顯然不屬此類。讀者、解釋者（Interpreter）在閱讀文學作品時，必然與作品這一符示記號共同構成一組意義情境（meaning situation），因此，所謂讀者之心理活動，即是作品與讀者相互交融過程中美學反應（aesthetic response）的問題。一篇作品的美感效果或價值，必不能脫離讀者主觀的態度而存在；一切文學知識，基本上便是種內容真理（intensional truth），而非外延真理（extensional truth）❺。譬如一首詩，我們在面對它時，顯然不只是訴諸抽象的概念分析與推理，而更是憑藉我們對歷史及人性生存的經驗，來了解作者的悲喜，這種最直接的了解基礎與方法，乃是直覺與同情❻；也許一位文學批評家能運用分析的方法，將直覺所得，筆之於書，形成系統、條理的解釋，但這種解釋，仍是與主體活動深具關聯的。我們假如承認文學作品可以容受各種不同觀點的批評、不斷發掘它新的意義層次，就應了解文學作品的研究必然是主客交融的，它無法純客觀地肯斷、也無法純主觀地曼衍。從前，邏輯實證論者曾稱呼傳統形上學為「概念的詩歌」（conceptional poem）；鮑曼（Bauman）則認為主觀性的問題，不能構成科學研究的問題，而應留給詩或哲學去解決（Bauman, Z. 1979 "*Hermeneutics and social science.*

Essex. The Anchor Press." PP.14-15）。這些看法，固嫌偏宕，但不正表示了詩歌不是外延真理嗎？

內容真理必然牽涉了主觀的態度，而主觀態度之良窳，又必然影響到對文學美感的審視與判斷。因此許多美學家遂不得不宣稱：「只有第一流的詩人才能評詩」（歐立德語），譬如狄爾泰（W. Dilthey）的解釋學（Hermeneutics），便以為唯有對人性深刻了解及具有超特解釋力的人，才能讀出符號象徵的意義；維瓦茲（Eliseo Vivas）也說：「美只為那些天賦有能力與訓練的人而呈現於事物中」❼。這類強調「合格讀者」的觀念，似都顯示了文學批評之所謂客觀，只是與主觀互動、互相穿透的客觀，它詭譎地隨著研究者的心態、能力，而隱現浮沒。以法眼觀之，固然無俗不真；以俗眼觀之，則又無真不俗了。是之與非，恍兮惚兮，何「客觀」之有哉？

因此——史學研究，若果如傅斯年所說，以科學的史學為目標，則文學顯然不是史學研究所能奏功的❽。

二一一・二

❹ 此處請參看龔鵬程〈詩歌鑑賞中的評價問題〉（《中外文學》十卷七期）、高友工〈文學研究的美學問題：美感經驗的定義與結構、經驗材料的意義與解釋〉（同上，七卷十一、十二期）。

❺ 解詳牟宗三《中國哲學之簡述及其函蘊之問題》第二講。

❻ 參看劉述先《新時代哲學的信念與方法》（六十四、商務）第一章第三節。

❼ 詳註❸，第十八章，頁四〇五；劉文潭《西洋美學與藝術批評》第七章第四節。案：所謂第一流詩人才能評詩，「詩人」兩字須稍予界定，因為創作與批評，屬於兩類不同的精神活動，故而此處之所謂詩人，應是指其美感能力而言，不是指其作詩能力。

❽ 科學的史學（Scientific history），詳余英時《歷史與思想》（六十五、聯經）自序。

上述這些主觀的態度，多半與評價活動有關。評價活動，基本上建立在兩個相對的因素上：一是美學的價值觀、一是評價所指涉的對象。美學價值的選取不同，往往會使時代和個人對整體文學的觀念隨之改易；持此觀念，指向作品時，自也會產生互異的估價。譬如南北朝隋唐時期，文學以巧構形似為主要美學價值，陶淵明的評價便不甚高；中唐以後，文學美的觀念發生變化，淵明遂逐漸成為文學美的最高典範；以致於詩人創作時，也以塑造陶式風格為鵠的，這便產生了規範的作用❾。據此看來，把價值劃歸為「規範科學」（Normative Sciences）的研究對象，應當是不錯的。它與客觀研究「事實」的自然科學並不相同，因為價值判斷不能不牽涉到個人所處的具體情境與特殊立場，其運作，也是在價值關聯（Value-relevance）的主觀條件下進行的。而且，規範必然有其規範的價值目的，希望對將來的文學走向有所指導。例如北宋中葉對杜甫的評價，便與宋初不同。其所以不同，既是因為美感價值觀產生變化，也規範了創作的走向。因此宋代詩人眼中的杜甫，不只是歷史之真實、也是當時詩人創作意識的投射；不只詩人受杜甫的影響，杜甫也被詩人依其價值取向而捏塑成型。謂余不信，那麼我們倒要請教：何以在古今眾多作家中，單單選擇杜陶等三數人，作為創作的標準呢？選擇，本身就代表了一種價值的歷史判斷。一件文學作品，未經這類價值的選取與判斷時，它的價值即蘊而未顯；但透過主觀的價值處理後，卻能成為規範的依據；而這些主觀的價值也常轉化為作品本身的屬性。這種弔詭的情況，可以張戒《歲寒堂詩話》所述宋代評價活動為例：「韓退之之文，得歐陽公而後發明；陸宣公之議論、陶淵明柳子厚之詩，得東坡而後發明；子美之詩，得山谷而後發明。」（卷上），所謂「發明」，二字真可深思，在這些人選取並決定它們的價值之前，它們的美感價值並未被肯定或確定。像李商隱詩，五代宋初，它被人視為金玉錦繡的價值代表，深受館閣諸公喜愛；但等到西崑衰微之後，王安石卻宣稱它是杜甫的嫡傳，這是因為王荊公視杜詩為絕對的價值，並以這種價值觀來「發明」李商隱詩所致。若要深考歷史真實，義山風格也可以與杜甫無關，因為我們很難判斷荊公這種繫聯與判斷，是否正確；而且，「關係」的「發現」，也常受主觀識解的影響：像西崑諸人，就極喜歡義山詩，而極不喜歡杜甫；金王若虛也說杜李兩家表現的美感完全不同，以西崑工夫絕對無法造老杜渾成之地。這類事例，可以無限枚舉，但基本上我們必須知道：文學史知識的形成，深受各時代與個人價值判斷不斷影響，其本身業已錯綜複雜，難以浚理；而我們自己做文學史研究時，也必然會根據個人所處具體情境及特殊的價值觀點，而處理文學事實。

三

固然文學事實不一定像上述評價活動那樣鬆動游移，如〈長門賦〉是否為司馬相如作、杜甫生於何年、辛棄疾與陳同甫的交誼、元明間劇團活動的狀況、隨園著述的版本……等，都不難稽查資料、按覈以求。然而，即使是在這一層面，亦不如此單純。就文史資料而言，有經驗的研究者都知

---

❾ 唐代仍似巧構形似為主要創作導向，見元結《篋中集》序。另外，陶潛聲價之顯晦，略詳錢鍾書《談藝錄》頁一〇三—一〇九。案：聲價之顯晦，必與當時之批評意識及價值選取有關，因此我們研究文學批評史時，看當時優劣古人的情形，即可得其意識之底蘊，六朝時品題人物或文章，輒以所批評對象之優劣，定批評者之高下，便是此理。《三國志》陳思王植傳注引荀綽《冀州記》：「劉準子嶠字國彥，髦字士彥，並為後出之俊。準與裴頠、樂廣善，遣往見之。頠性弘方，愛嶠之有高韻，……廣性清淳，愛髦之有神檢，……準嘆曰：『我二兒之優劣，乃裴樂之優劣也。』」《顏氏家訓》卷四文章第九：「邢子才、魏收俱有重名，邢賞服沈約而輕任昉，魏愛慕任昉而毀沈約，祖考徵常謂吾曰：『任沈之是非，乃邢魏之優劣也。』」此類事例，皆可與下文論價值選取事合看。

道：哪些資料與此事實有關，並無一定的標準和範圍，必須由研究者自行判斷；而這些判斷，則建立在我們的信念和知識的基礎上；這些信念與知識，又都牽涉到或精或粗、或科學或常識、或學習或自創的種種理論❿。不但如此，我們的研究動機、預期目標，以及由直覺產生的先行判斷、對某一學說的好惡……等等，都會影響我們觀察的程序和取證的結果。至於根據資料而做成的論斷、和形成的理論，中間游移的差度就更大了。張靜二〈西遊記中的孫悟空〉一文，曾比較鄭明娳和 Dudbridge 的研究說：「孫行者與猿猴故事、巫支祈、哈奴曼以及佛經等的關係，兩人所用資料幾乎全同，但結論則異」⓫。這和《紅樓夢》的研究一樣，每個人所用的資料幾乎完全相同，卻有許多不可定之是非。可見事實的認定，實與研究者本人的理論系統、價值觀念不可分，《西遊記》、《紅樓夢》的研究不過是其中一例而已。

再者，除了作品本身以外，我們對事件的概念和關係等知識，也常隨著我們知識的拓展與理論的取捨而產生內容的變化。以清代公羊家的復興為例，徐復觀繼承了民國初年民族主義的立場，並以宋明學為型範，對清代學術深致不滿，所以痛斥清代中末葉的今文家是「他們因除公羊傳外，更無完整之典籍可承，為伸張門戶、爭取學術上獨占的地位，遂對傳統中之所謂古文及古學，詆誣剽剝，必欲置之死地而後已，使後學有除今家的文偏辭孤義外，更無可讀之古典的感覺。」依此觀點，他必然很難發現清代今文與文學密切的關係。但如果我們把清今文家視為風氣轉變中的揉合者與改造者，則自龔定盦魏默深以下，他們與文學的關係，便有許多可談者⓬。同理，陳寅恪所瞭解的古文運動，就可能與我們不同；胡適之所瞭解的同光詩體，也可能與我們迥異。故而，一件文學事實，它的內容與涵蓋的範圍、意義，都不是「封閉的」，而是可以增、刪、修、改的⓭。

由此，我們必須放棄「事實」可由經驗材料本身來證驗的看法。資料本身和資料的選擇，都不是中性客觀的，事實與理論、概念密不可分，它必須經由某些興趣、觀點、前提、預設而獲得、而發現，不同的認知基礎與價值，會使我們對事實的認定有所差異，甚至整個對文學史的看法，也會因而異趣。

三

事實，既然隨著理論與價值之系絡而互動，那麼歷史的真相又是什麼呢？文學史乃是種史學研究，這種研究的性質與方法，直接關係著這個問題的答案。

我們在上面的分析中，已清楚地看到主觀態度的參與，乃是文學評賞或事件考察中不可或缺的部份。這似乎顯示了人文境域與自然科學的處理，應當有不同的軌範，而歷史，正是人文活動具體表現的場所，因此，近世紀的史學家，莫不致力於歷史領域與科學領域間「性質」（Qualitative）與

---

❿ 參見何秀煌〈從方法論的觀點看社會科學研究的中國化問題〉（收入《社會及行為科學研究的中國化》、七十一年、中研院民族學研究所）。

⓫ 該文係比較鄭明娳《西遊記探源》與 Glen Dudbridge, *"The Hsi-yu Chi: A Study of Antecedents to the Sixteenth-Century Chinese Novel"* (Cambridge: At the University press, 1970)，見《中外文學》十卷十一期。

⓬ 今文家與晚清文學的關係，略見龔鵬程〈晚清詩人諷寓的傳統〉（七十一、華正、《讀詩隅記》頁二二三—二四一）、〈詩史觀念的發展〉（第一屆國際中國古典文學會議論文）。徐復觀語，見所著《中國經學史的基礎》（七十一、學生）自序。

⓭ 詳同註❿。

「方法學的」（Methodological）不同之研究[14]。譬如狄爾泰就認為人類心靈想要得到某種內在了解（Internal comprehension）的世界，與科學所創造的外在傳統式符號（Pure conventional symbol）的世界，並不相同。柏格森也主張主觀的存在（Subjective existence）應與自然科學所加諸外在世界的圖表式秩序（Schematic order）相對。新康德學派（Neokantions）則以為歷史研究（文化科學）方法，所以與自然科學不同者，乃是前者必須仰賴直覺的體會。……他們的看法，不僅在區分自然科學與人文科學之間的分際，更觸及了「歷史解釋如何可能」的問題。

歷史，並不如某些幼稚的實證論者或史料論者所說，可以客觀而完整地藉著資料來說話、來呈現[15]。資料本身非但不完整，其證據力也難以保證，它所揭示的「真實」，不但如上文所說，常與研究者的理論和價值系絡有關，其自身更是大大小小各種解釋的遺迹。一位研究者面對這些大大小小、無可數計的史料時，他的心智必須做怎樣的活動，才能「重建」歷史呢？真是用心如鏡，純然客觀地由資料本身來展示來說明嗎？若果如此，則資料何以又有重要與不重要的價值劃分、真與偽的判定呢？反之，若歷史必須讓我們「進入」以求了解，則其方法又如何呢？

史料學派所崇拜的宗師蘭克（Leopold von Ranke），為此提供了一個「沈思冥想」的觀念，也就是說史家必須依自己的一套價值體系（Value system）為基礎，做選擇地進入，進入歷史脈絡中，去揣想、去體驗當時人物的活動狀態[16]。

這是個很有趣的觀念，既有主觀的價值、又有客觀情境的投入，因此，主體與客體並非截然劃分的，史家通過「再體會」與「再經驗」的內在歷程，既以歷史人物自身的看法去了解史實，又以史家對自己時代之體驗去掌握，兩者融合為一，歷史始能重予建構，克羅齊宣稱：「一切真實的歷

史都是當代史」，理由亦即在此⓱。很明顯地，歷史研究的目的是什麼呢？是一堆排比的知識、還

⓮ 詳 H. Stuart Hughes《意識與社會》（七十、聯經、李豐斌譯）頁六十三。在這一趨向中亦難免有其異同，如韋伯即認為文化科學與自然科學之不同，不是研究對象或研究方法之不同，因為方法根本就界定了研究的對象。故而他又認為我們無法確定什麼是歷史事實，只能知道該如何去研究歷史與社會的現象。

⓯ 所以把這種情形稱之為「幼稚」，是因為他們忽略了實證科學本身也自有其預設。湯姆士・孔恩（Thomas S. Kuhn）《科學革命的結構》一書中曾提到「典範」（paradigm）的觀念，就是指科學研究中，共同遵守的基本假定、價值系統、解決問題的程序等，類似懷特海（A.N. Whitehead）所說的基本假定（fundamental assumptions）、或柯林烏德（R.G. Colingwood）所說的「絕對前提」（absolute presuppositions）。假如典範改變，科學家們對一件事實的觀察方法、結論，都會隨之改易。這點便充份顯示了科學研究乃是建立在假設上的，物理學家只能由推論的方法演繹成他的理論，由假定推到事實和實驗，而不是由事實導至理論的假定；因此科學研究必只是概然的，而不是必然的。這點非常重要，邏輯實證論者，如卡納普便據此而提出「約定論」（conventionalism）的觀點，主張公設（axion）的選擇，乃是約定而然，非必然的。人若想純客觀地對自然對象加以描述，絕不可能。詳余英時〈近代紅學的發展與紅學革命〉（六十七、聯經、《紅樓夢的兩個世界》頁三—六論典範）、鄭正博〈語言形式的約定原則〉（《鵝湖月刊》四卷九期）、朋加萊《科學與假說》（五十九、協志、盧兆麟譯）、卡納普《卡納普與邏輯經驗論》（六十、環宇、馮耀明譯述）。

⓰ 蘭克的思想，在國內遭到不少誤解，並因此而誤導了史學的研究路向。見註❽、及余英時〈中國史學的現階段：反省與展望〉（七十一、時報、《史學與傳統》頁一—廿九）。蘭克思想，則見註⓮、頁一九一—一九三。

⓱ 阿佩蘭（Karl-Otto Apel）與哈伯馬斯（Jürgen Habermas）曾對知識之本質及其構成之條件詳加研究，將它們分為三種型態：(1)控制外在客觀化世界的知識，經驗分析的科學屬之。(2)溝通與了解的知識，歷史詮釋之科學屬之。(3)批判與解放之知識。—其中第二類，所探討的不是客觀化的現象，而是藉著主體與歷史情境中對象的「溝通」，而獲得「意義」。參見 Hans-Georg Gadamer "*Truth and Method*" New York: The Seabury Press 1975, P.273。註❿所引書中，高承恕〈社會科學中國化之可能性及其意義〉、金耀基〈社會學的中國化：一個社會學知識論的問題〉兩文，都曾對這三種知識類型加以說明，並討論到註⓯所論「典範」的問題，可參看。

是歷史活動的意義？如果不尋找意義、或假設意義不可知，則歷史社會中人物、事件的存在，即不具有可理解性。然而弔詭的是：若不依據人心中的價值觀，我們地無法賦予或發覺歷史的「意義」。以孔子修春秋為例，春秋基本上是以文字記載的史書（其文則史），其內容則有齊桓晉文等事迹（其事則齊桓晉文），其意義，則為孔子依據史家的良知與價值觀而賦予，故曰：「其義則丘竊取之矣」。史家通古今之變，但其成，卻多只是「一家之言」，正因為他的興趣焦點、價值體系、認知取向（Interest of Cognition），已與他們所寫的歷史合而為一了。這種結合，有兩點可談：一、結合得好，是良史；結合得不好，是穢史、偽史，其中分際，本身即可稱之為一門高度的藝術。二、所謂再體驗、再經驗，顯示了史家對歷史事實的解釋與判斷，都必須仰賴想像力的搏合與創造，吳沃堯《二十年目睹之怪現象》一書曾懷疑《左傳》記晉靈公派鉏麑往刺趙盾，「麑晨往，寢門闢矣。盛服將朝，尚早，坐而假寐。麑退，歎而言曰：不忘恭敬，民之主也；賊民之主不忠，棄君之命不信，有一於此，不如死也。觸槐而死。」一事不可信，因為此刻趙盾假寐未醒，鉏麑入室也未被人發覺，誰能聽見他臨死時的自言自語呢？其實，一切歷史，史家都無法目驗，若不憑想像力的運作，則歷史如何寫法？所以狄爾泰就曾說這是「藝術家的想像」（Fantasy of the artist）。——根據以上兩點，我們也很同意克羅齊所說：「歷史既然不是一門科學，那麼它必是一種藝術！」[18]。

四

總結上文，我們嘗試歸納以下幾點概括的意見：

一、客觀性的迷思（Objectivist myth），乃是十八世紀以來科學意理（Scienitistc ideology）下的產物，不能顯示史學研究的性質。對文學史研究，尤不合適，劉大杰所主張客觀敘述，乃是絕對行不通的路子。

二、歷史研究，是詮釋的科學（Hermeneutic science），而詮釋必然由某一觀點展開，故所謂意義的了解，基本上即是詮釋者與被詮釋者的一種融合（Fusion）。若無一套價值觀，只能稱為史料或史纂，不能稱為歷史或史學，這便是史觀的必要性。春秋之例、通鑑之綱目書法，都指出了史著背後的價值系統，文學史亦然，韋勒克曾說：說明文學發展之道，「端在把歷史進程牽附到一個價值或標準上去，賦予意義。」又說：「沒有一套確當的價值方略來做依據，必不能寫成一部正當的歷史。材料的研究，並非真正的文學史。」原因蓋即在此⑲。

三、歷史研究，是門藝術，而這門藝術最典型的表現，即在文學史或藝術史。這點不但可以說明好的史書何以往往即是好的文學，也可以顯示文學史研究與經濟史、科技史一類工作不同之所在。以知識批判（Critique of knowledge）的立場來看，如經濟、建築、科技等活動的構成趣嚮（Knowledge-

---

⑱ 詳註⑭所引書，頁二〇一、二〇四、二一一、二一八。

⑲ 《文學理論》頁四一六、四二一。這種價值意義與材料研究的劃分，最能顯示史料學派與我們的不同。一九四三年傅斯年為歷史語言研究所《史料與史學》寫發刊詞時即說：「不以空論為學問，亦不以史觀為急圖，乃純就史料以探史實也。」梁啟超對史料的態度雖較鬆動，也強調價值、意義及史學中主體之重要（見《歷史研究法》〈新史學〉），但對傳統史學中的書法、正統等價值觀念，仍不能接受。這似乎是史料派理論及實際上困難之所在。

constitutive interests），仍不脫控制外在客觀化世界的經驗性格，這與文學或歷史之知識型態，不甚相同，歷來中外史書對儒林文苑，述之頗詳，而對貨殖奇器一類，卻不甚措意，此當亦為原因之一[20]。

四、文史不但密合，史學研究也必與哲學掛鉤。為什麼呢？史學研究不能沒有一套價值觀以構築歷史世界，已如上述。然而，價值用什麼方法來驗證呢？什麼是「確當的價值方略」和「正當的歷史」呢？文學史家在評價時，我們以什麼樣的規範來評斷互相衝突的價值呢？例如楊億說杜甫是村夫子，王世貞說杜甫是詩聖，就詩本身來說，有沒有一種不變的、必然的價值來評斷它們的差異？尋找這種判準，便是哲學之能事，克羅齊必須強調歷史有一普遍的倫理原則（Universal ethical principle）、新康德學派必須主張形而上的「超驗的價值」（Transcendental Vales）、史料學派尊奉的大師蘭克也必須追索歷史發展的終極動力，原因都在於此[21]。也有些人，明確地指出：歷史資料本身，無法提供這類判準與律則，因此他們除了把歷史研究拉回到「天意」的信仰之外；可以如胡塞爾或海德格那樣，超越（Transcend）歷史真實所展示的時間之經驗；也可以轉而研究人類意識與無意識的心理活動。總之，歷史評斷與文學評價一樣，若要成立，都得有一套哲學的預設，並由此預設開展韋勒克所說的「價值方略」。

五、文學史必須倚據一套價值方略，而此價值又沒有一定的判準，那麼一切似乎都是見仁見智、一切價值似乎都是相對的了，在不同存在情境及立場、不同的主觀態度下，自會有不同的價值，而不同的價值又形塑不同的歷史，歷史更有何「真實」可言？一切不都是相對的嗎？這種極危險的主觀論，可以扼殺歷史研究的生命。須知所謂「主觀與歷史對象互相融攝」，固然歷史對象深受主觀態度與價值之影響，但意義結構之形成，卻仍受到歷史對象的限制，主觀態度或價值是否溢出或背離了對象所能涵容荷負的量度，不難對證出來，這即是卡西勒在《論人》一書中所提出的「辯證的客觀性」㉒。此其一。價值與觀念本身，若視為一實際的經驗問題，當然都是相對的，但若視為一實存的價值問題，則它也是可以哲學地檢討的。各種價值，並非一律平等：相對於歷史對象之辯證客觀性，更有能否成立的判斷。此其二㉓。除了價值之外。歷史解釋的方法，也可以適當地制約主觀意識的泛濫，例如韋伯（Max Weber）即認為：所謂再體驗的直覺法，必須在「可能的範圍內，以一般因果解釋來約束，以成為『可理解的解釋』。」換言之，研究者的直覺，也須經得起系統理論概念的批判，而且需以「客觀的表述方式」來說明。此其三㉔。總括這三點，我們可以確定歷史研究不但可能，研究者的價值與觀念，也是可以檢討的。

---

⑳ 同註⑰。

㉑ 文學的情況與此相同，文學的哲學基礎便是美學，它必須研究美、美感對象、美感經驗、並解釋何以美在某種方式中產生作用。它未必建立在經驗的調查上，尤其是哲學美學，不但要設定美的價值標準，也企圖追究絕對的原則，因此它也可能是超驗的。

㉒ 另見許冠三《史學與史學方法》（環宇）第二章：歷史知識之不完全性、第四章：歷史知識的客觀性。

㉓ 參考註④所引書。

㉔ 見註⑭所引書、頁三一三—三二〇。

五

由上文對文學史研究之性質與方法的討論看來，一部文學史的好壞，並不在它能容納多少文學事實（因為要完全容納，必不可能，而儘量求詳，亦自有專史在），故不能以某事見錄與否為標準，它不是搜輯資料、排比年月的工作，而是運用觀點、賦予意義的工作。近數十年來，我們的幾百種文學史，多是雜鈔而已，多是零碎斷想的編列而已；資料之整理，已見其不易，更難求史觀之建立與綜攝了。胡適《白話文學史》、林庚《中國文學史》、劉大杰《中國文學發展史》等書之所以可貴，原因就在於此。

劉大杰《中國文學發展史》，寫於民國三十年，是目前流行最廣、而影響最大的文學史書㉕。初學往往以此書為基礎，建立起文學歷史的概念和知識。但此書卻因為有它的「觀點」，所以數十年來，我們文學史的一般觀念，往往也仍與四十年前的劉氏相同。固然劉書也曾迭遭批判，例如在復旦大學即編有《中國文學發展史批判》；梁容若也撰有〈評中華本中國文學發達史〉兩篇㉖。前者抨擊劉氏未完全遵守階級鬥爭的觀點，後者指摘時、地、人、物、編排等錯誤。一是偏狹無聊，一是毛舉細事、無關根本。我們既在上文簡略地提示了文學史研究的特質與批判標準，即擬以劉書為例，運用上文所說的一些觀念，稍事檢討說明。

五—一

正如克羅齊所說，一切真實的歷史都是現代史，史家必須透過對自己時代的體驗與思想，去了解歷史，因此他的思想常受時代等生存情境的刺激與影響，劉氏自不例外。由思想史之發展來看，自清末以來，救亡圖存的國家群體意識，早已壓過文化本土認同意識，而成為中國精英階層的主導意識了㉗。五四運動以後，這種趨向尤為明顯，一方面反傳統，一方面大規模接受西方思想。不過，這些西方思想都是經過群體意識的過濾而介紹進來的，不僅龐雜，也有些許變形，思想與思想間的糅雜，更是數見不尠。而且當時東西文化才剛開始正面實際接觸，一般知識份子尚無足夠的認知背景來處理中西方不同的歷史條件和知識。因此，一般著作中，類比的謬誤與西方觀念的錯植，實在不少。劉氏書中對民間文學、史詩及古典、浪漫等問題，隨手趁湊，正是這一思想背景下的產物。

劉大杰與胡適、馮沅君、陸侃如、薛礪若等人一樣，都有種奇怪的傾向，認為凡愈接近原始民間的文學，價值便愈高，文人之創作，必然是愈寫愈「古典」，愈寫愈僵化，愈無價值。胡適倡為此說，實際上頗受歐洲提倡民間文學（Folk Literature）的影響。但所謂民間文學，是指口語傳統大於文學傳統的特殊作品，如傳說、演講、謠諺、咒語、神話等，提倡民間文學的目的，是希望擴大傳統的文學觀念，以研究一般文學的母題和形式等問題。胡適卻顛倒過來，主張除口語文學外，其

㉕《中國文學發展史》上卷民國卅年一月上海中華書局出版、下卷民國卅八年一月出版。民國四十五年中華書局台一版印行。除刪去卷首序文外，內容與舊版大體相同，改名《中國文學發達史》。民國六十五年，華正書局另有修訂本印行。本文所引錄文字，除特別說明，均引自中華版。

㉖劉書在淪陷後亦有古典文學社的新版。但因該書寫作時並未完全運用馬克斯階級鬥爭觀點，故迭遭批判。梁文則見註❷所引書。又、劉書在文革期間又有修訂本，近亦遭到批判。

㉗參看張灝〈晚清思想發展試論——幾個基本論點的提出與檢討〉（六十九、時報、《晚清思想》頁一九——三三）、葉啟政〈從中國社會學既有性格論社會學研究中國化的方向與問題〉（同註❿所引書）。

他都是死文學，便太過份了㉘。劉大杰等人繼承此誤，又將之比附於古典主義和浪漫主義之爭。認為民間浪漫的氣息，經文人染指之後，即逐漸古典化，以迄僵化死亡。例如漢賦古典、民歌樂府即是浪漫；戲曲至明代亦漸古典化；北宋以前詞是浪漫的，周邦彥姜夔之後即走上古典之路㉙。

這些說法，都應視為類比的謬誤（fallacy of analogy）。古典主義流行於十七八世紀，取法古希臘羅馬，有絕對美的理想，也重視古典作品所留傳下來的藝術法則。浪漫主義興起於十八世紀中葉與十九世紀初期，係反抗古典主義而生，特徵是：㈠以個人奔放縱恣之情緒，打破一切形式。㈡因「好奇」、「尚美」，而日常生活又不足以動人，故喜歡取材中古，予以渲染，在荒誕的領域中瘋狂地馳騁想像。㈢反抗一切既有之道德及社會規範。——這兩種主義的價值優劣，其實很難判定，可是劉馮諸人一來因為時代接近，尚未脫離浪漫思潮的籠罩。二來受五四反傳統精神的影響，竟一致貶斥古典主義㉚。這種貶斥，視為一種文學意見，原無不可，但將這些意見扣到歷史材料上去處理時，便有許多無法自圓之處。以詞為例，浪漫是反抗古典而生，何以詞反是由浪漫走向古典？這是發展的歷程不合。其次，劉氏認為晏幾道柳永等人能在詞中縱恣情慾，所以他們是浪漫自由的；但又認為蘇辛能打破形式，所以也是浪漫的。可是蘇辛晏柳實為不同類型的詞人，柳晏雖縱情而未打破形式，反倒強化了慢詞的嚴謹形式，蘇辛偶爾衝抉格套，理性化傾向則很強，並未放恣情慾。因此他們都不符合浪漫的標準。第三、劉氏常把浪漫與古典之爭說成是民間文學與貴族詞人之爭。但所謂浪漫之北宋，自初所承繼的南唐西蜀詞風，如南唐中宗、後主、馮延巳、及《花間集》諸公，不全是宮廷貴族的產物嗎？對於這些論點，我們不必引述凌次仲「何苦矜張村曲子，翻云勝得九成簫」的論詩絕句，只要看看劉大杰把「在風流影中淒楚哀怨」的晏小山作品「今宵賸把銀釭照，猶恐相逢是夢中」，誤認作稼軒詞，並誇贊它的風格是「雄奇高潔」的情形㉛，就可知道：它們都是因為在接受西方古典、浪漫、民間文學等觀念時，產生了錯植與扭曲所致。

除此之外，本書亦常表現出三四十年代研究的水準和意識傾向，例如第七章第五節，論漢樂府

㉘ 胡氏意見，詳《白話文學史》自序。周策縱曾認為胡適提倡文學改良，是受當時美國文學改良運動的影響，甚是。但在胡適留美期間，美國文學尚未脫離西歐文學而獨立。另外，胡適對語言（文言、白話）問題的錯誤看法，見唐德剛《胡適雜憶》頁一二六—一五二〈國語・方言・拉丁化〉章。

㉙ 見劉書頁一一六、一五八、一六八、五六九、八九八等。

㉚ 反對「八九百年悠長歲月」的道學思想，是劉書反傳統精神最者名的表徵。因為反禮教，便自然追求浪漫的自由，劉書把詞界定為浪漫屬性的文學，而又視此浪漫為道學之反動，理由毋寧在此。頁五七〇：「因道學觀念對於詩文的壓制，而反助成歌詞趨於浪漫自由的發展機運」云云，乃是完全悖乎歷史的主觀投射。因為劉氏所舉如晏幾道、柳永、范仲淹、司馬光、歐陽修等北宋詞人，幾乎全與道學毫無接觸，道學興起北宋末葉，盛於南宋，何以南宋詞反而古典、北宋詞反而浪漫？

又，一方面追求自我能從道德約束中解放出來，而提倡浪漫之自由；一方面又深受時代救亡群體意識的導引，所以劉氏與當時許多人一樣，搖擺於個人浪漫與社會寫實主義之間。頁四三八，將李白劃分為浪漫主義的個人派、杜甫為寫實主義的社會派，最為明顯。這也是五四運動以後，一般的文學走向，一九二一年鄭振鐸編《文學旬刊》之際，就說《覺悟》、《學燈》、《文學周刊》等刊物「都是鼓吹著為人生而藝術，標示著寫實主義的文學的。他們是比《新青年》派更進一步地揭起了寫實主義的文學革命的旗幟的。」以後的發展，就是由文學革命到革命文學的階段了。參看李何林《近二十年中國文藝思潮論》（二十八、重慶）、侯健《從文學革命到革命文學》（六十三、中外文學月刊社）。

㉛ 互見劉書頁六二六、五七九。劉氏的文學常識其實是很膚淺的，書中類似這樣的錯誤甚多，見梁容若評文。梁氏所不及舉的小錯誤仍多。

上山採蘼蕪云：「那位棄婦，偶然遇著過去的丈夫，一點也不表示反抗厭惡的情緒，還恭敬溫柔地長跪下去，在這裏正暗示著當代男權的尊嚴以及女子的奴隸道德，已經成了定型。」殊不知古人無坐椅，凡賓客坐談，皆用跪；箕踞，是極不禮貌的。身處清末五四女權解放之風氣下，劉氏對此不暇細考，逕以當時意識做常識性反應，原是可以理解的。書中此類誤例甚多，都是文學「現代史」的好材料[32]。

不過，這些材料，雖然顯示了劉氏文學史與時代生存情境間的關係，卻非主要價值標準（Standard of value）或理論系絡；反之，以上這些問題，其實都要安放在價值標準的系絡中。而劉氏主要的理論基礎及脈絡，則是進化論、歷史有機循環的定命論和反傳統精神。

五—二

以上三者，其實是合而為一的，先說進化論。達爾文的生物進化論，本是一種科學，但後來卻被廣泛地運用到社會發展的解釋方面。社會達爾文主義（Social Darwinism）在西方自孔德史賓塞以後，早已成為極具影響力的意識型態。在中國，則自嚴復譯介赫胥黎《天演論》(T.H. Huxley, *"Evolution and Ethics and Other Essays"*）之後，更是風行草偃，沛然蔚為風氣，胡適的「適」字，即取義於此[33]。依進化論的觀點看來，一切社會，既然都是不斷進化，則歷史的演變，必有一必然的趨勢；一切社會既有進化的法則與程序，歷史亦然。命定論（決定論），於焉形成。恩格斯曾在馬克斯墳前宣稱：「正如達爾文發現了有機自然之發展律，馬克斯發現了人類歷史的發展律。」但事實上尋找這種歷史必然律則的，不僅馬克斯一人，不過他們的看法雖或不同，卻都自視為科學，成為「科學的命定論」（Scientific fatalism）[34]。這種命定論，假想一切人類都將朝必然的途徑與程序，不斷又步下去，故其精神也當然是反傳統的。清末以來，救亡意識本已壓過文化本土意識，對文化中認為醜惡的一面，更欲盪抉洗滌而後快，因此，五四前後，反傳統的精神便很自然與歷史決定論接合了。這種接合，正如帕森斯對實證科學走入決定論所做的描述那樣：它本是種高度理智主義者（ultraintellectualist）的學說，後來卻變成一種極端反理智主義的哲學。

這類哲學，史賓格勒可為代表之一，它反理智的決定論，雖被譏稱為玄學式的歷史哲學，卻在中國引起了相當大的迴響，梁啟超《歐遊心影錄》中，不時可以看到類似史賓格勒對西方文化沒落

㉜ 最明顯的例子是頁四六三強調白居易注意到婦女問題，唇脗與胡適論《鏡花緣》、楊鴻烈論袁枚、周作人論俞正燮酷似。

又，前文曾論及諸氏談史詩問題之錯植，此處不暇深論，參看龔鵬程〈論詩與敘事詩、史詩、故事詩之間的糾葛〉（同註⑫所引書）、〈史詩與詩史〉（《中外文學》十二卷二期）。

㉝ 這點表現在史學上可以梁任公為例，梁著〈新史學〉（飲冰室文集第四冊，光緒廿八年），史學之界說一章，特曰：「第一，歷史者敘述進化之現象也。何謂進化？其變化有一定之秩序，生長焉、發達焉，如生物界及人間世之現象是也。第二，歷史者敘述人群進化之現象也。第三，歷史者敘述人群進化之現象而求得其公理公例者也。」此即其所以為「新」也。

㉞ 科學命定論，乃是決定論中的一種。決定論為西方學術的傳統，克羅齊甚至架構出一種將人文社會科學與自然科學劃分的方式，就是從研究方法上看：凡理性講求因果律的，屬之決定論，它有可預測性（predictability），故適用於自然科學；反之，意志之自由（freedom of the will）即是行動的非理性一面，具有不可預測性，無法找到因果解釋的法則。這種對決定和意志自由的解釋，自然是極晚近的觀念了。早期的決定論，是以命運為背後的力量，晚近則以科學法則為變遷之因素。另詳卡爾・巴柏《歷史定論主義之窮困》（六十九年，聯經，李豐斌譯）、**龔鵬程〈唐傳奇的性情與結構〉**（**七十年，學生，《古典文學》第三集**）。

的批評，而傅斯年在一九二八年發表的〈歷史語言研究所工作之旨趣〉一文，也要把歷史學建設得和生物學一樣㉟。劉大杰《中國文學發展史》的發展二字，即具有上述生物學進化論的意涵，他不但在自序中強調：「人類心靈的活動，總脫不了外物的反映。在社會物質生活日在進化的途中，精神文化自然也是取著同一步調。在這種狀態下，文學的發展，必然也是進化的。」更運用史賓格勒生物有機循環的歷史決定論，來解釋文學的變遷㊱。

史賓格勒（Oswald Spangler）在《西方的沒落》一書中，要我們相信：一切文化之發展歷程，也像有機體生物一樣，它誕生、茁長、成熟、死亡，一如春夏秋冬四季，不可改變。這是歷史的自然規律，文學亦不例外。在西方，如布納提爾（Ferdinand Brunetière）、辛門茲（John Addington Symonds）都曾借用這套觀念，暢論文學類型（文體）一旦發展到某個完全的階段，就會衰退、凋零、而後消失㊲。劉大杰的看法，也與他們幾乎完全一樣，第三章論散文興起的原因是：「文體本身發展的必然性」，以下論漢賦、唐詩、宋詞興起，原因也都是：「詩歌本身進化的歷史性」（三二八頁）、「文體本身發展的歷史性」（五六七頁），……總之，「每一段文學的產生，都是必然的，而不是偶然的」（四十七頁）。

這便是劉氏的哲學預設，因為所謂文體進化的歷史性，即是「文學的生物性」（五六七頁）。十二章第二節說：「文學本身卻也正如一種有機體的生物，它的發展也可以看出由形成至於全盛、衰老以及僵化的過程。……四言詩衰於秦漢，後代雖偶有作者，即使費盡心力，終無法挽回那已成的衰頹，辭賦的命運也是如此。……七言古詩及律絕的新體詩，……經過了（唐）那三百年許多天才的努力，詩又到了衰老僵化的晚期，詞體逐漸形成，於是到了五代宋朝，詩的地位就不能不讓給詞了。」這完全是套用史賓格勒的歷史文化論，卻不知史氏的講法，是建立在生物類比和決定論者的假定（determinist assumptions）上。他們應該想想：一文化生老病死，一文化繼之重演，如此循環不已，便是歷史發展的鐵則嗎？生物進化的原則，運用到人文創造活動上，合適嗎？追求文化的型態與歷史發展的規律，並將它視同生物必然之命運，在我們看來，極易與馬克斯歷史唯物論合流，例如劉書十三頁說藝術是生活的附庸，自序說人類心靈活動不脫外物的反映，使與馬克斯主義者文學為政治服務之說，頗有神合之處；頁四八以生產工具之改變，解釋文學的變遷，並引瓦夫生（S.Y. Wolfson）說：「生產工具的改變，決定了社會發展的整個進程。」認為一切政治制度與社會組織，都聯繫著密切的經濟意義，更值得注意。這也是劉書之所以徘徊搖擺於個人浪漫與社會寫實之間的緣故㊳。

五—三

因篇幅關係，本文無法對進化論和歷史循環定命論在文學上運用的謬誤，詳加檢討，但我們願借此澄清一下劉大杰與傳統文學理論間的關係。

㉟ 梁氏除介紹史賓格勒所著《西方的沒落》（*Decline of the West*, 1918）外，《清代學術概論》又謂：「佛說一切流轉相，例分四期，曰生、住、異、滅，思潮之流轉也正然，例分四期：一啟蒙期、二全盛期、三蛻分期、四衰落期。」這種類擬之不合理，只以孔孟學說的歷史流傳言之已自可見。

㊱ 發展一辭之生物學意涵，在西方文學史研究中亦已有之，詳《文學理論》頁四一三—四一六。

㊲ 布納提爾的說法及謬誤，錢鍾書《談藝錄》頁四三，亦嘗論及。

㊳ 瓦夫生語，見華正版《中國文學發展史》頁六十。

劉大杰，在提到上述歷史進化發展律時，常引用顧炎武、王國維之說，以攻擊「貴古賤今的謬說」（三三九頁）。然而，這些資料事實上正深受他濡染某種價值觀念的眼光影響，以致扭曲、變形。為什麼呢？試檢顧炎武《日知錄》卷廿二〈詩體代變〉條來看，原文說：

三百篇之不能不降而楚辭、楚辭之不能不降而漢魏、漢魏之不能不降而六朝、六朝之不能不降而唐也，勢也。用一代之體，則必似一代之文，而後為合格。

案：顧氏所論，乃是明朝辨體論的餘波；體，包含風格而言，與劉大杰僅側重於文學類型的意義迥異，因此基本上就不能牽合併論。而且，顧氏認為文體風格正如《文心雕龍》所說：「文變染乎世情」，商周麗而雅、楚漢侈而艷、魏晉淺而綺、宋初訛而新……，每一時代皆各有其時代風格和文類風格，不可能依承不變。但是，創作者既用某代之文體，即須篤守該體的風格，才算是「合格」的作家，比方作楚辭體、作選體詩、作六朝宮體、作江淹體、鮑照體、作詞，許多技術性規範和風格類型，都應以該代作家所作為準則，李東陽《懷麗堂詩話》：「古詩與律不同體，必各用其體，乃為合格，……若孟浩然、杜子美、崔顥，……余少時，……雖極力摹擬，恨不能萬一耳。」即是此說的先聲，也是明代擬古風潮中一般的見解。不過顧氏也與其他擬古者一樣，覺察到文學創作本身應該是種追求創造性的活動，故下文又云：「一代之文，沿襲既久，不容人人皆道此語；今且數千百年矣，而猶取古人之陳言，一一而摹仿之，以是為詩，可乎？」——這番詰問，形成了文學創作的兩難式：「不似失其所以為詩，似則失其所以為我。」顧炎武解答此一困局的方法，有點像莊子的〈山木篇〉：「李杜之詩，所以獨高於唐人者，以其未嘗不似，而未嘗似也。知此者，可與言詩也矣。」這種模式，正是明代詩論中常見的，脣脗尤似何景明㊴。

至於王國維的看法，略見於《人間詞話》：

> 四言敝而有楚辭，楚辭敝而有五言，五言敝而有七言，古詩敝而有律絕，律絕敝而有詞。蓋文體通行既久，染指遂多，自成習套。豪傑之士，亦難於其中自出新意，故遁而作他體，以自解脫。一切文體之所以始盛終衰，皆由於此。故謂文學後不如前，余未敢信；但就一體論，則此說固無以易也。

豪傑遁出習套云云，與顧炎武沿襲既久、不容人人皆道此語之說相似，故劉氏屢屢引之。但所謂始盛終衰，實與劉氏春夏秋冬有機循環不同，固然是視而可知。王顧之說，同中有異，則更值得我們注意：顧炎武論風格，並未區分其優劣，也未曾企圖為文學演變的歷程尋一「通則」，都與王靜安不同。更重要的是王氏深受嚴羽及明七子影響，認為一體之「高格」必然是早期的作品，也是最好的學習典範。所以他論詞，於時代則推崇五代、北宋次一等、南宋又次一等；於文類，則認為小令最尊、長調次之、長調之〈百字令〉、〈沁園春〉等最下。日人青木正兒曾對王氏元曲是活文學、

㊴ 明代辨體論，另詳簡錦松《李何詩論研究》（六十九年，臺大中研所碩士論文）、〈胡應麟詩藪的辨體論〉（六十八年，學生，《古典文學》第二集）。

明曲是死文學之說，大惑不解，其實正是基於此一信念所致。另外，他也深受嚴羽和明人影響，認為宋詩風格不像唐詩，故宋「無詩」，宋無詩，文壇即不得不以詞擅場[40]。

這即是一代有一代文學之說，王氏《宋元戲曲考》自序云：「一代有一代之文學，楚之騷、漢之賦、六代之駢語、唐之詩、宋之詞、元之曲，皆所謂一代之文學，而後世莫繼焉者也。」此說根柢，在於明人，《李空同集》卷四八〈方山精舍記〉：「宋無詩、唐無賦、漢無騷」、《何大復集》卷卅八〈雜言〉：「經亡而騷作，騷亡而賦作，賦亡而詩作，秦無經、漢無騷、唐無賦、宋無詩。」……等說，都認為某體應以某一時代之風格為標準，後代作品，風格既已改變，即不應屬於該體，所以郎瑛《七修類稿》卷廿六說：「文章與時高下，後代自不及前，唐詩較之晉魏古選之雅，又不可得矣。」李攀龍也說唐無五言古詩，而自有其古詩；至於顧炎武，則逕稱：「真書不足為字，律詩不足為詩」了。這是一種極狹隘的文體觀念和崇古論，清代仍有焦循等人遞相祖述，至王國維而根據這類觀念，主張一體之中，後不及前，所以在往往遁入他體。

王氏這些觀念，顯然與劉氏矛盾，且創作者遁逃，也不是文體本身的衰弱或死亡。可是事實資料、既成理論，經過劉氏的理論架構過濾後，卻能斷章取義，引為同志，豈不是非常有趣嗎？

五—四

這種有趣的現象，顯示了史學研究中傳統與反傳統互動的關係。在反傳統精神瀰漫的時代浪潮中，宣稱要打破貴古賤今謬說的劉大杰，仍不免援引傳統文學理論，做為立論的依據或輔證，則他要回到傳統中尋找反傳統人物的情形，更是可想而知[41]。此書推崇明末公安竟陵與清末黃遵憲等人，原因當即在此。

劉書第廿四章，甚至還把晚明與「廿世紀的五四時代」並論。認為公安三袁繼承了李卓吾的思想，以自覺革命的態度，向擬古的陣營鬥爭，造成反擬古、愛自由的浪漫精神（八五八頁）。而這種精神，又「與五四時代的文學運動精神完全相同」（八六五頁）。這，恐怕不只是劉氏一人的意見，周作人論新文學運動的源流時，即曾以晚明為祖禰，沈啟无編《近代散文抄》也說現代散文差不多全是公安派的復興[42]。然而，這仍是時代意識的歷史投射，因為晚明是反對七子的，但其所反對的只是七子「文必秦漢，詩必盛唐」的作風，他們要換一個方向來擬，擬中晚唐與宋元。故李維楨說他們「左袒中晚唐人，信口信腕，以為天籟元聲」（《大泌山房集》卷一三二），「好奇者學怪於李長吉，學淺於白居易，學僻於孟郊，學澀於樊宗師，學浮豔於西崑」（同上・一三三）。換言之，晚明之信口信腕，乃是與學中晚唐宋元不可分的，那一位「自知詩文一字不通」（〈與張幼于書〉）的袁中郎，即曾以自己能「掃時詩之陋習，辯歐韓之冤」為得意事（〈答李元善書〉），〈雪濤閣序〉並推崇宋詩：「歐蘇輩出，於物無所不收、於法無所不有、於情無所不暢、於境無所不取。」當時如焦竑、李贄、湯顯祖、公安三袁、徐文長等，都曾標舉白居易、蘇東坡、邵堯夫及宋人詩，袁宗道甚至以白蘇名齋。這是因為晚明李贄王龍溪一系，注重心學，與宋人論詩文創作時注重「良心」相似，所以格外相契[43]。只可惜劉大杰被時代的陷阱所限，未及見此，對徐湯一輩「不過以古

---

[40] 見《人間詞話》五三則引陳臥子語論五代兩宋詞之所以獨勝條。

[41] 五四運動與傳統的關係，可參看余英時〈五四運動與中國傳統〉（註[16]所引書，頁九三—一〇七），此不詳。

[42] 見沈著頁三八七—三八八。另見曹聚仁〈文壇五十年〉頁八五—八七。

[43] 宋人論創作時良心的修持，以韓元吉《南澗甲乙稿》卷十六〈深省齋記〉最詳。

語易今字，以奇語易今語，如論道理卻不過只有些子」（徐渭批湯顯祖感士不遇賦）的伎倆，也就無所抉發了。

六

總括上述話事，請略以贅語數則作結：

一、價值之選取與評估，每涉及一個時代的思想型態和價值取向，所以文學史常成為文學現代史。檢查每個時代對文學史的觀念與價值判斷，便成為思想史研究中極饒興味的一環。像新舊《唐書》對元稹白居易及韓愈的評價轉移，不但是文學史上的大問題，也是研究宋初思想史的絕佳材料。本文在這方面雖只簡單勾勒，但顯示在文學研究背後的思想型態，自是清晰可見的。

二、文學史雖常成為文學現代史，作者也可能因時代之刺激而注意並發掘史中某一部份[44]，但是作者和研究者，應當時時警惕，儘量避免被現時觀念（present mindedness）所籠罩。所謂現時觀念，即是培根所說的「洞穴偶像」，例如劉大杰談歷史發展、文體變遷……等，都受到生存時代、社會環境、教育知識的限制那樣，洞穴，正是一種局限，而我們研讀歷史的作用之一，就在使人能跳出洞穴，曠觀萬古、開拓心胸。所以上文一再強調歷史與自我之互相融攝。萬沒有理由陷落在時代的偏見中，扭曲歷史。

三、反之，歷史的偏見也是應該謹慎避免的。前人的文學史觀念，可能自陷於洞穴偶像而不自知，因此，一位文學研究者，勢須時時自覺地反省，思索其觀念之由來、理論之基礎與體系、資料之辯證等問題。否則，只將劉大杰一類過時的洞穴偶像奉為「劇場的偶像」、寖假前更成為「市場的偶像」，成為流行的常識，豈不哀哉？以所謂詩亡於宋，詞為宋代文學主流、曲為元代主流之說為例，《全唐詩》不過寥寥四萬八千多首，宋代陸游、楊萬里、晏殊等三五人，已超過此數，詞曲在宋元，與詩更不成比例，因此亡與不亡的判準，就必須重新考慮，不能囫圇吞棗地接受明人或民初的講法。

四、之所以會產生上述種種踵訛疊謬的現象，是因為近數十年來我們對於文學史的範疇、性質、研究方法、與價值觀念，尚少思考反省的緣故。文學史一般常被視為人人能教的課，人人能寫的書，可是事實上至今能超過劉大杰的文學史著，仍不多見。本文貢獻愚誠，對上述諸問題稍做討論之外，還希望拋磚引玉，藉此呼籲大家，一起來正視這些問題㊺。

——第四屆古典文學會議論文，《古典文學》五集

㊹ 劉大杰與胡適、鄭振鐸等人一樣，頗誇大了印度文學與思想對中國的影響，這正可視為清末民初中西思潮交會所帶來的刺激。然而清末研究西北地理、中西交通史者，意識頗與民國以後不同，清末之研究態度尚覺持平，民國以後，則國勢凌夷之餘，竟認為中國許多好東西，都是由外國傳入的。

㊺ 有關文學史在文學研究中的地位及價值等問題，本文不及討論，希望將來能有機會補論。

八、再論文學史之研究

史學研究中不予討論的文學史

㈠新史學的例子

梁啟超於光緒二十八年已著有《新史學》一書（收入《飲冰室文集》第四冊）。一九一二年在美國亦出現了新史學運動（New History），其後H·E·巴恩斯發表於一九一九年的文章《心理學和歷史學》，也提倡此說。二〇及三〇年代，在中國、法國均有呼應者❶。但現今史學界之所謂新史學，指的不是那些老古董，而是年鑑學派之後一種史學思潮。

這種思潮批判兩類歷史研究，一是傳統政治史研究。過去的歷史研究，一向以政治史為主。新

❶ 如陶孟和〈新歷史〉，一九二〇年九月，《新青年》八卷一期。一九二二年六月，衡如〈新歷史之精神〉，《東方雜誌》十九卷十一號。一九二四年，朱希祖《新史學》，商務印書館。

史學覺得它有兩方面的問題：⑴只涉及非常狹隘的領域，卻遺漏了許多。新史學先是從經濟史方面尋求突破，後來則發現：重點不僅應放到經濟方面，而應放到因詞義模糊而無所不包的「社會」方面。這樣才能超越各種壁壘，打破使史學和其他鄰近學科（特別是社會學）相隔絕的學科劃分，而且讓史學真正去研究總體歷史，對社會進行整體解釋。⑵過去的政治史研究，只集中在「大人物」身上，且它既只是一種敘述性的歷史，又只是一種由各種事件拼湊而成的歷史。這種事件性的歷史，其實只是真正歷史的表面現象；真正的歷史活動產生於這些現象的背後，是一系列的深層結構。史家必須深入到這些幕後和深層結構中去探索、分析和解釋真正的歷史活動，例如地理因素、經濟因素、社會因素、知識因素、宗教因素和心理因素……等等。故歷史研究不能表層化及簡單化。

新史學所批判的第二類歷史研究，是實證主義式的研究。對這一點，它也有兩方面的批評：⑴實證主義史學主要只依據書面文獻，後來雖擴充到地下考古資料，範圍仍然甚狹。新史學則擴大了歷史文獻的範圍，它使史學不再限於書面文獻中，而代之以一種多元的史料基礎。這些史料，包括各種書寫材料、圖像材料、考古發掘成果、口述資料等。一個統計數字、一條價格曲線、一張照片或一部電影、古代的一塊化石、一件工具或一個教堂的還原物，對新史學而言，都是第一層次的史料。⑵實證主義史學迷信所謂「史實」。新史學則認為現成的、自己送上門來給史學家的歷史事實是不存在的。故史家不是「讓史料自己說話」，而是由史家帶著問題去探問。

據此，新史學認為：為了研究歷史總體，研究者不能只針對個案或短時間的事來研究。因為短時段的歷史無法把握和解釋歷史的穩定性現象及其變化，而應研究長時段的狀況。

同時，因為要研究歷史總體，研究者對經濟、人口、地理、技術、語言、心理……等各方面都須有所了解。是以新史學必須廣泛參用人口學、心理學、經濟學、數學、生理學……等學科之材料、知識及方法。

為了處理大量資料，新史學也提倡計量方法，甚或鼓勵使用計算機。這一點，固然曾被批評為迷信數字，但新史學大部分還是定性分析，因為史學研究中定量分析的成果仍取決於史學家所編制的程序的優劣，且即使在計算機提供了計算結果後，歷史研究的基本任務仍未完成。故計量只是一種方法與過程。

新史學這一思潮，起於一九二九年創辦的《經濟、社會史年鑑》。二次戰後勢力愈盛。但奇特的是：此派雖以研究總體歷史為旗號，廣泛結合地理、人口、經濟……等各人文及社會學科，卻無人涉足文學史領域。呂西安・費弗爾曾寫過一本《十五世紀藝術中所表現的生與死》，發展出一個「心態史」的研究路數。但此亦非藝術史。至於文學史，就更不用說了。

換言之，文學史研究並不在新史學的視域中。

㈡新歷史主義的例子

時至今日，新史學早已不新。八十年代中期以後，「新歷史主義」有了另一番新面貌。此說又稱「文化唯物主義」，乃是歷史唯物史觀的變型。這派學者遠比新史學學者更注意文學，但他們重視的是社會過程。過去的文學研究，是研究歷史中人創造的文學。他們則探討那些促成、制約創造過程的條件。前者注重作為歷史創造者的人的因素，突出人的經驗。後者則強調那些既先於經驗，又在某種意義上決定經驗的社會及意識形態結構等文化形塑力量。

也因為如此，新歷史主義所關注的其實不是文學，他們也反對以往神聖化文學與藝術的態度。

認為我們不能把文學和藝術形式與其他種類的社會實踐分離開來，使它們受制於那些十分專門和特殊的規律。藝術作為實踐，可以有十分專門的特點，但它不能脫離總的社會過程。因此，這種批評方法必然導致一種開放的文學互文狀態，它消解了文學與「背景」、本文與語境之間的古老界線。對文學的分析，重點不在討論那些藝術特性、專門技法，而在說明其社會過程❷。

這種新的文學批評方法，事實上也解消了或放棄了文學史的研究。只研究歷史中的文學或文學的歷史過程，並不講文學的歷史。

由此可知，文學的歷史，在近些年的史學界是不被重視的。衡諸臺灣各大學歷史學系所或史學研究機構的開課方式及研究領域，我們也可以看到這一點。

目前各大學之歷史系所裡，經濟史、政治史、社會史、思想史、性別史、服飾史、飲食史、民族史、醫療史，什麼都有人講，藝術史且已獨立設系，可就是不開文學史的課，也理所當然地不研究文學的歷史。史語所、國史館、近史所、故宮博物院等史學相關研究機構，也不研究文學史。

這種風氣，與早期史家如胡適寫白話文學史、王國維研究宋元戲曲之史、陳寅恪以詩與史互用互證之傳統，可謂迥然異趣。可見文學史業已被史學界掃地出門，劃出研究疆界之外了。

文學研究中備受質疑的文學史

(一)「文學史的衰弱」

在文學研究界呢？情形也不甚樂觀。一九七〇年，國際比較文學協會第二次大會，韋勒克即曾撰寫一文，宣布：〈文學史的衰落〉（收入該年會刊，一九七五出版，頁二七－三五）。

韋勒克當然不否認文學有其歷史，但文學有史是一回事，我們對其歷史進行研究而予以論述，成為一本本、一套套的「文學史」又是另一回事。對於這些文學史（纂），他甚為懷疑。他懷疑文學史是否能夠解釋文學作品的審美特點。他認為，文學作品的價值不能通過歷史的分析來把握，只能通過審美判斷來把握。

按照這一標準，在韋勒克看來，文學史各學派之間的分歧是無關緊要的。不管什麼學派，在具體問題上是如何行事，反正它們都要將文學作品的個性特徵相對化，因為它們總是要將作品置於文學內部或外部結構化了的關聯之中，從而將作品降格為某個鏈條上的一個環節。而作品的本質，恰恰就在於它是一個引起審美判斷的價值體。

韋勒克的質疑，其實是呼應了克羅齊以降一系列的觀點。這個觀點強調文學研究是面對作品的。我們要理解、闡釋這個作品，對其語言進行分析，並做審美價值判斷。作品與作品之歷史關係，也只呈現在文學內部的聯繫上，例如寫作技巧之呼應或繼承、主題之類似、風格之影響等，而不是外在的社會關係，也不能把作品放在「類屬」中去看。那樣，每件作品的個性與特性即將被抹煞。歷

❷ 九十年代時興的文化研究，基本上可分為兩大塊，一是大眾文化研究，一是新歷史主義。新歷史主義，有時也被稱為「文化詩學」，因為它常採文本分析之方式，強調歷史語境中形成的審美意識，代表人物為格林布雷（Greenblatt）。但文化詩學所談的其實不是詩，而是詩中的文化或文化中的詩。另參看陳曉明〈文化研究：後結構主義時代的來臨〉，二〇〇〇年六月，《文化研究》第一輯，天津社會科學院出版社，頁一－四二），喬多利莫爾〈莎士比亞，文化唯物主義與新歷史主義〉，收入王逢振編《二〇〇〇年度新譯西方文論選》，二〇〇一，灕江出版社）。

史主義和社會學式研究危及了文學的內在關聯，故也危及了文學史的特殊認識對象。

早先，克羅齊在〈文學藝術史的改革〉一文中，即曾激烈地批評了幾種文學史、藝術史、詩史的論述方法。一種是廣泛表現其歷史知識，歷數淵源的；一種是賣弄文字或學究式的；還有一種則是社會學式的歷史研究。

尤其是第三種，克羅齊認為它們老是在歷史中建立一些論述的公式，將藝術系統化，分為希臘藝術時代／基督教藝術時代、古典／浪漫、文學性……等體系，然後描述藝術史的「發展」即是上述體系之交織或盤旋、進步或後退。並認為其所以前進後退、交織或盤旋，乃是由於宗教、社會、哲學、精神、政治等緣故。於是，每部作品都可根據其誕生之時代和社會所各自具有的精神價值而被理解。其優點可被認識，其缺點亦因屬於該時代與歷史特性而獲諒解。而且，我們可以清楚地說明：某一時代古典藝術占上風、某一時代浪漫藝術流行、某個時代詩占上風、某個時代是戲劇、某個時代又是造型藝術。也可以看出每一時代作家們不同的內容和態度。

克羅齊反對這類做法。他覺得如此一來，我們只是藉由詩或藝術去了解風俗習性、哲學思想、道德風尚、宗教信仰、思維方式、感覺及行動方式。藝術成為資料，而非主體。平庸的作品，更常因它能結合社會實踐和思維推理，具有此種印證時代的資料作用而獲青睞。真正超越性的、具有獨特精神面貌的天才傑作，反遭埋沒。

而且，歷史彷彿有一條鎖鏈，好像是說：某位畫家提出了有關一藝術創作過程或風格的問題，另一位畫家解決了這個問題，第三位卻放過了這個問題，視若無物，第四位才進一步發展了這個問題等等。克羅齊認為這樣便忽視了作家神秘的創造性特點。天才不是一些人從另一些人那裡發展出來的，不繼承誰也不發展誰，天才是獨立的。

準此，克羅齊所提倡的文學史及藝術史，乃是針對每位文學家、藝術家的特點，研究他的個性與特徵。要以解釋作家和作品的論文和專題論述，代替那種大論述。此種「個性化的歷史」，不考慮什麼歷史或思維的必然發展，只關注「種種個人」，注意其氣質、感情和個人創造性（原文收在《政治、詩歌、歷史》中，一九九二年中國社會科學院外國文學研究所另編入《美學或藝術和語言哲學》）❸。

㈡文學史的爭論

從克羅齊到韋勒克，文學研究中有一條這樣的脈絡，是以這類理由來反對文學史研究的。順著這個脈絡看，這三十年間，文學史的爭論，有底下幾種情況，可略做介紹。

一是歷史文化批評的反彈或反擊，已越來越沒有力量。「新批評」所提倡的細讀法作品分析，成為所有文學系所學生的基本工；傳統的史實、史料、考據、訓詁、板本知識早已束諸高閣，或與文學研究分道揚鑣，文學系師生業已普遍不嫻熟這套歷史方法。對社會與歷史，則除了抄抄政治史、社會史、經濟史教科書之外，也很少真正鑽研。雖仍喜歡討論文學的「背景」，談起來卻總是粗略膚廓得很。故即使能逮住作品分析論者一兩個歷史常識上的錯處，以強調解釋作品仍須注意其歷史情境，也仍不足以振衰起弊。

因此，反擊反而不是由歷史及社會面發展起來的，它主要仍是從文學的內部說。謂：作品的文學性質只有參照其他的作品，參照各種文學體裁和風格，參照在整個文學過程中形成的所有文學創

---

❸ 另見龔鵬程〈陳侯學詩如學道〉，《道教新論》二集，一九九七，南華管理學院。

作的手段、形式、材料和方法，參照所有的文學經驗、文學知識和能力（這是任何個人生產和接受一部作品的文學實踐的先決條件），才可以把握和證實。就連我們對某一部單一作品下的價值判斷也要參照。上述這些文學因素，對一部作品的判斷，總是以有意無意地與其他作品進行的比較為基礎的。如果對上述這些關聯不予考慮，則其文學的概念依然是空洞的。這樣一來，「對作品本身的鑽研」就很容易轉變成一種自說自話。換言之，從文學研究的角度來閱讀作品，若是為了掌握作品的「文學性」，則它就必須以一個在個人接受作品之前就已存在的文學概念為指南。從文學研究的角度來閱讀作品，必然包含著對整體文學之歷史進行反思的成分。

其次，則是歷史性的問題，若進行解釋的人不僅對他自己的歷史限定性不予考慮，而且連他解釋的對象（作品）之歷史限定性也置之不顧。必然導致對作品完全是隨心所欲的解釋以及主觀的穿鑿附會。

可是，縱使如此強調歷史性，也不意謂就需要走回文學史研究的老路。因為，「文學史」的方法只能把握作品歷史性的一個方面，這可以稱為「歷時性」的方面。這是將作品置於文學發展中的一個屬於過去的位置，從發生學的角度強調作品的生成條件，強調作品屬於哪個文學流派、哪個方向、哪個時代等等，再從功能的角度強調它的接受史或效應史。但是，作品還有另外一個表明它的歷史性的位置。這個位置既不等同於作品產生的方位，也不等同於我們用以重構接受史或效應史的那些日期。這個位置是在作品被接受的當時所賦予它的現時之中。相對於作品歷時性的那個方面，我們若可以將作品歷史性中這一注重作品在現時存在的方面，稱為「共時性」。則我們也可使作品脫離它在歷時性軸線上的那個歷史位置，而賦予它一個處在共時性軸線上的新的歷史方位。

我們也可以把這種歷史性叫做「審美的」歷史性。它體現在相互接觸之中。在這種當下相互接觸中占主導地位的，正是文學史必然要抹煞的，這就是作品的個體性。那是作品唯此非彼的存在。作為一個（如韋勒克所說的）「價值整體」的作品、作為單獨存在的作品、作為在日常文學交往中閱讀對象的作品。它仍在審美的相互接觸中。

故讀者由大量可以成為接受對象的作品中，只選出一部作品來欣賞來討論，這種選擇與讀者經過培育而養成的「文學意識」就有直接關係。就算讀者自己並不很清楚，他的閱讀依然要通過一張龐大的關係網絡同文學的審美共時性的歷史位置聯繫在一起。

這恰好顯示了：文學史家對其研究範圍的確定，並由大量流傳下來的原始材料中遴選出所謂的「文學史實」，本身就已包含著許多價值判斷及審美傾向；在人們賦予那些被列入文學史實的作品、作家、方向、潮流、流派以及階段的意義中，這種價值判斷的關聯就更明顯了。

而這些審美判斷又總是包含在意識形態的聯繫之中。人們向過去時代的文學提出的問題，總是與「從現時歷史的角度來看」和「評價之利益」相聯繫。而且它們同時還影響著文學史家對這些問題所作的回答。故文學史的論述極容易過時，過一陣時期就必須重新編寫，並且每次重新編寫的間隔不僅是由研究工作的內在發展所決定，還由現實歷史過程中的變化所決定。因此，文學史的論著總是與各自所處的文學生活現時性有深刻之關係。文學史家以為他們是在寫歷史，而實際上竟然只是在寫現勢。「文學史實」「過去的文學史跡」等觀念乃徹底動搖了❹。

❹ 另參朔貝爾〈文學的歷史性是文學史的難題〉，收入《作品、文學史與讀者》，一九九七，文化藝術出版社。

同時，審美的現時性，也意味著我們在讀一篇作品時，審美經驗未必會與文學史符同。不論這個作家、這篇作品在文學史上地位多麼崇高或低劣，文學史所提供的知識都不能代替讀者在閱讀時非常現實的審美經驗。

由於每個人每個時代讀一篇作品的審美經驗均不一樣，因此瑙曼建議我們將作者、作品、讀者看成是一種經閱讀而構成的交往關係。並由這樣的關係，去解決文學史研究與作品研究的衝突，他說：

從客觀地置根於社會意識的結構和發展形式中的（並進而超越社會意識置根於人本身的歷史存在中的）、因而也始終受到世界觀左右的、因此是眾說不一的關係系統出發，分析、闡述、評價本文的「可能有的意義」，從而使它作為作品（不管是肯定還是否定）具有了「實際的意義」。在這裡，文學史強調的是本文在歷時軸上的重要性，而解釋則用一種附加的選擇法將那樣一些本文挑選出來，它們應當在共時軸上重新進入某種審美關係，並進而通過獲得新的重要性而歸入歷史（譬如作為「遺產」）之中（作品與文學史，收入一九九七年，文化藝術出版社《作品．文學史與讀者》，頁一八〇——一九三，范大燦編並譯）。

文章詰屈聱牙，想必是因這種衝突實在難以調合，故講得如此費勁，而且也沒講出個所以然來。其意僅謂兩者不可偏廢罷了。不偏廢，當然是好期望，但如何能不偏廢呢？自新批評以至接受美學，其實都在挑戰文學史的概念及其研究徑路。「歷時性」的探討，也越來越不及「共時性」之問題更受學界青睞了。

強調共時性研究的，還有一支勁旅，那就是結構主義。結構主義的分析具有非歷史之特質，也完全不做、不能做文學史研究，已無庸贅述。因此我要介紹另一個現象：

結構主義在李維史陀手上，只處理神話、民間故事；到了羅蘭巴特的符號學，就擴及雜誌、廣告、流行服飾等等。它比李維史陀具有歷史性，而且可把符號跟社會力量、階級利益聯繫起來。但，無論結構主義或符號學，大抵都不談平時我們在文學史中談的那些東西。那些東西，上不在天（神話）、下不在田（通俗文化），乃是主要由文人團體、知識階層所創造的特殊符號系統（文學作品）。結構主義與符號學基本上不去碰它們，偶爾涉及，則將之普遍化，從結構的普遍特徵去說，或從符號的一般原則去說。

神話的問題，影響較小。畢竟文學史上神話僅占極小的篇幅。通俗文化的問題則較為複雜。斯特里納蒂（Dominic Strinati）曾批評羅蘭巴特「把意識型態的概念引進符號學分析中，符號的各種內涵及所指，最終都被簡化成了資產階級的意識型態」（《通俗文化理論導論》，閻嘉譯，二〇〇一，商務印書館，頁一四三）。誠然。但這麼做，羅蘭巴特只是小巫，馬克斯主義才是大巫。

法蘭克福學派運用馬克斯思想，批判文化工業、通俗音樂、商品拜物教、現代資本主義，便極著名。其後葛蘭西的「文化霸權」理論，更是直斥資產階級以主導的意識型態來進行社會控制、維持秩序。可是，他們雖都援引馬克斯學說，其理論卻有一個轉向。

法蘭克福學派所做的，是對通俗文化的批判，謂通俗文化為現代資本主義文化工業之產物。葛蘭西的文化霸權理論，則是說現代大眾媒介中通俗文化的生產、分配、消費與解釋，均與資產社會各機構之霸權及其作用有關。但順其說往上推，我們也同樣可以說，歷史上知識分子所艷稱的文化與觀念，只是資產階級的霸權。而從階級鬥爭的角度看，所謂精緻文化等等，遂成為具宰制力之文化霸權，應予批判。因此，法蘭克福學派乃是充滿古典精英品味的一群，像阿多諾欣賞嚴肅音樂、古典音樂而批判通俗音樂那樣，法蘭克福學派嚮往文化精英統治，企圖以此抵拒文化工業之通俗文化。葛蘭西的理論則既批判了現代大眾傳媒之文化霸權，也批判了文化精英理論。推闡下去，甚至可以說它還足以為古代工農階級所代表的文化平反。

近二十年的發展，確實就是如此。傳統的雅俗之分、精緻與大眾之別，雅的一方，越來越退守無方，飽受批評。「通俗文化批判」，變成了「通俗文化研究」，批判文化精英統治。「藝術」與通俗文化的界限更是越來越模糊，到了後現代思潮中，那倍受法蘭克福學派抨擊的通俗音樂，便已翻身高踞要路津了。安德里亞斯・惠森（Andreas Huyssen）即曾說道：「在最寬泛的意義上說，流行藝術是後現代的概念得以最初成形的語境。……後現代主義內部最重要的一些傾向已經向現代主義對大眾文化的粗暴的敵視提出了挑戰」（參見Angela Mcrobbie《後現代主義與大眾文化》，二〇〇一，田曉菲譯，中央編譯出版社，頁一九）。肥皂劇、電影、廣告、流行音樂、時尚、時裝、俚語……等從前不登大雅之堂的東西，現在成為研究焦點。文學研究逐漸讓位給（大眾）文化研究，同時也讓位給了通俗大眾文學研究。

這整個趨勢，頗不利於文學史之研究。固然通俗文學研究也會要寫史（例如從前鄭振鐸寫過《俗文學史》。葉洪生目前也在寫臺灣武俠小說史。且臺灣隨西潮而起舞，中興大學、中國時報都舉辦過通俗文學的研討會；花蓮師範並成立了俗文學研究所，台東師院又成立了兒童文學研究所。其間亦多有造史之企圖、撰史之努力），但是，文學史寫作本質上就是區別雅俗的工作。從一堆文學作品中挑揀一些來論列，無論怎麼說，都不會挑一些特別爛的來談。就像寫史，無論持什麼觀點，不可能只找一堆卑瑣無足深論的人，或一堆無聊的事去寫。可能你的雅俗判斷與我不同，可能你所以為雅者我以為俗，但雅俗之審美判斷依然是在的，去俗就雅的基本論述方向也是不變的。

同時，文學史也無法討論「大眾」。它只能談大眾裡的個別特殊、傑出者，那其實就是精緻的，就是精英。一旦不尋找英雄，便也無價值需要標舉，無典範值得效法。寫史以令某種作品、某些人物不朽之企圖，就也顯得毫無意義。抹殺雅俗之分、大眾與精緻之別，本身即蘊含著反歷史化之傾向。在強調遊戲、破裂、移位、解構、邊緣的後現代之後，文學史研究遂越來越像尷尬的老腔調，漸漸少人唱也唱不下去了。

㈢文學史的困惑

歷史當然不能僅談一個面向，在反對或不利文學史研究的脈絡之外，重視文學史研究者、反對唱衰文學史者也當然不乏其人。

如巴赫金就曾痛批形式主義者的文學史觀。他以П·Н·梅德維杰夫名義寫的《文藝學中的形式主義方法》，第四編〈文學史中的形式主義方法〉第二章就是：形式主義關於文學歷史發展的理論。認為形式主義把作品看成是外在於意識的實體，不理會其他意識型態系列及社會經濟發展，會把文學變成一個封閉系統❺。巴赫金雖然現今被視為符號學大家，但這類說法其實是馬克斯主義文

❺ 巴赫金《周邊集》，一九九八，河北教育出版社，頁一〇八—三四三。

藝學式的。這一類論點及著作，幾十年來當然也是汗牛充棟、蔚為大國的。

在形式主義方面，其實也非常複雜，不是巴赫金那幾句話就可以概括或批判得了的，布拉格學派穆卡洛夫斯基（Jan Mukarorsky）雖說強調文學、經濟、意識型態及文學諸結構間的演化狀況，固然不會同時而進，卻也不會互不影響，且同在一個大的結構之中。其後伏迪奧卡（Felix Vodicka）論文學的結構之外，也論文學作品的生成、文學作品的接受。作品之生成，固然由於作家之創造，但作家是在一個社會的語言環境中創造的，他需面對該時代及傳統的語言規範和習慣。讀者之接受，更與該時代該社會的讀者審美意識有關。因此，布拉格學派雖亦為結構主義，但並不去歷史化，也非孤立地看文學，他們對文學史也多所論述。

雖然如此，文學史研究仍是問題重重的。巴赫金本人運用馬克斯觀點寫過一篇較罕為人所知的論文：〈中國文學的特徵及其歷史〉。把中國文學史分成上古前封建、周至清末的封建制社會之封建意識型態（藝術、文學、科學）、晚清之資產階級民主運動、一九一一年社會革命四期❻。粗糙可哂，實在有損他大師的令名。可是，這不也是所有運用馬克斯史觀討論中國文學史者共同的尷尬境況嗎？理論上，固然足以成一家言，攻敵禦守，均足以自立。可是，一旦講起具體的文學史，在文學與社會發展關係的扣合上，無不是削足適履、蠻塞硬套、機械而且疏陋。

布拉格學派則雖自負能兼顧文學獨立性、文學與社會關係兩端，批評者卻未必欽服。康拉克（Kurt Konard）就說穆卡洛夫斯基把文學和社會境況「機械地放在辯證法的兩端，二者只像不相干的物體，做表面的碰撞，而不是辯證性地互相滲透」（詳見陳國球〈文學結構與文學演化過程：布拉格學派的文學史理論〉，《文學史》第一輯，一九九三，北大出版社）。

其他各類文學史研究，當然也還多得是，文學史著也一再出版。可是，在文學研究界，文學史確實已是個問題了。一九九七年南非大學召開「十字路口的文學研究」會議，就有「書寫文學史」這一子題。創辦於一九六九年的《新文學史》，主編拉爾夫・科恩曾雄心勃勃地誇口：「迄今尚無一家刊物致力於對文學史上的問題進行理論的闡釋」，故《新文學史》的創立，就是要滿足這個需要，以重新建構文學史為其目的（見科恩〈新文學史中文版序〉，二〇〇〇，佛光大學，國際中文版）。可是，就在這本刊物的修正主義專題討論中，便出現了如下的對話：

科拉吉：科爾奇，你談到的所有這些新運動——同性戀、女性研究、後殖民主義、非洲裔美國人——時，我們是否看到的只是人們所做的標新立異之事呢？是為了與眾不同？是為了出類拔萃？還是為了揚名四方？

於裏斯：這樣說等於否認和貶低重要的思想策略。賽，你的口吻像極了典型的自由主義者。代表了向女性、被殖民者、少數民族團體、移民、非正式公民和一切受到文化霸權壓迫的人施其壓制的語域特徵。

科拉吉：就算是吧。文學研究中出現的這一切變化讓我回想起科林・馬丁代爾（Colin Martindale）的書。

馬　金：他是誰？

❻ 巴赫金《文本、對話與人文》，一九九八，河北教育出版社，頁一二九—一三九。

科拉吉：馬丁代爾對各種文體的發展史作過大量研究。他發明了一種細緻周密的方法來分析既定物的複雜性，如詩歌。然後，他追溯了複雜性的歷史演變，如英詩從玄學派到新古典主義，再到浪漫主義的發展軌跡。

馬　金：哈哈！文學史還沒有在心理學家那裡死亡，只不過在文學圈裏死亡了。

科拉吉：他發現，複雜性逐步發展到頂峰之後便迅速衰落！——歷史上曾出現過某種突變，如新古典主義的興起或者說浪漫主義革命。之後，複雜性重新發展到頂峰，又再次衰落，如此循環複始，像鋸齒形波浪一般。

賴爾特：我讀過馬丁代爾的書。太恐怖了！書裏描述的大教堂是怎樣一幅幅哥特式的景象，詩人們多麼浪漫。統計資料！哼！令人作嘔！

於裏斯：聽起來簡直就是超結構層次上的理論論證。

馬丁代爾著有《機械的繆斯：藝術變革的可預知性》《浪漫主義進程：文學史的心理學》等書。但他這類研究，乃至整個文學史研究，顯然在新一代文學研究者中甚被輕視，馬金且斷言文學史已在文學圈中死了。尋找文學的發展規律，也遭鄙夷❼。科拉吉認同馬丁代爾之做為、質疑文化研究，卻被指為落伍、固執既得利益及其文化霸權，既無學術研究的知識意義，也失卻了道德的正當性。文學史的處境，蹇困一至於斯，諒非科恩所能逆料矣！

當代的文學史研究

我國歷史觀念一向發達，充滿歷史意識的對文學發展的看法，當然也不會缺乏；但是，正式以「文學史」面貌出現的著作，卻要遲到光緒三十年才開始問世。而且，問世以來，就一直營養不良。至今雖然已經有了將近三百種的中國文學史及數量大致相近的西洋各國文學史，可是，大部份反而只是古老的文學編年紀錄。真正夠資格稱得上是充滿歷史觀念與意識的文學研究，畢竟仍如鳳毛麟角一樣稀罕。大家似乎不太曉得什麼叫做文學史、什麼是文學史研究，彷彿大家還一直以為講古說故事就跟史學家的歷史著作一樣，無論性質、意義、功能與內容都了無差異。

以上這段話，是一九八五年我在《文學散步．文學的歷史》（漢光出版公司）中說的。十七年來，台灣又出版了許多文學史，且由中國文學史分化出台灣文學史及各種文類史，洋洋鉅觀。可是，我那樣的批評，實質情況恐怕毫無改善。既沒什麼像樣的文學史新著可供討論；對文學史之性質、功能、意義及方法，也沒什麼理論的進展可說；跟世界文學研究界對文學史的爭論，也無對話或回應。

我們正努力從事的，依然是片斷史料與史實的增添補敘、考訂。多談了一些作家，介紹了一些過去較少談及的作品，糾正了一些史事或史料的錯誤，調整了一些敘次及敘述方式，便自以為得計。可是，這些史著仍是二十年代的史學考證方法，苦乏新意，殊不足觀。

---

❼《新文學史》，二〇〇一創刊號，國際中文版，修正主義專題討論，頁一一。

另有一些，則沿用馬克斯主義分期法，或社會經濟決定論的態度去講說文學史事。我以為也毫無參考價值。

還有一些論文，試用性別研究、後現代、後殖民大眾文化研究去「重看」、「重述」文學史。這，一方面僅是觀念的套用，生吞活剝、摘挪理論以矜新異，而在與歷史事實對勘時矛盾錯漏百出；一方面又是以重寫為名，實際解構著既有的文學史論述成規以及文學史研究本身。故我也未曾見過令我佩服的東西。

對文學史之研究，當然也不能如此一筆抹煞。大夥的勞績，畢竟也非一片空白。但在個別事件、人物、作品方面的考詮，或對過往文學史著的反省，成績較著。對文學史研究之性質、意義、功能與內容，確實少有討論，一如我在十七八年前所說的那樣。如此，豈能與國際文學研究界在文學史理論上展開對話？豈能推動文學史研究真正向前發展？

「台灣文學史」之蔚為熱門論題，不但未能改善上述這個現象，反而使之更趨惡化。這個論題，我寫過〈區域特性與文學傳統〉，刊《聯合文學》八卷十二期；〈四十年來台灣文學之回顧〉，刊《國家科學委員會研究彙刊》四卷二期；〈台灣區域文學史的寫作與傳統〉，刊《龔鵬程一九九九學思年報》；也出版過《台灣文學在台灣》，一九九七，駱駝出版社，討論過一些方法論的問題，故此下不再贅言，仍回到文學史的問題上來。

近十幾年來，對文學史問題花費較多心力者，以陳平原、陳國球為最著❽。二人曾合編《文學史》四輯（一九九三－一九九六，北京大學出版社），內闢文學史理論、思潮與流派、作品與接受、文化與文學、文學史著檢討、舊籍新評、翻譯與評介、中國古代文學史論、試寫文學史、女性文學批評、詩學研究、小說研究、台港文學研究、文學與藝術等欄目。各欄受新學風影響，不乏以女性文評、文化研究去重讀重述史事之作，譯介思潮亦多與文學史理論無直接關係者。詩、小說、台港文學之研究，則與一般文學刊物無太大不同。故重點所在，在於檢討各文學史著，如舊籍新評、文學史著檢討、試寫文學史等，文學史理論之評介與討論則不太多。陳國球本人精研布拉格學派之文學史論，對明代文學史觀也深有研究，近年復著力檢討民國胡適以降諸文學史著與史觀；陳平原則對晚清以來整個文學史的傳統做過許多振本溯源的工作。可是兩人似乎都無為文學史研究建立一個學派、觀點或方法的企圖，只希望藉由多討論多研究，來逐漸摸索出一條路子，形成反省的態度。故也因此不易窺見該刊的主張為何。

其他人的努力，我知道得較少，所以底下只談一下我的想法。

一些嘗試與答案

我在《文學散步》一書〈文學的歷史〉一章中，首先討論的，就是「文學史的編寫是否可能？」針對三種反對文學史的看法⑴文學作品雖創造於古代，但它並未成為「過去」的東西，它永遠對我們發生著作用，它永恆屬於與我們「同時並存」的東西。因此，文學實無所謂歷史可說。⑵藝術創造脫離不了時間的因素，因為藝術是人活動的意識與產品，所以，它不可避免地要在一特定的時

❽ 還有一位值得特別提及的，是張漢良。他提倡的不連續史觀，在文學史研究上非常重要。

空關係中完成的，故藝術與歷史根本不能脫離，藝術也沒有什麼永恆性。但是，藝術既隨時間而變滅，時間永遠不可能重複，我們又怎麼能夠根據已變已滅的藝術品去理解過去時間中的藝術呢？(3)每一件文學作品都是個獨立完整的創造，與其他作品之間並無連繫的結構；人類的寫作活動可以有歷史，文學作品之間則不能構成歷史的關聯，故實際上沒有所謂的文學史〕，來重新思省文學史到底是什麼。

我認為：文學史是以文學為對象的歷史研究，因此，它所要建立的知識，就是一種關於文學的歷史知識。但同時，文學史又是充滿了歷史意識和觀念的文學研究。

故對文學史，我們需放棄實證主義之迷信，了解文學的理解並無絕對性。原因在於我們進行文學批評活動時，必然同時也在進行著作品對象的認識、內在存在感受的開發和認識能力的挖掘。它不像照相機照相，底片完全漆黑以印顯外在客觀的事實；它像觀賞一幅圖畫，看畫的人一方面看到了畫的內容、一方面也反省到看畫的自己，所以，他有感動有思索，內在經驗亦因此而豐富，觀畫情境、觀畫者、畫，三者滾在一起，成了一個詮釋學的循環（Hermeneutic Circle）。在這種情形之下，文學作品的意義便永遠是開放的，而歷史的理解也不可能來自客觀或主觀，它是歷史與自我相互融攝，以呈現一辯證客觀性的。

韋勒克與華倫曾說文學史研究是以一價值來賦予文學事實意義，以說明歷史進程的工作，但此一價值又由歷史中生出。他們對於這種邏輯的循環，既承認又不了解。我以為我的說法，或許可以提供一個解決的途徑。因為也只有如此，才能說明文學史為何既是歷史研究又是文學研究。

這樣看文學史，文學史在文學研究中的地位就非常重要了。文學研究中，有關性質、範疇、價值標準的釐定，均來自文學本身發展的歷史。因此，不做文學研究便罷，否則，文學史是一切文學研究的基礎。

對上述理論問題，做更細緻討論的，是〈試論文學史之研究：以劉大杰《中國文學發展史》為例〉（第四屆古典文學會議論文）一文。該文評論劉大杰書，性質已開陳平原、陳國球他們所說的「舊籍新評」或「文學史著檢討」之類論述之先河，但文章另一個重點其實是在方法論之問題。討論：文學能不能做歷史研究、如何做。

結論是：文學不能以科學、實證的史學方法來研究。文學鑑賞與評價的過程，乃是一種主客交融、主客聯合的精神活動。因此，主觀態度之參與，乃是文學評賞或事件考察中不可或缺的部分。整個人文學科的基本性質亦是如此，是詮釋的科學（Hermeneutic Science），歷史學尤其如是。甚且我們也可以說：歷史研究最典型的表現，就在文學史。

但是，假如說文學史之研究必須主體涉入，則客觀性又何在？文學史豈不成為各人之各說各話？價值本無一定的判準，一切似乎就都是見仁見智、一切價值就似乎都是相對的了。在不同存在情境及立場、不同的主觀態度下，自會有不同的價值判斷，而不同的價值又形塑不同的歷史，歷史更有何「真實」可言？一切不都是相對的嗎？

其實不然，所謂「主觀與歷史對象互相融攝」，固然歷史對象深受主觀態度與價值之影響，但意義結構之形成，卻仍受到歷史對象的限制。主觀態度或價值是否溢出或背離了對象所能涵容荷負的量度，不難對證出來，這即是卡西勒在《論人》一書中所提出的「辯證的客觀性」。此外，歷史解釋的方法，也可以適當地制約主觀意識的泛濫。例如韋伯（Max Weber）即認為：所謂再體驗的直覺法，必須在「可能的範圍內，以一般因果解釋來約束，以成為『可理解的解釋』。」換言之，研究者的直覺，也須經得起系統理論概念的批判，而且需以「客觀的表述方式」來說明。故主客交融並非即是可以隨意曼衍無端的。

由這個認識，才轉入對劉大杰之具體批評。說明劉大杰的史述因受到他那個時代的觀念影響，主要依據是進化論、歷史有機循環的命定論和反傳統精神。但因其敘述缺乏辯證的客觀性、也未突破「現時觀念」之籠罩，以致頗有局限。

如此處理，是否真能回應文學研究界對文學史研究的質疑，我不敢說。但文學史研究的性質與方法，或已稍做釐定。

這是指我們進行研究文學史時的方法。文學本身的歷史，則須我們另行勾勒。

對此，我較接近穆卡諾夫斯基所說，要探索文學內在結構發展之演變。〈說文解字：中國文學藝術發展的結構〉一文，即屬這類工作。該文參考了黑格爾對藝術史的看法。依黑格爾看，藝術最早的類型，是人類僅能以符號象徵地表現他朦朧認識到的理性，形成象徵型藝術。如印度、埃及、波斯等東方民族之神廟、金字塔等。等到人能很明確地認識到理念與感性形象，主客體能夠統一時，才能選擇以完美的人體形式表現絕對精神，形成古典類型藝術。但這些人體雕塑及古典希臘建築，借重有限的物質，實不能充分表達無限精神，故此即不能不逐漸轉變為浪漫型藝術。這時出現的第一階段，就是拋開物質，只保留外物之形象。這就是繪畫。然後，第二階段，再拋開物象，「不用佔空間事物的結構，而用在時間上起伏回旋的聲音結構」，此即音樂。但音樂僅能表現主觀感情的內在生活，而無力顯見外在的現實；且聲音本身，仍為一感性材料。故由此更進一步，只把感性材料做為傳達媒介來用，將感性材料降為一種本身無意義的符號，詩就出現了。詩就是語言的藝術。詩是最高的藝術，一切藝術也都具有詩的性質。這樣的結構，也可以用來解釋中國文學。中國藝術發展的結構，正是朝文學類化。音樂、舞蹈、戲劇、繪畫，逐漸都朝文學化的路在走，文字書寫的觀念也彌漫在諸藝術種類中。

這是一個藝術發展內在的結構。我不同意黑格爾所說，歷史必是由象徵型到古典型，再到浪漫型，再到文學。可是諸藝術逐漸發展為文學，卻可能具有歷史的合理性。我以中國文學史藝術史的例子，來說明這種合理性。

可是，這個結構也不是封閉的。關鍵在於文學之「文」，在中國是極複雜的觀念。因為我們至遲在春秋時代，即開始以「文」概括綜攝一切人文藝術活動。成文之美，可以涵括一切藝術創造。充極盡至，則中國人談自然美，也必以文概括一切自然美的表現。雲霞草木之美，擬為雕刻與繪畫；林籟泉石之聲，喻如音樂，而總結則為「文」「章」。一切自然美，即是自然所顯現的文。這種文，跟人所創作的文學作品，基本上被視為同一的。既然天地有文，所有人文藝術活動也有文，文即成為一切美的原理，甚或一切存在的原理。可是「道沿聖以垂文」，它又表現為文章文化。於是，所謂文化，基本上就是道沿聖以垂文的文學性文化。我們整個社會「自成童就傳以及考終命，解巾筮仕，以及鈞衡師保，造次必於文，視聽必於文」（唐・楊嗣復〈權德輿文集序〉），文學不只是文人的專利包辦，而是彌漫貫串於一切社會之中的存在與活動。文化，其實就是文學，就是文。中國人的生活方式、人生態度，也都體現為一文學藝術的性質。唯其如此，整個文化展布的歷史才能說是文。

這種「文字、文學、文化」一體性結構，是中國文化史文學史之特色。我由此展開之諸多申論，另詳《文化符號學》（一九九二，臺灣學生書局，二〇〇一增訂）一書。專就文學史而論，則我這樣處理也才能真正說明文學內在結構與文學以外諸現象的關聯，說明文學與政治、社會、哲學、宗教諸結構如何共同組成一個大的結構，超越布拉格學派的困境。

運用這種結構，事實上也不難重寫一本中國文學史，因為基本發展架構已經勾勒出來了。但我覺得文學史還可以有別的處理方式，例如我擬編過一本《偏統文學史》，今抄其目錄如次：

①導論，②兩周金文辭、謠諺、佚詩、外傳，③秦漢金石、四言詩、易林、參同契、緯讖，④南北朝散文（含墓志、佛道書及譯書體），⑤唐四六、排律、嘲謔體，⑥宋四六、宋曲、語錄、論藝文字、日記，⑦元遺民文學，⑧明清八股，⑨清詩、索隱派紅學、鴛鴦蝴蝶、清遺老詩文、雜事詩（一九八九年五月二十七日民生報，攻乎異端）。

這是個不完整的擬目，可以納進來的東西還很多。主要的思路，是由顛覆現有文學史的論述成規，來尋找新的論述脈絡。

新的論述脈絡，還可以從「遊」的角度來處理。一九九五年陳國球在香港科技大學舉辦過「中國文學史再思」研討會，我即提了一個〈遊的中國文學史〉架構。遠紹宋代陳仁玉《遊志》、元陶宗儀《遊志續編》之緒，談遊說、遊俠、遊仙、遊戲、遊歷、遊心之史。後來並將相關論文輯為《遊的精神文化史論》（《一九九六，龔鵬程年度學思報告》南華管理學院。二〇〇〇，河北教育出版社）一書。

我這類做法，均是在中國文學內部尋找「異端」，另立統諸。愧無陳慶浩之雄心。他提倡「大文學史」，則是要拓開整個中國文學史之地盤的。把漢文學、各少數民族文學都納入中國文學史裡來。但看來無論是他的宏圖抑或我的辦法，都還少有嗣音及呼應者。未來我文學同行要如何面對文學史的衰落、解決文學史的困惑，我還不知道哩！

——二〇〇二年春，過香港，晤陳國球。聊起將開這次文學史討論會的事，我有些感慨。本文大抵就是這些感慨的文字化。旅中無書，無法詳論，故仍近於談話體。一月廿日，北京旅次

九、九〇年代的中國文學批評

在美國總統還是雷根的時代，一位不滿美國的左派人士賈克比（Bussell Jocoby）寫了一本《最後的知識分子》，說美國「非學院的知識分子」（the non-academic intellectual）已經消失了，取而代之的，是一群怯懦且滿口術語的大學教授，而社會上也並沒有人很重視這些意見。

此書出版後，引起了不少討論，贊成者卻居多數。如今歲月荏苒，美國之情況如何，尚待考察，可是在九〇年代，我亞洲一隅之華人社區，總名之為「中國」，分而稱之則喚做「香港」、「台灣」、「大陸」的這個地域，這種知識分子邊緣化、專業化、學院化的傾向，似乎也已成了鮮明的時代特徵。

這個特徵，可以從許多角度去申論，但此處僅能就中國文學批評這方面談談。

先說學院化。在台灣，眾所周知，文學批評之公共論述空間，除了學院之外，尚有報紙、雜誌、期刊以及民間社團。學院內部，中文系傳統上都只是國學系，辭章、義理、考據三分天下，而且精神上以義理為尊，方法上以小學考據著手，文學辭章，殊非所重。文學中，現代文學研究尤其不受承認。因此，在學院內，文學批評這門學問或具體的文學批評工作，活動之空間其實極為狹隘。

何況，學術研討之風氣未開，論文寫作又未形成規範，原本就極少有文學批評的論述可言，幾乎可說已達到了三無的境界：無學報、無研討會、無論文。僅有的一些文學活動，要以創作及教學為主。因此，文學批評的論述空間不在學院而在報紙、期刊、雜誌。不僅七〇年代鄉土文學論戰、比較文學方法論（如顏元叔與夏志清、葉嘉瑩）論戰等，對中國文學批評之發展影響深遠，當時報刊雜誌也經常會策劃一些文學論題，帶動學界的討論，如瘂弦在幼獅月刊策劃的《人間詞話》、《紅樓夢》討論系列之類。當時我們為了推動或提倡學院內的文學批評研討風氣，都必須採取結合媒體的方法，利用「在野」的力量，才能撼動中文學界已漸僵化的傳統格局，對於這種文學批評存在於學院以外的狀況，可說是體會極深的。

這個時候，研究中國文學批評的人，或許大多仍在學院中任職，但整個生命是學院之外的。他們在報刊上或社團裡發表其研究成果、討論爭辯其觀點。其論述則形式多樣，不盡符合論文寫作規範，術語之運用更是鬆散。九〇年代，這種情形完全改變了。相關雜誌大多停刊，縱然仍有若干文學批評之討論，亦不能如以往般帶動風潮。報紙也因應「解嚴」，變化甚大，文學副刊版圖日蹙。即或疆域倖存，亦不能如往日般連篇累牘刊載文學批評論述矣；縱或偶爾為之，其影響蓋與曩昔不可同日而語。比較文學會、中國古典文學研究會的聲勢與功能，也逐漸衰微。代之而起的，是學院內的文學批評新傳統業已成形。

中文系裡辭章義理考據鼎足而立之架構，漸欲打破了，許多學校正醞釀著要分家或已經分家。即使未分家者，其內部之權力關係也顯然不同於既往。文學課程、博碩士研究生文學論文都增加了，文學批評也成為大多數學校必備的課程。新一代的教師與學生，又都嫻熟於論文寫作格式與論文研討會的形式，術語行話，逐漸建立了文學批評這一行的行規。到了這個時候，學院之外的公共論述空間其實對於這些學者來說，已不太重要了。只有撰寫能在學院內之研討會議或學報發表的論文乃至專門著作，才能獲得獎助、升等並奠定自己在行業內部的聲望地位。

學院化的另一個描述語，即專業化。本年五月，淡江大學舉辦了一場現代文學教學研討會，指派我談的題目即是：「現代文學教學中專業師資的培養及教材編印方向」，可見專業化正是現今學院中主要努力的方向。過去因中文系傳統上不重視文學批評，所以專業師資極為欠缺，有志者固然甚少進修學位之機會，即使獲得了學位，也常沒有受過什麼專業訓練。所謂專業訓練，其實就是這一行的行規，如何設定問題、如何選擇解析方法、如何操作材料、如何安排敘述次第、如何組織篇章、如何措辭、如何作注、如何開列參考書目……等。這套行規，逐漸穩定，且在中文學術界形成公共秩序，乃是九〇年代的重要績業。這一點，只要比較一下九〇年代與以前的文學批評論文就知道了。

此外，我在上文所舉的那篇文章中曾說：專業化，會「不斷將執業人員必備之具體的、經驗的知識與技能，轉換成一套具有系統的抽象性知識，亦即理論化。同時並運用『術語』將其知識與社會日常知識及語言系統區隔開來，繼而將該知識與技能之細部程序予以規範化」。這些傾向，九〇年代的文學批評論著也都是非常明顯的。

文學批評成為專業之後，從事文學批評的人便專家化了。在傳統中文系裡，其實並無這樣的中國文學批評專家，因為每個人都接受過國學式的教育，對於中國文學也有其普遍之了解與興趣，撰寫研究論文時很少以某一領域某一課題之專家自居或自限。九〇年代已不再是如此了。學者或研究單位會自覺地朝「成為專家」的方向去進行領域切割：你們專做魏晉，我們就專做明清，他們則是現代文學；你專門弄詩學，他專門研究戲曲小說，我便做神話或口傳文學。研究者的精神狀態，是以成為一名專業文學批評人員或某某專家自期的。

做為一名專家，除了研究對象要專門化之外，其研究方法及觀點也會專門化。九〇年代的文學批評者，往往是以精擅某一家理論或方法的形貌出現在學院裡的。我們很容易以「某某人是做後現代的」、「某人是做女性主義的」、「某人是巴赫汀」等標籤來辨識我們的同行（大的中國文學批評行業裡，有一個個小的社群，那些專家社群就是另一群同行關係）。在七〇年代八〇年代，研究中國文學批評者常詬病別人學習了一套外國理論之後，即以此專家之眼來進行中國文學的批評。指摘這是「硬套」。九〇年代以後，此一批判已不復聞之。因為事實上大家都必須武裝其專業配備，而（來自西方的）專門理論正是研究者躋身於學院，成為某某專家的必要條件。

這整個趨勢合起來看，九〇年代的中國文學批評做為一種學院體制的「知識工業」，其論文量產甚為豐盛，但這個知識社群本身卻正處在分崩離析之中。專門領域之間，或專家與專家之間的共同語言，非專業人士大抵已不能理解。在中國文學批評者內部，實際上正存在著許多不同的語言社群（languagecommunity）。每個人活在他那個社群的語言中，有其特殊之關懷、問題意識、解析方法、理論模型及文化認同，彼此甚難溝通，有時亦無必要對話。因此七〇、八〇年代論中國文學批評很容易找到一個共同話題，整個文學批評工作有其動力與方向，現在則很難再有這樣的機會了。

這也可以一部分解釋「中國文學批評」分裂出「台灣文學研究」的原因。某些台灣文學研究者所刻意凸顯的語言情境，例如堅持用台灣話（文）撰寫研究論文，或設立獨立的台灣文學系所之類，均可視為大分裂趨勢中的一環。中國文學批評工作，似乎已經喪失了共同努力的目標，也找不到共通的語言系統。

對於社會來說，知識分子也已成為他們自己所謂批評論述文化（culture of critical discourse）的成員，只活在自己的語言社群中，跟社會其他人或領域是不太交通的。

在這個批評論述文化中，文本、多元、異質、流動、論述、後殖民、去中心、解構、顛覆……等語詞四處泛濫，文章越來越詰屈聱牙，還常有一堆夾槓如「女性主義運用後現代策略在顯現／隱藏、提供／延遲等戲謔之中凸顯慾望的政治性」之類。這樣的話語系統，跟社會日常語言的距離實甚遙遠，與社會生活或群體發展更難說有什麼關係。

也許有不少人會不同意這樣的論斷，認為近些年在女性、弱勢、通俗、邊緣的議題上創獲甚多。對中國文學之批評頗有新意，且也因此而推動了社會意識的醒覺或革命，故不能說中國文學批評工作已與社會疏離，中國文學批評工作者業已邊緣化。但是，到底是文學研究者活在越來越強而有力的媒體世界中，受到媒體流通的形象、官方敘述、權威說法、群眾價值與意識狀態等等之左右，抑或文學批評者真能揭穿或粉碎這個文化消費體系？文學批評家的邊緣戰鬥，是質疑了這個社會，還是隨順這個時代而發展？這些問題的答案其實是很明顯的，文學批評界若不自我欺瞞，就會認識到：在九〇年代，我們高喊著要去中心時，其實可能也正表示我們也同時放棄了主體性（或許也有不少人覺得「主體性」這個概念本來就不必存在於後現代情境中）。

其次，文學批評界現在所熱衷的話語系統，與社會文化恐怕頗有隔閡。廖炳惠先生曾在〈在台灣談後現代與後殖民論述〉一文中談及：以歐美後啟蒙、後現代觀點所發展出來的後殖民論述，雖經學者廣為實驗、借用，強力引介，但從台灣社會實況去檢視，難免會覺得它們格格不入，因此並不能宣稱其理論具有普遍確效性（收入《後殖民理論與文化認同》，一九九七，麥田出版社）。一套與社會不相應的理論，只能在學者的言說體系裡存在，是很難形成社會實踐力的。

而文學批評界耽於這些話語理論，卻呈顯了兩方面的問題：一是此類理論其實都是「大敘述」，無論後現代、後殖民、女性主義、後啟蒙、後結構、世紀末，都是對整體社會文化的論說，而非文學理論。九〇年代文學批評因此遂已成為文化批評。論者依據這套理論，以文學作品為例證，進行文化批評，漸成常態，這會不會變成沒有文學或文學非其主要部件的文學批評？

二、九〇年代文學批評界在說這些話語時，似乎漸漸忘了一個七〇、八〇年代經常提出來質疑的問題：這些由歐美觀點所發展出來的理論，具有普遍有效性嗎？與中國的歷史、社會、文化相應嗎？這兩個問題，是過去進行中國文學批評時許多思考的起點，可是在九〇年代卻好像並不太被重視。因此，在國際上雖然有薩伊德（Edward Said）等對東方主義的論述，在中國文學批評領域中卻只有零星的回應。整體看來，七〇、八〇年代的中國文學批評對民族性的強調，到九〇年代只能說是餘波盪漾，或者只存在著消解與疏離。

以上這些現象，在香港與大陸，多少也都呈現著。例如八〇年代由文學批評上反省「人道主義」、「主體性」、「現代性」、「重寫文學史」而逐漸開展出文化熱，帶動了整個社會改革風潮的氣象，九〇年代的大陸已不再能看到了。文學批評學院化，由轟動效應回歸於學院體制。而論文寫作、學術會議之專業化程度，也顯然提升甚多。概念、術語之使用，較以往精確，體例亦較嚴飭，學術語言與日常話語混同的現象則同樣地改善甚多。

但由另一方面看，八〇年代文學批評有清晰的軌跡、有整體的方向、有相對應的時代與社會議題、以及相與關聯的運動。九〇年代大陸的中國文學批評，便只是一行一行的專家們內部之相與交談。封閉的語言社群，不太能激發出共同關心的議題，更遑論影響及於社會了。同時，文化消費體系逐漸擴大，中國文學批評之價值與地位，正迅速消蝕中。某些退居書齋的專業學術化努力，更不免會遭到如「國學熱」那樣的質疑。正如陳曉明所說：

> 八〇年代後期，特殊的歷史情境促使一代學人重新反省八〇年代的學風，從思想史領域轉移到學術史領域。變「浮躁」為「嚴謹」，改「激進」而為「穩妥」……。然而，隨著政治背景為經濟背景替換，這種姿態就少有實際的歷史內容。皈依國學重新認同中國傳統價值，在很大程度上可以看成是一種學術策略，它使學人在專業範圍和價值立場方面與海外漢學達成共識。而源源不斷的海外資金的獲取與使用，則使中國唯一的一批自由知識份子的形象略打折扣，回歸民族本位的立場也顯得不那麼純粹徹底。……在國際性的學術交往格局中，發達資本主義國家和地區的學者才有權威地位，他們的指認才能使中國學人錦上添花。……（〈「後東方」的觀點──穿越後殖民的歷史表象〉，收入上引書）。

跨國資本主義經濟格局下的學術研究，本來就居社會中的弱勢地位，文學、文學批評又屬於學術研究中的邊緣弱勢。即使與海外漢學界掛鉤聯合，漢學在發達資本主義國家中仍然是弱勢的。這種弱勢處境與八〇年代文學批評及美學界之意氣風發，殆不可同日而語矣。

此外，與在台灣談後現代後殖民等論述之困境類似，這些理論與大陸社會現實距離甚遠，更不易與中國文學批評形成實質有機的關聯。當大家都學舌地以這些理論來建構中國文學批評的話語系統時，雖有曹順慶等人擔心大家其實是得了失語症，不會用中國人自己的話語來發聲，但對大局並無影響。

香港的情形，當然與大陸和台灣都不相同，九〇年代的香港，最重要的表現，是政治身分回歸大陸，而文化身分獨立自主化。香港意識及其文化認同，刺激了對香港文學、文化生活、藝術成就、學術研究的各項討論，並影響及於社會。因此，香港的情形，似乎是反過來的，學院人士不再囿於專業領域，而越來越關心整體社會的發展、參與文化形塑的工作。可是，在這種氣氛與表象中，究竟學術界與文化人在這個高度資本主義化的社會中居什麼地位、起何種作用，外界尚難明瞭。而在探討香港文化、進行香港文學研究的風潮中，中國文學批評又居何種位置？在討論殖民主義、文化工業與消費慾望的時代，香港也有朱耀偉等學者呼應薩伊德《東方主義》的論點，建議中國文學批評應勾勒出中國人自己形相（見朱氏《後東方主義：中西文化批評論述策略》），但這些呼籲又有多少能產生實質的作用？這些問題都不是輕易能回答的。重要的九〇年代，留給中國文學的，或許就是這一類重大的問題吧！

——一九九八年六月十八日香港中文大學「中國文學批評國際研討會」主題演講稿

後記

《文學散步》只是一本寫著好玩的書。但這本書出版後，由於在序言裡批評到當前的文學概論書籍，難免冒犯到了一些人，當然也引起了許多爭論。許多人都懷疑為什麼我會這樣說、為什麼能這樣說？

基本上，文學研究可分為幾個範疇，如文學史、文學理論、以及實際文學批評等，這些研究之所以成立，都應該有其知識基礎。而「文學概論」的研究，所要談的，應該就是這些文學研究的基礎問題，以做為讀者進行文學研究及閱讀文學時的依據。在本書蔡英俊的序言中，引用了康德《未來形上學導論》的導言，我覺得非常貼切。我原未想到該書。經他指明後，更能解說我寫這本書的目的、以及我為什麼這樣寫。

據康德說，他的《未來形上學導論》並不是用來系統性地闡述一門現成的科學，而是用它來發掘一門科學。換言之，因我們談的是有關知識基礎的問題，所以我們並不承認已有一門現成的學科；所以在此之前所有的工作，我們都應該停下來，再重新考慮。康德說，他寫這本書的目的，正是要那些從事形上學研究的人暫時停下工作，重新來思考：形上學是什麼？形上學是否可能？何以可能？

形上學是否為一門科學？如果它是一門科學，是什麼樣的科學？若否，那麼形上學到底是什麼？它既不是一門科學，何以能長期吸引人類的思考……。這樣的寫作目的，顯然和康德以前的形上學研究不同。以文學概論來說，本間久雄的《文學概論》談的是文學的各種形式、文學批評的各種傾向、社會各種文學現象、文學構成的因素等；在涂公遂的《文學概論》中，談的是文學的定義、起源、類型、風格，還有文學和科學、文學和哲學之間的關係如何、文學和社會、政治、經濟、以及語言之間的關係如何等；在王夢鷗的《文學概論》中，談的是文學構成的要素，比如文學的意象、譬喻、情節等……。這些都類似於康德以前那些形上學家所探討的，都是在系統性地闡述一門學科，而未曾反問：文學是否可能？文學史是否可能？照他們的作法，則很多東西都一直在重覆，以前講過，現在再講，似乎也沒什麼大錯。以我們現在所見到的文學概論書籍來說，不僅其架構大致相同，討論的問題大體也是陳陳相因的。像王夢鷗的書寫於民國五十三年，本間久雄的書約寫於八十年前，現在我們若再拿來當成教科書或做研究，事實上也沒什麼不可以，仍可以照樣來陳述。這現象表示：因為我們習慣地以為它是一門現成的學科，所以它無法給予讀者反省性的思考，提供學習者重建其文學認知及進行文學研究的根據。

本書則不是如此的。例如在本書中有兩章談文學與歷史、文學的歷史。但在一般教文學史的人的觀念中，素以為文學史是現成的，從來不問文學史何以可能？文學可以有歷史嗎？文學的歷史是什麼？歷史的認知又是什麼？可是事實上，我們必須探究了這許多的知識之後，文學史才可能建立起來、才可以真正安心的擁有一些文學史的知識。否則，文學史何以成為文學研究的一部分、文學研究如何通過文學史而有完整的文學知識呢？又例如我們常說：「我在欣賞文學作品」，那麼「作品」到底是什麼？我要問的就是這類問題。

換句話說，我所做的、所談論的，與坊間的文學概論書籍完全不同。我說我對前人的著作不滿，是由於在書的性質、目標、寫作方法以及所欲達到的成效上，前人著作並未提供文學研究的知識基礎，以做為文學研究的憑藉。

《文學散步》這本書，是以發掘「文學研究」、「文學」這門學科為其企圖。在序言裡，我曾追問：「到底文學是什麼、文學研究是什麼、為什麼需要文學與文學研究、文學研究又何以可能」等，我正是要討論這門學科在方法學上的步驟及知識論上的規律問題，要對這些問題做有意義的檢討，以達到自覺，並由自覺中形成這門學科的自律性。我希望做到如此，否則就如我所說的，目前大家都只是鸚鵡學語。

這樣的工作，乃是根據我個人的文學觀念及對文學理論的了解為基礎，向讀者簡單鋪陳有關文學研究的問題。這種方式，其實也接近於康德的《未來形上學導論》和《純粹理性批判》。他談的是形上學是否可能、從純粹理性得來知識是否可能……等。所以本書基本上是通過我的文學理論的基本架構，而展開我以知識論基礎、方法學等立場對於文學所做的簡單的鋪陳。我希望能提供讀者一個從事文學研究的知識和依據，讀者可據此而展開他的文學閱讀和文學研究，發展他自己的思考，形成他自己的文學判斷及理論的建設。所以我的作法基本上是開放的，在每章章末都附有進階書目，有的與我意見相左或互補，有的則可以繼續深入研究。讀者若能進一步研討，當更能了解什麼是知識論基礎，並進而使他自己的思考能更深入。

如此，也顯示我並不排斥也不完全否認其他的文學概論有其地位，因為在我的進階書目上也列有前人的著作。為什麼我把它們放在進階書目中，而不直接說它們就是文學概論呢？因為我覺得必須先了解一些問題，他們所談論的才有意義。而最早在我的寫作設計當中，還有「問題與討論」，因為每章固然都很簡略，卻蘊含許多問題，這些問題若經由討論之後顯現出來，將更能啟發讀者，開放性地朝向文學的道路。可是因為某些原因且個人能力有限，迄未能達成，希望將來能辦到。

但我總不敢說這就是一本「文學概論」。因為我所設定的目標、以及所談論的問題，我不敢斷言一定是正確的。「文學概論」這門學科是否如我所言，一定要這樣，其實也可以再討論。其次，在寫作過程中，我只想寫成較平淺的東西，未運用嚴密的論證過程來達到目標。而在語言的使用上，也運用了一些文學語言，以呼喚讀者的注意。這當然不是正規的做法。但我以為，這本書或許對一般流行的意見或套語，有澄清的作用。也可能是對文學概論這一門學科作嘗試性的革命，我希望提出與現在一般的文學概論在性質、目的及寫作方法上不同的意見。這也是其他各門學問進步的方法，通過方法及問題的反省，而造成該學科的大地震、大突破，往前推進。我這本書，只是小地震，所以稱為「散步」。這樣的「散步」，也顯示了一個在封閉的環境下成長的人，如何獨力思考問題，是在很少外力支援下，辛苦的思索歷程。現在把此歷程呈現出來，也許不見得有什麼大風景，然或許也有一些小花小草、小的好意見，足供大家參考（七八年十月）。

國家圖書館出版品預行編目資料

文學散步

龔鵬程著. – 初版. – 臺北市：臺灣學生，
2003 [民 92]
面；公分

ISBN 957-15-1194-3 (平裝)

1. 文學

810 92016039

文學散步（全一冊）

著作者：龔鵬程
出版者：臺灣學生書局有限公司
發行人：盧保宏
發行所：臺灣學生書局有限公司
臺北市和平東路一段一九八號
郵政劃撥戶：〇〇〇二四六六八號
電話：(〇二)二三六三四一五六
傳真：(〇二)二三六三六三三四
E-mail:student.book@msa.hinet.net
http://www.studentbooks.com.tw

本書局登記證字號：行政院新聞局局版北市業字第玖捌壹號

印刷所：長欣彩色印刷公司
中和市永和路三六三巷四二號
電話：二二二六八八五三

定價：平裝新臺幣四〇〇元

西元二〇〇三年九月初版
西元二〇〇五年二月二刷

81008

ISBN 957-15-1194-3 (平裝)

㉓	唐末五代散文研究	呂武志著
㉔	元代新樂府研究	廖美雲著
㉕	五四文學與文化變遷	中國古典文學研究會主編
㉖	南宋詩人論	胡　明著
㉗	唐詩的傳承─明代復古詩論研究	陳國球著
㉘	中外比較文學研究　第一冊(上、下)	李達三、劉介民主編
㉙	文學與社會	中國古典文學研究會主編
㉚	中國現代文學新貌	陳炳良編
㉛	中國古典文學研究在蘇聯	(俄)李福清著，田大長譯
㉜	李商隱詩箋釋方法論	顏崑陽著
㉝	中國古代文體學	褚斌杰著
㉞	韓柳文新探	胡楚生著
㉟	唐代社會與元白文學集團關係之研究	馬銘浩著
㊱	文轍(全二冊)	饒宗頤著
㊲	二十世紀中國文學	中國古典文學研究會主編
㊳	牡丹亭研究	楊振良著
㊴	中國戲劇史	魏子雲著
㊵	中外比較文學研究　第二冊	李達三、劉介民主編
㊶	中國近代詩歌史	馬亞中著
㊷	近代曲學二家研究─吳梅・王季烈	蔡孟珍著
㊸	金元詞史	黃兆漢著
㊹	中國歷代詩經學	林葉連著
㊺	徐霞客及其遊記研究	方麗娜著
㊻	杜牧散文研究	呂武志著
㊼	民間文學與元雜劇	譚達先著
㊽	文學與佛教的關係	中國古典文學研究會主編
㊾	兩宋題畫詩論	李　栖著

㊿ 王十朋及其詩 鄭定國著
51 文學與傳播的關係 中國古典文學研究會主編
52 中國民間文學 高國藩著
53 清人雜劇論略 黃影靖著，黃兆漢校訂
54 唐伎研究 廖美雲著
55 孔子詩學研究 文幸福著
56 昭明文選學術論考 游志誠著
57 六朝情境美學綜論 鄭毓瑜著
58 詩經論文 林葉連著
59 傣族敘事詩研究 鹿憶鹿著
60 蔣心餘研究(全三冊) 王建生著
61 眞善美的世界—高中高職國文賞析 戴朝福著
62 何景明叢考 白潤德著
63 湯顯祖的戲曲藝術 陳美雪著
64 姜白石詞詳注 黃兆漢等編著
65 辭賦論集 鄭良樹著
66 走看臺灣九〇年代的散文 鹿憶鹿著
67 唐賢三體詩法詮評 王禮卿著
68 清初前期話本小說之研究 徐志平著
69 文心雕龍要義申說 華仲麟著
70 楚辭詮微集 彭 毅著
71 習賦椎輪記 朱曉海著
72 韓柳新論 方 介著
73 西崑研究論集 周益忠著
74 李白生平新探 施逢雨著
75 中國女性書寫—國際學術研討會論文集 淡江大學中國文學系主編
76 杜甫夔州詩現地研究 簡錦松著

⑰ 近代中國女權論述—國族、翻譯與性別政治　劉人鵬著
⑱ 香港八十年代文學現象（全二冊）　黎活仁等主編
⑲ 中國夢戲研究　廖藤葉著
⑳ 晚明閒賞美學　毛文芳著
㉑ 中國古典戲劇語言運用研究　王永炳著
㉒ 中國古典詩論中「語言」與「意義」的論題——「意在言外」的用言方式與「含蓄」的美典　蔡英俊著
㉓ 近代傳奇雜劇史論　左鵬軍著
㉔ 外遇中國——中國域外漢文小說國際學術研討會論文集　國立中正大學中文系語言與文學研究中心主編
㉕ 琵琶記的表演藝術　蔡孟珍著
㉖ 物・性別・觀看——明末清初文化書寫新探　毛文芳著
㉗ 清代賦論研究　詹杭倫著
㉘ 世情小說傳統的承繼與轉化：張恨水小說新論　趙孝萱著
㉙ 古典小說縱論　王瓊玲著
㉚ 建構與反思——中國文學史的探索學術研討會論文集　輔仁大學中國文學系中國古典文學研究會主編
㉛ 東坡的心靈世界　黃啓方著
㉜ 曲學探賾　蔡孟珍著
㉝ 挑撥新趨勢—第二屆中國女性書寫國際學術研討會論文集　范銘如主編
㉞ 南宋詠梅詞研究　賴慶芳著
㉟ 感傷的旅程：在香港讀文學　陳國球著
㊱ 中國小說史論　龔鵬程著
㊲ 文學散步　龔鵬程著
㊳ 黃文吉詞學論集　黃文吉著
㊴ 夢窗詞選注譯　黃兆漢著
㊵ 海峽兩岸現當代文學論集　徐國能主編

101 第二／現代性：五四女性小說研究 劉乃慈著
102 紅樓夢夢 龔鵬程著